ALEXANDER SCHWARZ

Bertha Benz

ROMAN

und die Straße der Träume

W0211494

KNAUR

Besuchen Sie uns im Internet:
www.droemer-knaur.de

MIX
Papier | Fördert gute Waldnutzung
FSC® C083411

Originalausgabe Mai 2024
© 2024 Knaur Verlag
Ein Imprint der Verlagsgruppe
Droemer Knaur GmbH & Co. KG, München
Alle Rechte vorbehalten. Das Werk darf – auch teilweise – nur mit Genehmigung des Verlags wiedergegeben werden.
Die Nutzung unserer Werke für Text- und Data-Mining im Sinne von § 44b UrhG behalten wir uns explizit vor.
Redaktion: Christin Ullmann
Covergestaltung: buxdesign, München
Coverabbildung: buxdesign unter Verwendung verschiedener Motive von AdobeStock, Arcangel.com und Mercedes-Benz AG / Science Museum Group
Satz und Layout: Adobe InDesign im Verlag
Druck und Bindung: CPI books GmbH, Leck
ISBN 978-3-426-44737-6

2 4 5 3 1

für meinen Vater
Ulrich Anton Schwarz
1938–2023

TEIL I

Pforzheim

1863

Mai

1

Das darf ja wohl nicht wahr sein?! Steht das da wirklich? Bertha schaute noch einmal auf den handgeschriebenen Eintrag mit dem Datum 3. Mai 1849. Ihre gute Laune verzog sich schlagartig und machte einer vulkanartigen Wut Platz. Sie schaute noch einmal auf die Seite am Anfang der in hellbraunes Leder gebundenen, großformatigen Familienbibel. Eigentlich war sie nur auf der Suche nach einer dieser modernen und praktischen Hutnadeln, um ihren Florentinerhut am Kopf feststecken zu können. Ihre Mutter legte die Nadeln für gewöhnlich in die oberste Schublade der Kommode in der guten Stube, wo sie sie immer zur Hand hatte, wenn sie aus dem Haus gehen wollte. Zufällig sah Bertha das alte Buch dort liegen, und wie aus einer Anwandlung heraus griff sie danach, legte es auf die Kommode und blätterte darin. Sie mochte die reich verzierten Illustrationen darin schon von klein auf. Ihr Blick fiel auf eine der ersten Seiten, die das Buch mit seinem Vorspann und den Einträgen der Familienmitglieder erst zur Familienbibel machte. Sie las erneut diesen Satz, um sich auch wirklich sicher zu sein, dass dort auch wirklich stand, was gerade in ihrem Kopf zu explodieren schien. Er stand da tatsächlich, unter »Cäcilie Bertha«, in der Handschrift ihrer Mutter, in der sie die Geburten der Familie Ringer eintrug: »Leider wieder ein Mädchen.« Damit war sie gemeint. Das war der erste Satz, der je über sie geschrieben wurde, kurz nach ihrer Geburt vor vierzehn Jahren. Was für eine Begrüßung zu ihrem Eintritt in diese Welt. Wie konnte ihre Mutter nur so etwas schreiben?!

Bertha zog ihre Stirn weiter zusammen. »So weit kommt es noch. Bin ich etwa weniger wert, weil ich ein Mädchen und kein Junge geworden bin?«, sagte sie, und ihre Stimme wurde mit jedem Wort erboster und lauter. Sie schrie ihren Ärger richtiggehend heraus. Ihr Unterkiefer schob sich nach vorne, sie holte tief Luft und stieß dann einen Laut aus, der sich tief in ihrem Kehlkopf formte und irgendwo zwischen einem wütenden Schnauben und einem Grummeln angesiedelt war.

»Was ist denn, Bertha?«, rief ihre fünf Jahre jüngere Schwester besorgt und stürmte ins Wohnzimmer.

Bertha schluckte ihren Ärger hinunter, richtete sich auf und drückte ihren Rücken durch. Sie stand noch immer vor der Kommode, drehte sich um und legte ihrer kleinen Schwester fürsorglich einen Arm auf deren Schulter.

Ihr wurde klar, dass sie sich für einen Moment hatte gehen lassen, und das schickte sich nicht, dessen war sie sich wohl bewusst. Nur mit Mühe konnte sie ihren Ärger unterdrücken.

»Es ist gut, Marie Louise«, sprach sie beruhigend auf sie ein, »bitte entschuldige, mach dir keine Sorgen.«

»Sollen wir etwas spielen?« Die Kleine hatte den kurzen Schrecken zu Berthas Erleichterung schon wieder vergessen.

»Das würde ich ja gerne.« Sie kitzelte sie ein wenig, und Marie Louise lachte vergnügt. »Aber ich muss leider auf den Markt, die Einkäufe erledigen. Warum spielst du nicht mit Thekla?«

»Na gut«, sagte die Kleine mit einem Schmollmund, »nie hast du Zeit.« Sie zog ab und rief noch vom Wohnzimmer aus, »Thekla, kommst du mit zum Spielen nach draußen?«

2

Mit zwei großen Einkaufskörben in den Händen stapfte Bertha wenig später durch die Ispringer Straße in der Brötzinger Vorstadt hinunter Richtung Marktplatz in der Pforzheimer Innenstadt.

Dieser Mittwoch Ende Mai fühlte sich eigentlich wie ein wunderschöner Frühsommertag an, mit blauem Himmel, einer angenehmen Wärme und einem lauen Lüftchen. Noch war es nicht zu heiß, aber schon warm genug, um sich in Sommerkleidung auf die Straße zu wagen. Deshalb hatte sie sich ihren Florentinerhut zusammen mit einem einfachen Krinolinenkleid aus dunklem Stoff und darunter einer weißen Chemisette mit einem kleinen Spitzenkragen für ihren heutigen Marktgang ausgesucht. Bertha hatte sich, wie jede Woche, darauf gefreut. Aber jetzt wurde sie mit jedem Schritt wütender.

Sie bemühte sich, ihre Emotionen zu zügeln, wie es einer Frau geziemte, die sie ja bald wäre, so fand sie, aber es fiel ihr schwer. Sie kniff die Augenbrauen zusammen, hielt ihren Kopf gesenkt und schaute aus trotzigen Augen nach vorn. Zusammen mit dem Stapfen ihrer Füße entfuhr ihr ab und an ein Schnauben.

Was um alles in der Welt hatte ihre Mutter nur bewogen, diesen Satz nach ihrer Geburt zu schreiben? Bertha fühlte sich tief in ihrem Inneren verletzt. Sie konnte sich keinen Reim darauf machen, es widersprach allem, was sie über sich, über ihre Eltern und auch ihre Geschwister wusste. Nie hatte sie sich zurückgestellt gefühlt. Ohne Frage gab es Unterschiede zwischen den Jungen und ihr und ihren Schwestern. Von den Töchtern wurde erwartet, dass sie sich um das Haus und die Familie kümmerten, sauber machten, Essen kochten, Kleider nähten, Strümpfe stopften, die Wäsche wuschen – und das waren bei dem großen Haushalt wahrlich Berge, die mühsam eingeseift, auf dem Waschbrett gerieben und danach gestärkt werden wollten –, und alles, was sonst noch dazugehörte. So wie eben auch das Einkaufen auf dem Markt. Alles, während die Jungen draußen rumtoben durften.

Aber immerhin durfte sie bis ins Jahr ihrer Konfirmation auf die Höhere Töchterschule gehen und das vierte Jahr dort turnusgemäß mit den Osterferien abschließen. Das bedeutete doch, dass die Eltern ihr eine gute Bildung zukommen lassen wollten, dass sie sie wertschätzten, oder nicht?

Bertha fühlte, wie ihre Gedanken umherwirbelten wie in einem großen Karussell, das sich immer schneller drehte und die an langen Ketten befestigten Sitze immer weiter nach außen trieb, bis sie gegen ihre Schädeldecke schlugen. Ihr wurde schwindelig. Bertha konzentrierte ihren Blick auf die Häuserfassaden, an denen sie vorbeikam, und so schaffte sie es, wenn auch langsam, weiterzulaufen.

Sie dachte daran, wie zu Beginn eines jeden Schuljahres nach den Osterferien immer wieder weniger Klassenkameradinnen in die Schulbänke zurückkehrten. Deren Väter fanden wohl, dass sie jetzt besser anfingen, Geld zu verdienen. Bis zu einem gewissen Grad sahen diese Familienoberhäupter Bildung noch als nützlich an, aber irgendwann überwog der Gedanke an eine gute Partie für ihre Töchter. Die zu finden schien wesentlich wichtiger, als Geld für irgendwelche »Wissensfratzen«, wie sie einen der Väter einmal sagen hörte, zum Fenster hinauszuschmeißen.

Nicht selten aber bemerkte Bertha, wenn sie bei Klassenkameradinnen zu Besuch war, dass dort einfach nicht genügend Geld da war. Dessen war sie sich sehr wohl bewusst. So manche Eltern hatten schon alle ihre Möglichkeiten ausgeschöpft, um ihre Tochter zur Schule gehen zu lassen.

Das sah bei ihr zu Hause anders aus. Sie lebten zwar nicht im Reichtum, aber Geld war nie ein Problem. Bertha war froh, dass ihren Eltern Bildung, auch für sie und ihre Schwestern, wichtig war. Es wäre ein Leichtes für sie gewesen, das Schuldgeld für andere Zwecke auszugeben.

Aber so waren meine Eltern doch nie. Bertha verstand die Welt nicht mehr. Ihre Wut wich nur langsam aus ihrem Körper. Mit jedem Schritt spürte sie sich selbst wieder ein bisschen mehr, anstatt dieses überwältigende Gefühl der Ohnmacht. Aber die Verwirrung in ihrem Kopf blieb, kreiste weiter darin herum und kam einfach nicht zum Stillstand.

Der Weg zum Markt in Pforzheim war zum Großteil derselbe wie zu ihrer früheren Schule. *Komisch, warum mir das jetzt gerade auffällt,* dachte Bertha. Als sie anfing, zur Schule zu gehen, standen in der Straße nur vier Häuser. Mittlerweile waren es zehn, und es machte den Anschein, dass bald neue hinzukommen würden.

Auf der gegenüberliegenden Seite gab es noch keine Bebauung. Der Park des Bohnenberger Schlösschens war recht weitläufig und reichte bis zur Straße. So reich konnte man als Papier- und Schmuckfabrikant werden, staunte Bertha jedes Mal, wenn sie an dem prächtig gestalteten Bau und dem dazugehörigen Park vorbeiging. Am Ende der Ispringer Straße angekommen, lief sie entlang einer Neusilber- und einer Bijouteriefabrik. In Pforzheim schienen die Schmuckfabriken wie Unkraut aus dem Boden zu schießen. Die Stadt am Rand des Nordschwarzwalds entwickelte sich zu einem wahren Zentrum der Schmuckindustrie und galt als erste Fabrikstadt Badens. Sie wirkte wie ein Magnet, der mehr und mehr Leute in die Stadt lockte. Vor allem Bauern und Frauen aus dem näheren, aber auch aus dem weiteren Umland kamen, um sich in den Manufakturen als Arbeiter zu verdingen. Wenn sie daran dachte, war sie doppelt froh, dass ihre Eltern so lange Schulgeld für sie bezahlt hatten und dass sie nun zu Hause mit anpacken konnte. Das war ihr allemal lieber, als in einer dieser lauten, stinkenden, dunklen Fabrikhallen zu arbeiten. Immerhin wurde der Ort von Schwerindustrien verschont und daher nicht von stinkenden Schloten verpestet, wie es in anderen Städten der Fall war. Trotzdem, schon alleine bei dem Gedanken an den Lärm und die Gerüche innerhalb der Fabriken für die Schmuck- und Goldfertigung musste sich Bertha schütteln. Sie wusste, dass einigen ihrer Klassenkameradinnen dieses Los beschert war. Die Mädchen mussten für den Unterhalt der Familie mitverdienen. Bertha taten ihre früheren Klassenkameradinnen leid, aber es lag nicht in ihrer Macht, daran etwas ändern zu können.

»Leider wieder ein Mädchen.« Das konnte ihre Mutter doch nicht wirklich so gemeint haben. *Aber wieso schreibt sie denn dann so was?* Ob sie wollte oder nicht, allein bei dem Gedanken stieg die Wut wieder in ihr hoch. Sie fühlte sich so machtlos und ausgeliefert wie das Neugeborene, über das damals dieser Satz geschrieben wurde. Vor allem aber konnte sie einfach nicht begreifen, wie ihre Mutter so etwas überhaupt hatte denken können.

Bertha bog an der südwestlichen Ecke des Bohnenberger Schlösschens in die Westliche Karl-Friedrich-Straße ab. Ihre Eltern sagten, wie so viele, noch immer Brötzinger Gasse, wie die schmale Verbindung zwischen der Vorstadt und Pforzheim bis vor Kurzem noch hieß. Die Stadt bemühte sich seit einiger Zeit, durch den Abriss mehrerer Häuser die schmale Gasse in eine breite Straße zu verwandeln. Man hatte entschieden, dass mit der wachsenden Einwohnerzahl und aufkommenden Industrie eine entsprechende Ost-West-Verbindung nötig wurde, die dem täglichen Ansturm an Fußgängern, vor allem aber an Pferdefuhrwerken gewachsen war. Dazu gehörte eben auch ein entsprechender Name, befand der Stadtrat, und so hieß die Brötzinger Gasse nun offiziell Karl-Friedrich-Straße, nach dem badischen Großherzog und Landesfürsten. Sowieso war es anscheinend bei der Stadtverwaltung gerade Mode, den Gassen und Straßen festgelegte Namen zu geben. Bisher hatte das ganz einfach der Volksmund erledigt.

Als sie aus der Gasse auf die breitere Straße trat, fühlte es sich gleich lebendiger an, ratterten Fuhrwerke über das Kopfsteinpflaster, hörte sie Leute miteinander sprechen und Mütter nach ihren Kindern rufen. Kein Wunder, denn hier mündete nicht nur die Ispringer, sondern auch die Friedrichs- und Brötzingerstraße in die zentrale Straße Richtung Stadtzentrum.

Eigentlich konnte es wohl nur einen Grund geben, warum ihre Mutter jene Worte geschrieben hatte, und das lag nicht an ihr, sondern an ihrem Vater. Er hatte sich wahrscheinlich einen Stammhalter gewünscht. Vielleicht hatte ihre Mutter gedacht, dass dieses Kind, Bertha, unter Umständen das letzte gewesen sein könnte, das sie zusammen bekamen. Schließlich war ihr Mann zweiundzwanzig Jahre älter als sie und zählte zu dem Zeitpunkt stattliche achtundvierzig Lenze. Obwohl er noch immer recht rüstig daherkam, so zählte er damals so langsam schon zu den alten Herrschaften. Es war also an der Zeit für ihn gewesen, endlich einen Stammhalter vorweisen zu können. Schließlich hatte es der Zimmermann mit fleißiger und guter Arbeit bis zum Handwerksmeister und – auch dank der guten Partie mit seiner Frau – zu gewissem Wohlstand gebracht. Beides, Firma und Wohlstand, wollte in die nächste Generation vererbt werden, der Familienstamm sollte in der Zukunft weiter prosperieren. Aber das Fehlen eines Stammhalters konnten sie doch nicht ihrer Tochter ankreiden.

Bertha atmete die sonnig-frische Luft des Frühsommers ein. Daher wehte also der Wind. Die Gedanken in ihrem Kopf drehten sich wieder etwas langsamer. Auf der einen Seite beruhigte sie die Vorstellung, dass das »Leider« sich wohl nur hierauf beziehen konnte. Auf der anderen Seite fand sie es noch immer ungehörig. Sollten sich Eltern nicht über jedes Kind, das sie bekämen, gleichermaßen freuen? Nun ja, sie musste sich eingestehen, dass sie in der Schule Texte lasen, in denen das auch nicht der Fall war. Schon traurig, dachte sich Bertha. *Nur weil wir mit Puppen spielen und nicht mit diesen handwerklichen Geräten hantieren, die die Jungs benutzen dürfen.* Obwohl ihr Vater, als er den Auftrag bekam, die Familiengruft des badischen Fürstenhofs anlässlich des Dahinscheidens der Großherzoginnenwitwe Stéphanie zu restaurieren, nicht nur Karl, ihren zwei Jahre jüngeren Bruder, sondern auch Bertha mitgenommen hatte, und er sich gefreut hatte, dass sie ihm für ihr Alter so gut zur Hand ging. Anders als ihre zwei älteren Schwestern schien sie handwerklich durchaus begabt zu sein und begriff schnell. Bertha mochte es schon von Kindesbeinen an, ihrem Vater bei seiner Arbeit über die Schulter zu schauen und ihm so viel wie möglich zu helfen. Mit Puppen zu spielen, fand sie schon immer langweilig. Vielmehr interessierte es sie, mit ihrem Vater zusammen etwas Sichtbares und Bleibendes zu schaffen, etwas, das man anfassen konnte. Die Aufgaben, die sie im Haushalt erledigen musste, waren allesamt schnurstracks wieder dahin. Die Kleider wurden schnell wieder dreckig, das Geschirr wieder gebraucht, der gebohnerte Fußboden wieder stumpf und das gekochte Essen im Nu vertilgt. Ihre Brüder dagegen durften Dinge machen, die blieben. Kleine Möbelstücke bauen oder Reparaturen am Haus ausführen. Manchmal wäre sie schon gern ein Junge oder würde zumindest gerne die Dinge tun dürfen, die ihre Brüder so ganz selbstverständlich durften. Dabei hatte sie mit ihrem Vater noch Glück, fand Bertha. Der fand seit einigen Jahren Gefallen daran, ihr etwas beizubringen. Seit er ihr handwerkliches Talent erkannt hatte, bereitete es ihm wohl auch Spaß, dieses weiterzuentwickeln.

Bertha hatte nie das Gefühl, dass ihr Vater enttäuscht darüber war, dass sie »nur« ein Mädchen war. Sie fühlte sich bei ihm geborgen und wusste, dass er sie sehr mochte. Ihre Mutter hatte mehr als einmal behauptet, dass sie ein wahres Papakind sein, wenn sie ihm mal wieder um seinen Hals hing oder mit ihm herumtollte und dabei vor Freude juchzte. Sobald sich ihr Vater mit Werkzeugen ans Schaffen machte, war sie neugierig und wollte dabei sein, wollte wissen, warum er dies oder das tat, und es selbst ausprobieren.

»Warum, warum«, sagte ihr Vater manchmal, wenn sie ihm mit ihrer Fragerei auf die Nerven ging. Aber eigentlich glaubte Bertha, dass ihm ihre unerschrockene und ausdauernde Art gefiel. »Du bist nicht ungeschickt, meine Kleine«, sagte er dann. Dabei schaute er sie glücklich und traurig zugleich an. Nachdem sie den Eintrag in der Familienbibel gelesen hatte, glaubte sie auch zu verstehen, warum. So handwerklich begabt sie auch war, würde sie ihm in seinem Beruf niemals nachfolgen können. *Armer Papa,* dachte Bertha, *aber ich glaube, er ist auch so stolz auf mich.*

Sie wurde aus ihren Gedanken gerissen, als ihr ein großes Gespann mit schweren Fässern beladen entgegenkam. Ein Bauer vor ihr mahnte sein Pferd lautstark, schneller zu gehen. Die Schimpfworte, die er verwendete, überhörte Bertha geflissentlich. Als er sie sah, entschuldigte er sich bei ihr.

»Bitte entschuldigt, junge Dame«, er nickte ihr zu, »aber mein Pferd lahmt, ich bin spät dran und muss auf dem Markt doch noch mein Gemüse verkaufen.« Er wandte sich wieder seinem Pferd zu, unterdrückte aber einen weiteren Fluch.

Bertha hörte nicht wirklich zu. Nachdenklich wich sie dem Bauern sowie dem mit Fässern beladenen Wagen aus.

Wenn ihre Eltern sich zum Zeitpunkt von Berthas Geburt gesorgt hatten, keine weiteren Kinder mehr zu bekommen, oder zumindest keinen Sohn, so hatte sich diese Sorge als unnötig erwiesen. Nach den drei Töchtern folgten sechs weitere Kinder, und schon das erste nach Bertha war ein Junge, der nach seinem Vater Karl Friedrich benannt wurde.

Plötzlich hörte sie von hinten ein seltsames Rattern.

»Ohhh«, rief jemand, und der panische lang gezogene Laut kam genauso schnell näher wie das Rattern. Unwillkürlich machte Bertha einen Satz zur Seite, und im selben Moment passierte sie in schnellem Tempo ein junger Mann, der auf einem hölzernen Apparat saß, mit zwei Rädern, eines vorne und eines hinten. Die Holzräder machten auf dem Kopfsteinpflaster einen Höllenlärm und schüttelten den Fahrer kräftig durch. So etwas Komisches hatte sie ja noch nie gesehen. Der verwegene Kerl saß ziemlich ungelenk, wie ihr schien, zwischen dem größeren Vorder- und dem etwas kleineren Hinterrad und strampelte mit seinen Beinen auf so etwas wie einer Kurbel, was wohl bewirkte, dass sich das Vorderrad immer schneller drehte. Mit den Händen hielt er eine Gabel fest, die aus zwei Stangen bestand, die mittig über dem Vorderrad angebracht waren, und versuchte so zu lenken, was angesichts der holprigen Pflastersteine ein schwieriges Unterfangen war.

»Danke … Entschuldigung«, rief ihr der junge Mann fröhlich zu, ohne sich umzudrehen. Offenbar benötigte seine Art und Weise, sich fortzubewegen, seine ganze Aufmerksamkeit. Er schwankte noch immer etwas hin und her, schien sich aber immer wieder zu fangen. Bertha konnte nicht anders, als leise zu lachen. Was war denn das jetzt? Und vor allem, was war das für ein lustiger Kerl? Ihre Stimmung hellte sich zunehmend auf, und sie war dankbar, dass sie wieder lachen konnte.

Sie war nur ein paar Schritte weitergegangen, als sie wieder dieses lang gezogene »Oooh«, hörte, in dem zum einen die Befürchtung mitschwang, einen Sturz oder gar einen Unfall zu verursachen, und zum anderen die Hoffnung, dies gerade noch vermeiden zu können. Der junge Mann versuchte, gleichzeitig einer Gruppe von Frauen, die wohl wie Bertha auf dem Weg zum Markt waren, sowie einem Karren auszuweichen, was ihm wunderlicherweise sogar gelang. Bertha hielt sich eine Hand vor den Mund und musste erneut ungläubig lachen.

Sie war erleichtert, ihr frohes Gemüt wiedergefunden zu haben. Außerdem fand sie, dass sich ihre Eltern bisher nicht über sie beklagen konnten. Immerhin war sie eine folgsame Schülerin gewesen und hatte bis zuletzt gute Noten heimgebracht. Sie war gerne zur Schule gegangen, aber mit ihrer Konfirmation begann ein neuer Lebensabschnitt. Seitdem wurde sie von ihrer Mutter im Haushalt unter die Fittiche genommen, um in den kommenden zwei bis drei Jahren alles von ihr zu lernen, was im weiteren Leben als Ehefrau wichtig war und ihr zupasskommen würde. Auch wenn sie sich viel lieber mit dem Werkzeug ihres Vaters beschäftigte, war ihr klar, dass ihr nichts anderes übrig blieb, als sich dem Wunsch ihrer Eltern zu fügen. An Heirat mochte sie noch überhaupt nicht denken. Bertha hatte mit ihren vierzehn Jahren beim besten Willen kein Interesse an Jungs, außer dass sie mit ihnen herumtoben und mit ihren Spielsachen spielen wollte. Schon bei dem Gedanken an irgendetwas, was darüber hinausging, musste sie sich unwillkürlich schütteln. Wenn Emilie oder Elise, ihre beiden älteren Schwestern, sie kichernd ins Vertrauen nahmen, auf welche Jungen sie ein Auge geworfen hatten und wie sie es am besten anstellen konnten, sie wenigstens aus Versehen und heimlich einmal kurz zu berühren, lief Bertha jedes Mal rot an. Sie fand es abscheulich. Obwohl, so ganz im Geheimen, musste sich Bertha zugestehen, fand sie es – irgendwo tief drinnen – auch ein kleines bisschen spannend, als kitzle sie der Gedanke ein wenig. Als gäbe es auf einmal eine kleine Stimme in ihr, die sie immer wieder in diese Richtung schubste. Ihr Interesse am anderen Geschlecht mochte vielleicht geweckt sein. Richtig wach war es bestimmt noch nicht. Bertha war sich nicht sicher, ob sie sich diese Gefühle überhaupt zugestehen, geschweige denn sie haben durfte. Sie fühlte sich unwohl in ihrer Haut, wenn sie daran dachte, einen Jungen überhaupt nur zu küssen. Ach, es war zum Aus-der-Haut-Fahren. Sie dachte noch nicht im Traum daran, auf die Avancen junger Männer einzugehen. Dafür verlor sie sich manchmal in Fantasien über eine romantische Liebe. Das war ja etwas ganz anderes, als tatsächlich so einen mehr oder weniger ungehobelten Kerl zu küssen, der noch nicht einmal richtigen Bartwuchs hatte. Bertha schauderte es schon bei dem Gedanken daran. Sie musste unwillkürlich ihren Kopf schütteln. Nein, bis sie das täte, würde es wohl noch etwas dauern, wenn es überhaupt jemals so weit kommen würde.

Sie wusste ziemlich genau, was sie wollte, und auch, wie sie dies erreichen konnte. Irgendetwas sagte ihr jedoch, dass diese leise Stimme in ihrem Inneren irgendwann dazu führen würde, dass dieser feste Wille unter Druck geraten würde. Sie brauchte ja nur auf Emilie und Elise zu schauen.

Da sie nun ein Backfisch war, zogen ihre Schwestern sie ab und zu auf, machten Scherze mit ihr. Über ihren Körper, der sich in den letzten Jahren verändert hatte, wie sie es zuvor bei Emilie und dann bei Elise hatte sehen können. Es bei sich selbst zu erleben, war schon noch mal etwas anderes, fand

Bertha. Da halfen die blöden Bemerkungen ihrer Schwestern nicht wirklich. Dennoch war sie froh, dass sie die beiden hatte. Wenn sie nicht gerade in einer ihrer überschwänglichen Stimmungen waren, hatten sie für Bertha immer ein offenes Ohr. Über alles, was ihr peinlich erschien, fiel es Bertha leichter, mit ihren Schwestern zu sprechen als mit ihrer Mutter. Außerdem war diese schon wieder schwanger. Nachdem nach fünfeinhalbjähriger Pause letztes Jahr ihr Bruder Hermann August als achter Spross der Familie auf die Welt gekommen war, dachten sie alle noch, er wäre der Nachzügler. Jetzt war deutlich, dass es noch einen zweiten dieser Sorte geben würde.

Für Bertha bedeutete dies nach dem Ende der Schulzeit einen großen Umschwung. Vor allem, weil sie mehr denn je im Haushalt benötigt wurde. Emilie und Elise waren immer öfter auf Brautschau außer Haus. Und wenn sie mal zu Hause waren, mühten sie sich mit dem Nähen ihrer Aussteuer ab. Zu allem Überfluss kränkelte ihre Mutter, seit sie schwanger war, und konnte nicht mehr so, wie sie wollte. An Bertha blieben so fast von einem Tag auf den anderen viel mehr Arbeit und Verantwortung hängen. Sie war fest entschlossen, diese Aufgabe zu meistern. Ihre Eltern konnten von Glück sagen, dass sie ein Mädchen war. Ein Junge würde diese Aufgaben sicher nicht übernehmen, dachte Bertha trotzig. Zum einen hätte der keine Ahnung, und zum anderen würde er vor dem Berg an Arbeit, der sich jeden Tag aufs Neue anhäufte, schlicht zusammenbrechen. *So, nun ist es aber gut,* ermahnte Bertha sich selbst. Sie wollte sich ihren Ausflug zum Markt, den sie vor allem im Sommer so genoss, nicht von dunklen Gedanken vermiesen lassen.

Die lautesten Marktschreier, die mit ihren kräftigen Stimmen ihre Ware anpriesen, waren bereits in Hörweite. Bertha war heute spät dran, es war bereits um die Mittagspause, wenn der Marktplatz gewöhnlich aus allen Nähten platzte. Nicht nur erledigten die Hausfrauen und Dienstmägde ihre Besorgungen. Aus den umliegenden Fabriken kamen die Bijoutiers und Polisseusen herbeigeströmt, um ihre Mittagszeit an der frischen Luft zu verbringen und sich im Marktgetümmel ein wenig treiben zu lassen oder vielleicht einen Apfel zu kaufen, bevor sie wieder in die Schmuckfabriken zurück- und ihrer Arbeit nachgingen. Zwischendurch sah Bertha in der Menge auch immer wieder adrett herausgeputzte Männer mit gezwirbelten oder äußerst penibel geschnittenen Bärten, in dunklen Anzügen und gewienerten Schuhen. Sie trugen alle diese praktisch gleich großen Koffer fest in der Hand, als müssten sie sehr auf sie achtgeben. *Die Tiger sind wieder los*, dachte Bertha. Diesen Anblick war sie schon gewohnt. Die »Tiger«, wie sie tatsächlich genannt wurden, gehörten in Pforzheim zum Stadtbild wie die Uhr auf dem Leopoldplatz im Zentrum der Stadt. Es waren die Vertreter der ansässigen Schmuckwarenfabriken, die sich wie die Raubtiere auf die zum Teil von weit her angereisten Ankäufer stürzten, in den besseren Wirtshäusern und Hotels der Innenstadt, wo sie die Aufträge gleich am Tisch schrieben. Diese Bezeichnung hatte sich schon so weit eingebürgert, dass die Fabriken sogar in ihren Stellenanzeigen einfach »Tiger« schrieben, wenn sie auf der Suche nach einem Vertreter für ihre Gold- und Schmuckwaren waren.

Vorher schon hatte Bertha den Ersten dieser Spezies vor dem *Hotel Post* auf dem Leopoldplatz ausgemacht. Sie mochte dieses neue, imposante Gebäude, das ganze dreizehn Fensterfronten breit war. Dazu waren die Fenster im Erdgeschoss und ersten Stock von beachtlicher Höhe, was das Gebäude noch beeindruckender wirken ließ. In der Mitte gab es einen breiten Durchgang für Pferdekutschen und darüber einen kleinen Balkon. Außer dem Hotel war hier auch die

Großherzogliche Postverwaltung untergebracht. Die Gebäude links und rechts davon wirkten etwas bescheidener, obwohl sie genauso hoch waren. Aber sowohl die Fenster als auch die Kutscheneinfahrten fielen hier kleiner aus und die Verzierungen an den Giebeln wesentlich zurückhaltender.

Beides waren Gasthäuser, eines davon war der Goldne Adler, dort war Bertha mit ihren Eltern schon ein paarmal zu besonderen Anlässen zum Essen gewesen.

Bertha mochte es, wenn es zum Markt hin auf der Straße voller wurde, die Geräuschkulisse immer mehr anschwoll und sie sich schließlich in den Trubel des Marktes stürzen konnte. Sie war gern hier, mitten im Zentrum. Der Markt war Dreh- und Angelpunkt der Stadt. Der Platz war breit und einladend, das Rathaus mit seinem Türmchen und der großen Uhr gefiel ihr.

Der Laufbrunnen neben dem Rathaus, der als Viehtränke diente, war achteckig angelegt, und in der Mitte stand auf einer Säule ein früherer Markgraf, an dessen Namen sich Bertha gerade nicht entsinnen konnte. Die Häuser dem Rathaus gegenüber waren höher als die auf dem Leopoldplatz. Die Dächer über den drei Stockwerken waren hoch ausgebaut und mit Erkern versehen und ragten dadurch scheinbar weit in den Himmel. Am besten gefiel ihr das riesige Haus des Steckels-Kayser, wie jeder den als Sonderling geltenden reichen Kaufmann nannte. Breit und selbstbewusst ragte das Gebäude an der kürzeren Südseite des Platzes empor.

Von der Architektur abgesehen, genoss Bertha die Gerüche der feilgebotenen Gemüse und anderen Waren, das fleißige Treiben, das Feilschen, und wenn sie ehrlich war, auch die mitunter derben Sprüche der Marktschreier. Wenigstens, wenn sie nicht zu weit gingen und nicht an sie adressiert waren. Sie kramte aus ihrer Rocktasche den Einkaufszettel hervor. Elf Münder wollten gefüttert werden, da galt es, nichts zu vergessen und beim Preis auf jeden Kreuzer zu achten, auf den Gulden ganz zu schweigen.

Die meisten Bauern kannten sie schon und waren freundlich zu ihr. Schließlich war sie eine gute Kundin. Trotzdem passte sie jedes Mal genau auf, ob die Ware, die sie in ihre Körbe schütteten, auch nicht verdorben war und ob sie die Waage richtig eingestellt hatten. Im Kopfrechnen war sie in der Schule immer gut gewesen, da konnte ihr kein noch so gewiefter Händler etwas vormachen. Übers Ohr hauen ließ sie sich jedenfalls nicht, und das flößte den Verkäufern Respekt ein. Vielleicht schickte ihre Mutter sie auch deshalb immer öfter auf den Markt. Auf sie war eben Verlass. Sie ließ sich nicht aus dem Feld schlagen, auch nicht von grobschlächtigen Marktschreiern. Früher, als sie noch als kleines Mädchen an der Hand ihrer Mutter gelaufen war, waren die Händler immer lieb zu ihr gewesen, hatten ihr einen Apfel zugesteckt oder sie gelobt, wie brav sie mit ihrer Mutter die Einkäufe erledigte. In der Zwischenzeit erlaubten sie sich ab und zu anzügliche Bemerkungen und Witze auf ihre Kosten. Normalerweise ließ sie die an sich abperlen, sagte nichts dazu und verzog nicht mal ihr Gesicht. Und wenn es ihr gar zu dumm wurde, schnauzte sie schon mal ordentlich zurück. Danach war meist Ruhe.

Peinlich berührt war sie vor allem, wenn sich die Marktschreier darüber lustig machten, dass sie noch ein Backfisch war. Dann errötete sie und senkte ihren Kopf. Was nur dazu führte, dass diese oft noch einen draufsetzten.

»Diese Äpfel sind genauso rotbackig und süß wie deine Wangen, damit verführst du garantiert jeden Adam, den du nur haben willst.« Ein dickbäuchiger Obsthändler streckte ihr eine verdreckte Hand über den Stand hin, in der er einen großen Apfel hielt. »Greif nur eifrig zu, du sollst ja nicht immer ein Backfisch bleiben. Und weil ich so gut aufgelegt bin, mache ich dir heute auch einen ganz besonderen Preis nur für dich. Aber dann will ich auch einen ordentlichen Schmatzer von dir.«

Sein röchelndes Lachen machte sein Geschwätz für Bertha umso ekliger, und seine halb verfaulten Zähne bekräftigten ihre Abscheu nur noch.

Das Obst würde sie heute jedenfalls bei einem anderen Händler kaufen.

1869

Juni

3

»Ich vermisse meine älteren Schwestern manchmal schon sehr«, sagte Bertha zu ihren besten Freundinnen Hedwig und Louise, als sie an einem sommerlichen Sonntag Anfang Juni auf der Terrasse ihres Lieblingscafés saßen. Eigentlich war Bertha eine wahre Frohnatur, erledigte ihre Arbeiten im Haushalt gerne und flugs, war immer offen und gerecht zu ihren jüngeren Geschwistern und half ihnen, wenn die mal nicht weiterwussten oder Ärger mit den Eltern hatten. Bertha war immer für sie da. An diesem Nachmittag aber brauchte sie Hedwig und Louise, die ein offenes Ohr für ihre Sorgen hatten.

»Dass Emilie und Elise auch ausgerechnet beide Männer finden mussten, die nach Amerika auswandern wollen, damit kann man ja auch nicht rechnen«, sagte Louise.

»Aber zum Glück hast du ja uns«, sagte Hedwig und lächelte Bertha an.

»Ja, da hast du auch wieder recht. Zum Glück habe ich euch.«

»Schließlich kennen wir uns jetzt auch schon Ewigkeiten und haben keine Geheimnisse voreinander«, bestätigte Louise.

Bertha hakte sich bei den beiden ein.

Hatten sie früher vor allem darüber gesprochen, was mal wieder in der Schule vorgefallen war oder welchen Ärger sie mit ihren Eltern oder Geschwister hatten, so tratschten sie in der Zwischenzeit am liebsten über Männer. Das heißt, vor allem Hedwig und Louise. Bertha hörte meist nur zu und fand die Kommentare der beiden über die ihren Weg kreuzenden Jünglinge durchaus lustig.

»Schaut mal, wie arrogant der daherkommt in seinem Konfirmandenanzug, der bekommt den Rock ja fast nicht mehr zu«, sagte Hedwig genau so laut, dass der Vorbeigehende es hören musste.

Louise und Bertha hielten sich die Hand vor den Mund und hatten alle Mühe, nicht loszuprusten. Vor allem weil der Jüngling sich plötzlich überhaupt keine Haltung mehr zu geben wusste und dadurch noch staksiger wirkte. Die drei Freundinnen lächelten ihm spöttisch hinterher, so wie allen ihren Opfern, die ihrem prüfenden Blick nicht standhielten. Vor allem Hedwig machte sich einen Spaß daraus, die jungen Burschen aus dem Gleichgewicht zu bringen.

Bertha liebte diese Nachmittage und Abende, die sie alles vergessen ließen. Wann immer es ihre Verpflichtungen zuließen, traf sie sich mit ihren beiden Herzensfreundinnen in Cafés, oder sie besuchten Tanzbälle, lauschten Platzkonzerten oder gingen entlang der Enz oder durch das Nagoldtal spazieren. Hedwig und Louise erzählten von ihren heimlichen Abenteuern, die sie mit jungen Männern hatten, von Blicken und manchmal sogar von verstohlenen Berührungen. Dabei kicherten sie oft wie kleine Mädchen, fand Bertha. Früher ging ihr das Gekichere nur auf die Nerven. Aber in letzter Zeit merkte sie, wie diese Geschichten sie mehr und mehr interessierten, und genoss insgeheim den Nervenkitzel, der sie beim Zuhören befiel. Sich selbst in ein solches Abenteuer zu wagen, dazu war sie jedoch nicht bereit, auch wenn die beiden sie schon mal scherzhaft als alte Jungfer bezeichneten, weil sie sich so gar nicht für Männer zu interessieren schien. »Aber was nicht ist, kann ja noch werden«, scherzten Hedwig und Louise gern und kicherten wieder albern im Chor.

»Hahaha«, sagte Bertha zugleich beleidigt als auch trotzig.

Es erinnerte sie an ihre beiden älteren Schwestern, die ihr beide immer recht offenherzig erzählt hatten, wenn sie mal wieder verliebt waren und wie sie es anstellten, dass der Angebetete auf sie aufmerksam wurde. Damals hatten sie zu dritt miteinander gekichert und sich hochheilig versprochen, dass sie ihre gemeinsamen Geheimnisse niemand anderem weitererzählen würden. Bertha fand das alles unheimlich spannend, auch wenn sie diese Gefühle und Aufgeregtheiten noch nicht so richtig verstanden hatte. Wie gern würde sie Emilie und Elise davon erzählen, wenn sie wieder einmal von einem romantischen Tête-à-Tête geträumt hatte, oder sie um ihre Meinung fragen, was sie von diesem oder jenem jungen Mann hielten, dem sie auf einem Spaziergang begegnet war und der den Mut aufgebracht hatte, sie anzusprechen. Nur leider waren die beiden in der Zwischenzeit verlobt und weit weg in Amerika. Sie waren ihren Bräutigamen auf einem Schiff gefolgt, und Bertha konnte nicht mehr einfach so in ihr Zimmer platzen und sie um Rat fragen. So schade sie es fand, so sehr gönnte sie Emilie und Elise ihr großes Glück und hoffte, dass sie es dort auf diesem fernen, neuen Kontinent gut hatten. Als erst Emilie und später auch Elise ihr eröffneten, dass sie so unbeschreiblich weit wegziehen und sie sich deshalb vielleicht nie mehr wiedersehen würden, wurde Bertha erst unheimlich böse. Tagelang wusste sie nicht, wohin mit sich, und sprach kein Wort mit den beiden. Erst als sich ihre Wut löste, kam die Trauer. Natürlich verstand sie, dass ihre Schwestern ihr eigenes Leben beginnen wollten. Sie verstand sogar ihre Schwäger, die sich auf dem fernen Kontinent eine bessere Zukunft für sich und ihre jungen Familien erhofften. Aber es machte sie auch unendlich traurig. Bertha verlor ihre engsten Vertrauten und fühlte sich auf sich selbst zurückgeworfen. Es dauerte eine Zeit, bis sie damit ihren Frieden gemacht hatte und Emilie und Elise schließlich wirklich von ganzem Herzen alles Gute wünschen konnte. Die drei versprachen sich, so oft wie möglich zu schreiben.

In ihren Briefen hielt sich Bertha aber, wenigstens was die Sache mit Jungen anging, bedeckt. Zum einen brauchte es viel zu lange, bis sie Antwort bekam. Zum anderen wusste man ja nie, wer die Briefe noch so alles las. Sie wollte es sich gar nicht ausmalen. Im Boden wäre sie versunken, tief, von einem Moment auf den anderen, wenn jemand lesen würde, was Bertha sich niemandem zu erzählen traute. Schon der Gedanke trieb ihr die Schamesröte ins Gesicht.

Emilie war schon zwei Jahre weg, und Elise war vor knapp einem Jahr an Bord eines Ozeandampfers gegangen. Berthas Leben ging hier weiter. Mit Hedwig und Louise hatte sie zwei sehr gute, wenn auch sehr unterschiedliche Freundinnen, die sie beide schon seit ihrer Schulzeit kannte. Nach und nach vertraute sie den beiden wie zuvor nur ihren Schwestern. Das tat ihr gut. Bertha fühlte sich frei, wenn sie mit ihnen unterwegs war. Zu dritt, da waren sie sich einig, waren sie unschlagbar.

Auf der Terrasse des Cafés sitzend, tuschelten sie hinter vorgehaltener Hand miteinander. Hedwigs Kommentare über Männer waren oft enorm freizügig und ließen Bertha erröten, was Hedwig nur noch mehr anstachelte. Louise war dies ebenfalls peinlich. Sie war noch zurückhaltender als Bertha. Wenn Hedwig die beiden so betreten dasitzen sah, begann sie so herzhaft zu lachen, dass sie sich fast nicht mehr einkriegte.

Auch wenn Bertha mit dieser Ungezügeltheit nicht so viel anfangen konnte, faszinierte sie es in letzter Zeit immer mehr. War sie doch selbst, in anderer Hinsicht als Hedwig, ein Wildfang, wie ihr Vater sie ab und an nannte, schließlich probierte sie alles aus, zeigte keine Angst, wenn andere sagten, das wäre nichts für Mädchen, und interessierte sich eifrig für das Zimmererhandwerk ihres Vaters. Wenn er seinen Stolz auch nicht zeigen konnte, sah sie an seinen Augenwinkeln, dass er staunte, wie schnell sie die Dinge lernte. Wenn er sie mitarbeiten ließ, war sie ihm immer eine ausgesprochen gute Hilfe. Aber Bertha wusste durchaus ihre Contenance zu bewahren, sie wusste, wie weit sie gehen konnte, ohne anzuecken. Insgeheim bewunderte sie Hedwig dafür, dass sie so frei war, dass es sie wenig scherte, was andere von ihr dachten.

Bertha verdrehte die Augen, als Hedwig gerade einem feschen jungen Kerl hinterherpfiff. Louise wusste offenbar vor Scham für ihre Freundin nicht, ob sie im Boden versinken oder schnell auf die Toilette verschwinden sollte. Der junge Kerl aber drehte sich im Gehen halb zu Hedwig um, schaute verdutzt, lächelte dann und berührte mit dem Zeigefinger kurz seinen Hutrand.

Ein paar ältere Herrschaften, die den Pfiff ebenfalls gehört hatten, regten sich mächtig auf. »So eine Frechheit!« Ein Herr stampfte mit seinem Spazierstock auf den Boden. »Wo kämen wir denn da hin …?«

»Du sollst doch auf dein Herz achten, mein Lieber«, sagte die an seinem Arm gehende Frau und hinderte ihn daran, den Satz zu vollenden.

So peinlich berührt sie von Hedwigs Aktion auch war, so sehr musste sie sich jetzt zusammennehmen, um nicht laut loszulachen.

»Was für ein unverfrorenes Weibsbild«, echauffierte sich ein dickbäuchiger Herr in etwas zu enger Weste unter seinem Gehrock, und ein anderer Herr in Begleitung zweier

Damen rief den Ober. »Ich erwarte von Ihnen, dass Sie diese unflätigen Gören hier auf der Stelle hinauswerfen«, beschwerte er sich, »sonst werde ich dafür sorgen, dass man Ihnen auf der Stelle kündigen wird.«

»Und wieso bitte, soll ich jetzt gehen? Können Sie mir das bitte mal erklären?« Hedwig regte sich mächtig auf, als der Kellner der Aufforderung des sich so empörenden Mannes nachkam.

Dem Ober stand der Schweiß auf der Stirn.

»Ich bitte Sie, verstehen Sie doch, die anderen Gäste …«

»Uns pfeifen die Männer doch auch andauernd hinterher. Dürfen wir das dann nicht auch?«, ließ sich Hedwig nicht so einfach abwimmeln.

»Ich muss doch sehr bitten, meine Damen«, versuchte der Ober sie hinauszukomplimentieren. Die Augen aller im Café Anwesenden waren auf sie gerichtet, und der Kellner schien in Verlegenheit zu kommen.

»Ist unser Geld denn weniger wert als das der anderen Gäste?«

»Nein, natürlich nicht, gnädige Frau, aber …«

»Na also«, unterbrach Hedwig ihn.

»Aber die anderen Gäste …«

»Wir verstehen schon«, drängte Louise zum Aufbruch.

Bertha fand es mutig von Hedwig, dass sie sich so zur Wehr setzte. Zu Recht, fand sie. Selbst hatte sie aber keinerlei Bedürfnis, diese männliche Untugend mit vertauschten Rollen einfach nachzuahmen. Was wäre damit denn gewonnen? Sie fragte sich, ob es nicht einen anderen Weg gäbe, sich als Frau durchzusetzen.

Louise war schon aufgestanden, und Hedwig hatte erreicht, was sie wollte. Um den Ober noch mehr zu beschämen, gab sie ihm ein äußerst großzügig bemessenes Trinkgeld, worauf dieser ihnen beflissen die Tür aufhielt und mit einem tiefen Diener »noch einen besonders guten Tag« wünschte.

»So«, sagte Hedwig und atmete durch, als sie draußen standen, »das hat sich ja wieder mal gelohnt. Dann lasst uns noch einen Spaziergang machen.«

Schnell ließen sie die Aufregung im Café hinter sich und genossen es, den schönen Sommertag draußen zu verbringen.

»Ich glaube, wir sollten mal ein gescheites Mannsbild für Bertha aussuchen, meinst du nicht auch, Louise?«

Oh nein, dachte Bertha, *nicht schon wieder.* In letzter Zeit machten sich Hedwig und Louise immer mehr einen Spaß daraus, Bertha mit ihren Neckereien um einen passenden Mann zu ärgern. Es dauerte nicht lange, da hatte Hedwig auch schon einen Kandidaten erspäht.

»Was meinst du denn zu dem hier, Bertha? Schau mal, der Großgewachsene, der uns gleich entgegenkommt. Der hat immerhin schon einen richtigen Bart.«

»Oh ja, der wirkt schon richtig männlich. Oder ist dir das etwa zu viel Männlichkeit, Bertha?«

Die beiden musterten den jungen Mann schamlos, als er sie passierte, und kicherten, während Bertha nicht wusste, wohin mit sich, und errötete. Noch schlimmer war es, wenn sie solche Kommentare zu Hause fallen ließen und ihr zwei Jahre jüngerer Bruder Karl spitzkriegte, worüber sie redeten. Mit seinen achtzehn Jahren blieb ihm der Grund für die Sticheleien zwischen den Freundinnen nicht verborgen.

»Na, Bertha, bist wohl verliebt«, mischte er sich dann ein und grinste.

»Lass mich in Ruhe!«, konterte Bertha und lief knallrot an.

»Ihr blöden Kühe«, sagte sie an Hedwig und Louise gerichtet, die daraufhin kicherten.

Gerade zwanzig geworden, waren Bertha diese Anspielungen immer noch peinlich, genauso wie fast jede Begegnung mit einem jungen Mann ihres Alters. Sie wusste nie so recht, wie sie sich verhalten sollte. Wie einfach war es früher gewesen, wenn sie mit Jungs gespielt hatte. Dann war sie zwar immer das einzige Mädchen gewesen, aber sie hatte sich immer durchgeboxt, gezeigt, was sie konnte, dass sie den Jungs ebenbürtig war. Seit sich ihr Körper vor einigen Jahren sichtbar verändert hatte, schien alles irgendwie komplizierter. Die Jungs hatten sie nicht mehr in ihr Spiel integrieren wollen, und irgendwann war das Bertha auch ganz recht gewesen. Sie grenzten sie aus und lachten über Dinge, die sie überhaupt nicht lustig fand. Manche, so bemerkte sie, schauten sie mit der Zeit auch mit anderen Augen an. Ihr war das unangenehm. Eine Weile hatte sie nicht gewusst, wie sich verhalten sollte. Doch diese Unsicherheit und Scham hatte sie schnell wieder abgelegt. Sollten sie doch denken, was sie wollten, diese Kerle. Solange die Holzköpfe ihr nur hinterherpfiffen oder -riefen und sie sonst in Ruhe ließen, war ihr das egal. Sollten sie doch. Irgendwann begriff Bertha, dass die Jungs mindestens so unsicher waren wie sie. Und als junge Frau hatte sie auf einmal andere Mittel und Wege, um an ihr Ziel zu kommen.

4

»Jetzt beeilt euch, wir müssen gleich los«, ermahnte Berthas Mutter, die streng darüber wachte, dass ihre Kinder tadellos aus dem Haus gingen. »Wie siehst du denn wieder aus, Karl?«, ermahnte sie ihren Sohn. »Deine Haare stehen in alle Richtungen ab, und dein Hemd hängt aus der Hose. Ab ins Bad, und kämm dich gefälligst ordentlich.« Sie hob verzweifelt ihre Hände.

»Es ist doch jedes Mal das Gleiche … Bertha«, sprach sie ihre Tochter an, »sorg bitte dafür, dass der Rest der Bagage abreisefertig ist, ich kümmere mich um den Jüngsten. Julius? Wo ist er denn jetzt schon wieder?«

»Wir müssen gehen, wir verpassen sonst den Zug«, sagte ihr Vater, noch mehr Unruhe in das quirlige Geschehen bringend.

Bertha wusste, dass sich ihr Vater vor seinen Freunden aus dem Geselligkeitsverein Zur Eintracht nicht mit Unpünktlichkeit blamieren wollte, und schaute zu, dass ihre Geschwister so schnell wie möglich abreisebereit waren.

Bertha mochte es, mit der Eisenbahn zu fahren. Die meisten ihrer Freundinnen sahen darin eher ein eisernes Ungetüm, in das sie sich, Gott bewahre, sowieso nie begeben würden. »Das ist doch nur wieder so eine Männererfindung, um zu zeigen, wie toll sie sind und was sie alles können, Hauptsache, das Ding zischt und raucht und macht Lärm und stinkt«, wie Louise sich gern ausdrückte. Aber genau das interessierte Bertha. Es faszinierte sie immer wieder, wie dieses große, schwere Gefährt unter klagendem Geächze langsam in Bewegung kam. Wenn beim Einheizen der gesamte Bahnhof fast im Rauch erstickte, das Stampfen der Maschine, die Räder, die sich auf den glatten Schienen um Griff mühten, das Geruckel, wenn sich der mächtige Koloss erst langsam und dann immer schneller und schneller in Bewegung setzte und sie in Windeseile in eine andere Welt brachte.

»Schnell, hol deine Mütze, Gustav, du kannst doch nicht ohne sie aus dem Haus«, spornte Bertha den Fünfzehnjährigen an.

Berthas Vater trug seinen schönen Ausgehanzug, der ihm gut passte und ihn stattlich erscheinen ließ. Er genoss die sommerlichen Ausflüge mit der Eintracht. Dieser hatte sich erst vor wenigen Jahren als Geselligkeitsverein des gehobenen Bürgertums von aufstrebenden Kaufleuten und Handwerksmeistern aus Pforzheim gegründet. Man traf sich regelmäßig jede Woche im Wirtshaus, spielte Billard, lauschte Vorträgen oder freute sich einfach am Zusammensein mit Gleichgesinnten. Zu plaudern gab es genug, wie ihr Vater immer berichtete. Die Wirtschaft florierte, die Auftragsbücher waren in diesen Zeiten meist gut gefüllt, wenn da nur nicht all die lästigen Regularien wären, die sich wie Ungeziefer zu vermehren schienen, oder die wachsenden Ansprüche der Kunden. Noch mehr zu schimpfen und zu diskutieren gab es über die Politik. Und da den gestandenen Mannsbildern vom vielen Reden die Kehle darüber gar zu trocken wurde, floss auch so manches Bier durch durstige Kehlen, was dafür sorgte, dass die Abende eben doch immer vor allem eines waren: feucht und fröhlich.

Die Eintracht war gleichzeitig ein Männergesangsverein, und Bertha freute sich immer, wenn ihr Vater von den Gesangsproben nach Hause kam. Laut trällernd lief er dann durch das Haus und hatte besonders gute Laune, und sie lernte auf diese Weise immer wieder neue Lieder kennen.

Ein paarmal im Jahr wurden Ausflüge mit den Familien organisiert. Berthas Vater hatte die ganze Familie angemeldet. Die Subskription für das Mittagessen hatte er gleich mit unterschrieben. Dieses Mal sollte sie der Ausflug zu den mittelalterlichen Klosteranlagen von Maulbronn bringen, und wie er gehört hatte, war die Wirtschaft neben dem Kloster recht gut angeschrieben. Das wollte er sich nicht entgehen lassen.

Bis auf eine hatten alle begeistert im Chor »Ja« gerufen, als Karl Friedrich und Auguste ihren Kindern den Vorschlag unterbreiteten. Alle außer Bertha, die sich schon so darauf gefreut hatte, wie an jedem Wochenende mit Hedwig und Louise im

Stadtpark zu flanieren, anschließend in der Stadt auf der Terrasse eines Cafés Kaffee und Kuchen zu genießen und die Passanten zu beobachten. Und natürlich wollten sie sich die Münder fusselig reden, darüber, wie furchtbar dieser Schal doch aussah oder welch altmodisches Kleid jene Frau doch trug.

Alles Bitten half nichts. Bertha musste klein beigeben. Was sich letztendlich als gar nicht so schlimm erwies. Denn auch Hedwigs und Louises Väter, beide Mitglieder der Eintracht, hatten darauf bestanden, mit der gesamten Familie am Sommerausflug des Geselligkeitsvereins teilzunehmen. Ganz ohne ihre Busenfreundinnen musste sie den Sonntag also doch nicht verbringen.

»Also los jetzt, wir müssen wirklich aufbrechen!«, wiederholte ihr Vater und lief nervös hin und her.

»Jaja, wir kommen ja schon.« Seine Frau kam mit Julius aus dem Bad geeilt und scheuchte ihre Kinder Richtung Tür.

»Unser Backfisch hat sich aber herausgeputzt heute«, stichelte Karl Friedrich junior. »Ob sie sich vielleicht schon einen ausgesucht hat? Na, Bertha, was verheimlichst du uns denn?« Er kicherte, und die anderen Geschwister, ob sie nun begriffen, was er sagte oder nicht, lachten mit. Berthas Wangen erröteten gegen ihren Willen. »Ihr seid so doof!«, brachte sie noch heraus, wandte sich ab und schnaubte vor Wut. Normalerweise konnte sie sich gut wehren, hatte immer schnell Antworten parat, egal wer ihr gerade krumm kam. Aber bei diesem Thema traf es sie irgendwie, wenn sie aufgezogen wurde, und sie fühlte sich einfach wehrlos. Zumal sie sich mit Karl eigentlich gut verstand. Seit Emilie und Elise aus dem Haus und weit weg in Amerika waren, gingen sie beide mehr und vertrauter miteinander um. Bertha war froh, dass Karl sie für voll nahm, wenn sie gemeinsam Handwerkszeugs für Vater reparierten oder zu Hause einfache Arbeiten für ihn ausführen durften. Und dass sie sich mit ihm raufen konnte. Das gehörte sich zwar absolut nicht, aber manchmal hatte Bertha einfach Lust dazu, und ihrem Bruder schien das zu gefallen. Sie waren vertraut miteinander, wussten, dass sie sich aufeinander verlassen konnten. Das schloss nicht aus, dass sie sich manchmal auch in die Haare kriegten oder den jeweils anderen auch mal so richtig ärgern konnten. So wie jetzt.

»Hört auf mit dem Getue und macht, dass ihr aus der Tür kommt!«, forderte ihre Mutter sie auf. »Warum das doch jedes Mal so ein furchtbares Chaos sein muss, wenn wir alle zusammen aus dem Haus gehen?«

5

Schon als sie durch die kurze, enge Gasse unter dem Torbogen entlang der Apotheke und dem Buchladen liefen, offenbarte sich der Reisegruppe die enorme Größe der Klosteranlage Maulbronn. Um den enormen Wirtschaftshof, auf den sie zuliefen, reihten sich auf allen Seiten eindrucksvolle Gebäudeensembles. Bertha blieb mit offenem Mund stehen, als sie auf den Platz trat. Sie ließ die großen, auf Steinsockeln stehenden Fachwerkhäuser auf sich wirken. Rechter Hand befand sich ein riesiges Gebäude aus Stein, der Fruchtkasten, wie der Klosterspeicher genannt wurde. Das erzählte ihnen der Bruder, der auf dem Platz schon auf sie gewartet hatte. Sein Habit bestand, wie für Zisterzienser üblich, aus einer weißen Tunika mit Kapuze, über der er ein schwarzes Skapulier trug. Dieser breite schwarze Stoffgürtel verhinderte, dass der Überwurf bei Wind weggeweht werden konnte.

Hier, nur ein paar Meter hinter dem Torbogen, war der erste Halt seiner Führung. Sie erfuhren, dass das Kloster bereits im 12. Jahrhundert gegründet worden war und mit der

Reformation im 16. Jahrhundert, als das Herzogtum Württemberg sich schon bald für den Protestantismus entschied, das Klosterleben, mit einer kurzen Ausnahme von 1630 bis 1649, ein Ende fand.

Bertha wusste, dass es in der Eintracht sowohl katholische als auch evangelische Mitglieder gab. Aber niemand schien auf die Ausführungen des Bruders eingehen oder eine Bemerkung machen zu wollen.

Wie selbstverständlich hatten sich Hedwig, Louise und Bertha für die Führung zueinandergesellt. Bertha schaute sich um.

Die meisten Frauen trugen ihre besseren Sommerkleider. Auch wenn es ein geselliger Ausflug war, so wollte doch keine einen schlechten Eindruck hinterlassen. Auch bei ihren Hüten hatten sie ihr Bestes gegeben, so schien es. Sogar welche mit richtig großen Krempen und verspielten Bändern mit Blumenmotiven auf den Hüten konnte sie bewundern. Das taten ihr Hedwig und Louise offenbar gleich, denn die beiden begannen gerade leise über die ausgefallensten Hüte zu lästern.

»Der stünde ja noch ein Kochtopf besser«, flüsterte Louise mit Blick auf eine schon etwas in die Tage gekommenen Dame, die schräg vor ihnen stand.

Bertha versuchte, nicht laut zu lachen.

»Dann mal schauen, wie es heute hier so mit dem Angebot an Männern steht.« Hedwig ließ ihre Augen über die Reisegruppe schweifen.

»Also, was die Kleidung betrifft, hätte der Herrgott ja keine langweiligeren Geschöpfe erschaffen können als Männer«, beklagte sich Louise, »alle im schwarzen Anzug, weißen Hemd und schwarzen Schuhen.«

»Dann müssen wir uns halt an den inneren Werten orientieren, obwohl es sich um Männer handelt«, witzelte Hedwig.

»Vielleicht finden wir ja jemanden für unsere Bertha, was meinst du, Louise?«

»Also wirklich«, Bertha wurde heiß und kalt, »ihr werdet doch nicht jetzt hier vor dem versammelten Verein …«

»Aber sicher, warum denn nicht?«

»Da schau her«, deutete Hedwig auf einmal vorsichtig zu einem Mann ein paar Meter weiter, »der wäre doch was, was meinst du, Bertha?«

»Ich meine gar nichts. Und außerdem steht mir da jemand vor der Nase, ich kann ihn also gar nicht sehen. Und jetzt hört sofort auf damit. Ihr blamiert mich ja vollkommen.«

Sie drehte sich demonstrativ dem Bruder zu, um seinen Ausführungen weiter zuzuhören.

Dieser fuhr unbeirrt mit seinen Erklärungen fort. Bertha tat, als wäre sie interessiert zu hören, dass schon 1556 der Grundstein für eine Klosterschule gelegt wurde, um evangelische Pfarrer heranzuziehen und auszubilden. Seit 1806 habe König Friedrich I. von Württemberg das Kloster schließlich säkularisiert. Immerhin sei er froh, dass er als Mitglied des Zisterzienserordens weiterhin Führungen durch die alten Klosteranlagen seines Ordens geben durfte.

»Da habt ihr euch ja mit dem Dicken Friedrich gleich den Richtigen ausgesucht«, witzelte einer aus der Gruppe, aber leise genug, dass der Bruder ihn nicht hören konnte. Die Leute um ihn herum grinsten. Der erste König Württembergs galt als besonders streng. Eine Strenge, die er sich selbst, wenn es ans Essen ging, offensichtlich nicht auferlegte.

Auch Bertha musste schmunzeln. Wenigstens lockerte das den trockenen, mit allen möglichen Jahreszahlen von anno dazumal gespickten Vortrag auf.

Im Laufe der weiteren Führung erfuhr sie, dass unter anderem Johannes Kepler hier Schüler gewesen war. Richtig wach wurde sie aber erst, als der Bruder erzählte, dass keine Frau den Ort, an dem sie jetzt standen, betreten durfte, als dies noch ein Kloster war. Die Gottesdienste durften auch von Frauen besucht werden. Auf die Klosteranlage kamen sie aber nicht. Dies war strenge Regel, während alle Männer als Gäste angesehen und hereingelassen wurden.

Bertha verstand nicht, warum schon ab diesem Punkt keine Frauen mehr zugelassen waren, schließlich standen das eigentliche Kloster und die Hauptkirche an der gegenüberliegenden Längsseite des Platzes, der mindestens zwei Häuserblocks lang war.

»Na, wenn sie damit glücklich wurden.« Louise zuckte mit den Schultern.

»Für mich gäbe es dort ja eh nichts zu suchen«, sagte Hedwig schnippisch, »die dürfen subzingulär ja nicht aktiv werden.«

»Sub was?«, fragte Bertha.

»Na unterhalb ihres Zingulums, des Gürtels, verstehst du?«

»Oje, Hedwig!« Bertha verdrehte die Augen.

Der Bruder lud die Gruppe ein, über den großen Platz an den prächtigen Fachwerkhäusern und einem großen, alten Magnolienbaum vorbei auf die riesige Kirche zuzulaufen. Anders, als es Bertha kannte, schien sich der Eingang nicht an der kurzen, sondern an der breiten Seite der Kirche zu befinden.

»Der Eingang wirkt ja fast wie der in unserer Schlosskirche«, wunderte sie sich, als sie sich schließlich im Paradies befanden, der überdachten Vorhalle zum Eingang.

»Da haben Sie vollkommen recht, junge Frau.« Der Bruder hatte ihre Bemerkung gehört und ging freudig darauf ein. »Tatsächlich wurden die Klosterkirche und Ihre Schlosskirche in Pforzheim praktisch zur selben Zeit erbaut und ähneln deshalb einander mit ihren Rundbögen und davor versetzten Säulen.« Er schien froh, eine Verbindung zwischen Maulbronn und seiner Pforzheimer Gästegruppe gefunden zu haben.

Bertha dagegen war es peinlich. Sie senkte ihre Augen und spürte die Wärme in ihren Wangen.

Zum Glück wandte sich der Bruder gleich den Türen zu, die noch aus dem Jahr 1178 stammten und damit die ältesten noch erhaltenen in allen deutschen Landen waren.

Berthas Vater machte ein paar Schritte nach vorne, um das zweiflügelige Hauptportal näher inspizieren zu können. Als Zimmermann war er besonders an den Holzarbeiten interessiert.

»Na, Karl Friedrich, werden deine Türen auch so lange halten?«, witzelte einer seiner Eintrachtbrüder.

»Auf jeden Fall so lange, dass wir beide es nicht mehr nacherzählen können«, konterte Berthas Vater fröhlich.

Ja, ihr Vater war schlagfertig und nicht so leicht unterzukriegen, genau wie ihre Mutter. Diesen Wesenszug hatten sie Bertha wohl vererbt, worauf sie stolz war. Sie schaute grinsend in die Runde und sah, wie auch die anderen lächelten.

Viele Teilnehmer hatte sie schon bei früheren Gelegenheiten kennengelernt und erkannte ihre Gesichter wieder. Der eine oder andere, der gerade zu ihr herschaute, erwiderte ihren Blick mit einem freundlichen Nicken.

Die Gesellschaft kam in eine immer bessere Stimmung, und der Bruder bemühte sich um einen angemessenen Ton, schließlich waren sie drauf und dran, die heiligen Hallen zu betreten.

Berthas Aufmerksamkeit war dahin, als sie plötzlich ein ungemein attraktives Mannsbild in der Gruppe entdeckte. Da konnte dieser Bruder viel über die Klosterkirche, den Kreuzganz, Kapitelsaal und das Herren- und Laienrefektorium erzählen, in ihr tobten auf einmal alle möglichen Gefühle, die sie überhaupt nicht von sich kannte. Es war, als hätte sie Schmetterlinge im Bauch, und ein klarer Gedanke war nicht zu fassen.

Wer konnte das nur sein?, wunderte sie sich. Sie konnte sich nicht erinnern, ihn bei früheren Ausflügen der Eintracht gesehen zu haben. Er wirkte nur wenig älter als sie und somit jünger als die meisten anwesenden Männer, die schon ein paar Jahre mehr auf dem Buckel und in den meisten Fällen eine Familie hatten. Nein, er war irgendwie anders. Er sah lebenslustig aus, seine braunen Augen flackerten geradezu vor Neugier und Lebensfreude. Er machte eine stattliche aufrechte und schlanke Figur. Auch das gefiel ihr. Er hatte keinen Bierbauch wie die meisten hier, und kam nicht so gesetzt daher. Seine Bewegungen waren spielerisch, Bertha gefiel das. Bei aller Bestimmtheit strahlten seine Augen auch etwas Freundliches, ja fast Liebevolles aus. Bertha musste sich geradezu zwingen, ihren Blick von ihm abzuwenden – vor allem, wenn es den Anschein hatte, dass er gleich in ihre Richtung schauen würde.

Schließlich kam die Gesellschaft zum Brunnenhaus am nördlichen Kreuzgang gegenüber dem Herrenrefektorium.

»Dies ist die letzte Station unserer Führung«, sagte der Bruder und faltete seine Hände vor seinem Bauch. »Dieser dreischalige Brunnen ist, im Gegensatz zu praktisch allem anderen, was Sie im Kloster gesehen haben, wohl eher neueren Datums und in Anlehnung an Architekturstile früherer Jahrhunderte gebaut.«

Der Brunnen befand sich in einer Art halbrundem Erker, der in den Innengarten des Klosters hineinragte, und war wirklich eindrucksvoll und hübsch, fand Bertha. Das half ihr, so interessiert wie möglich dreinzuschauen.

Gleichzeitig merkte sie, wie es ihr im Kopf immer leichter und in ihrer Magengegend schummriger zu werden schien.

Wenn die anderen nur nichts merken, hoffte Bertha und gab sich Mühe, sich nicht auffällig zu verhalten. Auf hämische Kommentare ihrer Freundinnen oder Geschwister konnte sie gut verzichten. Wie konnte sie nur herausfinden, wer dieses adrette Mannsbild war? Und vor allem, wie könnte sie eine Möglichkeit bekommen, wenigstens kurz seine Aufmerksamkeit auf sich zu ziehen und vielleicht sogar mit ihm zu sprechen?

Alle standen um den Brunnen herum und hörten den Ausführungen des Klosterbruders zu.

Plötzlich fühlte sie einen Knuff in ihrer Seite. Sie erschrak und schaute verwundert zu Hedwig, die ihr den sanften Ellbogenstoß verpasst hatte.

»Den habe ich vorhin gemeint«, flüsterte sie schnell und fast unhörbar, schaute Bertha kurz an, wandte dann ihren Kopf wieder nach vorn, die Augen auf den Bruder gerichtet, und schob demonstrativ die Schultern nach hinten.

Bertha fühlte sich ertappt und errötete, was die Situation nur noch schlimmer machte. Sie tat es ihrer Freundin nach und wandte ihren Blick konzentriert nach vorn. Nach ein paar Sekunden wagte sie, wieder Hedwig anzusehen, die ihren Blick für einen Moment erwiderte. Es schien Bertha, als wäre ihr Mund zu einem Anflug eines spöttischen Lächelns verzogen. Zwinkerte sie ihr etwa mit einem Auge zu? Bertha wollte am liebsten im Boden versinken. Waren schon ihre schieren Gedanken so laut vernehmbar, dass Hedwig etwas bemerkt hatte? Ihr wurde noch schummriger. *Fokussiere dich, Bertha*, sagte sie im Stillen zu sich selbst, *es gehört sich nicht, sich so gehen zu lassen.* Sie atmete, so tief es eben mit diesem seltsamen Kribbeln im Bauch ging, und auf wundersame Weise gelang es ihr, ihre Gefühle beiseitezuschieben und den Ausführungen des Vortragenden wieder folgen zu können. *Na ja*, dachte sie, *immerhin habe ich das schon mein ganzes Leben eingetrichtert bekommen, mich zu Hause und in der Schule zu jeder Zeit zu beherrschen und die Contenance nicht zu verlieren.*

So bekam sie gerade noch mit, dass die zwei oberen Brunnenschalen erst in späterer Zeit ergänzt wurden, dass sich hier die Mönche vor dem Essen die Hände wuschen und sich hier auch die Tonsur scheren lassen konnten. Vor ihrem inneren Auge sah Bertha, wie die Mönche, bevor sie ins Refugium gingen, die Hände in der Brunnenschale wuschen und dann die ganzen Haare, die an ihren Händen hängen geblieben waren, an ihrem Habit versuchten abzustreifen. Sie musste sich auf die Lippen beißen, um nicht loszulachen. Ganz so leicht konnte sie ihre Gefühle wohl doch nicht wegstecken.

»Ich möchte diese Führung gerne mit den ersten beiden Strophen eines Gedichts eines ehemaligen Schülers von hier beenden«, sagte der Bruder. »Er ist vielleicht nicht so bekannt, aber wir sind stolz, ihn bei uns gehabt zu haben. Und wer weiß, vielleicht kommt er ja noch zu einigem Ruhm. Das Gedicht heißt ›An die Natur‹ und der Verfasser Friedrich Hölderlin:

›Da ich noch um deinen Schleier spielte,
Noch an dir wie eine Blüte hing,
Noch dein Herz in jedem Laute fühlte,
Der mein zärtlichbebend Herz umfing …‹«

Immer wieder schaute Bertha kurz verstohlen zu diesem Mann hin, und genau in dem Moment des »zärtlich bebenden Herzens« drehte er seinen Kopf in ihre Richtung und sah ihr für den Bruchteil einer Sekunde in die Augen, bevor sie schnell in eine andere Richtung schaute. Ihr wurde ganz anders, sie zitterte leicht. Hatte er etwa gelächelt? Ihre Gedanken schweiften ab, oder vielmehr sie drehten sich nur noch um eines, sie wollte, nein, sie musste diesen Mann kennenlernen.

Sie versuchte, sich wieder auf den Vortrag zu konzentrieren:

»›Noch den Geist, dein Geist der Freude sich
In des Herzens stiller Welle regte,
Da umfingen goldne Tage mich.‹«

Berthas Herz zerfloss beinahe, so schien es ihr, und die »goldnen Tage« vermischten sich in ihren Gedanken bereits mit diesem Mann, der ihr gegenüber auf der anderen Seite des Brunnens stand, den sie bisher nur gesehen, aber mit dem sie noch kein einziges Wort gesprochen hatte. Seine Augen funkelten, hatten etwas Spitzbübisches, was ihr sehr gefiel. Sein Körper wirkte agil in der Weise, wie er da im sanften Gegenlicht stand.

Alle klatschten, als der Gedichtvortrag und damit die Führung endete, und Bertha beeilte sich, mit einzustimmen. Sogleich bildeten sich kleine Grüppchen, und begannen die Mitglieder der Eintracht und ihre Familienangehörigen, sich lautstark miteinander zu unterhalten. Bertha traute sich fast nicht, Hedwig anzuschauen. Aus ihren Augenwinkeln sah sie, wie sie mit Louise tuschelte, worauf beide hinter vorgehaltener Hand kicherten und zu ihr herüberschauten. Ihre Freundinnen kamen auf sie zu.

»Du hast dich doch wohl nicht verknallt, oder?«, fragte Hedwig sie leise, als sie dicht vor ihr stand.

»Ich? Was … also nein … Wie kommst du denn …?«, stammelte Bertha. Sie fühlte, wie ihr Gesicht röter und röter wurde. Sie wollte einfach nur weg.

»Welcher ist denn der Glückliche?«, überging Louise ihre Antwort einfach, obwohl sie und Hedwig genau wussten, um wen es sich handelte. Sie neigte schelmisch ihren Kopf zur

Seite. »Ah, ich glaube, es ist der da mit dem welligen Haar und dem kleinen Schnauzer. Ich muss sagen, der gefällt uns auch ganz gut.«

»Aber ich …«, Bertha sah ein, dass sie ihren Freundinnen nichts vormachen konnte. Sie müssten eigentlich wissen, wie sie sich gerade fühlte.

Hedwig musterte ihn. »Oha, ja, ich muss sagen …«

»Nicht hinschauen!«, flüsterte Bertha, so laut es eben ging, ohne dass andere sie hören konnten. Sie versank noch weiter im Boden, so weit das überhaupt noch möglich war.

»Obwohl«, auch Louise hielt sich nicht an Berthas Aufforderung. Die beiden schienen sich einen Spaß daraus zu machen, ihre Freundin mit ihrer ebenso unbekannten wie verwirrenden Gefühlslage geradezu zu foltern. Und sie fühlte sich ihnen hilflos ausgeliefert. »Er sollte vielleicht mal wieder zum Coiffeur.« Hedwig und Louise konnten sich fast nicht mehr halten vor Lachen und bissen sich auf die Zunge, um nicht allzu sehr aufzufallen.

»Also gut.« Louise schnappte nach Luft und trocknete sich mit ihrem weißen Taschentuch die Augen. »Weißt du überhaupt, wie er heißt und was er tut?«

»Nein, ich …« Bertha kam sich so unendlich unbeholfen vor.

»Dann lass uns mal machen, das finden wir schon raus«, sagte Hedwig.

»Nein, bloß nicht, ihr könnt doch nicht …« Weiter kam Bertha nicht.

»Und ob wir können, das geht ganz schnell, du wirst schon sehen«, unterbrach Louise sie, bevor sie sich abwandte und zu ihrem Vater ging. Hedwig packte Bertha am Unterarm und zog sie ein Stück in den Kreuzgang, aus dem Blickfeld der beiden. Doch dann kam auch er mit seinem Gesprächspartner aus dem Brunnenhaus und lief den Kreuzgang entlang Richtung Kirche. Erneut packte Hedwig Bertha. Dieses Mal zog sie

sie in das gegenüberliegende Herrenrefektorium, dem ehemaligen Speisesaal der Mönche, erinnerte sich Bertha von der Führung, und hoffte, dass die Männer weiterlaufen würden, ohne sich diesen Raum noch einmal anschauen zu wollen.

Die Männer blieben eine Weile genau vor diesem Eingang stehen und schienen sich gut zu unterhalten, einige andere kamen hinzu, und sie redeten und lachten miteinander. Dann ging die Gruppe wieder zurück in den erkerartigen Anbau des Brunnenhauses.

Bertha und Hedwig atmeten durch und trauten sich vorsichtig wieder nach draußen.

Wenig später kam Louise zurück. Noch bevor sie etwas sagen konnte, zog Hedwig alle beide wieder in den ehemaligen Speisesaal.

»Leise, sie stehen hier gleich um die Ecke.«

»Er heißt Carl Benz, ist Ingenieur und wohl noch nicht lange in Pforzheim«, berichtete Louise.

»Jetzt bist du am Zug«, sagte Hedwig.

»Ich? Wie meinst du das?«, fragte Bertha.

»Jetzt geh halt hin zu ihm und verwickle ihn in ein Gespräch«, drängte ihre Freundin weiter.

»Ich soll was?« Bertha wurde beinah schwindelig.

»Jetzt hör mal zu, du dumme Göre, du bist doch sonst nicht so zimperlich«, erwiderte Hedwig. »Du gehst zu ihm hin und redest mit ihm. Schließlich musst du doch wissen, ob er der Mühe wert ist, oder etwa nicht?«

Bertha nickte. Da hatte sie schon recht. Sie hatte schon immer dafür gesorgt, dass sie bekam, was sie wollte. Also wäre es doch nur folgerichtig, wenn sie auch hier die Initiative ergriff.

»Kommt ihr mit?«

»Wir sind an deiner Seite«, sagte Hedwig, und Louise nickte.

Also gut, dachte Bertha und atmete tief durch.

Ihre Knie schlotterten, als sie Mut fasste und sich langsam und unauffällig in seine Richtung begab, mit ihren Freundinnen an ihrer Seite. Jetzt machten sie sich nicht mehr über sie lustig, sie waren ihre Verbündeten. Die drei taten, als unterhielten sie sich über die Architektur des Brunnenhauses und des Kreuzgangs, schauten scheinbar interessiert an den Wänden hinauf zur Decke und kamen so recht zufällig dem Objekt von Berthas Begierde immer näher.

Die Gruppe der Männer, in der dieser Carl Benz stand, unterhielt sich lauter und lachte immer ungezwungener. Bertha konnte sich nicht darauf konzentrieren, worüber sie redeten, aber es spielte keine Rolle.

Als sie wieder nach oben schaute und so tat, als bewundere sie die Rosette und die Verzierungen, stellte Bertha auf einmal fest, dass ihre Freundinnen verschwunden waren. Sie stand plötzlich alleine da. Nur ein paar Schritte von ihm entfernt. Das Herz rutschte ihr in den Magen. Sie musste schlucken. Zum Glück hatte er sie, ganz in das Gespräch mit einem Vereinskameraden vertieft, noch nicht bemerkt. Um sich herum nahm sie gedämpft, wie durch einen Vorhang hindurch, animierte Diskussionen unter den Vereinskameraden über politische Themen wahr, die sie auch von ihrem Vater kannte, wenn er sich mit Besuchern in die gute Stube setzte, eine Zigarre rauchte und mit ihnen die Weltlage erörterte.

Irgendwie gelang es ihr, sich selbst einen Ruck zu geben. Es sollte ihr doch alles egal sein. Das Einzige, was sie wollte, war, die Aufmerksamkeit dieses einen Mannes auf sich zu ziehen. *Also los jetzt*, sprach Bertha sich selbst Mut zu.

Ihre Knie schlotterten noch heftiger. Sie ging ein paar Schritte auf den Brunnen zu, um sich mit einer Hand an dessen Rand festzuhalten. Die andere legte sie unwillkürlich auf ihren Bauch. *Mir ist so sonderbar,* dachte sie und versuchte, sich wieder in den Griff zu kriegen. *Atme, drück deinen Rücken durch, atme tiefer,* sagte Bertha zu sich selbst. Sie wusste nicht mehr so recht, wie ihr war. War ihr flau vor Aufregung oder wollte sie am liebsten losspringen? Tiefer einzuatmen gelang ihr nur halb. Aber immerhin kam sie etwas zur Ruhe. Sie tastete ihre nach hinten gekämmten und nur zum Teil nach oben gesteckten Haare ab und legte einige Strähnen ihrer langen, leichten Locken kokett nach vorne über ihre Schulter auf den weißen Kragen. Also los. Sie ging die letzten Schritte in Richtung ihres Ziels.

Ihr Herz schlug ihr bis in den Hals. Die anderen mussten es fast hören können.

»Interessant, dass der Johannes Kepler hier auch mal Schüler war«, hörte sie einen älteren Herrn zu dem wesentlich jüngeren Mann sagen. »Wusstest du übrigens, dass er außer seinen astronomischen Gesetzen unter anderem auch die Zahnradpumpe entworfen hat?«

»Tatsächlich? Tja, da sieht man mal wieder. Alles Wissen und alles Vermehren unseres Wissens endet nicht mit einem Schlusspunkt, sondern mit einem Fragezeichen.«

»Wohl wahr, wohl wahr.«

»Als Erfinder muss man eben viele Talente und vor allem Tatendrang besitzen.« Er lächelte. *Was für ein wunderbares Lächeln er hat,* bemerkte Bertha und ermahnte sich selbst, den Kopf wieder gerade auf den Hals zu setzen.

Oh Gott, er schaut mich an. Hatte Berthas Herz gerade noch bis hinauf in ihre Kehle gehämmert, so rutschte es ihr jetzt bis in den Beckenboden. Irgendwie schaffte sie es aber, an den Plan zu denken, den ihre Freundinnen für sie ausgeheckt hatten.

Jetzt gilt es, dachte sie und ließ wie aus Versehen ihr gehäkeltes Taschentuch fallen.

»Darf ich?«

»Oh, bitte entschuldigen Sie meine Ungeschicklichkeit«, stammelte Bertha.

»Aber ich bitte Sie, das kann doch jedem mal passieren.«

Er richtete sich wieder auf und schaute ihr in die Augen, als er ihr das Taschentuch entgegenstreckte. »Bitte sehr.«

»Haben Sie Dank.« Bertha versank beinahe in diesen tiefen, grünen Augen, die so offen waren wie die weite See und sie vorwitzig anschauten. Seine vollen Lippen formten ein fast schon belustigtes Lächeln. Aber nur im ersten Moment. Er schaute sie etwas länger und intensiver an, als es sich üblicherweise schickte, und Bertha registrierte, wie sein Lächeln fast unmerkbar weicher wurde und auch seine Augen tiefer in den ihren auf die Suche gehen wollten.

Bertha wurde wieder schummrig.

»Ist Ihnen nicht gut?« Er streckte seine Hand aus und berührte sie vorsichtig an ihrem Oberarm. Seine Hand war groß und fühlte sich fast weich, doch gleichzeitig stark an.

»Nein, nein, es geht schon, danke. Ich weiß auch nicht, was ich habe, so etwas passiert mir sonst nie.«

»Vielleicht sollten Sie ein Schlückchen Wasser aus dem Brunnen trinken.«

»Und mir dann die Mönchshaare aus dem Mund picken müssen?«, scherzte sie, und er lachte mit ihr. »Nein, nein, danke, es geht schon wieder, wirklich.«

»Bitte entschuldigen Sie, ich habe mich noch gar nicht vorgestellt. Benz der Name, Carl Benz. Angenehm.«

»Ganz meinerseits, Herr Benz.«

Er lächelte sie an und streckte seine Hand nach ihrer aus. Bertha befürchtete, sie würde vollends zerfließen, wenn sie noch mal so intensiv in seine Augen sähe. Aber es blieb ihr nichts anderes übrig.

»Ähm Bertha, Bertha Ringer«, sagte sie. »Bitte entschuldigen Sie.« Als sie seine Hand nahm und schließlich ihren

Kopf hob, um ihm, wie es der Anstand gebot, in die Augen zu schauen, wusste sie es. Sie war sich einfach sicher. Seine klaren, grünen Augen empfingen ihren Blick freundlich und offen. Sie strahlten eine so vollkommene Mischung aus Güte und Neugierde, spitzbubenhaftem Humor und Willenskraft aus, dass sie es sofort wusste. Sie wusste nicht, wie, sie wusste es einfach. *Das ist der Mann, den ich will.* Plötzlich war ihr gar nicht mehr schummrig, zumindest nicht mehr so sehr. Sie schien wieder zu sich selbst zu kommen. Endlich konnte sie wieder tief durchatmen, streckte ihren Rücken durch.

»Es ist mir eine Freude, Ihre Bekanntschaft zu machen, Fräulein Bertha«, sagte Carl Benz. »Dann sind Sie wohl die Tochter unseres lieben Karl Friedrich?«

»Ja, das stimmt. Und Sie sind auch Mitglied bei der Eintracht?«

Eine blödere Frage hätte ich mir wohl nicht ausdenken können. Schließlich wäre er ja sonst nicht hier, schimpfte sich Bertha insgeheim.

»Genau wie Ihr Vater. Ich bin Ingenieur und wohne seit einem halben Jahr in Pforzheim.« Er wandte sich ihr nun vollkommen zu, kümmerte sich nicht mehr um seinen Gesprächspartner. »Kommen Sie, lassen Sie uns ein paar Schritte gehen.«

»Ich sehe, Carl, du hast bereits mit meiner Tochter Bekanntschaft gemacht.« Ihr Vater stand plötzlich vor ihnen.

»Ja, und ich muss sagen, wie bei einem solchen Vater nicht anders zu erwarten, ist sie eine bezaubernde Persönlichkeit.«

Gerade als dieser zu einer Antwort anhob, forderte einer der Vereinskameraden mit übertönender Stimme zum allgemeinen Aufbruch auf. Es wäre nach so einer informativen, gleichwohl längeren Führung wohl so langsam an der Zeit, die Kehlen mit einem oder zwei frischen Bieren zu schmieren. Außerdem wollten die Hausherren gerne wieder abschließen, und man solle sich doch bitte unverzüglich ins Wirtshaus begeben. Man habe den Wirt bereits wissen lassen, dass er das Mittagessen sogleich servieren könne.

Bertha war es sehr recht, dass ihr Vater nicht mehr zu einer Antwort kam.

6

»Und?« Louise und Hedwig platzten fast vor Neugier. Während des Essens und auf der Rückfahrt hatten sie Bertha nicht fragen können. Die Eltern und Geschwister waren andauernd in Hörweite. Bis zum folgenden Wochenende hatten sie sich gedulden müssen. Nun, am Sonntag in der Woche nach dem Ausflug, wollten sie alles wissen, was er gesagt hatte, was sie gesagt hatte, ob sie aus seinen Worten oder seinem Verhalten Mut schöpfen könnte, ob sie ihn immer noch so anziehend fände und ob er ihre Zuneigung erwidern würde.

Bertha war es gar nicht so unrecht gewesen, dass sie in der Zwischenzeit nicht mit ihren Freundinnen hatte reden können. So gern sie ihre Gefühlswallungen auch teilen wollte, merkte sie in ihrem Innersten, dass sie damit auch erst einmal mit sich allein sein wollte. Sie wusste noch immer nicht so richtig, wie ihr war und was da in Maulbronn geschehen war. *Ich muss ihn wiedersehen, so viel steht fest,* dachte Bertha. Sie hatte ihm sogar einen Brief geschrieben, auch wenn sie nicht wusste, ob sie diesen tatsächlich abschicken würde. Aber immerhin hatte sie so ihre Gedanken etwas sortieren können.

Sie kam aber nun nicht umhin, Hedwig und Louise haarklein zu berichten, wie er ihr von sich erzählt hatte, dass er Ingenieur sei, ihr vor allem aber dabei tief und lange in die Augen geschaut hatte.

»Und ich habe ihm von uns erzählt, von unserer großen Familie. Stellt euch nur vor, er ist ein Einzelkind«, sagte Bertha.

»Jetzt erzähl doch schon, wie ist er denn so?«, drängte Louise.

»Einfach unglaublich.« Bertha neigte ihren Kopf etwas zur Seite und schaute in die Ferne.

»Bertha«, ermahnte sie Hedwig, die es kaum noch aushielt vor lauter Spannung.

»Er ist so zuvorkommend, hat nicht nur über sich selbst geredet, sondern auch zugehört, wenn ich erzählt habe. Außerdem hat er Humor. Und …«, Bertha machte eine kurze Pause und schaute ihre Herzensfreundinnen abwechselnd an, die vor Neugier die Augen aufrissen und die Lippen nach innen zogen.

»Was und? Jetzt sag schon, Bertha!«, forderten die beiden wie im Chor.

»Ihr seid ja, als wir zum Essen gingen, vor uns gelaufen, darum habt ihr es wahrscheinlich nicht gesehen.«

»Ja, was denn?«, fragten beide gleichzeitig, vor Neugier fast platzend.

»Er hat mir seinen Arm angeboten, als wir vom Brunnenhaus zur Wirtschaft liefen.«

»Hast du dich eingehakt?«, fragte Louise.

»Ja, natürlich!«

»Und?« Dieses Mal ermahnte Hedwig sie. »Muss man dir wirklich alles aus der Nase ziehen?«

»Es war himmlisch!«

»Du bist verliebt, meine Liebe«, diagnostizierte Hedwig.

»Aber ganz dick, bis über beide Ohren«, pflichtete ihr Louise bei.

Sie prusteten vor Lachen. *Jetzt lachen sie mich wieder aus,* dachte Bertha. Das Ganze war ihr aber lange nicht mehr so peinlich wie noch während des Ausflugs. Sie schaute wieder aus dem Fenster des Cafés und seufzte.

»Ich habe ihm einen Brief geschrieben und weiß nicht mal, wo er wohnt«, sagte sie leise mehr zu sich selbst.

Hedwig und Louise schauten sich an.

»Das kriegen wir schon hin«, sagte Hedwig. »Wir fragen einfach unsere Väter, ob die mehr über ihren Vereinskameraden Carl Benz wissen, und so kommen wir schon an seine Adresse.«

Ihre Freundinnen schienen sich aufrichtig für sie zu freuen, das tat Bertha gut. Sie wusste, dass sie sich auf sie verlassen konnte, auch wenn sie Bertha immer wieder neckten, wenn sie mal wieder, was sie früher nie getan hatte, träumend aus dem Fenster schaute, ohne wirklich etwas zu sehen.

Bertha vermisste in diesem Moment ihre beiden älteren Schwestern wieder sehr. Sie war froh, dass sie Hedwig und Louise hatte. Die beiden halfen ihr in den kommenden Tagen und Wochen, wenn die Sehnsucht zu viel wurde, verstanden, wie sie sich fühlte, wie sie mitunter nicht mehr ein noch aus wusste, ihr alles zu viel werden konnte. Sie kannte sich ja selbst fast nicht mehr. Wo war nur die selbstbewusste Bertha, die so gerne die Fäden in der Hand hielt, die, wenn es ein Problem gab, einfach darauf zuging, um es tatkräftig zu lösen? Sobald sie an Carl dachte, war alles anders. Sie schmolz in Gedanken an ihn regelrecht dahin, wollte in seinen Armen sein, ihn leidenschaftlich küssen. Bei diesem letzten Gedanken erschrak sie. Das war nicht züchtig, und überhaupt, wie ging das, sich als Liebespaar zu küssen?

Aber sie war diszipliniert genug, um sich doch jedes Mal wieder in den Griff zu kriegen, da musste sie sich nur an ihre Lehrer erinnern, die den Mädchen ständig eingebläut hatten, wie man sich als junge Frau zu verhalten hatte. Und wenn es mal gar zu arg wurde, fand sie bei Hedwig und Louise doch immer wieder Halt. Umso mehr sehnte sie sich immer nach dem nächsten Wochenende, wenn sie die beiden wieder treffen würde. Die Freundinnen staunten nicht schlecht, als Bertha auch eine Woche später noch immer von diesem Carl schwärmte. Während sie an der Enz entlangspazierten, wollten sie alles noch einmal haarklein von ihr wissen. Bertha blieb nichts anderes übrig, als alles wieder und wieder zu erzählen, und die beiden ließen nicht locker, bevor sie nicht alle Details genannt, jeden Umstand in allen Facetten beleuchtet und all ihre Fragen beantwortet hatte. Als sie auf einem großen Stein am Ufer Rast hielten, hingen alle für einen Moment ihren Gedanken nach.

»Du hast dich in diesen Carl doch hoffentlich nur verknallt«, sagte Hedwig nach einiger Zeit in die Stille hinein, »und willst dich mit ihm ein bisschen vergnügen, ohne ihn gleich zu heiraten, oder?«

»Aber natürlich will ich das«, antwortete Bertha verträumt.

»Was? Heiraten?« Hedwig sprang auf. »Das darf doch wohl nicht wahr sein. Bist du denn noch ganz bei Sinnen?«

»Wie, was meinst du?« Warum war Hedwig auf einmal so wütend auf sie? Auch Louise schaute ihre Freundin ungläubig an.

»Heiraten …?«, stieß Hedwig ungläubig und abwertend hervor. »Heir…, siehst du nicht, was dann mit dir geschieht? Hast du dich denn noch nie umgeschaut, was mit Frauen passiert, wenn sie erst einmal verheiratet sind?« Hedwig kam in Rage.

»Was meinst du? Es ist doch ganz normal, dass …«

Hedwig unterbrach Bertha unwirsch. »Dann bist du deine Freiheit los, Bertha! Ist dir das nicht klar? Dann musst du tun und lassen, was dein Ehegatte möchte und wie er es möchte. Das ist doch kein Leben?!«

»So schlimm wird es doch nicht sein«, mischte sich Louise ein, »schließlich sind unsere Mütter ja auch alle verheiratet und leben doch ganz gut.«

»Meinst du das ernst, Louise?«, fragte Hedwig. »Glaubst du nicht, dass auch deine Mutter lieber mal ins Wirtshaus oder in ein Café gehen möchte, als den ganzen lieben langen Tag nur zu kochen, die Wäsche zu waschen und das Haus sauber zu halten?«

»Aber wieso denn, das sind doch die Aufgaben einer Frau, dafür sind wir doch da? Das haben wir auf der Schule und von den Eltern gelernt. Und seine Eltern soll man ehren«, gab Louise verwundert zurück.

»Ohhhh …« Hedwig stieß einen lauten, wütenden Seufzer aus. »Wie kannst du nur so naiv daherreden, Louise?«, fragte sie ihre Freundin verzweifelt.

»Ich glaube«, ging Bertha dazwischen, »wir haben als Frauen durchaus die Möglichkeit, Dinge zu verändern, auch in einer Ehe. Es muss ja nicht immer alles schwarz-weiß daherkommen. Wir Frauen haben durchaus Mittel, uns zu wehren, auch als Ehefrauen, jedenfalls hoffe ich das.«

»Aber wieso solltest du die Gefahr überhaupt eingehen?«, fragte Hedwig. »Sich ein bisschen zu verlieben ist ja ganz in Ordnung. Man kokettiert ein bisschen miteinander, hat zusammen ein bisschen Spaß, und dann gehen beide wieder ihrer Wege. Wieso um alles in der Welt sollte ich mich an einen Mann binden und das Risiko überhaupt erst eingehen?«

»Ja, möchtest du denn keine Kinder?«, fragte Louise, »möchtest du denn nicht eine Familie gründen und so viele Kinder wie möglich großziehen?«

»Louise, du bist eine gute Freundin, aber entweder so blind wie ein Maulwurf oder so stockkonservativ wie ein Besenstock«, sagte Hedwig.

»Und was, glaubst du, geschieht dann mit dir, wenn du alleine bleibst und eine alte Jungfer wirst?« Louise schien es nicht so einfach hinzunehmen, dass Hedwig sie so in die Ecke drängte. »Dir ist doch wohl auch klar, was das bedeutet? Entweder als Arbeiterin für einen Hungerlohn Drecksarbeit zu verrichten oder bei einem deiner Geschwister mit einzuziehen und dort den Haushalt zu machen, aber eher als Magd denn als vollwertiges Familienmitglied. Und arm bleibst du dann obendrein.«

Hedwig schien in sich zusammenzusacken.

»Eine schöne Revolutionärin bist du mir«, legte Louise nach, »über die Konsequenzen hast du wohl noch nicht nachgedacht, was? Wir bleiben nicht für ewig jung und attraktiv. Und bevor sie dich zum alten Eisen schmeißen, musst du schauen, dass du ein Dach über dem Kopf hast und dir jemand das nötige Geld verdient.«

»Hört auf, ihr zwei Streithähne«, versuchte Bertha zu schlichten.

»Hühner«, sagte Hedwig.

»Was?«

»Ja, wenn schon, denn schon.«

»Wie auch immer«, suchte Bertha wieder nach dem roten Faden, »ihr habt ja beide recht. Auf der einen Seite ist es ungerecht, dass wir Frauen nicht für uns selbst sorgen und unser eigenes Leben führen dürfen und so von den Männern abhängig gemacht werden. Auf der anderen Seite ist die Situation eben, wie sie ist, und wir müssen schauen, dass wir damit so gut wie möglich zurechtkommen.«

»Vielleicht hast du ja für den Moment recht«, lenkte Hedwig widerwillig ein. »Aber denk doch nur an die Aufbruchsstimmung während der glorreichen Badischen Revolution.«

»Glorreich gescheiterten Revolution, meinst du wohl«, sagte Louise.

Aber Hedwig ließ sich nicht von der Rolle bringen.

»Wenn man sich nicht wehrt, wird sich nie etwas ändern. Und wir können doch nicht so dasitzen und alles einfach so hinnehmen.«

»Da hast du auch wieder recht«, sagte Bertha. »Aber ich für meinen Teil bin überzeugt, dass der Carl gut zu mir sein wird.«

»Versprichst du mir, dass du dich wehrst, wenn er dir Aufgaben auferlegt, die du nicht möchtest, er dich zwingt, Dinge zu tun, die du nicht willst?«, fragte Hedwig.

»Ja, das werde ich«, versprach Bertha, »auch wenn ich mir das bei Carl überhaupt nicht vorstellen kann.«

»Am Anfang kann sich das nie jemand vorstellen, am Anfang sind alle immer nur blind vor lauter Verliebtsein …«, sagte Hedwig.

»Seid ihr beiden euch auch wieder grün?«, fragte Bertha und schaute erst zu Louise und dann zu Hedwig. Die beiden senkten die Köpfe, schauten sich gegenseitig an und baten die jeweils andere um Entschuldigung. Bertha fasste beide gleichzeitig an den Händen, und alle drei atmeten tief durch. Dafür waren sie schließlich Freundinnen: damit man sich die Wahrheit sagen und auch mal streiten durfte, solange es danach wieder gut war.

Hedwig und Louise fanden zwar nicht die Adresse von Carl heraus. Dafür wusste Louises Vater, wo er arbeitete.

»Und weißt du, was das Beste ist?« Louise machte eine kurze Pause. »Dein Holder arbeitet für die Eisenwerke und Maschinenfabrik Gebrüder Benckiser, und zwar im ehemaligen Hammerwerk.«

»Im Oberen Hammer? Aber das ist doch von mir zu Hause geradeaus weiter Richtung Brötzingen«, sagte Bertha.

»Genau«, bestätigte Louise, »wenn er in der Stadt wohnt, muss er eigentlich jeden Tag die Ispringer Straße hinauf- und wieder herunterlaufen, um morgens zu seiner Arbeit und abends wieder nach Hause zu kommen.«

»Du kannst ihn also abpassen«, begann Hedwig einen Plan zu schmieden, »und ihm deinen Brief in die Hand drücken.«

Bertha spürte, wie ihr Herz heftig zu klopfen begann, wenn sie nur daran dachte.

Morgens früh würde sie nicht aus dem Haus kommen, da musste sie für ihre jüngeren Geschwister sorgen, sie gemeinsam mit der Mutter für die Schule herrichten und auf deren Schulweg begleiten. Aber abends fände sich wohl mal eine Möglichkeit, um unter einem Vorwand aus dem Haus zu gehen und nach ihrem Angebeteten Ausschau zu halten.

7

»Das warst du?« Bertha musste laut lachen.

Stand sie gerade noch furchtbar nervös auf der Straße mit ihrem Brief in der Hand, darauf hoffend, dass ihr Angebeteter auf seinem Nachhauseweg von der Arbeit hier vorbeikommen würde, war ihre Anspannung nun in einem Rutsch verflogen.

»Du bist der, der mich fast über den Haufen gefahren hätte, mit diesem komischen Dings da.«

»Was für ein Zufall, dich hier zu treffen.« Er schenkte ihr ein warmes Lächeln.

»Ja, ich glaube, ich weiß das noch. Das ›Ding‹, wie du sagst, heißt Veloziped und ist eine recht neue Erfindung aus Frankreich. Ich hatte es damals gerade erst seit einer Woche und noch nicht so richtig unter Kontrolle.«

Auch Carl musste lachen.

»Du hast dich fröhlich entschuldigt und wärst gleich darauf fast in die nächsten Leute hineingefahren.«

Wieder mussten sie beide lachen.

»Was machst du denn hier?«, fragte Carl.

»Ich wohne hier in der Straße.«

»Ach, das wusste ich nicht. Was für ein Zufall. Ich fahre oder laufe hier jeden Tag zur Arbeit am Oberen Hammer und wieder zurück. Kein Wunder also, dass wir uns hier schon einmal zufällig kurz begegnet sind, auch wenn wir noch nicht voneinander wussten.«

»Heute ist es nicht ganz zufällig«, gab Bertha zu, und sie konnte es nicht vermeiden, dass ihre Wangen warm wurden.

Sie reichte ihm den Brief.

»Danke, was für eine Überraschung.« Carl sah sie mit seinen fröhlichen funkelnden Augen sanft an.

»Ich muss gleich wieder nach Hause. Also, vielleicht bis bald. Vielleicht begegnen wir uns wieder, wenn ich am Mittwoch auf den Markt gehe oder bei einer der nächsten Veranstaltungen der Eintracht.«

Bertha drehte sich um und ging. Auf einmal war ihr die Idee mit dem Brief nur noch furchtbar peinlich, und sie hätte es nicht ausgehalten, wenn er ihn gleich an Ort und Stelle geöffnet und gelesen hätte.

Nur ein paar Tage später war Carl es, der sie bei ihrem Gang zum Markt abpasste. Er habe ihren Brief gelesen und würde sich freuen, sie nächsten Sonntag zu einem Spaziergang einladen zu dürfen. Berthas Herz machte Freudensprünge. Sie durfte also insgeheim hoffen, dass auch er ihr gut gesinnt war.

Nach dem ersten Spaziergang folgten weitere, und sie trafen sich öfter, und immer war eines ihrer jüngeren Geschwister dabei. So gehörte sich das, sehr zum Leidwesen von Bertha, nun einmal. Bei den Tanzabenden der Eintracht waren sie kaum voneinander zu trennen. Sie tanzten ganze Abende nur zu zweit, und so war es auch kein Wunder, als sie Hedwig und Louise eines Tages darauf hinwiesen, dass es wohl auch dem Letzten aufgefallen sein musste, dass sie und Carl eine gewisse Zuneigung zueinander hegten.

Auf ihren immer länger werdenden Spaziergängen erzählte sie von ihrer Familie, ihren Eltern, dem Vater, der sich vom einfachen Zimmermann zum Bauleiter emporgearbeitet hatte, ihrer Mutter, die alle Hände voll zu tun hatte, den Haushalt der Familie zu regeln, wenn sie nicht gerade wieder im Wöchnerinnenbett lag. Neun Kinder waren sie, da war immer etwas los im Haus.

Carl erzählte von seinem Vater, der einer der ersten Lokomotivführer überhaupt gewesen war und bei einem Unfall schon früh ums Leben kam. Dass er darum das einzige Kind seiner Eltern blieb und seine Mutter sich liebe- und aufopferungsvoll um ihren Sohn gekümmert habe. Bertha gefiel es, mit welcher Wärme er vor allem über seine Mutter sprach. Kam er auf dieses zweirädrige Veloziped zu sprechen, mit dem er sich als Einziger durch Pforzheim bewegte, kannte er kein Halten mehr. Er erzählte von den Leuten, die ihm hinterherriefen, ihn für verrückt erklärten oder gar auslachten. Sein Traum sei es, sagte er immer wieder, irgendwann mal einen Apparat zu bauen, der sich von selbst fortbewegte, ohne dass man ein Pferd davorspannen müsste, oder dass man selbst seine Muskelkraft, und nicht zu vergessen seinen Gleichgewichtssinn, so anspruchsvoll bemühen müsse.

Wie ein Schwamm sog Bertha alles auf, was er erklärte. Sie war sehr an Technik interessiert, hatte von ihrem Vater viel gelernt, aber wenn sie mit Carl zusammen war, war es anders. Sie erfreute sich an allem: daran, wie er aussah, wenn er erzählte, wie er sich bewegte, was er sagte. Sie fühlte sich wie im siebten Himmel, es war einfach wunderschön mit ihm.

Ihr war, als sähe sie die Schmetterlinge, die Blüten, den blauen Himmel viel heller und schärfer als bisher, als nähme sie viel mehr Details war. Es kam ihr vor, als könnte sie die frische Frühjahrsluft in sich aufsaugen und den ganzen Spaziergang über hüpfen vor Glück.

»Aber Carl, das ist doch schon ein bisschen ein Hirngespinst. Wie soll denn ein Wagen fahren ohne ein Pferd? Außer den Abhang hinunter natürlich.« Sie kicherte, als sie sich ausmalte, wie so ein Karren unweigerlich kopfüber in einer Wiese bruchlanden würde.

»Wer weiß?«, erwiderte ihr Carl dann und kam mit noch mehr Ideen, die er sich hierzu überlegt hatte.

Zu Hause kam es Bertha vor, als sähe ihre Mutter sie auf eine andere Art und Weise an als sonst. Als ob sie darauf wartete, dass Bertha ihr etwas erzählte. Was das war, wusste Bertha sehr wohl. Nur traute sie sich nicht. Was wusste ihre Mutter denn schon vom Verliebtsein? Ihr Vater machte manchmal kleine Anspielungen, hielt sich ansonsten aber zurück.

Als sie an einem Montag nach einem so seligen Spaziergang mit ihrer Mutter auf dem großen Sofa im Wohnzimmer mit Näh- und Stopfarbeiten beschäftigt war, schaute sie wieder einmal sehnsüchtig aus dem Fenster, während sie die Nadel führte.

»Au«, sagte sie und nahm den Finger, in den sie sich gestochen hatte, in den Mund.

Ihre Mutter schaute sie an und stöhnte.

»Man erkennt dich ja fast nicht wieder. Du bist nicht mehr richtig bei der Sache, scheinst die ganze Zeit über deinen Tagträumen nachzuhängen. Dabei kenne ich dich doch eigentlich als eine, die anpacken kann, immer weiß, was zu tun ist, und sich nie zu schade ist, das auch zu tun.«

Bertha fühlte sich ertappt, senkte ihren Kopf und schaute zu Boden.

»Du glaubst ja wohl nicht, dass dein Vater und ich nicht schon längst bemerkt haben, was mit dir los ist!«

Bertha erschrak, vergaß ihren blutenden Finger und errötete. *Oh Gott, sie werden doch nichts bemerkt haben von …*

»Dass dieser Herr Benz dir die Augen verdreht hat, dazu braucht man nun wirklich nicht studiert zu haben.«

Bertha flehte geradezu, in einem der Löcher versinken zu können, die sie in den Fußboden starrte.

»Aber woher wisst ihr denn, dass …«

»Also wirklich, Bertha«, sagte ihre Mutter, »dass ihr euch trefft, ist ja auch schon kein Geheimnis mehr.«

Bertha wollte hier gerade überhaupt nicht sein. Sie stülpte ihre Lippen nach innen, befürchtete eine Standpauke von ihrer Mutter. Oder vielmehr fürchtete sie sich davor, dass sie ihr den Umgang mit ihrem Angebeteten verbieten würde. Dass sie sagen würde, so könne es nicht weitergehen und Bertha müsse endlich wieder zu Sinnen kommen.

»So geht es auf jeden Fall nicht weiter.«

Oje, jetzt kommt es. Bertha musste all ihre Beherrschung aufwenden, um nicht loszuschluchzen.

»Vielleicht wäre es langsam an der Zeit, dass dieser Herr Benz mal ganz formell seine Aufwartung macht bei deinen Eltern, was meinst du? Die Leute beginnen sich ja schon die Mäuler zu zerreißen über euch.«

»Wa… was?« Bertha traute ihren Ohren nicht. Vorsichtig schaute sie ihre Mutter an. Deren Körperhaltung hatte nichts Strenges, wie sonst so oft. Ihre Augen blickten sie schelmisch an, als wäre sie ihre Mitstreiterin in einem gemeinsamen Komplott.

»Du bist verliebt, meine Kleine, das ist so klar wie Kloßbrühe«, stellte ihre Mutter unumwunden fest. »Dein Vater und ich warten schon seit einiger Zeit, dass die Geheimniskrämerei endlich ein Ende hat und du uns erzählen würdest, was los ist.«

»Ich wollte ja, aber ich habe mich einfach nicht getraut.«

»Na, mach dir mal keine Sorgen, Bertha, bei deinen älteren Schwestern war das nicht anders.« Sie rückte näher zu ihr heran, nahm sie in den Arm und gab ihr einen Kuss auf die Stirn. Bertha fühlte, wie gut ihr das in diesem Moment tat. Es tat ihr weh, dass sie sich nicht getraut hatte, von Carl zu erzählen. Das Geheimnis hatte zwischen ihr und ihren Eltern gestanden. Mit der Umarmung und dem Kuss ihrer Mutter war diese Wunde mit einem Mal geheilt. Bertha war froh, auch weil sie nun nichts mehr verheimlichen musste.

So viel körperliche Zuneigung erfuhr Bertha nicht oft. Es musste wohl auch für ihre Mutter ein besonderer Moment gewesen sein. Sie war zwar eine liebe Mutter für all ihre Kinder – gleichermaßen gerecht zu allen –, aber auch streng. Sie wusste, wie sie ihren Willen durchsetzen konnte. Das musste sie wohl auch, dachte Bertha, ein solch großer Haushalt wäre anders wohl nicht zusammenzuhalten.

»Also?«

»Also was?«

»Wann lädst du ihn ein?«

8

»Den Benz?« Berthas Vater wusste nicht, ob er lachen oder sich ärgern sollte. »In den Carl Benz hast du dich verliebt? Ha, das ist mir ja wirklich, also, ha, ah, ha …«

»Also bitte, Karl Friedrich«, ging Berthas Mutter dazwischen, »so kannst du doch nicht auf den Gefühlen deiner Tochter herumtrampeln.«

»Gefühle, Gefühle …« Er schnappte nach Luft und lief in der guten Stube aufgebracht hin und her.

Bertha saß zusammengekauert im Sessel. Sie hatte ihren ganzen Mut beieinanderhalten müssen, und selbst dann traute sie sich fast nicht, ihrem Vater in die Augen zu schauen. So abwegig, wie sie die Idee ihrer Mutter zunächst fand, so furchtbar fühlte sie sich jetzt in diesem Stuhl. Sie hatte sich so vor diesem Moment gefürchtet, vor der Reaktion ihres Vaters, und mit eben dieser Reaktion bestätigte er ihre Angst nur.

»Was zum Teufel ist denn in dich gefahren, dir gerade so einen Hallodri auszugucken?«

»Karl Friedrich!«, protestierte Auguste wieder.

»Nichts Karl Friedrich!« Er redete sich in Rage. »Du bist mir doch immer so ein liebes Mädchen gewesen, Bertha, wir waren doch immer so gut miteinander …«

Er hob die Arme an, um sie gleich wieder sinken zu lassen, und atmete dabei hörbar aus.

Bertha schluchzte. Die Worte ihres Vaters schmerzten sie. Sie verstand sich mit ihrem Vater doch immer so gut, sie hatten viel miteinander gemein, durch die Sachen, die er ihr zeigte und sie lehrte. Und sie zahlte es ihm zurück mit ihrem Interesse und ihrem Talent, diese technischen und handwerklichen Aufgaben zu meistern. Warum war er jetzt so ablehnend gegenüber Carl, gegen ihren Wunsch, ihn zu poussieren? Vielleicht hätte sie nicht gleich dazusagen sollen, dass sie gedachte, Carl heiraten zu wollen.

»Bertha, schau«, versuchte ihr Vater es jetzt etwas versöhnlicher, »dieser Carl Benz mag ja ein ganz netter Kerl sein, aber schau doch nur, aus welchen Verhältnissen er kommt.«

»Das ist mir egal«, traute sich Bertha zu sagen, »mir ist wichtig, wohin er geht, nicht, woher er kommt.« Ihr Blick hing weiter an dem dunkelblau gemusterten Teppich, der die Sitzgruppe mitsamt dem Couchtisch miteinander verband.

»Egal ist es aber nicht«, insistierte ihr Vater. »Wenn ich es recht weiß, ist er ein Einzelkind?«

»Ja, aber …«

»Und seine Mutter musste sich das Studium für ihren Sohnemann von der Hand absparen«, redete Karl Friedrich unbeirrt weiter. »Was soll er denn da in die Ehe mit einbringen? So viel wird er beim Benckiser nicht verdienen, dass er schon Fett auf den Rippen hätte.«

»Wir werden das schon schaffen«, wandte Bertha ein.

»Ja, so klingen sie alle, die Verliebten. Aber schau dich doch nur um. Siehst du denn nicht, wie viele am Hungertuch nagen, weil sie es eben doch nicht geschafft haben? Weil sie zu Anfang große Träume miteinander hatten, die halt nur Träume blieben?«

»Jetzt mal doch nicht gleich den Teufel an die Wand, Karl Friedrich.« Ihre Mutter kam wieder zwischen beide. »Ich glaube, der Carl Benz ist durchaus ein fähiger Kerl, und die zwei lieben sich nun einmal.«

»Lieben«, höhnte er, »sie lieben sich nun einmal, dass ich nicht lache. Was wissen diese jungen Leute denn von Liebe? Und außerdem, das sollte ja wohl noch lange kein Grund zum Heiraten sein.«

»Aber wenn sich die beiden doch so furchtbar mögen«, versuchte es ihre Mutter erneut.

»Dann gibt es immer noch ganz andere Gründe, jemanden zu heiraten.«

»Welche denn?«, stieß Bertha in einer Mischung aus Verzweiflung und Wut zwischen ihren Tränen und Zähnen hervor. Es war nicht wirklich eine Frage. Sie wusste ganz genau, welche. Aber die zählten für sie allesamt nicht mehr, seit sie Carl vor vier Wochen getroffen hatte.

»Und außerdem habe ich ihn bei der Eintracht getroffen, bei deinem Verein. Es kann doch so schlimm nicht sein, mich in jemanden aus deinem Kreis zu verlieben.« Sie glaubte selbst kaum, dass sie ihrem Vater gegenüber dieses Wort verwendete, verlieben. Es klang so süß in ihren Ohren, so himmlisch.

Und hatte ganz und gar nichts mit dieser Situation hier zu tun, in der ihre Gefühle und ihr Wunsch so demütigend abgeschmettert zu werden schienen. Noch dazu von ihrem Vater.

»Nun ja, wie gesagt …« Karl Friedrich räusperte sich verlegen.

Bertha spürte einen ersten Hoffnungsschimmer. Einen kleinen zwar, aber immerhin. Die undurchdringbare Mauer, die ihr Vater aufgebaut hatte, schien doch nicht ganz ohne, wenn auch vorerst nur kleine, Risse im Verputz zu sein. *Immerhin,* dachte Bertha. *Wer weiß, ist das vielleicht nur der Anfang?*

»… ein netter Kerl ist er ja, durchaus, das möchte ich ihm nicht absprechen. Ein durchaus geselliger Eintracht-Bruder …«

»Na siehst du, so schlimm wäre es also gar nicht«, nahm auch Auguste den kleinen Riss wahr und öffnete ihn gleich ein wenig mehr.

»Aber halt auch ein Luftikus, mit immer wieder so verrückten neuen Ideen. Die sind zwar belustigend, aber Geld verdienen lässt sich damit ja wohl nicht.« Er drehte noch immer aufgebracht seine Runden. »Und außerdem, was für ein Gesangbuch hat er denn?«

»Das römische«, sagte Bertha kleinlaut.

»Er ist katholisch? Im Ernst? Auch das noch!«, echauffierte sich Karl Friedrich. »Das darf doch wohl nicht wahr sein, du kommst hier an mit einem Mann, der Einzelkind ist, fast keinen Groschen auf der Bank hat und auch noch katholisch ist! Dass ich das auf meine alten Tage … Himmel, hilf!« Er streckte seine Arme gen diesen, ließ sie wieder fallen und schlug die Hände laut auf die Tischplatte, um sich darauf abzustützen. Bertha zuckte zusammen.

»Wo die Liebe hinfällt …«, sagte Auguste, um die Pause auszufüllen, da Bertha keine Gegenwehr mehr hatte.

»Und dann ist er auch noch ganze fünf Jahre älter als du!«, schob ihr Vater hinterher.

»Also das ist ja wohl die Höhe!« Auguste fuhr aus ihrem Sessel hoch. »Wie kannst du nur so etwas sagen? Hast du etwa vergessen, wie viel älter als ich du bist? Geschlagene zweiundzwanzig Jahre! Zweiundzwanzig! Und du sinnierst hier über gerade mal fünf! Ja bist du denn noch bei Trost?«

Die Stimmung im Raum veränderte sich schlagartig. Bertha konnte kaum glauben, was hier passierte. Noch nie hatte sie erlebt, dass ihre Mutter ihrem Mann gegenüber ausfallend wurde. Karl Friedrich hielt erstaunt die Luft an. Er wusste, dass sie recht hatte und hiergegen nichts einzubringen war. Seine Wut schien wie ein plötzlich erkalteter Teig in sich zusammenzufallen.

»Und außerdem ist es doch jedes Mal dasselbe. Mit Emilie war es so und auch mit Elise. Egal, mit wem sie angekommen sind, am Anfang waren sie dir nie recht. Keiner wäre dir recht gewesen, oder stimmt das etwa nicht, Karl Friedrich?«

Dieser schaute noch betretener drein. Auch das stimmte, musste er zugeben. Es fiel ihm einfach schwer, sich von seinen Töchtern trennen zu müssen, er wollte am liebsten weiterhin für sie sorgen, darauf achten, dass es ihnen gut ging. Er wusste, dass das nicht ging, dass die Kleinen groß wurden und unweigerlich ihre Flügel ausbreiten würden.

Auguste ließ nicht locker und hielt ihren strengen Blick auf ihren Mann gerichtet.

»Ah, vielleicht, ja«, sagte er schließlich zögernd. Von seiner Wut war wenig übrig.

»Also?«, fragte Auguste.

»Also was?«, fragte ihr Mann begriffsstutzig.

Bertha ballte ihr Taschentuch so fest in der Hand, dass es wehtat. Gebannt schaute sie auf das Schauspiel. Kein Schauspiel, nein, durchdrang es Bertha, *hier geht es um meine Zukunft. Die beiden verhandeln gerade über mich, meine Zukunft, mein Glück*. Ihr Vater, der nach anfänglicher Rage nun doch einzulenken schien. Ihre Mutter, die sich so für sie einsetzte. *Warum habe ich hier eigentlich so wenig zu sagen*, wunderte sie sich, hielt aber wohlweislich ihren Mund.

Karl Friedrich hob eine Augenbraue, um seiner Frage Nachdruck zu verleihen.

»Also wird Bertha ihn für nächstes Wochenende zu einem Antrittsbesuch hier einladen«, hörte sie ihre Mutter sagen.

Bertha fiel die Kinnlade herunter. Ihrem Vater auch. Er schnappte nach Luft und brachte vor Erstaunen keinen Ton heraus. Ein Umstand, den seine Frau auszunutzen wusste.

»Und da wir ihn ja auch schon ein bisschen kennen, schlage ich vor: nächsten Samstag zu Kaffee und Kuchen. Was meint ihr?«

9

Noch nie war Bertha so nervös gewesen beim Kuchenbacken. Sie ließ es sich nicht nehmen, einen richtig lecker duftenden Apfelkuchen mit Mandelsplittern garniert und einen blechgroßen Hefezopf mit Rosinen und Zuckerguss zu kredenzen. Tagelang hatte sie sich den Kopf zerbrochen, wie diese erste formelle Begegnung zwischen ihren Eltern und Carl verlaufen würde. Zwar traf ihr Vater Carl regelmäßig bei den Abenden der Eintracht, daher wusste sie, dass sie sich gegenseitig durchaus schätzten. Sie wusste aber nicht, ob das auch in Bezug auf sie der Fall war. Es war schließlich die eine Sache, mit einem Vereinsbruder gemeinsam in kleiner oder großer Runde zusammen zu trinken und sich miteinander auszutauschen. Eine ganz andere Sache war es aber, wenn dieser Vereinsbruder plötzlich Teil der Familie werden wollte, als Schwiegersohn. Bertha wägte weiter ihre Chancen ab. Und ihre Mutter? Die war, so glaubte sie, dem jungen Mann wohl gut gesinnt. Vielleicht spielte bei ihrer Fürsprache auch der Umstand mit, dass sie selbst erst recht spät geheiratet hatte, und dann auch noch einen wesentlich älteren Mann. Und auch wenn Bertha nicht das Gefühl hatte, die beiden würden sich nicht mögen oder keine Zuneigung zueinander empfinden, so hatte sie doch manches Mal aus Erzählungen der Mutter zwischen den Zeilen herausgehört, dass sie verheiratet wurde und dabei nicht allzu viel zu sagen gehabt hatte. *Es kann schon sein, dass sie mir es deshalb so gönnt, den Mann meiner Träume heiraten zu dürfen,* dachte Bertha. Schließlich war es bei ihren beiden älteren Schwestern Emilie und Elise genauso. Auch sie hatten ihre Männer selbst angetragen, und die Eltern hatten beide Männer akzeptiert.

Bertha deckte den Tisch in der guten Stube mit dem Sonntagsgeschirr, nahm eine Vase und steckte Weidenröschen, Goldrute, Wilde Möhre, Blutweiderich, Wasserdorst und Schafgarbe, die sie im Garten und am Wegesrand gepflückt hatte, hinein und arrangierte sie zu einem farbenfrohen Blumenstrauß. Nachdem sie in der Küche alles gerichtet hatte, zog sie die Schürze aus und ihr Sonntagskleid an. Es sollte noch über eine Stunde dauern, bis Carl zur verabredeten Uhrzeit erscheinen würde. Ihre Geschwister würden dabei sein. So ein Spektakel wollten sie sich nicht entgehen lassen – und natürlich auch nicht den Apfelkuchen und den Hefezopf, deren Duft so herrlich durch das Haus waberte.

Carl stand pünktlich mit einem Blumenstrauß für die werte Frau Ringer und einer Flasche badischen Weißweins für seinen Vereinsbruder Karl Friedrich in der Tür. Bertha hatte ihn wissen lassen, welche Blumen ihre Mutter mochte und welchen Wein ihr Vater besonders gerne trank. Ihre Eltern schienen überrascht über die großzügigen Gastgeschenke. Bertha sah sofort, wie aufgeregt auch Carl war, wie unkomfortabel die Situation für ihn war. Immerhin war mit den Geschenken das Eis gebrochen. Ihre Eltern begrüßten ihn durchaus herzlich, meinte Bertha zu erkennen.

Sie wusste dennoch nicht, wohin mit ihren Händen, wohin mit sich selbst. Sie stand, wie sie fand, ziemlich dumm in einer Reihe mit ihren sechs Geschwistern, und Carl begrüßte jede und jeden Einzelnen von ihnen sehr aufmerksam. Er war für keinen von ihnen wirklich neu. Schließlich hatte man sich schon auf verschiedenen Ausflügen der Eintracht kennengelernt oder im Falle der jüngeren Geschwister als Anstandsbegleitung beim Spazieren. Aber irgendwie war es jetzt doch anders, merkte Bertha und bekam ein fast beklemmendes Gefühl. Auf den Ausflügen und den Tanzabenden waren viel mehr Leute anwesend, man konnte herumlaufen, den Eltern und Geschwistern ausweichen, wenn man ein paar Augenblicke alleine miteinander sein wollte. Immer konnten sie sich aufeinander konzentrieren. Hier aber richtete sich alle Aufmerksamkeit auf ihren Carl, fühlte es sich an, als müsse er eine Prüfung durchlaufen, eine Prüfung, die ihre Eltern bestimmten und deren Richter sie waren.

»Bertha, bringst du Kaffee und Kuchen?«, fragte ihr Vater stirnrunzelnd. Offenbar hatte sie nicht mitbekommen, wie er alle gebeten hatte, sich an den Tisch zu begeben und sich zu setzen.

»Ja, natürlich, sehr gerne«, wand Bertha sich aus ihrer Starre.

Ihr Vater verwickelte Carl umgehend in politische Diskussionen über den Lauf der Welt. Ob er den neu gegründeten Norddeutschen Bund eher als Chance oder Bedrohung sähe? Schließlich war Baden, zusammen mit den anderen südlichen deutschen Ländern, diesem neuen, so mächtigen Bündnis unter preußischer Vorherrschaft nicht beigetreten, hatte aber sehr wohl die Schutz- und Trutzbündnisse für den Verteidigungsfall zwischen den süddeutschen Staaten und Preußen im März unterschrieben.

Das hieße wohl, meinte Carl, dass eine Allianz mit den Habsburgern ausgeschlossen sei, die sich aber offensichtlich sowieso eher in Richtung Osten und den Balkan zu orientieren schienen, schließlich seien Kaiser Franz Joseph I. und seine Frau Elisabeth ja erst im Sommer vor zwei Jahren auch zu Ungarns König und Königin gekrönt worden.

Bertha erinnerte sich an die langen Berichte in den Tageszeitungen und vor allem im illustrierten Familienblatt *Gartenlaube,* das sie gerne las. An diesem Nachmittag interessierte sie das alles herzlich wenig. Als die beiden auf die Exekution des Bruders von Franz Joseph als Kaiser Maximilian I. von Mexiko vor knapp zwei Monaten kamen, wurde sie langsam ungeduldig. Immerhin konnte sie feststellen, dass Carl durchaus auf der Höhe der Zeit zu sein schien. Ihr Vater schien sich jedenfalls angeregt mit ihm zu unterhalten.

»Erzählen Sie doch einmal von Ihren Eltern und Geschwistern, Herr Benz«, nutzte ihre Mutter eine kleine Atempause der beiden Herren. Auch sie schien das Gerede über die große Politik herzlich wenig zu interessieren.

»Nun, da gibt es leider nicht so sehr viel zu erzählen, werte Frau Ringer«, begann Carl. »Mein Vater kommt aus einer Familie von Bürgermeistern in Pfaffenrot. Er brach mit dieser Tradition und war einer der ersten Lokomotivführer des Landes. Er war darauf sehr stolz und immer an den neuesten technischen Errungenschaften interessiert. Das muss ich wohl von ihm geerbt haben. Leider starb er an einer Lungenentzündung infolge eines Arbeitsunfalls, als ich noch keine zwei Jahre alt war. Meine liebe Mutter hat es trotz allem geschafft, mich alleine großzubringen und mir sogar das Studium auf der weiterführenden Maschinenbauschule im Polytechnikum in Karlsruhe zu ermöglichen. Dafür bin ich ihr wirklich außerordentlich dankbar. Es wäre schön, wenn sich die Gelegenheit ergäbe und Sie sie einmal kennenlernen würden.«

»Ihre Mutter hat also nicht mehr geheiratet, und Sie haben keine Geschwister?«, fragte Auguste nach.

»Nein, sie hat tatsächlich nicht mehr geheiratet, und ich bin das einzige Kind geblieben«, erwiderte Carl.

Bertha mochte sich nicht vorstellen, wie es war, wenn man den Vater schon verlor, bevor man ihn wirklich kennengelernt hatte, und dass man so überhaupt keine Geschwister hatte. Wie sollte das denn sein, so ein leeres Haus, in dem niemand die Treppe polternd hinunterrannte oder lauthals kreuz und quer durch alle Zimmer rief, wer denn um alles in der Welt nun wieder ihre Puppen verlegt hatte? Dass niemand da wäre, an den man sich anschmiegen konnte, wenn einem danach war, mit dem man sich so richtig streiten konnte, wenn einem danach war. Solch ein Haus musste furchtbar still sein. Ihre Eltern und ihre Geschwister schienen ihren Gast zu bedauern.

»Aber warum hat Ihre Mutter nach dem Tod Ihres Vaters nicht mehr geheiratet?«, fragte Berthas Mutter nach einem kurzen Moment der Stille, in der außer dem Klirren der Gabeln auf dem Porzellan nichts zu hören war.

»Nun, ich denke, mein Vater war die Liebe ihres Lebens, und sie konnte es sich einfach nicht vorstellen, mit einem anderen Mann unter einem Dach zu leben. Die Durchsetzungskraft und den Dickschädel habe ich wohl von ihr.« Er lächelte, als er das sagte, und ermunterte so die anderen, es ihm gleichzutun.

Er schien sich nicht selbst zu bemitleiden, es war eben so, wie es war. Wenn er an seine Mutter dachte, fühlte er immer liebevolle Dankbarkeit. Sie hatte wirklich alles getan, um ihrem Jungen die beste Bildung zu ermöglichen, die man sich vorstellen konnte. Und er hatte es geschafft. Er war Ingenieur geworden und arbeitete in guter Stellung bei den Gebrüdern Benckiser, einer angesehenen Firma, als Werksführer der Brückenbauabteilung und erstellte Konstruktionsentwürfe für Eisenbrücken, wie er stolz auf Karl Friedrichs Frage nach dessen Stellung erklärte.

»Da hast du ja tatsächlich Karriere gemacht«, sagte Berthas Vater durchaus beeindruckt.

»Es lief bisher nicht schlecht«, meinte Carl, »das bin ich meiner Mutter aber auch schuldig.« Er nahm einen Schluck Kaffee und sagte dann: »Aber eigentlich möchte ich einen selbstfahrenden Wagen bauen.«

Oh nein, dachte Bertha. *Nicht jetzt, Carl. Nicht heute beim ersten Mal. Es lief doch gerade so gut, und jetzt musst du damit ankommen.* Aber es war zu spät.

»Einen was?«, fragte Karl Friedrich verwundert.

»Einen Wagen, der sich mithilfe eines aufmontierten Gasmotors ganz von selbst fortbewegt, ohne Pferde davor«, antwortete Carl.

»Carl hat mir auch schon davon erzählt. Ist das nicht eine verrückte Idee?« Bertha versuchte zu retten, was noch zu retten war.

»Oh, nun ja.« Ihr Vater schien etwas ungläubig. »Das sind wohl eher, wie soll ich sagen, Träumereien eines Ingenieurs, nicht wahr?«

Carl ging über die Bedenken seines Vereinsbruders hinweg und ließ sich von der Begeisterung für seine Idee forttragen, wie jedes Mal, wenn er über dieses Thema zu reden begann. Dass er damit zu weit gegangen sein könnte, merkte er erst, als er Berthas besorgten Blick sah, der ihm unmissverständlich deutlich machte, sich zu bremsen und ein anderes Thema zu suchen. Ihr Vater wollte seine Tochter schließlich an einen gut situierten und bodenständigen Mann vergeben, der ihr einen gewissen Wohlstand bieten konnte. Nicht an einen, der glaubte, von Luft und Liebe leben zu können. Ihr Vater hatte die harte Schule vom einfachen Handwerker zum Bauleiter durchwandern müssen, und das war nur mit fleißiger Arbeit möglich gewesen. Dass Carl fleißig war, daran zweifelte er nicht. Karl Friedrich wusste, dass Carl seine Arbeit außerordentlich gut und gewissenhaft tat, sonst hätte er nicht eine solche Anstellung und verantwortungsvolle Aufgabe erlangt. Natürlich hatte er sich links und rechts auch schon ein wenig über den jungen Mann erkundigt, als ihm klar wurde, wie sehr seine Tochter an ihm hing. Nichts als Lob für Carl bekam er zur Antwort auf seine Nachfragen. Wenn seine Träumereien von diesem selbstfahrenden Wagen nicht die Oberhand gewännen, schien er fast wie der perfekte Schwiegersohn. Und Bertha schien glücklich mit ihm zu sein.

»Aber sag mal«, brachte Karl Friedrich ein anderes Thema zur Sprache, »was mir nie so ganz deutlich geworden ist: Welches Gesangbuch hast du eigentlich?«

Bertha schaute konzentriert auf das Kuchenstück vor ihr, Carl musste kurz schlucken. Die Antwort auf diese Frage hatte sie ihrem Vater schon zuvor gegeben, aber natürlich hatten sie sie erwartet, und Bertha wusste, dass dies ein Problem werden konnte.

»Das katholische«, sagte Carl so unbefangen wie möglich.

»Soso«, dehnte Berthas Vater seine Antwort hinaus.

Bertha sah an seiner Haltung, dass er in der Sache auch nicht vorauseilen und fragen wollte, ob Carl damit einverstanden wäre, seine Kinder protestantisch taufen zu lassen. Das war für ihren Vater wohl noch lange nicht spruchreif.

Alle am Tisch hielten den Atem an, sie wussten, dass von dieser Antwort eine Menge, wenn nicht alles abhing.

»Na ja, zum Glück befinden wir uns im Großherzogtum Baden und nicht im strengen von Preußen kontrollierten Norddeutschen Bund. Außerdem sind mir hier in Pforzheim doch eine ganze Menge an gemischten Ehen mit einem katholischen Mann und einer protestantischen Frau oder andersrum bekannt, und die scheinen sich zum Großteil vortrefflich zu gestalten. Das soll dir, was mich betrifft, also nicht gleich zum Nachteil gereichen, lieber Carl.« Er schaute erst ihm in die Augen, dann Bertha. »Hättest du noch einen Kaffee für mich übrig, meine Tochter?«

Anscheinend hatte sich ihr Vater in der Zwischenzeit durchaus Gedanken gemacht und beschlossen, seiner Tochter keine Steine in den Weg zu legen. Sie konnte es kaum glauben, dass ihr Vater hierbei so aufgeschlossen war und diese Frage so einfach geklärt werden konnte. Sie erkannte in seinen Augen ein warmes Lächeln, das sich wie eine Umarmung für sie anfühlte, als gebe er ihr seinen väterlichen Segen für ihre Beziehung mit Carl.

»Ja, natürlich«, stammelte sie und stand so unbeholfen auf, dass der Stuhl hinter ihr fast umfiel.

1870

Februar

10

»Liebst du ihn denn noch?« Louise traute sich die Frage fast nicht zu stellen. Ihre Stimme klang dünn.

»Ja, wieso denn nicht?«, fragte Bertha ungläubig zurück.

Die drei Freundinnen saßen zusammen bei einer heißen Tasse Kaffee in Louises Wohnung. Draußen war es ein grauer, kalter Wintertag, und so hatten sie sich heute gegen einen Spaziergang entschieden.

»Natürlich liebe ich Carl! Er ist wunderbar«, schwärmte Bertha, »so zuvorkommend und aufmerksam. Er kann zuhören und interessiert sich wirklich für mich. Er ist lustig und lebensfroh, so neugierig auf alles Neue und manchmal auch ein bisschen verrückt.« Sie kicherte. »Stellt euch nur vor, letztes Wochenende hat er mich im Park einfach hochgehoben und sich mit mir im Kreis gedreht, einfach so, vor Freude. Ihr hättet die Leute sehen sollen, wie sie geguckt haben. Denen sind beinahe die Augäpfel aus dem Gesicht gefallen.«

Bertha lachte, doch ihre Freundinnen lachten nicht mit. Im Gegenteil, zu ihrer Überraschung blieben sie ernst, als schienen sie sich von ihr zu distanzieren. Bertha beklemmte ihr Verhalten. Ihr wurde deutlich, dass die beiden dieses Gespräch nicht zufällig mit ihr führten. Sie saßen, wie in der letzten Zeit üblich, wieder in Louises Wohnung, in die sie nach der Hochzeit mit ihrem Mann gezogen war. Während Ernst auf der Arbeit war, konnten sie sich ungestört unterhalten. Liebe war es bei Louise zu Anfang nicht gewesen, als ihre Eltern im vergangenen August gemeinsam mit den Schwiegereltern die Ehe mit etwas Nachdruck eingefädelt hatten. Doch Louise und ihr Ernst konnten sich sehr gut leiden und zögerten nicht lang mit der Eheschließung. Er behandelte sie gut, hatte eine ordentliche Anstellung und brachte genügend Geld nach Hause. Louise war sehr glücklich mit ihm.

»Findest du Louises Frage denn so sonderbar?«, fragte Hedwig. »Wir mögen deinen Carl ja beide. Er ist nett, spontan und scheint sich wirklich um dich zu bemühen. So scheint es. Aber wird es nicht langsam Zeit, dass er um deine Hand anhält? Schließlich verhaltet ihr euch jetzt schon seit einer ganzen Weile wie die Turteltäubchen, und du hast ihn deinen Eltern offiziell vorgestellt. Aber den nächsten Schritt seid ihr noch immer nicht gegangen.«

»Und das sagst ausgerechnet du, die du so gegen das Heiraten bist? Und wieso hast du nicht so herumgestichelt, als sich Louise verlobt hat?«

»Ich, na ja«, stotterte Hedwig, »da hat es halt irgendwie besser gepasst.«

»Wie gepasst?«

»Louise ist einfach mehr der Typ für eine Ehe, so ganz anders als du.«

»Und wieso bin ich deiner Meinung nach mehr geeignet für eine Ehe?«, klinkte sich Louise in das Gespräch ein.

»Wie soll ich sagen«, Hedwig suchte nach den richtigen Worten, ohne ihren Freundinnen unnötig wehzutun, »du bist halt mehr eine, die sich in den althergebrachten Traditionen finden kann, während Bertha viel mehr ein Wildfang ist, die sich eher über all diese komischen Konventionen hinwegsetzt.«

»Da hast du wohl recht«, lenkte Louise ein.

»Ich liebe Carl und möchte mein Leben mit ihm verbringen, da kann ich doch auch etwas länger warten, bis er mir einen Antrag macht, oder etwa nicht?!«

»Aber doch genau deshalb, Bertha. Auch wenn ich gegen diese Gefangenschaft einer Ehe bin, so respektiere ich deinen Wunsch und möchte, dass es dir wenigstens innerhalb dieses heiligen Sakraments der Ehe«, sie sagte Letzteres mit einem nicht zu überhörenden sarkastischen Unterton, »so gut wie möglich ergeht. Ihr beiden seid meine besten Freundinnen, und ich möchte einfach, dass ihr beide glücklich werdet. Ich möchte nicht nur zusehen, wenn ihr euch in euer Unglück stürzt, verstehst du das, Bertha?«

Bertha wusste nicht, was sie sagen sollte. Ihre Gefühle schwankten hin und her. Auf der einen Seite war sie geradezu gerührt, dass ihrer Freundin ihre Zukunft so ans Herz ging und diese sie mit lieb gemeinten Ratschlägen beschützen wollte. Auf der anderen Seite konnte sie kein Argument heraushören, warum Carl nicht aufrichtig zu ihr sein sollte.

Hedwig setzte sich neben sie und legte ihre Hand auf die von Bertha.

»Findest du nicht, dass er dich einfach nur hinhalten will? Es scheint, er hat seinen Schiller gelesen«, sagte Hedwig.

»Wie meinst du das, was hat Schiller mit Carl und mir zu tun?« Bertha konnte noch immer nicht glauben, in was für ein Gespräch man sie verwickelt hatte.

»Du kennst doch sicher die Zeilen aus der ›Glocke‹, oder?«

»Welche Zeilen meinst du?«, fragte Bertha und rutschte ungeduldig hin und her. Ihr war unwohl, sie fühlte sich in die Enge getrieben.

»›Drum prüfe, wer sich ewig bindet, ob sich das Herz zum Herzen findet! Der Wahn ist kurz, die Reu' ist lang‹«, zitierte Hedwig aus *Das Lied von der Glocke,* das sie alle aus der Schule kannten.

»Sagt mal, seid ihr noch ganz bei Trost?« Bertha wurde es doch zu bunt. »Was denkt ihr denn eigentlich? Dass er mich an der Leine hält und sich in der Zwischenzeit umsieht oder sich gar mit einer anderen vergnügt?«

»Also, nun, ja«, gab Louise zu, »immerhin hat er seit seinem Antrittsbesuch bei deinen Eltern noch immer nicht um deine Hand angehalten.«

»Dass ihr meinem lieben Carl so etwas auch nur unterstellen könnt!«, regte sich Bertha auf. »Ihr kennt ihn, und ich hatte durchaus auch den Eindruck, dass ihr ihn mögt.«

»Ja, sicher, das ist es nicht«, druckste Louise wieder herum, »aber schau doch, mein Ernst hat schon nach einem halben Jahr um meine Hand angehalten, und so gehört es sich ja auch.«

»Es ist mir egal, was sich gehört«, rief Bertha, »Hauptsache ist wohl, dass ich glücklich bin mit Carl.«

»Ja sicher«, versuchte Hedwig wieder, zu Bertha durchzudringen, »aber wir sorgen uns, ob das auch so bleiben wird.«

»Ihr habt keine Ahnung.« Bertha regte sich noch immer auf. Ihre Entrüstung entlud sich in Traurigkeit. Sie schluchzte leise, hob kurz die Hände und ließ sie mit einem Seufzer wieder in ihren Schoß fallen. Hedwig und Louise schauten sich betreten an. Sie wollten ihr nicht wehtun. Aber sie wollten sie auf das Risiko hinweisen, dass ihr Leben ruiniert werden könnte, wenn Carl in Wirklichkeit nicht der wäre, für den er sich bisher ausgab. Und die vergangenen, vorsichtigeren Versuche, mit ihr darüber zu reden, hatte Bertha immer mit lockeren Bemerkungen hinweggefegt.

Louise setzte sich neben ihre Freundin auf die Couch, legte ihr eine Hand auf ihre Schulter und nahm Berthas Hand mit der anderen. Bertha schob ihre Hand von der Schulter und nahm sie ebenfalls zwischen ihre Hände, hielt sie beide auf ihrem Schoß fest.

»Seine Mutter ist krank, schwer krank«, sagte Bertha nach einer Weile.

»Das wissen wir doch«, sagte Hedwig vorsichtig. Sie wollte eigentlich ergänzen, dass das ja kein Grund sei, eine Hochzeit zu verzögern, sondern ganz im Gegenteil eher, um Fahrt zu machen, biss sich aber auf die Zunge.

»Es wird immer schlimmer. Carl befürchtet, dass sie nicht mehr lange zu leben hat.« Bertha machte eine kurze Pause. »Sie ist sehr schwach, und ich glaube, er möchte ihr jede Anstrengung ersparen.«

Hedwig und Louise schauten betreten zu Boden.

»Wir wussten nicht, dass sie so schwer …«, sagte Louise leise.

»Schon gut«, sagte Bertha. »Carl wollte darum kein großes Aufhebens machen, deshalb habe ich nichts gesagt. Er liebt seine Mutter sehr, ist ihr unendlich dankbar, dass sie ihn alleine großgezogen hat und ihm sein Studium und alles ermöglicht hat. Deshalb ist diese Zeit für ihn sehr schwer.« Sie atmete tief durch, richtete sich auf und ließ die Hände ihrer Freundinnen los. »Zu sehen, wie es seiner Mutter immer schlechter geht und dann ein Fest vorbereiten und feiern, das geht für ihn einfach nicht zusammen, versteht ihr?«

»Entschuldige, Bertha«, sagte Hedwig, »das ist natürlich etwas anderes.«

»Und was glaubt ihr, wie ich mich fühlen würde, wenn ich ihn jetzt drängen würde, endlich um meine Hand anzuhalten, während die Ärzte wohl nichts mehr für seine Mutter tun können?«

»Das wäre gänzlich unpassend und egoistisch«, sagte Louise.

»Ich muss und möchte in dieser für ihn so schweren Zeit so gut ich es eben kann für ihn da sein. Das bin ich ihm schuldig. Und ich bin mir sicher, er wäre im umgekehrten Fall auch für mich da.«

11

Wie gerne hätte Bertha Carl in diesen Stunden und Tagen umarmt, wie gerne wäre sie in diesen schweren Stunden bei ihm gewesen, wie gerne hätte sie sein Leid mitgetragen. Doch Carl wollte mit seiner Trauer erst einmal für sich sein. Gerade als der Frühling seine allerersten, vorsichtigen Fühler ausstreckte, um zu schauen, ob er dem Winter wohl trotzen könne, wurde deutlich, dass seine Mutter auf ihrem Sterbebett lag. Carl fuhr, sobald er die Nachricht erhalten hatte, zu ihr nach Mühlburg und konnte sich noch von ihr verabschieden, bevor seine Mutter zum letzten Mal ihre Augen schloss. Bertha schrieb ihm jeden Tag tröstende Worte. Sie hoffte, dass er den Schmerz um den Verlust seiner Mutter würde ertragen können. Sie wusste durch zahllose Gespräche mit ihm, dass seine Mutter bisher immer der Ankerpunkt seines Lebens war. Carl war ein lebenslustiger und positiv gestimmter Mann, und so hoffte Bertha inständig, dass er sich nach dem Verlust dieses Ankers nicht einfach treiben lassen oder gar schwermütig werden würde. Sie hatte es selbst noch nicht erfahren müssen, es aber in ihrem Bekanntenkreis schon miterlebt, wenn ein Elternteil oder gar beide starben. Sie hatte gesehen, wie viel Trauer über die Menschen kam, wie eine große schwarze Wolke, die über ihnen hing und nur schwer und langsam mit der Zeit wieder heller wurde. Aber auch wenn die Wolke dann wieder Sonnenstrahlen hindurchließ, das Licht würde anders scheinen, die Wärme sich anders anfühlen als vorher.

Bertha hielt es schließlich nicht mehr aus und reiste ihm nach einer Woche nach Mühlburg nach. Sie wollte, sie konnte ihren Carl in der Zeit seiner größten Trauer doch nicht alleine lassen. Sie hatten in letzter Zeit oft darüber gesprochen, wie es sein würde, wenn seine Mutter das Zeitliche segnen würde, was das für ihn bedeuten würde. Bertha hatte ihm dann vor allem zugehört. Sie fühlte, dass Carl noch nach einem Weg suchte, mit dem nahenden Tod umzugehen, und dass es das Beste war, einfach nur zuzuhören und ihm zu versichern, dass sie bei ihm war und bleiben würde. Als Bertha nun bei ihm ankam, merkte sie, wie froh er war, sie in seine Arme zu schließen. Bertha war ebenfalls froh, dass er sich an ihrer Schulter ausweinen konnte. Es machte sie glücklich, dass er sich traute, ihr gegenüber seine Gefühle zu zeigen. *Andere mögen es als Schwäche ansehen,* dachte Bertha, *ich finde ihn ebendarum so ehrlich und stark.* Sie wollte keinen dieser dummen Großschwätzer mit ihren gezwirbelten Bärten und Humpen nach Humpen trinkenden dumpfen Klotze. Da war ihr der zartbesaitete und doch zielstrebige, unternehmungslustige, intelligente Carl tausendmal lieber.

So froh Carl war, dass er mit Bertha seine Trauer teilen durfte, so gern akzeptierte er auch ihre ganz praktische Hilfe und war froh um ihre zupackende Art. Die Kränze, die Beerdigung, der Leichenschmaus, alles musste geregelt werden. Entschlossen und effektiv organisierte Bertha alles für den würdigen Abschied seiner Mutter.

12

Irgendwie benahm sich Carl heute anders. Bertha konnte es nicht richtig deuten, aber er machte auf sie einen etwas verdrucksten Eindruck, als er einen ausgiebigen Spaziergang vorgeschlagen hatte. Eine Woche lag das Begräbnis seiner Mutter zurück, und Bertha schien es, als hätte er es nötig, ein Stück zu laufen, um seine Gefühle und Gedanken zu sortieren, um wieder etwas Ruhe in seinem Kopf zu bekommen. Die letzten Wochen hatten ihn sehr mitgenommen. Bertha sah ihm an, wie schmerzlich er seine Mutter vermisste. Und doch schien er heute auf eine sonderliche Art unruhiger als sonst zu sein. *Ich werde schon sehen,* dachte Bertha. *Es ist Sonntag, die Märzensonne gibt ihr Bestes, also warum nicht?* Carl schlug vor, mit einer Kutsche bis zu der hohen, steinernen Bogenbrücke nach Dillstein zu fahren und von dort den Davosweg entlang der Nagold wieder zurück in die Stadt zu laufen. Bertha schmierte ein paar Brote, die sie unterwegs essen konnten, hakte sich bei ihrem Verlobten ein, und los ging es.

Wie üblich begleitete sie zur Wahrung der Sitte und des Anstands eines ihrer Geschwister. Bertha war froh, dass ihre Eltern Karl mit auf den heutigen Spaziergang geschickt hatten. Er war in einem Alter, in dem er durchaus begriff, dass ihr Carl und sie ab und zu alleine sein wollten. Dann würde er einfach ein paar Schritte vor ihnen hergehen oder ein Weilchen Steine in den Fluss werfen, bevor er wieder zu ihnen aufschließen würde.

Aber ganz so, wie Bertha sich die kleine Wanderung vorgestellt hatte, ging diese nicht vonstatten. Carl sagte die ganze Zeit über fast kein Wort. Anfangs versuchte Bertha noch, ihn in ein Gespräch zu verwickeln, merkte aber bald, dass das keinen Erfolg hatte. *Was hat er nur,* fragte sich Bertha, so war er sonst doch nie. Normalerweise konnte er sich kaum zurückhalten und erzählte, was er wieder erfunden oder welche Lösungen er für irgendwelche technischen Probleme auf der Arbeit gefunden hatte. Irgendetwas war anders, aber Bertha kam einfach nicht dahinter, was das sein konnte. Sie hatte nicht den Eindruck, dass es an seiner Trauer um den Tod seiner Mutter lag, oder wenigstens nicht ausschließlich. Sein Körper strahlte eine gewisse Unruhe aus, die sie so bei ihm bisher nicht kannte. Es schien ihr fast, als winde er sich und kämpfe die ganze Zeit mit sich selbst. Irgendetwas hatte er auf dem Herzen, aber es wollte einfach nicht aus ihm heraus. Bertha ließ ihn also mit seinen Gedanken allein, als sie dem Flusslauf folgend durch das Nagoldtal Richtung Pforzheim liefen. Der Wald roch frisch nach Frühling, den Bertha in ihre Lungen einsog. Er trug das Versprechen des Sommers in sich. Die Sonne hatte den Tau bereits größtenteils verdampfen lassen, und so konnten sie nahe am Wasser laufen, ohne allzu nasse Schuhe zu bekommen. Bertha lachte über die Schwäne, wie sie mit ihren langen Hälsen immer wieder neue Formen zu bilden schienen, als tanzten sie ein Ballett, das gerade für sie auftreten würde. Aber selbst dafür hatte Carl heute kein Auge.

»Lass uns über die Brücke und auf der anderen Seite ein paar Schritte zurückgehen. Dann können wir beim Kupferhammer ein paar Schritte den Berg hoch. Dort haben wir eine schöne Aussicht über das Nagoldtal«, schlug Bertha vor. »Wir können uns oben irgendwo ins Gras setzen und eine kleine Pause machen und unsere Brote essen.«

»Ja, gute Idee«, meinte Carl geistesabwesend.

Sie überquerten die Würm, die nach ein paar Metern rechts von ihnen in die Nagold floss, bevor sie an den Grubenanlagen des Kupferhammers vorbei- und gleich danach den Berg hinaufliefen. Nach nur wenigen Minuten waren sie hoch genug geklettert, um eine schöne Aussicht zu haben und sich ein schönes Plätzchen auszusuchen.

»In der Stille des Sonntags ist es hier so viel schöner als unter der Woche, wenn sie im Steinbruch so einen Lärm machen«, versuchte Bertha wieder ein unverfängliches Gespräch in Gang zu bringen.

Immerhin isst er ein Brot, wenn auch nicht mit allzu großem Appetit, wie Bertha schien.

»Das wird eh nicht mehr lange dauern, dann ist hier wieder Ruhe«, sagte Carl plötzlich wie aus dem Nichts. Immerhin, dachte Bertha, vielleicht taut er jetzt ja ein bisschen auf.

»Wie meinst du das?«

»Wie ich gehört habe, haben sie schon einige Gruben stillgelegt, und die letzten werden noch dieses Jahr folgen. Dann ist es auch vorbei mit dem Hochofen.«

»Aber warum machen sie nicht weiter?«

»Zu wenig Brandholz, die Qualität der Metalle, die sich hier aus dem Berg holen lassen, ist einfach nicht gut genug für die Anforderungen der Zeit, und außerdem sind die Anlagen veraltet«, zählte er auf. Er wirkte müde.

Ihr Bruder sagte, er wolle die Gegend ein bisschen erkunden, und nahm sich sein Brot für unterwegs mit. Bertha dankte ihm seine taktvolle Art mit einem dezenten Kopfnicken.

»Bertha …«, begann Carl, als sich Karl aufgemacht hatte, wobei er die letzte Silbe wie zu einer Frage erhob.

»Ja, Carl?« Würde er jetzt endlich reden wollen?

»Ich …, ach nichts, bitte entschuldige«, sagte er matt.

»Was ist denn los, Carl?« Bertha war beunruhigt. »Erst schlägst du vor, dass wir eine Wanderung machen sollen, und dann läufst du den ganzen Morgen stumm neben mir her und grübelst und grübelst. Das macht doch keinen Spaß.«

»Ja, du hast recht, Bertha, bitte entschuldige, es ist nur, ich weiß einfach nicht, wie ich es sagen soll.«

»Sag es doch einfach so, wie du denkst, dann bist du es los.« Sie schaute ihm in die Augen, aber er konnte ihrem Blick nicht standhalten. »Wie schlimm es auch sein mag, ich stehe zu dir, und wir werden die Sache bestimmt meistern.«

»Danke, das ist nett von dir.«

Wieder versank er in Stille, obwohl es in seinem Kopf unheimlich laut zugehen musste, das sah ihm Bertha an.

Bertha hoffte, dass er jetzt endlich mit der Sprache herausrücken würde. Einmal schien er einen Anfang machen zu wollen, brachte aber keinen Ton heraus und wandte sich wieder ab. Auch nachdem sie die Brote aufgegessen hatten, blieb er stumm. So langsam machte sie sich doch Sorgen. Carl brachte es wohl tatsächlich noch nicht übers Herz. Er tat ihr fast leid, wie er da so im Stillen mit sich rang. Es blieb Bertha nichts anderes übrig, als sich in Geduld zu üben. Sie packten ihre Sachen zusammen und liefen wieder nach unten ins Tal und dann Richtung Norden auf die Stadt zu. Wieder folgten sie dem Lauf der Nagold.

»Ist es wegen deiner Mutter, oder hast du Ärger auf der Arbeit, oder ist es irgendetwas anderes?«

Sie traute sich nicht zu fragen, ob es an ihr lag, an ihrer Freundschaft, an ihrer Liebe. Bertha überkamen auf einmal Zweifel, und sie musste an ihr Gespräch mit Hedwig und Louise denken. *Will er mich loswerden und traut sich nicht, mir das zu sagen?* Bei diesen Gedanken sank ihr die Hoffnung in die Schuhe. Obwohl sie es sich eigentlich nicht vorstellen konnte, schlich sich dieses Gefühl in ihren Körper. Ihr fröstelte. Wenn das wahr wäre, wüsste sie nicht mehr weiter. Ihre ganze Zukunft, die sie sich vorstellte, kannte nur ein Ziel: mit Carl eine Familie gründen und glücklich werden. Sie liebte ihn über alles, dessen konnte er sich doch sicher sein. Und bis gerade noch war auch sie sich sicher gewesen, dass er sie liebte. Aber dieses Schweigen ließ in ihrem Kopf die Stimmen ihrer Freundinnen wieder aufkommen, die sie immer wieder neckten, dass sie für immer ein Backfisch bleiben würde und Carl sie wohl nur an der Leine hielt, bis er eine Bessere finden würde. Bertha wollte diese Gedanken wegwischen, aber die Selbstzweifel begannen an ihr zu nagen. Dieses Gefühl kannte sie nicht von sich. Schon als Kind war sie immer selbstbewusst gewesen, wusste, was sie wollte, und auch, wie sie dies erreichen konnte. Ihre Mischung aus Charme und burschikoser Art, dazu ihre Frohnatur hatten sie weit gebracht. Nur verheiratet war sie halt noch nicht. Diesen Fakt fand ihre Umwelt wohl besorgniserregender als sie selbst. Bertha störte das nicht im Geringsten, sie hatte ja ihren Carl gefunden, und irgendwann würde er schon um ihre Hand anhalten. Davon war sie zumindest bisher ausgegangen. Sie durfte gar nicht daran denken, was wäre, wenn er aus ihrem Leben verschwinden würde. Sie wüsste schlicht nicht mehr, was sie dann tun sollte.

»Ach nichts, Liebes, gib mir bitte noch etwas Zeit und lass uns einfach weitergehen.«

Bei allen Zweifeln, die sie gerade plagten, war Bertha ihre Tatkraft nicht verloren gegangen. Sie brauchte Gewissheit.

»Wie du meinst«, erwiderte Bertha traurig, »darf ich mich wenigstens bei dir unterhaken?«

»Ach, du weißt nicht, welch große Freude du mir damit tun würdest.«

Bertha atmete tief durch. *An mir scheint es also nicht zu liegen,* dachte sie erleichtert.

Ihr Bruder hatte sie nach ein paar Minuten wieder eingeholt. Weit war er wohl nicht gegangen.

Hatte Bertha gehofft, dass Carl jetzt gesprächiger werden würde, sah sie sich getäuscht. Er räusperte sich ab und zu, und jedes Mal dachte Bertha, er würde endlich mit der Sprache herausrücken, aber er brachte es einfach nicht fertig.

Auch als sie die Stadt erreichten und ihnen mehr und mehr Leute begegneten, die das schöne Wetter genossen und entlang des Flusses flanierten, wurde Carl nicht gesprächiger. Schließlich kamen sie in die dicht besiedelte Au. Dieser Teil der Stadt wurde regemäßig überflutet, was der Gesundheit der Menschen, die dort wohnten, nicht gerade zugutekam. Dennoch kamen die Leute gerne zum Spazieren hierher, da der Stadtteil noch nicht dem Bauwahn der neuen Zeit verfallen war. Hier standen kleine Fachwerkhäuser dicht nebeneinander. Auch wenn man eigentlich lieber in den modernen Wohnungen lebte, die mit allen Annehmlichkeiten ausgestattet waren, statt in solchen zugigen, verwinkelten und einfach ausgestatteten Häusern, bei denen der Abort oft noch draußen auf dem Hof zu finden war, fand man die Gegend doch aus sentimentalen Gründen schön.

Vor ihnen sahen sie Flößer auf Baumstämmen im Wasser hin- und herlaufen. Es wirkte fast, als tanzten sie über das Wasser, dachte Bertha. Sie waren dabei, die Baumstämme fester miteinander zu verbinden. Das Floß hatte eine beachtliche Länge und wollte gut gesichert sein. Die Flößer, die in Pforzheim nur Rassler genannt wurden, weil ihre mit Nägeln beschlagenen Sohlen solch einen Lärm auf dem Kopfsteinpflaster der Straßen machten, hatten eine nicht ungefährliche Reise mit dem Holz aus dem Schwarzwald über Nagold, Enz, Neckar und schlussendlich den Rhein bis hinauf ans Meer nach Holland vor sich. Nicht von ungefähr hatten sich viele von ihnen hier angesiedelt. Die Nagold floss bei der Au in die Enz. Kurz vor dem Zusammenfluss führte eine Gitterbrücke über die beiden Flüsse in das Zentrum der Stadt.

Bertha und Carl blieben in der Mitte der Brücke stehen und schauten den beiden Flüssen zu, wie sie sich, die Nagold von Süden her, die Enz von Norden kommend, in ein gemeinsames Bett fügten.

»Die Brücke habt ihr beim Benckiser gebaut«, versuchte Bertha wieder, ein Gespräch anzuregen. Carl antwortete nicht. Stattdessen atmete er tief durch.

»Bertha«, Carl räusperte sich. Sie schauten beide auf das Wasser. Bertha traute sich nicht, ihn anzuschauen, das würde ihn womöglich nur abschrecken. »Ich möchte dir danken für alles, was du in den letzten Tagen für mich und meine Mutter getan hast.«

»Das war mir ein Anliegen und selbstverständlich«, sagte sie sanft.

»Nein, nein, ich meine, was ich sage. Es ist nicht nur, dass du es getan hast, sondern auch, wie du es getan hast.« Carl drehte sich abrupt um. »Karl, warum kaufst du dir nicht ein Eis? Hier hast du ein paar Kreuzer.«

Dieser verstand, nahm das Geld und schien sich zu freuen, auch wenn er fast bis zum Marktplatz zurückgehen musste.

Carl lehnte sich wieder an das Brückengeländer. Er holte tief Luft, beugte sich nach vorne und stützte sich mit den Armen an dem Geländer ab. Dann richtete er sich wieder auf, wandte sich Bertha zu und streckte ihr seine Hände entgegen. Bertha legte sanft ihre Hände um die seinen. So hielten sie sich fest. Carl hob den Kopf und schaute ihr in die Augen. Es machte ihr nichts aus, was die Leute von ihnen halten würden.

»Das alles hat mich nur noch bestärkt in meiner Liebe zu dir.« Bertha durchströmte bei diesen Worten eine unglaubliche Wärme. So, wie sie dastanden, mitten auf der Brücke, empfand sie eine tiefe Einheit mit diesem Mann. Für sie gab es in diesem Moment nur Carl. Sie waren beide so auf sich fokussiert, dass sie die anderen Leute, die über die Brücke gingen, nicht mehr wahrnahmen. Bertha schaute Carl an, aber sie sagte nichts. Sie sah ihm an, dass ihm etwas auf der Zunge brannte.

»Und glaube nur nicht, ich wüsste nicht, dass sich andere die Münder fusselig reden, weil ich noch nicht um deine Hand angehalten habe, obwohl wir uns doch schon so lange lieb sind.«

Bertha holte Luft, um etwas zu sagen.

»Nein, bitte warte noch«, sagte Carl schnell. »Ich möchte, dass du weißt, wie hoch ich es dir anrechne, dass du mich nie bedrängt hast, nie darüber geklagt hast, weder dass andere über uns reden noch dass ich diesen Schritt noch nicht getan habe.«

Bertha war ergriffen von seinen Worten, die so voller Liebe und Verständnis für sie waren. Am liebsten hätte sie seine Hände für immer festgehalten. Statt dass er einfach nur so stehen blieb, mit ihren Händen ineinander verschlungen und sich so offen und tief in ihre Augen blickend, wunderte sich Bertha, was er denn jetzt schon wieder tat, warum er nicht einfach den Moment genießen konnte. Carl ließ ihre linke Hand los und schob seine rechte etwas ungelenk in seine Jacketttasche. *Was fummelt er denn da so ungeschickt mit seiner Hand in der Tasche herum?* Plötzlich dämmerte es Bertha. *Er wird doch nicht …?*

Carl ließ nun auch ihre rechte Hand los. Er hatte es endlich geschafft, ein kleines schwarzes Etui aus seiner Anzugjacke zu kramen, und hielt es mit beiden Händen fest. Sie sah, wie seine Hände zitterten.

Oh Gott, dachte Bertha. Sie traute sich nicht einmal zu ahnen, was als Nächstes kommen würde. Sie konnte es kaum fassen, als Carl plötzlich mitten auf der Brücke vor ihr auf die Knie ging. Ihr war, als würde sie ohnmächtig.

»Carl, bist du wahnsinnig, hier vor allen Leuten …«

Aber so schweigsam er den ganzen Spaziergang über gewesen war, so entschlossen schien er jetzt sein Vorhaben ausführen zu wollen. Sollten die Leute doch denken, was sie wollten.

»Bist du denn übergeschnappt?« Bertha wusste nicht mehr, wie ihr war. War das hier wirklich wahr? Stand sie wirklich mit Carl auf dieser Brücke?

»Meine liebe Bertha, du Liebe meines Lebens, willst du meine Frau werden?«

Bertha schluchzte laut auf, ihr war schummrig, ihr Herz pochte, und sie fühlte sich leicht wie eine Feder. Hier und jetzt ging ihr allersehnlichster Wunsch in Erfüllung – endlich, und doch vollkommen unerwartet. Zwischen ihren

Tränen und ihrem Lächeln hindurch schaffte sie es irgendwie, sein Gesicht zärtlich in ihre Hände zu nehmen und »Ja! Ja! Ja!« zu sagen. Sie schauten sich lange an, in seinen Augen fand sie nichts als Zuneigung und Liebe. Sanft brachte Bertha mit ihren Händen Carls Gesicht näher zu sich, seine Lippen näher an die ihren. Ihr standen die Haare am ganzen Körper wie eine einzige große Gänsehaut zu Berge. Sie war wie elektrisiert, als würde sie alles viele Tausend Male intensiver empfinden als normal. Sie schloss ihre Augen und neigte ihren Kopf ein wenig. Als sich ihre Lippen endlich trafen, entzündete sich ein Feuerwerk, das sich in rasender Geschwindigkeit in ihrem Körper ausbreitete.

Sie küssten sich lange und immer wieder. Sie umarmten sich innig und fest.

Endlich war es so weit: Sie würde den Mann, den sie so liebte, heiraten.

Irgendwann, Bertha kam es vor wie eine süße Unendlichkeit später, nahm sie wahr, wie manche der Spaziergänger, die sie passierten, sich lautstark räusperten oder hüstelten. Der eine oder die andere echauffierten sich gar über ihr ungebührliches Verhalten.

Etwas peinlich berührt, aber glückselig lösten sie ihre Umarmung langsam, lächelten fröhlich und etwas verlegen.

In ihren Augenwinkeln sah Bertha gerade noch, wie ihr Bruder mit seinem Eis in der Hand auf dem Absatz kehrtmachte, als wüsste er nicht, wohin mit sich selbst.

Bertha hakte sich wieder bei Carl unter, und sie gingen weiter. Ihre Schritte waren nicht mehr schwer von Sorge, sondern leicht, als ob sie über eine sanfte Decke aus Rosenblättern schritt.

13

Bertha fühlte sich wie im siebten Himmel. Der Mann ihrer Träume hatte ihr endlich seine Liebe erklärt, wollte sie zur Frau nehmen. Sie malte sich ihre Zukunft in ihren Tagträumen in den denkbar schönsten Farben aus. Es würde himmlisch werden, dessen war sie sich sicher. Es konnte einfach nicht anders sein. Ihr schien alles leicht von der Hand zu gehen, sie verrichtete ihre Arbeit singend und mit frohem Herzen. Wäre doch nur die Zeit bis zum Wochenende nicht immer so lang. Dann verbrachte sie so viel Zeit wie nur möglich mit ihrem Carl, diesem forschen Kerl, der hart anpacken konnte, aber auch eine sehr romantische Ader hatte.

»Und deine Eltern waren einverstanden?«, fragte Louise, als sie und Hedwig beim nächsten gemeinsamen Spaziergang der drei Freundinnen die Neuigkeit erfuhren.

»Ja!«, jauchzte Bertha. »Sogar mein Vater hat, wenn auch murrend, letztendlich zugestimmt.«

Louise und Hedwig klatschten vor Freude in die Hände und umarmten sie. Dann nahmen sie Bertha in die Mitte, fassten jeweils eine Hand, und so liefen die drei Freundinnen weiter.

»Alles andere wäre aber auch eine ziemliche Überraschung gewesen«, sagte Hedwig, »du konntest deinen Vater ja schon immer ganz schön um den Finger wickeln, wenn du wolltest.«

»Und dann sind sie auch noch Brüder bei der Eintracht, nicht zu vergessen, da konnte dein Vater den Carl ja schon einige Zeit studieren«, ergänzte Louise. »Und deine Mutter?«

»Die hat sich sogar starkgemacht für ihn. Irgendwie hat sie an ihm einen mütterlichen Narren gefressen«, sagte Bertha. »Wenn sie auch findet, dass er manchmal zu viel Flausen im Kopf hat. Aber das finde ich ja gerade das Schöne an ihm.«

Louise und Hedwig lachten.

»Dann muss ich wohl einsehen, dass auch du verloren bist und in den Hafen der Ehe einlaufen wirst«, sagte Hedwig mit spitzem Mund und ironischer Stimme. Und ohne ihre Enttäuschung zu verhehlen, fügte sie hinzu: »Na ja, wenn du dort wenigstens nicht untergehst und dich selbst verlierst, geht das schon in Ordnung.«

»Ach, Hedwig, jetzt freu dich doch auch für Bertha!«

»Das tue ich ja auch, aber ich bin halt weniger blauäugig als ihr. Bei zu vielen von uns habe ich schon nach kurzer Zeit gesehen, wie die Blume ihrer Lebenslust sich zu neigen begann und die Blütenblätter eines nach dem anderen abfielen.«

»Jetzt mach aber mal halblang mit diesem schwülstigen Gerede«, ermahnte Louise sie, »wie du siehst, bin ich auch verheiratet und noch immer glücklich, auch mit meinem Mann.«

»Ach lass nur, ich verstehe Hedwig ja. Aber mit Carl ist alles so anders, und ich bin mir sicher, dass es mir mit ihm nicht so ergehen wird. Er ist so einfühlsam, fröhlich, hört zu und bringt mich mit seinen verrückten Ideen immer wieder zum Lachen.«

»Ja, das haben wir schon mitgekriegt«, sagte Louise lachend, »und wie ihr gegenseitig in euren Augen regelrecht ertrinken würdet, wenn nicht mindestens einer von euch mal wieder über eine Wurzel oder einen Stein stolpert.«

Während normalerweise Berthas Geschwister Carl und sie in gebührendem Abstand bei ihren Ausflügen und Spaziergängen begleiteten, gelang es ihnen manchmal, dass ihre besten Freundinnen sie begleiten durften. Daher wusste Louise, wovon sie sprach.

»Und was sind eure konkreten Pläne?«, wollte Hedwig wissen. »Gibt es schon einen Termin für die Heirat?«

Bald, dachte sie, aber sie musste zugeben, dass sie sich noch keine Gedanken über einen Termin gemacht hatte.

14

»Das meinst du nicht im Ernst, oder? Nach Rumänien?« Bertha fiel aus allen Wolken. »Wieso um alles in der Welt willst du denn nach Rumänien? Und was soll ich dann machen?«

»Du möchtest doch viele Kinder, hast du gesagt. Ohne eine besser bezahlte Stelle können wir keine Familie gründen«, rechtfertigte Carl sich wieder. Tatsächlich war Bertha froh darüber, dass er das genauso sah. Sie war sich erst nicht sicher gewesen, weil Carl als Einzelkind aufgewachsen war. Aber dass er seine Stelle wechseln wollte, hätte er sich früher überlegen können. Sein Arbeitsgeber Benckiser hatte ihm eine verantwortungsvolle Stelle in Rumänien für den Bau von Eisenbahnbrücken angeboten.

»Ich bitte dich, sieh es doch als eine große Chance für uns!«, versuchte er Bertha zu überzeugen.

Hedwigs Frage nach dem Heiratstermin kam ihr wieder in den Sinn und schwelte in Bertha. Es ärgerte sie. Es kam ihr fast vor wie eine Stichelei, obwohl sie wusste, dass Hedwig es in diesem Fall nicht so meinte. *Ich bin doch sonst nicht so,* wunderte sich Bertha über sich selbst. Sie war eine Frau, die immer die Fäden selbst in der Hand hielt, die gut organisieren und wenn nötig auch ein Machtwort sprechen konnte. Gerade ihre Mutter war sehr froh darum, dass sie so veranlagt war, vor allem seit ihre beiden Schwestern nach Amerika ausgewandert waren. Ihr Vater schätzte die Art, wie sie zupacken konnte, sowieso.

Carls neue Stelle in Rumänien bedeutet wohl, dass wir erst mal nicht heiraten werden. Nur langsam versöhnte sie sich mit dem Gedanken, dass Carl in dieses ferne Land umziehen würde. Es sollte ja nur auf Zeit sein, hatte er versucht, sie zu beruhigen. Aber so ganz besänftigt war sie dadurch nicht. Sie fühlte sich schon bei dem Gedanken an seinen Umzug furchtbar einsam. Zumal in den Zeitungen immer mehr über einen möglichen Krieg des Norddeutschen Bundes mit Frankreich gesprochen wurde, in den auch das Erzherzogtum Baden, wenn auch, genauso wie die anderen deutschen Staaten südlich des Mains, nicht Teil des von Preußen dominierten Bundes, mit hineingezogen werden könnte. In der ganzen Stadt, in den Ladengeschäften und in den Cafés wurde immer erregter über einen Waffengang diskutiert, der diesem ›schwelenden Geschwür des diplomatischen Geschwätzes‹ endlich ein Ende bereiten würde. Selbst auf der Straße hörte sie die Leute mehr und mehr in einem immer härteren Ton darüber reden. Bei einigen war Angst herauszuhören, vor allem bei den Frauen. Was würden sie tun, wenn ihre Männer im Krieg wären?

Bertha ahnte Schreckliches, schließlich war die französische Grenze von Pforzheim aus nicht gerade weit entfernt. Würde der Krieg auch in ihre Heimatstadt getragen werden? Den französischen Frauen musste es doch genauso ergehen? Sie wollte sich das gar nicht erst ausmalen.

Es war ein Montag Mitte Juli, und die Anspannung in der Stadt schien noch stärker als sowieso schon in letzter Zeit.

Bertha war unterwegs, um nach dem Wochenende ihre gewöhnlichen Besorgungen zu machen.

»Extrablatt«, schallte es ihr von Weitem entgegen. »Extrablatt! Frankreich erklärt dem Norddeutschen Bund den Krieg. Mobilmachung in Baden auf Hochtouren. Extrablatt!« Um den Zeitungsjungen hatte sich eine Traube gebildet.

Männer zogen eilig ein paar Münzen aus ihren Taschen und griffen nach der Zeitung, deren Titelseite sie sofort zu lesen begannen.

»Damit hat der Franzosenkaiser wohl nicht gerechnet«, brüstete sich eine Stimme, »dass wir zu den Preußen stehen und auch in den Krieg eintreten«, hörte sie die Umstehenden sagen. Einige Männer lachten grimmig.

»Denen werden wir's schon zeigen«, sagte ein anderer. »Jetzt können die Bayern, Württemberger und Südhessen aber nicht mehr wegbleiben.«

Während sich die Männer mit Großspurigkeiten zu übertreffen versuchten, machten die Frauen eher betrübte Gesichter. Wer sollte in der Zwischenzeit die Felder bestellen, die Brote backen, das Geld nach Hause bringen? Aber vor allem: Ein Krieg bedeutete Waffen, und Waffen bedeuteten Tod. Was, wenn es den eigenen Mann treffen würde? Wie würde ihre Zukunft dann aussehen? Hätten sie denn dann überhaupt noch eine, oder bliebe ihnen nichts mehr übrig, als mit ihren Kindern wieder zurück zu ihren Eltern zu ziehen oder ein Leben in Armut zu fristen?

Bertha erledigte ihre Einkäufe, so schnell sie konnte, und eilte nach Hause. Die Fragen der Frauen, die sie auf den Straßen aufgeschnappt hatte, gaben auch ihr zu denken. Dabei war sie noch nicht einmal verheiratet. Was würde aus ihr werden, wenn die Liebe ihres Lebens plötzlich Soldat werden musste? Gänzlich undenkbar. Sie konnte sich ihren Carl einfach nicht in einem Waffenrock vorstellen. Dazu wäre er doch gar nicht in der Lage, so verträumt, wie er war. Es fiel ihr schwer, ihre täglichen Hausarbeiten zu verrichten, zu tief hingen die Wolken ihrer Gedanken an diesem Sommertag, der keiner werden wollte. Eigentlich wollte sie vor allem eins: so schnell wie möglich zu Carl, um mit ihm zu besprechen, was sie tun sollten. Doch es gab nichts zu besprechen, begriff Bertha im nächsten Moment. Hier waren Dinge von höherer Hand in Gang gesetzt, die sie nicht beeinflussen konnte. Politiker griffen direkt in ihr Leben ein, ein Leben, das doch gerade erst begann. Bertha wurde mit jeder Stunde unruhiger, während sie auf ihren Vater wartete, um ihn zu fragen, wie er die Lage einschätzte und was sie am besten tun könne.

Kaum war ihr Vater abends von der Arbeit zu Hause, bestürmten ihn seine Kinder mit Fragen. Auch sie hatten schon mitbekommen, worüber die ganze Stadt sprach. Die Kleinen riefen wild durcheinander. »Musst du in den Krieg? Bekommst du auch eine Uniform? Was macht ein Zimmermann im Krieg? Gehst du nach Frankreich? Bist du dann morgen wieder da? Lässt du uns alleine?« Aufregung und Angst mischten sich in ihren Augen. Ihr Vater versuchte sie zu beruhigen, nahm sie auf den Arm und streichelte sie.

»Nein, ich bleibe hier bei euch, Kinder.«

»Wirst du nicht einberufen werden?«, fragte Bertha schließlich, nachdem sich die Jüngeren wieder etwas beruhigt hatten und sich mit Murmeln, die ihr Vater aus der Tasche gezaubert hatte, in den Gang verzogen hatten.

»Ich glaube nicht. Ich bin gottlob zu alt, als dass sie mich dort brauchen könnten.«

Kaum hatte er geantwortet, hörte sie ein Klopfen und ging an die Tür.

»Carl«, rief Bertha überrascht aus.

»Ich komme direkt aus der Arbeit und wollte dich unbedingt sehen«, sagte er außer Atem und lehnte sein Veloziped an der Hausmauer an.

Bertha sah, dass er genauso aufgewühlt war wie sie selbst. Sie umarmten sich kurz.

»Was wird jetzt nur?«, fragte Bertha.

»Ich weiß es auch nicht, Liebes.« Carl drückte sie noch fester an sich.

»Ist dein Vater da?«

In diesem Moment stand Karl Friedrich schon in der Tür.

»Hast du etwa einen Gestellungsbefehl erhalten?«, fragte er ernst.

Bertha schaute zu ihrem Vater neben sich und erschrak, als sie seinen besorgten Gesichtsausdruck sah.

»Nein, zum Glück nicht«, antwortete Carl.

»Noch nicht jedenfalls«, wandte Karl Friedrich ein, der der Sache offenbar nicht ganz traute. »Aber komm rein jetzt, schnell«, bat er, fast als wollte er verhindern, dass dies noch vor ihrer Haustür geschehen würde.

Bertha wurde flau im Magen. Was würde der Krieg für sie ganz konkret persönlich bedeuten? Würden sie jetzt etwa nicht heiraten können? Müsste Carl in den Krieg ziehen? Dann doch noch besser Brücken konstruieren in Rumänien. Was ging sie in Baden der Streit zwischen den Preußen und den Franzosen an? Sie setzten sich in die gute Stube, Bertha braute Kaffee auf. Während ihr jüngerer Bruder Karl den beiden Erwachsenen gebannt lauschte, wunderte sich Bertha immer mehr. Es gab doch bestimmt auch in Frankreich und in Preußen Bräute und Bräutigame, die nichts lieber wollten, als sich verliebt in den Armen zu liegen, anstatt mit Waffen auf andere loszugehen?

»Ob das für die Wirtschaft wohl einen Dämpfer bedeutet?«, sorgte sich Carl.

»Nicht für alle, natürlich«, erwiderte ihr Vater, »und die Kriegstreiber erhoffen sich von dem Waffengang natürlich einen Aufschwung.«

»Bei Benckiser haben sie gesagt, dass sie die Fabriken in den nächsten drei Tagen erst mal geschlossen halten und schauen wollen, wie sich die Lage entwickelt«, hörte Bertha

Carl sagen, als sie gerade mit der Kaffeekanne und dem Service aus der Küche kam.

»Ich finde es schon richtig, dass wir uns mit dem Norddeutschen Bund solidarisch zeigen und dem Krieg beigetreten sind«, sagte ihr Vater. »Aber auf diese Weise sind wir wohl auch direkt betroffen. Na ja, so weit kommt's noch, dass der Franzose hier durch die Straßen marschiert«, winkte Karl Friedrich ab. »Unsere strammen Jungs werden denen schon zeigen, wo's langgeht.«

»Und warum das alles?«, fragte Bertha.

»Der Bismarck hat die Franzosen so lange provoziert, bis die fast nicht mehr anders konnten, weil …«

»Ach, lass nur«, unterbrach Bertha ihren Vater. »Das ist doch nur wieder so ein wichtigtuerisches Männergehabe für nichts und wieder nichts. Ihr Männer seid doch nicht ganz sauber, mit Gewehren und aufgepflanzten Bajonetten aufeinander loszurennen und gegenseitig abzuschlachten. So was kann ja wohl nur Männern einfallen!«

Bevor sich Bertha in Rage reden konnte, legte ihre Mutter eine Hand auf die ihre und schaute sie streng an. Carl schaute zu Boden, ihr Vater räusperte sich.

»Was auch immer du über den Krieg denkst, Bertha, behalt es außerhalb dieser vier Wände für dich. Versprichst du mir das?«

Bertha fühlte, wie sich seine Augen regelrecht in sie hineinbohrten. Wenn er sie so anschaute, meinte er es sehr ernst, wirklich ernst. Kleinlaut gab sie ihm das Versprechen.

»Ich weiß, du hast deine eigene Meinung. Aber hier hört der Spaß auf. Hier geht es um die Ehre des Vaterlands und um unsere Soldaten, und du musst sehr vorsichtig sein mit dem, was du sagst, sonst giltst du vielleicht noch als Landesverräterin.«

Drei Tage später stand sie zusammen mit Louise und Hedwig am Bahnhof. Louises Mann hatte seine Einberufung erhalten und musste in den Krieg. Im vierten Monat schwanger mit ihrem ersten Kind, wusste sie nicht, ob sie Ernst jemals wiedersehen würde. Dennoch versuchte sie, sich zu beherrschen, so gut es ging. Als der Zug losfuhr und sie ihm mit einem Taschentuch nachwinkte, obwohl sie ihn zwischen all den anderen jungen Männern, die sich in ihren Uniformen so weit wie möglich aus den Fenstern hängten, schon gar nicht mehr ausmachen konnte, brach sie in Tränen aus. Die Sturzbäche von Tränen wollten nicht versiegen. Bertha und Hedwig mussten sie stützen und brachten sie nach Hause.

Alle drei miteinander verdammten die Männer, die so eine Entscheidung trafen und doch nie selbst in den Krieg ziehen mussten, und Bertha fürchtete sich jetzt noch mehr um Carl.

»Fahr nach Rumänien, Carl, fahr vor allem schnell nach Rumänien, nur weit weg von diesem Krieg«, flehte sie ihn abends schon fast an. Er war nicht zum Soldaten geschaffen. Ging es nicht gerade um seine Ingenieurskunst mit all seinen verrückten Ideen, war er ein Luftikus, der für sein Leben gern tanzte, in der Wirtsstube in guter Gesellschaft sein Bier genoss und auf seinem Veloziped strampelnd die Natur bewunderte. Als einen stumpfe Befehle ausführenden Soldaten sah Bertha ihn einfach nicht. Dafür war er zu dickköpfig und viel zu lebenslustig. Und sie auch. Schließlich wollte sie mit ihrem Carl durch das Leben ziehen, das noch nicht einmal richtig für sie begonnen hatte. Das wollte sie sich von niemandem wegnehmen lassen. Schon gar nicht von irgendwelchen selbstherrlichen Politikern oder Militärs.

Doch nun war es nicht mehr möglich, nach Rumänien zu gehen, erklärte Carl. Eben wegen des Kriegs. Keiner mache mehr internationale Verträge, die Situation sei verwirrend, sie müssten abwarten.

Abwarten, das machte Bertha wütend. Nachts lag sie vor Wut weinend im Bett und schlug mit ihren Fäusten auf die Matratze ein. Sie war eine Braut, aber sie wusste nicht, ob sie je zur Ehefrau werden würde. *Wer weiß schon, wie lange der Krieg geht,* dachte Bertha, *wer weiß, ob mein Carl doch noch eingezogen wird.* Sie fürchtete so sehr, dass er das nicht lange überleben würde.

Doch es blieb nichts anderes übrig, sie musste warten. Jeden Tag fürchtete sie, Carl würde mit der Einberufung bei ihr vor der Tür stehen, und jeden Tag holte sie erleichtert Luft, wenn er wieder ohne diesen Wisch vor ihrer Tür stand.

»Jetzt mach dir mal nicht so viel Sorgen«, sagte ihr Vater, »den Carl haben sie hier nötig. Schlosser und Ingenieure wie er sind hier wichtiger als an der Front.« Doch so richtig überzeugend klang er dabei nicht, fand Bertha. Immerhin schöpfte sie daraus etwas Hoffnung, dass Carl doch hierbleiben konnte.

Tage und Wochen vergingen, und aus dem Sommer wurde Herbst. Der Krieg hing wie ein Damoklesschwert über den beiden Verliebten. Bertha hatte sich ihre Zeit der Verlobung mit Carl anders erträumt. Dass sie auf Bällen tanzen würden, stundenlange Spaziergänge miteinander unternehmen würden und sich, wenn ihre Begleiter mal für ein paar Momente auf die andere Seite schauten, verstohlene Küsse geben konnten. Aber die Ungewissheit überschattete alles. In den Zeitungen wurde derweil von den deutschen Erfolgen berichtet: vom Sieg in Sedan, wie sich der französische Kaiser Napoleon III. in Gefangenschaft begab, von der Belagerung von Paris.

Wenn sie gemeinsam bei Treffen der Eintracht waren, bekam sie die Diskussionen mit, ob sich Baden dem Norddeutschen Bund anschließen sollte, welche Vor- und Nachteile das haben werde, ob eine kleindeutsche, ohne Österreich-Ungarn, einer großdeutschen Lösung mit den Habsburgern vorzuziehen sei, dass Elsaß-Lothringen nach einem Sieg in diesem Bund eingegliedert werden sollte, und so weiter.

Bertha war dieses abendelange Lamentieren leid. Zumal die Diskussionen mitunter lautstark und heftig wurden. Sie empfand den Geselligkeitsverein Eintracht nicht mehr als gesellig und war froh, dass sich Carl in diesen Gesprächen so gut es ging zurückhielt. Auch ihr Vater verhielt sich, wie sie fand, überraschend ruhig.

Sie jedenfalls war diesen Krieg leid, der ihr die Zeit stahl, ihre Zeit als Verlobte, als Braut. Endlich hatte ihr der Mann, den sie so liebte, den Hof gemacht, und doch befand sich ihr Leben im Ungewissen, nur weil irgendwelche machtlüsternen Männer meinten, mit Waffen ihre Meinung kundtun zu müssen, und sie hatte keine Möglichkeit, dies zu beeinflussen. Letzteres machte sie noch am meisten wütend. Ihre Tatkraft half ihr hier nicht weiter. Was sie auch bedachte, ihr wurde klar, dass sie keinen Schritt weiterkäme, bevor dieser unsägliche Krieg nicht zu Ende wäre.

Das Gefühl der Machtlosigkeit war ermüdend.

15

Als Bertha auf dem Weg zu Louise war, befiel sie eine Unruhe, die sie nicht deuten konnte. Hedwig kam gleichzeitig mit ihr vor dem Haus an und winkte ihr fröhlich zu. Wie üblich war sie mit ihren Freundinnen für den heutigen Sonntag bei Louise verabredet. Nach einem Kaffee würden sie einen

Herbstspaziergang unternehmen, erst zum Kupferhammer, hatten sie sich für heute vorgenommen, und von dort ein Stück den Schwarzwald hinauf.

Sie klopften an Louises Haustür und warteten. Auch nach erneutem Klopfen öffnete sie nicht. Bertha und Hedwig sahen sich besorgt an. Berthas ungutes Gefühl wurde stärker. Sollte Louise etwas geschehen sein?

»Da hilft nur eins«, sagte Hedwig schließlich.

»Wir müssen rein und nachsehen«, ergänzte Bertha tatkräftig.

Zu ihrer beider Überraschung gab die Tür nach, als sie die Türklinke nach unten drückten. Sie gingen vorsichtig ins Haus und riefen nach Louise. Alles war still. Es war eine unheimliche Stimmung im Haus, fand Bertha. So ganz anders als die in unzähligen Malen, in denen sie schon hier gewesen waren.

»Louise«, rief Bertha wieder, »wir sind es, Hedwig und Bertha. Bist du da?«

Keine Antwort. Erst als sie vor der Tür zum Wohnzimmer standen, konnten sie Louise hören.

Vollkommen in Tränen aufgelöst saß ihre Freundin in einem Sessel in ihrem Wohnzimmer. Sie weinte so verzweifelt, dass sie kein Wort herausbringen konnte. Vor ihr auf dem Tisch entdeckte Bertha einen Briefumschlag. Mit der einen Hand bedeckte Louise ihr Gesicht. Ihre andere Hand lag kraftlos auf ihrem Oberschenkel. In den Fingern hielt sie ein Stück Papier. Bertha wusste sofort, was das für ein Brief war, und erkannte an Hedwigs Gesicht, dass auch sie es ahnte. Der Brief war kurz und formell, aber unendlich bitter und hart in seiner Konsequenz. Ernst war gefallen. Louise war hochschwanger, und nun war sie Witwe.

Da half alles Trösten nichts, keine noch so gut gemeinten Worte, kein »Wir werden dich nicht alleinlassen«. Bertha wurde klar, dass Louises Leben, wie sie es sich vorgestellt und erträumt hatte, aufgehört hatte zu existieren. Ihr eigenes Opfer, so lange auf die Hochzeit warten zu müssen, schien ihr auf einmal nichtig. Sie verfluchte diesen Krieg und betete zu Gott, dass Carl nicht auch noch eingezogen wurde.

Ein Krieg, dessen Sinn sie beim besten Willen nicht einsehen wollte. Ihr Vater glaubte, dass es nicht mehr allzu lange dauern würde und ein großer Sieg in Aussicht stand.

Sieg oder nicht – für Louise machte das keinen Unterschied mehr, ihr Mann war tot.

1871

Januar

16

»Du hast gekündigt?« Bertha konnte kaum glauben, was Carl da gerade gesagt hatte. Er war gleich nach der Arbeit zu ihr gekommen, um ihr mit freudestrahlendem Gesicht die Neuigkeit zu überbringen. Seine Freude teilte sie nun ganz und gar nicht.

»Aber so hör doch zu«, versuchte Carl zu beschwichtigen. Er wusste nur zu gut, wie aufbrausend Bertha sein konnte, und sie war im Moment auf dem besten Weg, wie ein Rohrspatz loszuschimpfen.

»Ich habe eine neue Stelle.«

»Eine neue Stelle? Aber wieso hast du mir denn nichts davon gesagt?«

»Es sollte eine Überraschung für dich werden.«

»Na, die ist dir gelungen.« Bertha wurde schon etwas ruhiger.

»Das mit Rumänien wäre eh nichts mehr geworden«, sagte Carl, »aber Benckiser hat noch eine Firma in Wien, und die wollen mich haben.«

Die Gründung des Deutschen Reiches in Versailles im Januar hatte umgehend für mehr Stabilität gesorgt. Dass der Krieg bald beendet werden würde, war nur noch eine Frage der Zeit, und auch der Sieger stand schon fest: das neu gegründete Deutsche Reich mit seinem neuen Kaiser Wilhelm I. an seiner Spitze. Schon wurde in den Straßen, Stammtischen und Zeitungen über Reparationszahlungen spekuliert, die das unterlegene Frankreich als Wiedergutmachung an das Deutsche Reich zahlen sollte und die für einen enormen Wirtschaftsaufschwung sorgen würden.

»In Wien?« Bertha wusste noch nicht, was sie davon halten sollte. Für sie war Wien genauso weit weg wie Rumänien.

»Was hältst du davon, wenn ich erst einmal dort hingehe, mich in dem neuen Betrieb einlebe und uns eine Wohnung suche? Dann können wir endlich heiraten, und du kommst nach?« Carl breitete lachend seine Arme aus. »Wäre das nicht wunderbar?«

Bertha fiel in seine Arme, als sie begriff, dass er alles dafür tat, um sie heiraten zu können.

»Oh Carl, Wien wäre bezaubernd, ein Traum.« Sie schaute ihn mit verliebten Augen an, »und dass wir dann endlich heiraten, danach sehne ich mich am meisten.«

»Jetzt, da der Krieg endlich vorbei ist, können wir wieder an unsere Zukunft denken, und sei versichert, dass ich nichts anderes möchte, als mit dir zusammen zu sein. Ich hoffe, dass ich dich schon nach einem Monat zu mir holen kann. Und dann wirst du die Frau Ingenieur Carl Benz. In Wien.«

»Na, na«, sie zwinkerte ihm halb belustigt, halb ernst zu, »ich heiße auch danach noch Bertha. Nur, dass du mir das nicht vergisst.«

»Das werde ich sicher nicht, meine Liebe«, versicherte er ihr und küsste sie auf die Stirn. »Aber sag, findest du Wien nicht unglaublich toll?«

»Das wäre einfach wunderbar, Carl«, stimmte ihm Bertha zu. Wien war wirklich etwas anderes als Pforzheim. Es war die Stadt schlechthin. Die Hofburg, der Stephansdom, rauschende Bälle, viel Prominenz. Und wer weiß, vielleicht würden sie ja vielleicht sogar einmal in die Sommerresidenz der Habsburger, ins Schloss Neubrunn eingeladen werden?

Bertha sah sich schon in prachtvollen Kleidern durch den Prater flanieren, während sie nach links und rechts Leute grüßte, die ihr Carl, der Ingenieur, kannte, stellte sich vor, wie sie neue Freundinnen finden würde, zu Teekränzchen eingeladen wurde und diese selbst in ihrer großzügig ausgestatteten Wohnung mit Gästen abhielt und – wenigstens solange der selbstfahrende Wagen noch ein fernes Hirngespinst ihres Bräutigams war – mit dem Fiaker durch die Stadt kutschierte.

»Ich fahre schon nächste Woche«, brachte Carl Bertha unvermittelt auf den Boden der Tatsachen zurück.

»Und wie heißt die Firma, für die er arbeiten will?«, fragte Berthas Vater aufgebracht, als sie ihm am Abend von Carls neuer Stelle berichtete. Warum hatte sein künftiger Schwiegersohn nicht vorher mit ihm über seine Pläne gesprochen? Ja, nicht einmal mit seiner zukünftigen Frau. Vielmehr hatte er sie einfach mit der Tatsache konfrontiert, regte er sich immer mehr auf.

»Ich habe dir doch gesagt, er ist ein Luftikus«, schimpfte er, noch bevor Bertha antworten konnte.

»Aber Papa …«

»Nichts ›aber Papa‹, er mag ja ein guter Ingenieur sein, aber Verantwortungsgefühl hat er wohl keines. Lebt einfach so in den Tag und denkt sich, dass die anderen sich schon nach ihm richten werden. So geht das doch nicht.« Seine Stimme wurde mit jedem Wort lauter.

»Jetzt reg dich doch nicht so auf, Karl Friedrich«, schritt Berthas Mutter ein, »das macht das Ganze auch nicht besser.«

»Ich rege mich aber auf. Schließlich will dieser …«, er suchte nach einem Wort, das ihm für das Verhalten Carls gerade passend erschien, entschied sich aber, nachdem ihm seine Frau einen strengen Blick zugeworfen hatte, doch anders, »... Carl ja unsere Tochter heiraten, und mir schwant bei so einem Verhalten nichts Gutes.«

»Aber Papa ...«

»Nein, nein, du kennst meine Vorbehalte gegen ihn, Bertha. Er ist ein lieber Kerl, aber geradezu lebensunfähig. Und ich habe der Heirat nur zugestimmt, weil du so darauf gedrängt hast.« Und etwas leiser fügte er hinzu: »Und weil deine Mutter sich auf deine Seite geschlagen hat.«

»Die beiden werden glücklich miteinander, Karl Friedrich.« Berthas Mutter redete in gütigem Ton auf ihn ein. »Sieh doch nur, wie die beiden sich anschauen ...« Sie neigte ihren Kopf ein wenig zur Seite, als vermisse sie diese Verliebtheit in ihrem Leben.

»Dein Wort in Gottes Ohr, Auguste, dein Wort in Gottes Ohr«, schickte er sein Stoßgebet gleich zweimal gen Himmel, in der Hoffnung, dass es so besser erhört würde. Karl Friedrich Ringer atmete hörbar aus, beruhigte sich etwas und setzte sich schließlich. Er wusste, dass er sich in dieser Angelegenheit gegen die beiden nicht durchsetzen konnte.

»Granichstädten oder Branichstätten, ich weiß es nicht genau. Eine Eisenkonstruktionsfirma«, antwortete Bertha auf seine ursprüngliche Frage.

»Was? Was sagst du?«, sagte ihr Vater geistesabwesend, »ach so, ja, der Name der Firma.« Er überlegte kurz. »Mhm, den Namen habe ich noch nie gehört. Bin mal gespannt, was dein lieber Herr Carl da wieder ausgegraben hat.«

»Jetzt ist es aber wieder gut, Karl Friedrich.«

»Jaja, schon gut, ich will doch nur, dass unsere Bertha mit dieser Heirat nicht in ihr Unglück rennt.«

17

Bertha legte den Brief zur Seite. Leise kamen ihr die Tränen. Sollte ihr Vater doch recht behalten? Stellte sich Carl wirklich so dämlich an, dass er seine Karriere und vor allem ihr gemeinsames Leben aufs Spiel setzte? War er so verantwortungslos? Sie las den Brief noch einmal, aber sie hatte richtig gelesen. Die Firma war kein Tochterunternehmen von Benckiser, wie er geglaubt hatte, sein alter Arbeitgeber hatte nur ab und zu mit ihnen zu tun. Außerdem gäbe es für ihn bei dieser Firma keinerlei Karrierechancen, da sie fast keine und wenn, dann für ihn gänzlich uninteressante Arbeit hätten. Dafür wäre er als Ingenieur wirklich überqualifiziert und der Firma schlicht zu teuer. Carl schrieb, er komme so schnell wie möglich zurück nach Pforzheim, und dann würde er weitersehen. Dabei war er gerade einmal ein kleines bisschen mehr als einen Monat weg. Immerhin schloss er mit dem Satz, dass es ihm leidtäte, da er wusste, wie sehr sie sich auf Wien gefreut hatte. Doch das konnte sie nicht wirklich trösten.

»Ich habe dir doch gesagt, sich verlieben und heiraten ist gefährlich. Geht dir jetzt langsam ein Licht auf?«, beschwor Hedwig ihre Freundin.

»Das hilft ihr jetzt aber auch nicht weiter«, versuchte Louise die Enttäuschte zu trösten.

Nachdem Bertha den Brief zweimal gelesen und ihre Tränen abgewischt hatte, suchte sie Beistand bei ihren Freundinnen. Was sie jetzt brauchte, waren Trost und Ratschläge und nicht das Gepolter ihres Vaters. Zuerst wollte sie Hedwig und Louise sehen, bevor sie die Nachricht wohl oder übel ihren Eltern überbringen musste. Sie war etwas unsicher, wie Louise reagieren würde, die schließlich gerade erst vor einem halben Jahr ihren Mann verloren hatte und ihr Neugeborenes alleine durchbringen musste. Im Vergleich dazu kam ihr ihre eigene Situation geradezu lächerlich vor. Doch als Louise sah, wie traurig Bertha war, nahm sie sie in den Arm und tröstete sie.

»Nicht verzagen, meine Liebe, noch ist ja nichts verloren. Wer weiß, ob sich nicht doch alles wieder zum Guten wendet.«

»Und wenn nicht?«

»Dann findest du mehr Kraft in dir selbst, als du dir bisher vorstellen konntest, glaube mir.«

Wieder brach Bertha in Tränen aus. Sie war froh, dass sie zumindest bei Hedwig und Louise nicht ihr emotionales Korsett tragen musste, das die Gesellschaft von ihnen allen verlangte, und ihren Tränen freien Lauf lassen durfte.

»Ich weiß einfach nicht mehr, was ich denken soll«, sagte Bertha schniefend, als sie sich wieder ein bisschen beruhigt hatte. »Auf der einen Seite möchte ich nichts lieber, als mein Leben mit ihm verbringen«, sie schnäuzte in ihr Taschentuch, ihre Freundinnen warteten geduldig auf den Rest des Satzes, »auf der anderen Seite will ich mein Leben auch nicht einfach so wegschmeißen.«

»Tja, da ist guter Rat teuer«, meinte Louise in Ermangelung eines solchen und blickte zärtlich auf ihre kleine Tochter, die fest in ihrem Kinderbettchen schlief.

»Du solltest dein Leben auf keinen Fall einfach so wegwerfen, meine Liebe. Schließlich bist du eine prächtige Weibsperson«, ermunterte sie Hedwig. »Schau dich doch an, du siehst gut aus, kannst anpacken, weißt, was du willst … na ja, meistens wenigstens.«

Bertha musste unter ihren Tränen hindurch lachen. Es war eher ein Glucksen, aber immerhin merkte sie, wie ihr

Zwerchfell sich wieder etwas entspannte und sie leichter atmen konnte. Louises mitfühlende zusammen mit Hedwigs eher praktisch-ruppiger Art gaben ihr auf eine seltsame Weise ein Gleichgewicht.

»Danke«, sagte sie leise.

»Ich finde«, sagte Louise, »du solltest auf dein Herz hören, ohne deinen Verstand zu vergessen.«

»Und wie meinst du das konkret?«, fragte Hedwig für Bertha nach.

»Na ja«, sagte Louise und dachte kurz nach. »Schau erst, was dein Herz will, und dann, ob du das mit deinem Verstand unter einen Hut kriegst. Oder wenigstens, unter welchen Umständen oder Voraussetzungen du es unter einen Hut kriegen würdest.«

»Also, was sagt dein Herz?«, wollte Hedwig Louises Vorschlag gleich in die Praxis umsetzen.

Bertha schniefte wieder in ihr Taschentuch, bevor sie antwortete. »Dass ich mit Carl glücklich werden und viele Kinder mit ihm bekommen möchte.«

»Oh Mann«, stöhnte Hedwig und schaute theatralisch hoch an die Decke. »Also gut, du kennst meine Meinung dazu ja, aber lassen wir die mal beiseite.«

»Und dein Verstand, was sagt der?«, fragte Louise nach.

»Du meinst, unter welchen Voraussetzungen ich das möchte?«

»Genau.«

»Also, so habe ich noch gar nicht darüber nachgedacht.« Das entsprach der Wahrheit. Sie war einfach verliebt und erträumte sich ihr Leben mit Carl. Was ihr, bevor sie ihm begegnet war, so noch nie passiert war.

»Aber vielleicht habt ihr ja recht, und ich sollte darüber nachdenken.« Ihr wurde etwas schwindlig.

»Ich bringe dir ein Glas Wasser.« Louise stand auf.

»Und?«, fragte Hedwig, nachdem Bertha einen Schluck genommen hatte.

»Und was?«

»Unter welchen Voraussetzungen möchtest du mit Carl zusammenleben?« Hedwig ließ nicht locker.

»Er muss für die Familie sorgen können, für sie aufkommen können …«, begann Bertha.

»Mit anderen Worten, er muss eine Stelle haben, bei der er genug verdient«, verdeutlichte Hedwig.

»… lieb zu den Kindern sein …«

»Und nicht zu vergessen, auch zu dir!«, fügte Louise hinzu. »Stell dich nur nicht hintan, so wie unsere Mütter das immer getan haben.«

»Nicht sein ganzes Geld im Wirtshaus versaufen, abends zu Hause sein und so weiter, jaja«, kürzte Hedwig die Aufzählung ab. »Das Wichtigste für den Moment hast du ja schon gesagt: Er muss eine Stelle haben, bei der er genügend Geld für euch, für deine Familie verdient. Und, tut er das?«

Es war klar, dass dies im Moment nicht der Fall war. Bertha hob kurz die Arme, um sie gleich wieder in ihren Schoß fallen zu lassen. Manchmal tat Hedwigs direkte Art auch weh. Sie begann wieder zu weinen.

»Das bedeutet ja nicht, dass es für immer so bleiben muss«, beeilte sich Louise zu sagen. »Schau, ich finde es durchaus richtig von ihm, dass er dort nicht bleibt, wenn die Stelle nicht verspricht, was er sich darunter vorgestellt hat. Dann ist es doch besser, er zieht gleich die Konsequenzen, als wenn er dort noch eine Zeit lang herumdümpelt, ohne dass etwas dabei herauskommt.«

»Das stimmt auch wieder«, pflichtete Hedwig ihrer Freundin bei.

»Was soll ich jetzt tun?«, fragte Bertha mit tränenunterlaufenen Augen.

18

Carl sah müde aus, nicht nur von der Reise. Ihm war klar geworden, dass er vollkommen überhastet gehandelt hatte und er Bertha und ihre Eltern nur um Verzeihung bitten konnte. Immerhin hatte er auf die dringendste Frage eine Antwort parat. Mannheim war sein nächstes Ziel.

»Und wieso gerade Mannheim?«, fragte Berthas Vater, noch immer argwöhnisch, obwohl er froh war, dass Carl sich nun um vieles näher an Pforzheim eine Stelle suchen wollte.

»Ich kenne die Stadt und noch ein paar Leute dort, die mir hoffentlich weiterhelfen können. Außerdem steht die Stadt seit ein paar Jahren im Zeichen der Erneuerung und Industrialisierung.« Carl zählte auf. »Die Eisenbahnbrücke über den Rhein mit Ludwigshafen ist fertig, ein neuer Hauptbahnhof und sogar ein neuer Güterbahnhof wurden gebaut.« Er erzählte mit immer größerer Begeisterung. »Die Neckarmündung wurde verlegt, sodass der Fluss in den Rhein für die Schifffahrt viel einfacher verläuft …«

»Carl …«, unterbrach Bertha ihn mit erhobenen Händen, um seinem Redefluss Einhalt zu gebieten.

»… und auch der Rhein ist bald so begradigt, dass man ihn bis in die Schweiz …«

»Carl!«, wiederholte sie etwas lauter. Er schaute sie verdutzt an, und auch ihre Eltern waren überrascht. So resolut kannten sie ihre Tochter zwar von anderen Gesprächen, aber bisher nie mit Carl. Mit ihm war sie immer sehr sanft.

»Da ist ja alles schön und gut. Aber was bedeutet das konkret für mich, für uns?«, fragte sie.

Ihr Vater nickte zustimmend.

Bertha schaute Carl mit durchdringenden Augen fordernd an.

»Bertha, das heißt, dass dort Ingenieure meines Schlags gesucht werden, dass es dort Arbeit gibt und wir endlich heiraten können.«

Bertha war baff, und mit ihr ihre Eltern. Als hätte er das Gespräch mit ihren Freundinnen belauscht, gab er ihr genau die Antwort, die sie benötigte.

»Deinen Tatendrang lobe ich mir, und auch deine Motivation«, sagte ihre Mutter. Für Bertha war es nicht zu überhören, dass dem Lob auch eine gewisse Aufforderung zum Handeln beigemengt war.

»Immerhin lässt du dich nicht mir nichts, dir nichts aus dem Feld schlagen, das gefällt mir«, zeigte sich Karl Friedrich erfreut. »Ich wünsche dir viel Erfolg bei deiner Arbeitssuche.«

»Na, dann nichts wie auf nach Mannheim!«, sagte Bertha. »Je früher, desto besser.«

19

Bertha blieb wieder nichts übrig, als geduldig zu warten. So langsam verstand sie Hedwig immer mehr. Obwohl sie keine Sekunde daran dachte, Carl zu verlassen, empfand sie es doch als große Ungerechtigkeit, dass Männer sich aussuchen durften, was sie für ihr täglich Brot taten, wo sie wohnten, wie sie ihr Leben gestalten wollten, während ihr das als Frau zu einem großen Teil verwehrt blieb. Wieso sollte eine Frau das nicht auch dürfen? Frauen zeigten doch tagtäglich im Haushalt, dass sie zupacken konnten. Das wiederum sahen die Herren der Schöpfung ja nicht. Gearbeitet werden durfte höchstens, bis die Frau verheiratet war, danach war Schluss. *Die Schule hat uns ja auch für nichts anderes erzogen als für diesen Moment,* dachte Bertha ärgerlich. Und als alte Jungfer verspottet wollte sie ihr Leben nun auch nicht verbringen.

Spott, wie sie ihn einmal vor gar nicht langer Zeit während eines gemütlichen Abends der Eintracht abbekommen hatte. Wieder einmal war die Rolle der Frau das Thema des Gesprächs, und wie üblich wurde sich aus der einseitigen Sicht älterer Männer darüber ausgelassen.

»Für mich gehört die Frau an Heim und Herd, so wie es schon immer war«, ließ einer lautstark vernehmen, »und zum Kinderkriegen ist sie auch da.«

»Und zum Kindermachen«, prustete einer mit nicht mehr ganz klarer Artikulation hinterher. Das Bierglas, das er zum Prosten in die Höhe hielt, war mit Sicherheit nicht das erste, das er an diesem Abend trank.

Das war Bertha zu viel.

»Wieso soll es denn nicht möglich sein, dass wir Frauen auch angesehenere Berufe ausüben dürfen, als nur in den Fabriken zu stehen? Oder haben Sie Angst, dass Sie Herren der Schöpfung nicht intelligent genug sind, um einen Haushalt führen zu können?«

Für eine Sekunde war es mucksmäuschenstill, aber im nächsten Moment verstand man sein eigenes Wort nicht mehr. Vor Entrüstung sprachen und riefen alle durcheinander. Bertha musste eine ganze Ladung Hohn und Spott über sich ergehen lassen – von Männern wie von Frauen. Von den Männern kam vor allem ein »Unerhört« sowie andere Ausrufe der Entrüstung.

»Der und kochen? Der ist ja schon zu faul zum Brotschneiden«, kommentierte eine Frau und lachte höhnisch. »Wenn die Männer jeden Tag das machen müssten, was wir leisten, würde die Welt aber ganz schnell zusammenbrechen«, bestätigte eine andere.

Als Bertha sogar aufrührerischer Tendenzen bezichtigt wurde und den scharfen Blick ihres Vaters zu spüren bekam, beschloss sie, nun besser ihren Mund zu halten, um Schlimmeres zu vermeiden.

Carl kam so oft wie möglich, meist an den Wochenenden, nach Pforzheim, um Bertha zu sehen. Obwohl es im ganzen Land seit der Reichsgründung wirtschaftlich bergauf zu gehen schien, war eine Arbeitsstelle in Mannheim auch nach Wochen nicht für ihn in Sicht. Obwohl Carl ihr beteuerte, dass er alles tat, um eine angemessene Stellung zu bekommen. Bertha versuchte sich in Geduld, was nicht gerade ihre Stärke war. Es half ja alles nichts. Ihr blieb nichts anderes übrig, als auf eine gute Nachricht von Carl zu warten.

Dann kam sie eines Tages im Spätsommer, einige Wochen, nachdem er nach Mannheim gegangen war, wenn auch etwas anders als erwartet. Eine Stelle hätte er zwar bisher immer noch nicht gefunden, dafür aber seinen alten Kollegen und Freund, den Mechanicus August Ritter, wie er ihn nannte. Mit ihm wolle er eine Firma gründen. Er hatte ein bisschen Geld gespart, August hatte auch einiges auf der hohen Kante, und so sollten sie es eigentlich schaffen.

»Und sobald der Laden läuft, heiraten wir, und ich hole dich nach Mannheim«, versprach Carl.

»Dein Wort in Gottes Ohr«, sagte Bertha. »So langsam versaure ich hier, verstehst du? Die Leute machen schon Witze über mich, weil ich schon fast zwei Jahre verlobt und noch immer nicht verheiratet bin.«

»Ich weiß, ich weiß, mir geht es genauso«, sagte Carl. »August und ich müssen nur noch einen geeigneten Ort für unser Vorhaben finden, und dann geht es los.«

Bei seinen Besuchen schwärmte Carl von seiner Firma. Mit seinem Kompagnon hatte er einen Kaufvertrag für ein kleines Gartengelände am ehemaligen Ringwall, am Stadtrand Mannheims, unterschrieben. Dort stand ein Schuppen, in dem sie ihre Werkstätte einrichten wollten, »die in der Lage ist, überall in der Maschinentechnik Hilfe zu leisten. So beschreiben wir unser Angebot an unsere Kunden«, sagte

Carl. Er schaute Bertha voller Begeisterung an. »Ist das nicht wunderbar?«

Bertha war sich nicht so sicher. »Potenzielle Kunden, meinst du wohl.«

»Die Wirtschaft floriert. Du wirst schon sehen.«

»Habt ihr genug Geld, um gleich ein ganzes Grundstück kaufen zu können?«

»Ein bisschen was haben wir beide selbst auf der hohen Kante. Und du glaubst gar nicht, wie einfach es gerade ist, an Kredite zu kommen. Es scheint, als schießen die Banken wie Unkraut aus dem Boden. Alles atmet Aufschwung und Wachstum.«

Bertha freute sich, dass Carl so begeistert von seiner ersten eigenen Firma schwärmte, sie gönnte es ihm. Doch sie war auch ein wenig zurückhaltend. Sich Geld zu leihen für etwas, das es mehr oder weniger nur auf dem Papier gab, vor allem die Kunden betreffend und somit die Einnahmen, schien ihr nicht wirklich geheuer.

1872

April

20

Leider sollte sie recht behalten. Trotz der so beschworenen Aufbruchsstimmung wollte die Firma einfach nicht in Gang kommen. Bertha merkte, wie ihr mit jedem Besuch Carls immer mehr der Mut in ihre Schuhe sank.

»Er vertröstet mich Woche für Woche, dabei sieht es so aus, als verzweifle er mit jedem Tag ein bisschen mehr«, klagte Bertha ihrer Mutter und ihren Freundinnen ihr Leid. Sie saßen gemeinsam in der guten Stube – Bertha auf einem der Sessel, ihre Mutter ihr gegenüber, zwischen ihnen der reich verzierte Beistelltisch aus Kirschholz. Hedwig und Louise hatten auf dem Sofa Platz genommen, das an der langen Seite der Wand vor der dunkelrot geblümten Tapete stand.

Sie wollte eigentlich nicht über dieses Thema reden, vor allem nicht im Beisein ihrer Mutter. Doch da alle drei sie mit Fragen zu Carl und seine Firma betreffend bestürmten, platzte es aus ihr heraus. Die ersten Fragen wehrte sie noch ab mit Antworten wie »Das wird schon«. Aber damit gaben sich die Frauen nicht zufrieden, und sie ja selbst auch nicht. So erzählte sie ihnen schließlich, dass Carl ihr von Schwierigkeiten mit seinem Freund und Kompagnon August Ritter berichtet hatte, von ihren Problemen, Kunden zu gewinnen, weil beide nicht so recht wussten, wie sie das anstellen sollten, während sie bereits Maschinen und Werkzeuge gekauft hätten, mit Krediten, die abbezahlt werden mussten. Ihre Freundinnen und ihre Mutter hörten ihr kopfschüttelnd zu.

Als Bertha von den Krediten anfing, hob ihre Mutter eine Augenbraue, kommentierte sie zunächst aber nicht. Bertha erzählte auch von Carls Begeisterung, musste jedoch zugeben, dass die in Anbetracht der ausbleibenden Kunden und wachsenden Geldsorgen langsam schwand.

»Und dann gibt es ja noch die Hypothek für das kleine Firmengelände, die den beiden so langsam unter den Nägeln brennt«, offenbarte Bertha das drängendste finanzielle Problem der beiden Geschäftspartner.

Hedwig und Louise schwiegen etwas betreten angesichts so viel Offenheit in Geldfragen, noch dazu in Anwesenheit von Berthas Mutter.

»So geht das ja nicht«, echauffierte Auguste sich. »Wenn dein Zukünftiger sich in den Ruin treibt, wäre deine Heirat mit ihm undenkbar«, sprach ihre Mutter aus, wovor Bertha sich schon lange fürchtete. Das war deutlich. Bertha schätzte ihre Mutter durchaus für ihre Geradlinigkeit. Sie sagte, was sie dachte, und zwar direkt den Leuten ins Gesicht und nicht hintenrum, wie sie es so oft, vor allem bei Frauen, erlebte und erfahren musste. Aber manchmal war ihr es auch zu viel, und sie vermisste ein gewisses Maß ein Einfühlungsvermögen. Auch in diesem Moment hätte ihr das gutgetan. Sie musste schlucken und ihren Atem anhalten, um nicht in Tränen auszubrechen.

»Ich werde es nicht zulassen, dass meine Tochter in Armut leben wird, weil ihr Hallodri von Mann nicht imstande ist, ein ordentliches Einkommen nach Hause zu bringen. Außerdem scheint er überhaupt nicht mit Geld umgehen zu können.« Sie blickte Bertha streng an. »Ich habe in diese Ehe weit mehr Geld mit hineingebracht als dein Vater, doch er hat es verstanden, mit viel Arbeit und klugen Entscheidungen eine Karriere aufzubauen, die sich sehen lassen kann, und das Geld auf diese Weise zu mehren. Deshalb wirst du in deine Ehe auch eine beträchtliche Summe einbringen können, wenn es denn so weit kommt. Wenn. Denn ich werde auf gar keinen Fall zulassen, dass unser hart verdientes Geld mir nichts, dir nichts in spinnerten Ideen verpufft. Meine Tochter soll nicht in Armut leben müssen, keines meiner Kinder. Dafür haben wir unser Leben lang hart gearbeitet.« Als wäre das nicht schon genug, schickte sie noch den Satz hinterher, der jeden möglichen Zweifel hinwegfegte: »Außerdem weißt du selbst ganz genau, dass dein Vater in einem solchen Fall einer Hochzeit niemals zustimmen würde.«

Sosehr sie auch versuchte, sie zu unterdrücken, kamen Bertha nun doch die Tränen. Sie hatte es schon eine Weile geahnt, aber nun so hart auf den Boden der Tatsachen geholt zu werden, tat weh. Sollte sie tatsächlich eine alte Jungfer bleiben, von allen verspottet und verhöhnt, wenn die Verlobung aufgehoben werden würde? Alle möglichen Gedanken schossen ihr durch den Kopf. Sie liebte ihren Carl über alles. Sollte sie vielleicht mit ihm durchbrennen? Nach Amerika vielleicht, ihre Schwestern schrieben, dass es ihnen gut ginge dort und es mehr Arbeit gäbe als Leute.

Sogleich verwarf sie diesen Plan. Das wollte sie ihren Eltern nicht antun.

Aber es war ihr Leben.

»Ich sage es doch immer, die Männer …«

»Das ist es jetzt wirklich nicht der richtige Moment«, unterbrach Louise Hedwig, drückte mitfühlend Berthas Hand und streichelte sie. »Wir werden auf jeden Fall immer für dich da sein, was auch passiert«, versuchte sie, Bertha Mut zuzusprechen. »Nicht wahr, Hedwig?«

»Ja, natürlich«, beeilte sich diese zu sagen, »was auch immer kommen mag.«

Auguste Ringer dagegen schien zu überlegen.

»Du hast ihn sehr lieb, deinen Carl«, stellte sie mehr fest, als dass sie fragte. Ihr Gesichtsausdruck blieb jedoch ernst.

»Ja«, brachte Bertha, mit den Tränen kämpfend, heraus, ihre Hände fast flehend erhoben, um sie gleich wieder sacken zu lassen angesichts der ausweglosen Situation.

»Mhm,« murmelte ihre Mutter, »ich glaube, du liebst ihn wirklich, und ich gönne dir von Herzen, dass du glücklich wirst.« Sie legte ihre Hände aneinander und stützte sich mit dem Kinn darauf. Nach einer Weile hob sie ihren Kopf und schaute in die Runde. »Aber so geht es nicht. Da hilft nur eins: Ich fahre nach Mannheim und schaue mir alles mit eigenen Augen an. Carl soll mir selbst erklären, woran es eigentlich liegt, dass die Kunden ausbleiben, und was er gedenkt zu tun. Und du fährst mit, Bertha. Diesen Sonntag.«

Bertha, Hedwig und Louise schauten Auguste Ringer erstaunt und mit offenen Mündern an. Alle brauchten einen Moment, um zu verstehen, was sie gerade gesagt hatte. Bertha fand als Erste ihre Fassung wieder.

»Das willst du tun?«, fragte sie voller Erstaunen, »das wäre ja wunderbar, oh danke, Mama, danke.« Ihr Herz floss über, und sie konnte nicht anders, als aus ihrem Sessel zu springen und ihre Mutter zu umarmen. Vor Erleichterung flossen ihr wieder die Tränen.

»Na, na«, dämpfte ihre Mutter die Erwartungen. »Das heißt noch nicht, dass alles gut wird und Carl sich plötzlich auf Finanzen verstehen würde. Warten wir erst mal ab, was er zu sagen hat, dein lieber Carl.«

Bertha nickte. Sie wusste, dass die Chance nicht gerade groß war. Aber immerhin, es gab wieder einen möglichen Ausweg. Dass ausgerechnet ihre Mutter diesen bot, hätte sie nie und nimmer erwartet. Es berührte Bertha, dass ihrer Mutter ihr Schicksal so ans Herz zu gehen schien. Vom Eintrag in der Familienbibel, »Leider wieder ein Mädchen«, war sie gerade weit entfernt. War dies dieselbe Person, die das damals geschrieben hatte?

Manchmal ließ diese resolute Frau, die stets auf Arbeitsethos und Disziplin pochte und nicht nur anderen, sondern auch sich selbst gegenüber hart war, ihren weichen Kern erkennen. Bertha war ihr in diesem Moment unendlich dankbar.

Ist meiner Mutter als junger Frau vielleicht das Gleiche widerfahren? Hatte sie deshalb erst so spät und einen viel älteren Mann geheiratet? Sobald sich ein Gespräch auch nur in diese Richtung zu bewegen schien, blockte ihre Mutter jedes Mal zuverlässig ab. Irgendwann hatte es Bertha aufgegeben, nach den Umständen der Heirat zu fragen. Es ging sie, bei Lichte betrachtet, ja auch nichts an.

»Und Papa?«, fragte Bertha halb aus Angst, dass er auch mitkommen sollte und im Gespräch gleich die Konfrontation suchen würde, halb aus praktischen Gründen, weil die jüngeren Geschwister versorgt werden mussten. Wenigstens einer musste zu Hause auf den Flohzirkus aufpassen.

»Das lass mal meine Sorge sein«, sagte ihre Mutter.

21

Damenbesuche hatte Carls Vermieterin Frau Rinkel strikt verboten. Auch wenn es die Braut und künftige Schwiegermutter betraf. Da blieb seine Vermieterin eigen. Sowieso hätten sie nicht wirklich in sein bescheidenes Zimmer gepasst, das er bei der Witwe in Mannheim in T 2, 11, nicht weit von seiner Werkstatt mietete. Deshalb würde er sie am Bahnhof abholen, las Bertha in Carls Telegramm, das er ihr gleich nach Erhalt ihres Briefes kabelte. Bertha fragte sich, ob er nicht verwundert war, dass sie dieses Mal ihre Mutter als Anstandsdame mitgebracht hatte. Doch seinem kurzen Telegramm war nicht zu entnehmen, ob er sich etwas dabei dachte.

Bertha freute sich riesig, als sie aus dem Zug ausstiegen und Carl sie gleich am Bahnsteig begrüßte. Es war, als hätte sie alle Sorgen vergessen, als sie ihm in die Augen sah. Die kamen jedoch wieder zurück, sobald sie die zurückhaltende, aber doch fühlbare Reserviertheit wahrnahm, mit der ihre Mutter Carl begrüßte.

Carl schien dies nicht zu kümmern, er schlug vor, erst einen Kaffee in der Stadt zur Stärkung zu trinken und dann einen kleinen Spaziergang zu seiner Firma zu unternehmen.

Erst auf dem Weg durch Mannheim zum Gartengelände in T 6, 11, wo sich Carl mit der gemeinsamen Firma mit August Ritter niedergelassen hatte, hatte Bertha die Möglichkeit, mit ihrem Herzallerliebsten vertraulich zu reden. Ihre Mutter zeigte Takt, hielt etwas Abstand und ging ein paar Schritte hinter ihnen.

»Du hast dich vielleicht gefragt«, begann Bertha vorsichtig, »warum meine Mutter mitgekommen ist?«

»Sie möchte bestimmt auch einmal eine moderne Stadt wie Mannheim sehen. Schau nur, wie hier überall gebaut wird und wie modern die Stadt …«

Bertha unterbrach ihn. »Carl, das ist nicht der Grund.«

»Vielleicht ist sie ja weniger an der Stadt als vielmehr an meiner Firma interessiert. Möchte sie die mal aus der Nähe betrachten, möchte sehen, was wir hier so alles herstellen und reparieren? Das zeige ich euch gerne.«

»Carl«, begann Bertha noch einmal. Sie klang etwas bedrückter und strenger, als sie eigentlich wollte. »Meine Mutter«, sie korrigierte sich, »wir machen uns Sorgen um dich und deine Firma.«

»Das ist sehr nett, aber weißt du, das wird schon.«

»Ich meine es ernst, Carl. Mama macht sich ernsthafte Sorgen, weil es beruflich einfach nicht voranzugehen scheint bei dir. Ganz zu schweigen von Papa. Und ehrlich gesagt«, sie musste schlucken und senkte ihre Stimme etwas, »weiß ich auch nicht, was ich davon halten soll, dass wir jetzt schon so lange verlobt sind und ich noch immer keine Aussicht auf einen Heiratstermin habe. Es dauert alles so lang.«

Endlich begriff Carl. Er schaute betrübt auf den Boden. »Ihr seid also hier, um mir den Kopf zu waschen?«

»Nein«, wand sich Bertha, »so darfst du das nicht sehen. Es ist nur, weißt du, Mama und Papa sind darüber besorgt, dass du dich da unter Umständen in etwas verrennst und ...«

»Jaja, ich verstehe schon«, unterbrach er sie.

»Jetzt sei bloß nicht eingeschnappt. Du weißt doch, dass ich dich liebe. Ich wollte dich nur warnen – es kann gut sein, dass Mama anfängt, über finanzielle Fragen zu reden.«

Carl schwieg, aber sein Gesicht sprach Bände.

»Also gut«, sagte er schließlich, »da muss ich wohl durch. Und ehrlich gesagt steht es tatsächlich nicht zum Besten.«

Nun machte sich Bertha noch mehr Sorgen als zuvor. Ihre tiefe Zuneigung zueinander war die eine Sache. Sie begriff in diesem Moment aber erst richtig, dass das nicht genug sein würde. Es musste ein realistischer Rahmen geschaffen werden, der es ihnen möglich machte, in dieser Welt gemeinsam leben zu können. Diesen Rahmen musste Carl als ihr zukünftiger Mann schaffen. Als Frau konnte sie nur wenig dafür tun.

Bertha wunderte sich, wie es Carl gelang, nach außen hin irgendwie fröhlich zu bleiben, links und rechts das eine oder andere zu erklären, an dem sie vorbeiliefen, und ihnen dann galant das Tor aufzuhalten, als sie auf dem Gartengelände am Rand der Ringstraße angekommen waren, wo der Schuppen stand, der seine Firma beherbergte. Carl bot an, ihnen alles zu zeigen, aber Auguste Ringer ließ kein Gras über die Sache wachsen. Resolut, wie sie war, schlug sie vor, man könne ja nun, da man endlich unter sich sei, sich zusammen an den Tisch setzen und über ernstere Themen sprechen.

»Wie du meinst«, sagte Carl und schob schnell einen weiteren Stuhl an den Tisch, sodass sie sich alle drei setzen konnten. Bertha schaute ihn kurz an, und er bat sie, neben sich Platz zu nehmen. *Er braucht meine Unterstützung,* dachte Bertha, *er fürchtet sich vor dem Tribunal.* Sie kannte ihre Mutter nur allzu gut und wusste, dass sie durchaus in der Lage war, ihr Gegenüber in die Enge zu treiben und unter Druck zu setzen.

»Mein lieber Carl«, hörte Bertha ihre Mutter sagen, und sie war sich nicht sicher, ob sie die Worte als freundlich oder drohend empfinden sollte. Ihr wurde schummrig, und sie fürchtete sich arg davor, dass ihr lieber Carl in die Mangel genommen wurde. Gut, dass sie saß. Sie hörte nur mit einem halben Ohr zu, flüchtete sich in Gedanken zu dem Spaziergang mit Carl am Nagoldufer und hoffte, die Befragung wäre schnell vorbei, und dass danach hoffentlich auch alles gut wäre. *Seltsam,* dachte Bertha, *es fühlt sich so an, als wäre ich gar nicht richtig hier, als schwebte ich ein bisschen.*

Sie war es gewohnt, sich jeder Situation zu stellen und eine Lösung für jedes kleine und große Problem zu suchen. Aber in diesem Fall, als Tochter und Braut, deren Bräutigam seine finanzielle Situation einfach nicht auf die Reihe brachte, hatte sie selbst keine Möglichkeit zu handeln. Ihr waren die Hände gebunden, und sie war, ob sie wollte oder nicht, von anderen abhängig, was ihrem Naturell ganz und gar nicht entsprach. Vielleicht fühlte sie sich deshalb so, als wären all ihre Gedanken hinter einem Schleier verborgen. *Aber es geht hier um mein Leben,* machte sich Bertha bewusst und zwang sich wieder ins Hier und Jetzt, in die Firma ihres Verlobten, an diesen Tisch. Sie drückte ihren Rücken durch, hob kurz ihre Fersen und setzte sie wieder auf den Boden, zwickte sich selbst an beiden Ohrläppchen.

»Es ist so«, hörte sie Carl sagen, »dass praktisch die ganze Arbeit an mir hängen bleibt. August arbeitet zwar an den Maschinen und Bauteilen. Er kümmert sich aber nicht um neue Kundschaft, um die Buchhaltung und was sonst noch so alles anfällt.«

»Und du hast damit auch keinerlei Erfahrung, richtig?« Auguste schaute Carl streng an.

»Nein, natürlich nicht. Ach, es ist alles viel zu viel …« Er senkte den Kopf, hob ihn dann wieder und strich sich die Haare aus dem Gesicht. »Ich arbeite gerne und viel, das wisst ihr, aber August ist mir mehr Last als Hilfe, ganz zu schweigen ein ebenbürtiger Kompagnon.«

»Und was hält dich davon ab, dich von ihm zu trennen?« Berthas Mutter suchte ohne Umschweife nach Möglichkeiten und Lösungen.

»In der Firma steckt Geld von uns beiden, all unsere Ersparnisse«, erwiderte Carl resigniert. »Ich kann es mir nicht leisten, hier wegzugehen und die Tür hinter mir zu schließen.«

»Aber könnt ihr nicht einfach im Guten auseinandergehen, und jeder nimmt seine Hälfte mit?«, mischte sich Bertha in das Gespräch ein. Sie war wieder ganz da, auch wenn sie von Geldsachen und Formalien nicht wirklich eine Ahnung hatte.

»So einfach geht das nicht«, sagte Carl, »da sind die Maschinen und Werkzeuge, wenn jeder die Hälfte mitnimmt, bleibt jedem auch nur die Hälfte, und damit lässt sich nicht arbeiten. Außerdem gibt es ja noch das Grundstück hier. Wie sollen wir das aufteilen?«

»Mhm«, stießen Bertha und ihre Mutter gleichzeitig einen Laut aus, der zeigte, wie heikel auch sie die Lage einschätzten.

»Das ist in der Tat eine verzwickte Situation«, gab Berthas Mutter schließlich zu. »Aber dass es so weitergeht, so viel ist klar, ist keine Option.« Sie schaute Carl in die Augen. »Das verstehst du, oder, Carl?«

»Ja«, bestätigte er kleinlaut, »ich weiß. Aber ich weiß nicht, wie ich eine Lösung aus dem hohen Hut zaubern könnte, außer wir finden schnell einen großen und einträglichen Auftrag.«

»Und wieso sollte der nicht kommen? Du leistest hervorragende Arbeit. Das sagt doch jeder. Alle sind von deinen Lösungen als Ingenieur und der Qualität deiner Arbeit angetan, jedes Mal wieder«, versuchte es Bertha mit Zuversicht.

»Wir sind hier für konkrete Lösungen, nicht für Luftgebilde, die unter Umständen irgendwann eintreten könnten«, machte ihre Mutter Berthas Hoffnungen gleich wieder zunichte. Betretenes Schweigen war die Folge.

»Damit du mich nicht falsch verstehst«, sagte Auguste dann, »ich zweifle nicht an deinem Können, an deiner Ingenieurskunst.« Sie machte eine kurze Pause. »Wenn ich dich richtig verstehe, liegt es daran, dass du zu viel auf deinen Schultern hast …«

Carl setzte an, etwas zu sagen, aber Auguste hob eine Hand.

»Vor allem aber liegt es am Geld. Geld, das du in die Firma gesteckt hast und das du nicht so eins, zwei, drei wieder aus der Firma herausziehen kannst. Richtig?«

»Stimmt«, erklang wieder Carls leise Stimme, und Bertha wollte nichts lieber, als ihn in den Arm zu nehmen, doch das ging nicht, nicht in dieser Situation, nicht in Anwesenheit ihrer Mutter.

»Da ist guter Rat teuer«, sagte Auguste nachdenklich.

»Vielleicht sollten wir mal in den Garten gehen und uns dort die Beine vertreten«, schlug Bertha vor. »Schließlich ist es schönes Wetter, und ein bisschen frische Luft täte uns wohl allen ganz gut.« Es fühlte sich so an, als müssten sie erst einmal selbst in Bewegung kommen, wenn das Gleiche mit der festgefahrenen Situation um Carls Firma passieren sollte.

Sie schlenderten über das Gelände, und Bertha erfreute sich an den wilden, farbenfrohen Glockenblumen, Rittersporen, Kornblumen, Hirtentäscheln und was noch alles zwischen Maschinenteilen, Karren und Holzboxen hervorwuchs, als würden sie die Leute und die Arbeit, die hier unter der Woche verrichtet wurde, in keiner Weise stören. Man konnte das Wasser des Rheins riechen, der nur ein paar Meter hinter dem Grundstück auf der anderen Seite des Stadtrings gen Norden floss.

»Schaut doch nur, wie schön die Kornblumen blühen«, sagte sie. Für den Moment hatte sie die Schwere des Gesprächs in der dunklen Firmenbaracke vergessen. Hier draußen konnte sie wieder aufatmen, fühlte sich freier. Sie sah sich die Blumen genau an, sog ihre Farben in sich auf, beobachtete die Bienen, die jede einzelne Blüte geschäftig besuchten, um gleich darauf auf der nächsten zu landen, um im Kelch ihre Nahrung zu finden. Manche hatten die Beine und fast den ganzen Körper voller Pollen. So dienten sie in ihrer Arbeit nicht nur sich selbst, sondern auch der Natur. Vielleicht könnte das bei Carl auch so sein, wenn seine zugegeben verrückte Idee von einem selbstfahrenden Wagen tatsächlich eines Tages Wirklichkeit werden würde. So, wie er davon erzählte, würde seine Erfindung die Welt verändern, dachte Bertha, umgeben vom nicht enden wollenden Summen der Bienen. Wenn doch nur die Sache mit dem Geld nicht wäre. Bisher hatte sie sich über Geld nie wirklich Gedanken gemacht. Ihre Eltern waren nicht reich, aber doch so wohlhabend, dass sie nie das Gefühl hatte, ihre Eltern müssten etwas einsparen oder sie als Familie den Gürtel enger schnallen. Auch was das betraf, hatte sie eine unbekümmerte Kindheit erlebt. Dessen war sie sich erst gewahr geworden, als sie gehört hatte, wie Carl aufgewachsen war. Wie sich seine Mutter jeden Groschen fast vom Mund absparen musste, um ihrem Sohn das Studium zu ermöglichen. Wie anders war das doch für sie gewesen. *Auf der anderen Seite,* grübelte Bertha, *durfte ich nicht mal an so etwas wie Studieren denken.* Sie war gerne und gut in der Schule gewesen. Warum also nicht weiterlernen? Aber die Realität sah nun mal anders aus, holte sich Bertha wieder aus ihren Tagträumen zurück. *Hier und jetzt gilt es, ein Problem zu besprechen, und dafür müssen wir irgendeine eine Lösung finden, auf die wir bisher noch nicht gekommen sind.*

»Wie gerne ich dich auch als Schwiegersohn sehen würde, Carl, du musst deine finanzielle Situation in den Griff kriegen, sonst sehe ich schwarz.«

Die Stimme ihrer Mutter, die mit Carl etwas abseits stand, drang an Berthas Ohr.

»Ich könnte es nicht verantworten, wenn du meiner Tochter kein Leben in einem bürgerlichen Umfeld bieten kannst. Es muss ja nicht gleich in Saus und Braus sein. Aber bodenständig sollte es schon sein. Erst meintest du, es wäre ein Leichtes, an Kredite zu kommen, und jetzt stellt sich heraus, dass keine der vielen Banken dir auch nur einen weiteren Kreuzer leihen möchte. Ich meine, wo soll das hinführen? Ich weigere mich, meine Tochter in eine Situation zu entlassen, in der sie in der dauernden Angst leben muss, in die Armut abzurutschen. Das verstehst du doch sicher, oder nicht?!«

Carl stand wie ein begossener Pudel vor der Frau, von der er an diesem Morgen noch angenommen hatte, dass sie seine Schwiegermutter werden würde. Seine Situation war schon schlimm genug. Aber diese Standpauke nahm ihm anscheinend noch das letzte Bisschen Selbstrespekt und Hoffnung.

»Mama, warte!« Bertha erschrak, als sie sah, was da gerade vor sich ging, und lief schnell zu den beiden hin. »Hast du gerade verkündet, dass ich Carl nicht heiraten darf, weil er zu wenig Geld verdient?«

»Das zum einen, und weil er auch keines mehr besitzt, wenn ich ihn richtig verstehe. Es tut mir sehr leid, meine Kleine, aber darauf läuft es wohl hinaus.« Auguste stand kerzengerade vor ihr, traute sich aber nicht, Bertha oder Carl direkt anzuschauen. Ihre Augen waren auf etwas Unbestimmtes über ihnen gerichtet.

Bertha überkam auf einmal eine kühle, analytische Ruhe. Gleichzeitig war ihr, als fühlte sie jede einzelne ihrer Haarspitzen auf ihrem Kopf prickeln, als veranstaltete ihr Gehirn ein Feuerwerk an Gedankenblitzen, die sie noch nicht in Worte fassen konnte, geschweige denn sich derer bewusst zu sein. Sie spürte, dass sie diesen Vorgang nicht unterbrechen durfte, dass etwas in ihr arbeitete, auch wenn sie keine Ahnung hatte, was da gerade in ihrem Kopf vor sich ging.

Sie sah, wie Carl und ihre Mutter sie anschauten, und realisierte, wie kraftvoll sie wohl gerade wirkte. Gespiegelt in den erstaunten Gesichtern der beiden wurde ihr bewusst, wie sie sie mit ihrem Blick regelrecht durchbohrte.

Auf der einen Seite war sie also sehr präsent. Auf der anderen fühlte es sich für Bertha seltsam ungewohnt an. Es war, als schwebe ein Teil von ihr über sich selbst und könne von dort beobachten, was gleich geschehen würde.

Carl und ihre Mutter warteten darauf, dass sie etwas sagte, als sie sich auf einmal selbst sprechen hörte.

22

»Du willst was? Bist du von allen guten Geistern verlassen, Bertha?!« Ihr Vater zürnte und schrie regelrecht, schritt in der guten Stube hin und her und kriegte sich gar nicht mehr ein. So wütend hatte ihn Bertha noch nie erlebt. War ihre Idee wirklich so unvorstellbar, so außerhalb aller Logik? Ihre

Mutter hatte zwar zunächst auch abweisend reagiert, sich aber dann damit anfreunden können. Bertha wusste sie an ihrer Seite. Das hoffte sie jedenfalls, denn wenn ihr Vater weiter so zu Werke ging, würde ihre Mutter vielleicht noch die Seite wechseln.

»Hör sie doch wenigstens an, Karl Friedrich.«

»Was soll ich mir da noch anhören?« Berthas Vater fuchtelte wie wild mit dem Finger in der Luft herum. »Das ist eine Ungeheuerlichkeit! Und wie stehe ich da vor meinen Eintrachtbrüdern, wenn der werte Herr Benz das ganze Geld in seiner bodenlosen Ingenieursgrube in Mannheim versenkt?«

»Aber Karl Friedrich …«

»Nichts Karl Friedrich«, seine Wut schien nicht nachzulassen, »der Carl soll seine Finanzen regeln, ansonsten gibt es keine Hochzeit, und damit basta.«

Bertha und ihre Mutter warteten wohlweislich einen Moment. Karl Friedrich regte sich oft furchtbar auf, aber wenn man ihn rasen ließ und er seine Wut loswerden konnte, war er irgendwann so weit, dass er wieder zuhören konnte.

»Schau, Papa«, sagte Bertha vorsichtig nach einer Weile, »du weißt, dass ich Carl liebe, und ich weiß, dass du ihn auch einen ganz patenten Kerl findest …«

»Aber darum geht es hier nicht!«, polterte ihr Vater.

»Jetzt lass sie ausreden. Bitte, Karl Friedrich«, sagte ihre Mutter mit einer solch sanften Stimme, wie sie Bertha kaum je gehört hatte. Sie wusste anscheinend sehr genau, wie sie ihren Mann besänftigen konnte.

»Jaja, also gut.« Karl Friedrich wandte sich von ihnen ab, stützte sich mit einer Hand an einem der freien Sessel ab und schaute widerwillig zum Fenster hinaus. Immerhin, dachte Bertha.

»Lieber Papa«, bespielte Bertha die Tonleiter des Süßholzraspelns. Der Angesprochene brummte nur. »Schau, bei

Lichte besehen ist es doch praktisch das Gleiche …« Wieder ein Brummeln am Fenster. »Nur eben, dass wir die Reihenfolge umdrehen.«

»Ja, eben, das ist es ja gerade«, sagte ihr Vater, immerhin fast wieder im normalen Ton und weniger verärgert als gerade noch.

»Aber Papa«, unternahm Bertha einen erneuten Anlauf. »Ich gebe zu, es ist vielleicht etwas ungewöhnlich …«

»Etwas ungewöhnlich«, echote ihr Vater spottend.

»Aber doch auch nicht undenkbar. Schau, ich darf Carl nicht heiraten, weil er nicht genug Geld hat.«

»Kein Geld«, knurrte ihr Vater, aber Bertha ließ sich nicht beirren.

»Das Aberwitzige ist aber, dass er, also eigentlich ich, das Geld hätte, sobald wir verheiratet wären. Verstehst du? Eure Mitgift würde das Problem lösen.«

Vor dem Fenster brummte es wieder.

»Es stimmt schon, Karl Friedrich, da beißt sich die Katze selbst in den Schwanz.«

»Jetzt kommst du und hilfst deiner Tochter auch noch«, ereiferte sich Berthas Vater, doch so richtig wütend schien er nicht mehr. Langsam drehte er sich um. Bertha wusste nicht, ob seine Miene Gutes oder Schlechtes verriet.

»So eine Schande, wieso musstest du dich ausgerechnet in diesen Mann verlieben? Hätte es nicht ein reicher Fabrikantensohn sein können? Davon laufen hier in Pforzheim doch genug herum.«

»Karl Friedrich«, ermahnte ihn seine Frau, »das steht jetzt wirklich nicht zur Debatte.«

»Jaja, ich weiß.«

»Außerdem habe ich mir überlegt …« Bertha hatte noch ein Argument parat. Ein starkes, wie sie selbst fand.

»Oh Gott, was kommt denn noch?«

»… dass ich darauf bestehen werde, dass wir zwar in der gesetzlichen Gütergemeinschaft heiraten werden, wie es das badische Landrecht vorsieht …«

»Dann kann er ja gleich alles versenken, dein Carl, und dann? Wovon wollt ihr denn dann leben?«

»Aber Papa, jetzt hör mir doch bitte zu«, sagte Bertha so lieb und süß, wie sie konnte.

»Jaja, schon gut, aber das geht doch wirklich …«

»Karl Friedrich«, ging seine Frau dazwischen, »hör zu. Deine Tochter hat eine sehr gute Idee, die dich stolz machen wird.«

Bertha schaute ihre Mutter dankbar an. Auch sie wusste, wie man von einem Mann etwas bekommen konnte, der sich bis in die letzte Haarspitze zu verweigern schien.

»Schau, ich spreche mit Carl ab, dass wir in die Gütergemeinschaft jeweils nur fünfzig Gulden einbringen. Aber«, sie holte einen Zettel aus ihrer Tasche und las vor, um ja keinen Fehler zu machen, »alles weitere sowohl gegenwärtige wie auch künftige Einbringen eines jeden Teils dagegen von der Gütergemeinschaft ausgeschlossen und als Liegenschaft erklärt wird.« Bertha sah auf. »Verstehst du? Dann kann mir nichts passieren, und eure elterliche Ehesteuer bleibt für immer bei mir, wie sehr Carl auch auf den Hosenboden fällt.«

Ihr Vater war verblüfft.

»Hast du dir das alles selbst überlegt?«

»Na ja, schon mithilfe eines Freundes von Hedwig, der Anwalt ist und über solche Sachen Bescheid weiß.«

»Also ich muss schon sagen«, er wedelte mit seiner rechten Hand, »so kenne ich meine Bertha!« Er konnte seinen Stolz nicht verhehlen. »Du bist mir ja eine ganz Ausgebuffte, du.« Doch sogleich runzelte er seine Stirn sorgenvoll. »Aber ich weiß nicht, ob das gut endet.«

»Karl Friedrich, jetzt hab doch auch ein bisschen Vertrauen und steh dem jungen Glück nicht nur im Weg.« Bertha war ihrer Mutter unendlich dankbar. Sie hätte nie gedacht, dass sie so an ihrer Seite stehen und sich für sie starkmachen würde.

»Ahh …« Er atmete hörbar aus. »Also ich muss schon sagen …« Er schüttelte den Kopf. Zum ersten Mal hatte Bertha das Gefühl, dass er wirklich klein beigeben würde. Vielleicht würde er sich mit ihrem Vorschlag nicht anfreunden können, ihm aber wenigstens kein Argument mehr entgegenbringen. Oder täuschte sie sich?

»Was mir bei aller Unverfrorenheit deines Vorschlags wirklich imponiert, Bertha, ist, wie gut du darüber nachgedacht hat. Es freut mich eigentlich, dass du in Lösungen zu denken gelernt hast, wie ich es auch tue.«

Sagte er das nur, um sie ein bisschen in Sicherheit zu wiegen, bevor er zu seinem endgültigen und alles entscheidenden Nein ausholen würde?

»Es geht doch nur darum, dass ihr mir einen Teil der Mitgift schon vor der Hochzeit auszahlt. Dann kann Carl diesen Ritter, oder wie er heißt, auszahlen, ist wieder ein freier Mann und kann selbst seine Firma aufbauen.«

»Ja, das verstehe ich schon, aber was geschieht, wenn ihm das nicht gelingt? Er mag ja ein begnadeter Ingenieur sein. Ein talentierter Unternehmer ist an ihm aber wohl nicht verloren gegangen.«

Die beiden Frauen ließen ihm wieder etwas Raum zum Nachdenken. Bertha fühlte die Anspannung in ihrem ganzen Körper. Sie konnte kaum atmen.

»Komm schon, Karl Friedrich, gib deinem Herzen einen Stoß«, sagte ihre Mutter nach einer Weile.

»Also gut, meinetwegen. Aber dann wird auf jeden Fall protestantisch geheiratet und auch die Kinder protestantisch getauft. Ist das klar?«

Bertha sprang vor Freude auf.

»Oh Papa, danke, danke, danke!« Sie umarmte ihn stürmisch und küsste ihn auf die Wange. Freudentränen kullerten ihr übers Gesicht.

»Jaja, schon gut.« Ihr Vater wusste sich ob dieses Gefühlsausbruchs nicht richtig zu verhalten.

Bertha ging zu ihrer Mutter, umarmte auch sie, küsste sie auf die Wange. »Danke, danke, danke!«

»Da habe ich mir ja was eingebrockt mit euch beiden«, sagte Karl Friedrich halb spottend, halb lächelnd. »Und mit dir werde ich noch ein Wörtchen reden.« Mit dem Zeigefinger deutete er auf seine Frau. »Dass du in diesem Komplott mitgewirkt hast, ist ja wohl sonnenklar«, sagte er mit einem Lächeln.

»Ach Karl Friedrich, ich musste dem jungen Glück einfach auf die Sprünge helfen.« Ihr Mann kam auf sie zu, küsste sie und hielt ihre Hand fest. »Wobei ich sagen muss, die Idee stammt einzig und allein von Bertha, und auch ich hatte zu Anfang meine Bedenken. Erhebliche Bedenken, wie du. Aber letztendlich glaube ich, dass wir das Richtige tun.«

»Bei allem, was recht ist, das kann ich nur hoffen«, sagte Karl Friedrich.

23

Bertha platzte fast vor Freude. Morgen würde Carl kommen, und dann könnte sie alles mit ihm besprechen. Vor allem könnten sie endlich das Aufgebot bestellen. Endlich würden sie heiraten. Irgendwie musste sie ihre überschäumende Freude loswerden, und so rannte sie regelrecht die Ispringer Straße hinunter, um Hedwig und Louise zu treffen und ihnen zu erzählen, wie das Gespräch verlaufen war.

»Wir werden heiraten! Wir werden heiraten!«, jubelte sie, kaum dass sie in der Tür stand. Nach den ersten Freudentänzen fragte Louise: »Weiß Carl es auch schon?«

»Ähm, nein …« Bertha hielt sich die Hand vor den Mund. »Carl kommt erst morgen mit dem Zug von Mannheim, so lange muss das wohl noch warten.«

»Der Arme weiß noch gar nichts von seinem Glück.« Sie lachten alle drei.

»Aber erzähl, hast du schon eine Idee, wie dein Kleid aussehen soll?«, fragte Hedwig.

Gemeinsam schmiedeten sie Pläne für den großen Tag, der endlich stattfinden sollte. Währenddessen setzte Louise Teewasser auf.

Bertha bewunderte, mit welcher Kraft ihre Freundin diese für sie so schwere Zeit zu meistern schien. *Kriegerwitwe,* dachte Bertha, *ich will es mir gar nicht erst vorstellen.*

»Wie geht es dir?«, fragte Bertha besorgt.

»Es geht schon«, sagte Louise. »Weißt du, eigentlich hatte ich großes Glück, dass ich gleich wieder eine Stelle als Sekretärin in einer Bijouteriefabrik bekommen habe und meine Mutter sich wirklich rührend um das Kleine kümmert.«

Das Teewasser kochte. Louise goss das heiße Wasser über die Teeblätter in eine Teekanne.

»Meine Eltern helfen mir auch finanziell, so kann ich hier wohnen bleiben, vorläufig jedenfalls.«

Sie stellte drei Unterteller und Tassen auf den Tisch.

»Und weißt du, ich hätte nie gedacht, dass mein Vater mal so fürsorglich zu mir sein könnte.«

Doch Bertha sah, dass sie zu kämpfen hatte.

»Du denkst an eure Hochzeit, an deinen Ernst, oder?«

»Ja«, Louise schniefte, »ach lass, es ist schon gut. Ich freu mich ja für dich.«

»Ich weiß«, sagte Bertha, »aber ich verstehe auch, dass du in Trauer bist. Du weißt, dass ich immer für dich da bin, ja?!«

»Ja, ich weiß.«

»Und Hedwig auch.«

»Ja, natürlich«, sagte Hedwig, die zu ihnen in die Küche kam, »das versteht sich doch von selbst.«

»Dieser vermaledeite Krieg! Diese Herren da oben scheint es überhaupt nicht zu interessieren, wie es uns Ehefrauen von gefallenen Soldaten ergeht. Mein ganzes Leben hat dieser Krieg kaputt gemacht.«

Hedwig umarmte ihre Louise.

»Ich wünsche dir, dass dein Carl nie in einen Krieg ziehen muss und dass du glücklich mit ihm werden kannst, bis ihr alt und grau seid.«

Bei ihren letzten Worten wischte sie sich die Tränen aus dem Gesicht und konnte wieder ein wenig lächeln.

»Oh Mann, ihr und eure Männer«, stöhnte Hedwig. »Warum macht ihr es nicht einfach wie ich? Genießt sie einfach für eine Nacht oder, wenn er gut und nett ist, ein Wochenende. Aber dann wird es höchste Zeit, dass er sich wieder vom Acker macht. Das erhält die Spannung und schützt vor Enttäuschungen.«

Bertha wusste nicht, ob ihr mehr nach Lachen oder Weinen zumute war, und Louise schien es ähnlich zu ergehen.

»Du und deine Männer«, sagte Bertha, »pass nur auf, dass deine Eltern nicht allzu viel davon mitbekommen – und dass deine Männergeschichten nicht die Runde machen bis zu meinen Eltern, sonst verbieten sie mir noch den Umgang mit dir.«

Letzteres sagte Bertha nur halb im Scherz. Ihnen war allen bewusst, dass man auf seinen Ruf als Frau sorgsam achtgeben musste. Machten erst einmal Gerüchte die Runde, wäre Hedwigs Ruf schneller ruiniert, als ihr lieb sein konnte, und der gesellschaftliche Absturz nahe.

»Ich weiß, ich weiß«, winkte sie ab, »jetzt macht euch mal um mich keine Sorgen, ich passe schon auf, dass ich nicht zu weit gehe.«

Bertha hoffte es für sie, auch wenn sie oft daran zweifelte. Sie wusste aber auch, dass weitere Belehrungen auf taube Ohren stoßen würden.

Nach dem Gespräch mit ihrem Vater war Bertha sich sicher, dass sie auch das Gespräch mit Carl erfolgreich führen würde. Dafür brauchte sie auch nicht ihre Mutter an der Seite. Mit Carl würde sie keine Probleme haben.

Sie begrüßte ihn am Bahnhof und erlöste ihn aus seiner Anspannung. Auch er hatte gespannt auf den Ausgang des Gesprächs gewartet. Neu war für ihn allerdings, dass sie praktisch in Gütertrennung heiraten würden, auch wenn es zum Anschein eine Ehe in Gütergemeinschaft war – auf die fünfzig Gulden beschränkt. Neu für ihn war auch, dass Berthas Vater darauf bestanden hatte, dass die beiden protestantisch heiraten würden.

Angesichts der Gütertrennung musste Carl kurz schlucken.

»Heißt das, du vertraust mir nicht?«

Bertha sah in sein erschrockenes Gesicht. Sie bemühte sich, ruhig und so klar wie möglich zu bleiben.

»Schau, mein Lieber, darum geht es gar nicht. Natürlich habe ich großes Vertrauen in deine Ingenieurskunst. Das steht außer Frage. Aber du musst doch auch zugeben, dass du in Geldangelegenheiten bisher nicht gerade immer ein glückliches Händchen hattest, oder?«

Carl blieb nichts anderes übrig, als kurz zu nicken.

Bertha holte tief Luft.

»Mir geht es darum, sicherzustellen, dass uns kein Unheil überkommen kann, wenn es mal nicht so gut laufen sollte in deiner Firma, verstehst du? Mir ist wichtig, dass du verstehst, dass das nicht gegen dich gerichtet ist, sondern einfach nur eine Absicherung, dass uns nicht alles gepfändet werden kann, wenn es geschäftlich tatsächlich einmal gänzlich aus dem Ruder laufen sollte. Sieh es als Vorsorge für unsere kleine Familie, die nach der Hochzeit hoffentlich bald wächst.«

Bertha schaute ihren Carl mit leuchtenden Augen an und fuhr ihm mit ihrer flachen Hand liebevoll über die Wange.

»Ich verstehe dich, Bertha, aber …«

»Du solltest nicht vergessen, dass mein Vater und meine Mutter immerhin bereit sind, einen Teil der elterlichen Mitgift schon vor der Hochzeit auszuzahlen, sodass du deinen Kompagnon August Ritter auszahlen und ihm Auf Nimmerwiedersehen wünschen kannst.«

Bertha schmiegte sich an ihren Bräutigam, der keinen Widerspruch mehr leisten konnte. Er war machtlos gegenüber Berthas Charme, und sie wusste das. Bertha war auch klar geworden, dass sie diejenige in der Ehe sein würde, die sich um die praktischen Dinge des Lebens würde kümmern müssen. Geld war eine Sache davon, eine nicht gerade unwichtige. Dass die Firma durch das von ihr eingebrachte Geld dann ihr gehörte, betonte sie nicht extra. Das fand sie nicht nötig.

Dann war da noch die Sache mit der Religion.

»Ich habe noch eine Frage, Carl.«

»Was kommt jetzt noch?«

»Wäre es für dich in Ordnung, wenn wir protestantisch heiraten würden?«

»Ja, sicher, die Konfession ist für mich nicht so wichtig.«

Bertha war erleichtert, dass Carl keine Schwierigkeiten mit diesem Thema hatte, und auch er schien froh, dass dies kein Zankapfel werden würde.

»Und wenn unsere Kinder, die wir hoffentlich bekommen, protestantisch getauft werden?«

Carl sah sie aufrichtig an.

»Liebe Bertha, auch das ist für mich in Ordnung. Ich möchte dich nur endlich zu meiner Frau machen und einen gemeinsamen Hausstand mit dir gründen.«

Sie umarmten sich innig.

Als Bertha am Sonntagabend am Bahnhof in Pforzheim wieder Abschied von Carl nehmen musste, waren sie beide glückselig und voll froher Erwartungen. Endlich waren alle Steine aus dem Weg geräumt. Sie konnten endlich heiraten.

24

»Bertha!«, hörte sie von oben ihre Mutter rufen, als sie gerade im Souterrain die Wäsche faltete.

»Komm doch mal, schnell.« Die Stimme ihrer Mutter klang freudig erregt. Bertha eilte hoch in die gute Stube.

»Hier, schau mal!« Sie hielt ihr den *Pforzheimer Beobachter* entgegen und zeigte mit dem Finger auf eine bestimmte Stelle der Zeitung. »Siehst du es nicht? Die Eheaufgebote.«

»Carl Fr. Michael Benz, Maschinenfabrikant aus Burbach, und Cäcilie Bertha Ringer von hier wollen in den Stand der Ehe eintreten«, las Bertha vor.

»Jetzt ist es amtlich«, sagte ihre Mutter freudig.

Bertha wusste nicht, was sie sagen sollte. Ihr Name in der Zeitung, und dann auch noch mit der langersehnten Ankündigung ihrer Vermählung. Den Termin hatten sie schon vor einiger Zeit festgelegt, schließlich mussten Einladungen verschickt und Vorbereitungen getroffen werden. Sie hatten sich den 20. Juli 1872, einen Samstag, ausgesucht.

»Ist das nicht wunderbar? Freust du dich denn nicht?«

»Ja doch, natürlich«, stammelte Bertha. »Ich weiß nicht, was ich sagen soll … Jetzt ist das Ereignis, von dem ich schon so lange geträumt habe, auf einmal so nah.«

Es kam ihr vor, als erlebte sie die Hochzeitsvorbereitungen wie in einem Traum. Alles drehte sich auf einmal um sie. Es mussten Entscheidungen getroffen, Einladungen geschrieben, Tischordnungen arrangiert werden. Da Carl in Mannheim war, oblag es ihr, praktisch alles zu regeln, was es zu regeln gab. Manchmal wusste sie nicht mehr, wo ihr der Kopf stand. Über all dem schwebte dennoch die Freude, dass sie endlich, mit zweiundzwanzig Jahren, die große Liebe ihres Lebens heiraten würde. Hedwig und Louise halfen ihr, wo sie nur konnten, und auch ihre Mutter überraschte sie immer mehr, da sie ihre Tochter auch jetzt über die Maßen unterstützte. Sie schien sich aufrichtig für Bertha zu freuen. Ohne ihre Mutter wäre die Hochzeit gar nicht erst zustande gekommen, dessen war sich Bertha sehr wohl bewusst.

Es war Bertha, als vergingen die Wochen bis zu ihrem großen Tag wie im Flug.

Die häufigste Frage, die Bertha zu hören bekam, betraf ihr Kleid. Alle waren furchtbar neugierig, baten, dass sie ihnen etwas über ihr Kleid, das sie am Brautaltar tragen würde, erzählte, oder gar um einen kurzen Blick auf die Robe. Bertha hielt sie wohlweislich alle hin.

»Schwarz wird es halt werden«, sagte sie geheimnisvoll und verriet damit nicht mehr, als sich schon alle dachten. Ein weißes Kleid, wie es in adligen und den allerreichsten Familien vorkam, stand schlicht außer Frage. Einzig Hedwig und Louise durften, abgesehen von ihrer Mutter, etwas über das Brautkleid erfahren, auch wenn sie ihnen die Details verschwieg. Es sollte ein Festkleid werden, das Bertha ohne Weiteres auch zu weiteren Anlässen tragen konnte.

»Aber dann ohne den Schleier«, witzelte Hedwig.

»Und modisch soll es schon werden, oder?«, fragte Louise, »du willst doch bestimmt nicht in so einem altmodischen Kleid deiner Mutter heiraten?!«, suggerierte sie eher, als dass sie fragte.

»Oh Gott, nein«, lachte die Braut, »bloß nicht.«

»Ich darf gar nicht daran denken«, sagte Louise, »so eine Krinoline, in der man ausgesehen hat wie eine Tonne.«

»So eine richtige Kuppel aus Eisendrähten«, fügte Hedwig hinzu, »um Himmels willen. Und dann die weiten Ärmel unter den Schultern.« Sie breitete ihre Arme aus wie eine aufgeplusterte Henne.

Bertha lachte und kicherte mit ihren Freundinnen. So ausgelassen waren sie alle seit der Todesnachricht von Louises Mann nicht mehr gewesen.

»Und dann das Haar damals«, sagte Louise.

»Oh nein, wirklich nicht«, wehrte Bertha ab, »so ein riesiger Knoten auf dem Kopf, das geht wirklich nicht mehr.« Sie deutete mit ihren Händen ein immer größer werdendes Haargeflecht auf ihrem Kopf an. »Nein, mein Haar stecke ich flach nach hinten und lasse es dann in langen Locken über die Schulter fallen.«

»Sehr modisch«, fand Louise, »und vor allem wird es dir sehr gut stehen.«

»Und das Kleid?«, unternahm Hedwig einen erneuten Versuch.

»Na komm schon«, drängelte Louise. »Wer weiß, vielleicht können wir dir ja beim Aussuchen helfen.«

»Und bei den Details«, ergänzte Hedwig.

»Also gut«, gab Bertha nach, und ihre Freundinnen rückten ein Stückchen näher, gerade so, als ob es etwas Konspiratives auszuhecken gäbe.

»Ihr dürft aber mit niemandem darüber sprechen, hört ihr?! Vor allem nicht mit Carl!«

»Aber das versteht sich doch von selbst.«

»Großes Ehrenwort.«

»Also«, lüftete Bertha ihr Geheimnis mit leuchtenden Augen, »ich habe mich für eine Turnüre entschieden.«

»Das hätte ich dir ja gar nicht zugetraut«, kommentierte Louise voller Bewunderung und stimmte in Berthas Lachen ein.

»Mit einer nach außen aufspringenden Doppelfalte im Unterrücken?«, fragte Hedwig.

»Genau, aber nicht so ein riesiges Ding. Ich bin ja schließlich kein Pfau!« Sie kicherte. »Ich möchte es am Bauch recht schlank und nach hinten nicht allzu viel Stoff. Sonst kann man ja kaum sitzen.«

»Viel zu umständlich«, bestätigte Hedwig.

»Und da das Kleid selbstverständlich bis zum Boden reicht, lasse ich vielleicht eine kleine Schleppe nähen. Was meint ihr?«

»Unbedingt«, riefen ihre Freundinnen im Chor.

»Das sieht so viel erhabener aus«, ergänzte Louise. »Ich hätte mir bei meiner Hochzeit ein Kleid ohne Schleppe nicht vorstellen können.«

Bertha nickte. »Und über der Turnüre, als Oberkleid, werde ich eine Tunika aus glänzendem Stoff tragen, die mit einer noch schwärzeren Borte als das Kleid und ebensolchen langen Fransen als Verzierung abgeschlossen wird. Hinten wird die Tunika zusammengerafft, sodass sie den Unterrücken betont. Aber nicht zu viel des Guten.«

»Und die Ärmel?«, fragte Louise.

»Es werden einfache Ärmel, die ich an die Tunika annähen lasse. Keine Puffärmel oder so was wie früher. Zu den Händen hin abgeschlossen mit schwarzer Spitze.«

»Das ist praktisch, dann kannst du das Kleid später ohne Ärmel als Ballkleid verwenden«, dachte Louise weiter.

»Du solltest als Kontrast ganz feine, weiße Spitzen gerade mal ein bisschen unter den schwarzen Spitzen herausschauen lassen. Die kannst du ganz einfach aufnähen. Das sorgt für das gewisse Etwas und sieht elegant aus.«

»Gute Idee, Hedwig«, sagte Bertha begeistert.

»Und das wiederholst du dann als Berthe beim Dekolleté und als Kragenabschluss«, führte Hedwig die Idee weiter aus.

»Ich glaube, das mache ich tatsächlich«, gab Bertha erfreut zurück.

»Dann wissen die Männer gar nicht mehr, wo sie hinschauen sollen, wenn sie dich sehen.« Louise lachte, und Bertha stimmte mit ein, obwohl sie etwas peinlich berührt war. Ihr käme es sehr recht, wenn ihr viereckiges Dekolleté durch die Spitzen etwas weniger offen war.

»Und was trägst du um die Taille?«, fragte Hedwig.

»Ein schwarzes Band mit einem Blumenknoten auf der Vorderseite und Kordeln an den Seiten. Alles Ton in Ton in demselben tiefschwarzen Stoff wie die Borte und die Fransen.«

»Und auf dem Kopf?«

»Es wird ein Jungfernkranz aus weißer Seide, mit darin eingeflochtenen Myrteblättern und Feldblumen.« Bertha sah den Kranz, der ihre Jungfräulichkeit symbolisieren würde, schon klar und deutlich vor ihren Augen, »und natürlich ein weißer Schleier«, schob sie hinterher, um das Bild abzurunden.

»Du wirst wunderschön aussehen«, schwärmte Hedwig.

»Und ihr werdet die Ersten sein, die mich so sehen«, sagte Bertha. »Zumindest, wenn ihr mir als Brautjungfern beim Einkleiden helfen möchtet. Seid ihr einverstanden?«

25

»Kommst du, Bertha?«, rief Karl Friedrich von der Tür zu ihr herauf. »Die Kutsche ist da. Wir sollten uns langsam auf den Weg machen.«

»Ja, nur noch eine Sekunde«, erwiderte Bertha, »ich bin gleich da.« Ihre Mutter hatte sich mit ihren sechs jüngeren Geschwistern bereits vor einer Stunde zur Kirche begeben, damit sie Ruhe für die letzten Vorbereitungen hatte.

Seit das Aufgebot im Mai bestellt war, waren die Tage wie im Flug vergangen. Bertha genoss diese Zeit. Es war, als käme eine neue Leichtigkeit über sie. Ein neues Leben erwartete sie, endlich konnte sie mit dem Mann ihrer Träume ihr Leben teilen. Gleichzeitig überkam sie ab und an auch die Wehmut, ihr angestammtes Haus zu verlassen, ihre Eltern und Geschwister. Doch dann redete sie sich ein, dass sie ja nicht aus der Welt seien und sie sie jederzeit besuchen oder ihnen Briefe schreiben könne. Die Freude über ihre Zukunft mit Carl an ihrer Seite überwog und übertraf einfach alles.

»Bertha, wo bleibst du denn?«, mahnte ihr Vater.

»Jaja, ich komme ja schon.«

Das Lachen und fröhliche Geplapper mit Hedwig und Louise war im Laufe des Vormittags immer mehr einer aufgeregten und fokussierten Anspannung gewichen. Hedwig hatte die letzten Applikationen an das Brautkleid gestickt, während Louise mit Berthas Haar beschäftigt war und sich darum bemühte, ihr den Schleier so auf den Kopf zu setzen, dass er ihre Frisur nicht zerstörte.

Bertha war froh, dass sie auf ihre Freundinnen zählen konnte, obwohl die eine gegen das Heiraten an sich und die andere Kriegerwitwe war. Sie rechnete ihnen hoch an, wie sie mit ihr mitfieberten, ihr über Wochen bei den Vorbereitungen geholfen hatten und ihr auch am Tag ihrer Trauung zur Seite standen.

»Wir sollten jetzt wirklich los«, sagte Bertha.

»So«, sagte Louise lang gezogen, als sie einen Schritt zurücktrat und Berthas Haare und den Schleier genauestens musterte. »So ist es gut. Was meinst du, Hedwig?«

»Wunderschön!«, lobte sie Louises Arbeit.

Bertha stieß ihren Atem aus. »Also los, gehen wir.«

»Dein Kleid …«, sagte Louise. Zusammen mit Hedwig drapierte sie den weichen Stoff so, dass er gut fiel.

»Jetzt lasst doch«, sagte Bertha aufgeregt, »das müsst ihr ja sowieso noch mal machen, wenn wir bei der Kirche ankommen.«

»Hier bin ich«, sagte Bertha, als sie das obere Ende der Treppe erreichte. Der Blick ihres Vaters verriet ihr, wie beeindruckt er war. Es berührte sie, wie liebevoll und zugleich wehmütig er sie ansah, als sie die Stufen hinunterschritt. Heute würde sie ihr Elternhaus verlassen.

»Bertha«, er räusperte sich, »ich muss sagen, du siehst bezaubernd aus.«

Für einen Moment vergaß er die Eile.

»Danke, Papa.« Er kam in seinem guten Gehrock, geschmückt mit einer kleinen Blume im Revers, auch recht stattlich daher, fand Bertha. Sie war stolz auf ihren Vater.

Kurz darauf half er ihr galant in die reich verzierte Kutsche. Hedwig und Louise legten wieder Hand an ihr Kleid an und setzten sich dann in die kleinere Kutsche, die hinter ihnen wartete. Ihre Mutter war mit den Geschwistern, nicht nur, dass sich Bertha in Ruhe im Haus vorbereiten konnte, schon vorgefahren. Sie sollte Carl begrüßen und nicht nur als Schwiegermutter, sondern auch ein wenig als seine Mutter fungieren, die er heute sicherlich schmerzlich vermissen würde.

Der Zweispänner fuhr los. »Ich wünsche dir alles erdenklich Gute, meine Liebe«, sagte ihr Vater. Nun musste er doch noch sein Taschentuch zum Vorschein bringen, »und ich hoffe wirklich, dass du mit deinem Carl glücklich wirst. Du weißt, ich hatte und habe so meine Bedenken …«

»Ach Papa«, unterbrach sie ihn sanft.

»Was ich sagen wollte: Werdet vor allem glücklich! Du bist ein Wildfang, und das wird manchmal schwierig werden als Ehefrau – und hoffentlich auch bald als Mutter. Vergiss vor allem nie, woher du kommst, und bleib dir selbst treu. Und vergiss nie, dass du immer auf deine Mutter und mich zählen kannst.«

»Ach Papa …« Jetzt war es an Bertha, ihr mit feinen Spitzen verziertes Taschentuch hervorzuholen. Sie gab ihrem Vater einen Kuss auf die Wange und lehnte sich an seine Schulter.

»Danke, danke für alles.« Sie versuchte, sich zu beherrschen, schließlich dauerte die Fahrt in die Schlosskirche Sankt Michael ja nicht allzu lange, und sie wollte nicht mit verheulten Augen aus der Kutsche steigen. »Ich bin ja nicht aus der Welt. Mannheim ist, anders als Wien, nur einen Katzensprung entfernt.« Sie rang sich ein Lächeln ab.

»Da hast du recht«, sagte ihr Vater, um Fassung bemüht. Er streckte seinen Rücken durch, zog seinen Rock zurecht und räusperte sich. »Wir sind schon beim Marktplatz, jetzt geht es nur noch die Straße hoch zur Kirche.«

Bertha legte sich den Schleier vor ihr Gesicht.

Als sie ankamen, standen schon viele Leute auf den Stufen vor der Kirche. Ihr Vater half ihr beim Aussteigen, Hedwig und Louise drapierten ihr Kleid ein letztes Mal. Bertha erkannte die Gesichter der Leute wie, nun ja, dachte sie, wie hinter einem Schleier. Aber an diesem lag es nicht. Es war die Aufregung, die es ihr schwer machte, alles um sie herum wahrzunehmen.

Erst einmal galt es, die zahlreichen Treppenstufen zur Schlosskirche hinaufzugehen. Ihr Vater reichte ihr galant seinen Arm, und so gingen sie, Vater und Tochter, die letzten Schritte vor ihrer Vermählung. Oben angekommen, blickte sie durch die offen stehenden Kirchentüren in den dunklen Raum hinein. Ihre Augen mussten sich nach dem hellen Sonnenlicht erst an das dunklere Kircheninnere gewöhnen. Da halfen auch die hohen Fenster zunächst wenig.

Bertha und ihr Vater blieben vor dem Eingang stehen. Sie hoffte, dass dies nicht allzu lange dauern würde, ihr wurde heiß in ihrem Kleid, unter ihrem Schleier. Das Kircheninnere versprach Abkühlung. Sie war furchtbar aufgeregt und froh, dass ihr Vater neben ihr stand und ihre Hand noch immer in der seinen lag.

Dann setzte die Orgel ein mit den ersten Klängen des Hochzeitsmarsches, den Felix Mendelssohn Bartholdy als Schauspielmusik für Shakespeares Komödie *Ein Sommernachtstraum* komponiert hatte. Der Marsch war sehr populär, und Bertha hatte sich dieses erhabene Musikstück für ihren Gang zum Traualtar gewünscht.

Ihr Vater schaute sie an, nickte aufmunternd, was ihr Mut gab, dann taten sie den ersten Schritt in die Kirche.

Noch konnte sie Carl nicht erkennen, der vor dem Altar stehen musste und auf sie wartete. Erst als sich ihre Augen an den dunkleren Innenraum der Kirche gewöhnt hatten, sah sie ihn.

Ihr schossen alle möglichen Erinnerungen durch den Kopf, die sie mit dieser Kirche verband. Lebhaft erinnerte sie sich, wie es ihr als Elfjährige gruselte, wenn ihr Vater sie hierher mitnahm auf die Arbeit, als er damit beauftragt wurde, den Gang, der die Nord- mit der Südgruft verband, zu verspreizen, damit die Mauern nicht einstürzten und die Maurer sicher ihrer Arbeit nachgehen konnten. Schon bevor sie damals die Gruft aus dem 15. Jahrhundert betraten, schauderte ihr, nicht nur von der Kühle, die dort unten herrschte. Der Raum stand voller Särge. Sie konnte sich noch sehr gut erinnern, wie sie die Hand ihres Vaters suchte. Die Särge ruhten auf kniehohen Sockeln, die allesamt recht teuer und nobel aussahen. Manche standen auf Füßen, die Löwentatzen oder Greifenklauen darstellen sollten. Dazwischen entdeckte sie auch kleine Särge. Winzige Kindersärge – ihr grauste noch mehr.

»Der Großherzog Karl Friedrich von Baden liegt hier«, hatte ihnen der Küster damals stolz erklärt, »und hier«, er deutete auf einen anderen Sarg, »liegt sogar eine Königin, die Königin von Schweden. Friederike war eine badische Prinzessin, bevor sie König Gustaf IV. Adolf aus Schweden heiratete.«

»Hast du die Särge gezimmert, Papa?«

»Nein, mein Liebes, du weißt doch, ich soll hier die Wände abstützen.«

»Und warum ausgerechnet jetzt?«

Der Küster schaltete sich wieder ein. »Vielleicht hast du ja gehört, dass ihre Kaiserliche Prinzessin und Adoptivtochter von Napoléon Bonaparte und Großherzogin von Baden, Stéphanie de Beauharnais erst kürzlich in Nizza ihren letzten Atem ausgehaucht hat? Als Großherzogin von Baden wird sie hier in der Gruft beigelegt.«

Bertha wurde fast ehrfürchtig beim Gedanken zumute, dass sie praktisch auf den Grabmählern der badischen Fürsten ihr Jawort geben würde. Heute fühlte sie sich selbst wie eine Königin. *Mein Brautschleier ist meine Krone,* sagte sie sich. Immerhin, von der Kühle der Gruft konnte hier in der Kirche heute keine Rede sein.

Jetzt aber genug der Toten, mahnte sie sich, *schließlich möchte ich hier und heute ein neues Leben beginnen. Sonderbar, wie eng Leben und Tod doch manchmal beieinanderstehen.*

Berthas Augen hatten sich an die Lichtverhältnisse in der Kirche gewöhnt. Endlich erkannte sie ihren Carl, und ihr Herz begann zu hüpfen.

Wie adrett er aussah, wie seine Augen strahlten, wie stattlich er dastand in seinem schwarzen Frack, der hellen Weste und seinem weißen Oberhemd, vor dessen Stehkragen ein schön gebundener Schlips hing. Bertha wusste, dass Carl das Schlipsbinden schwerfiel. Sie hatte schon öfter über ihn gelacht, wenn er wie üblich mehrere Anläufe brauchte, bis er endlich einen vorzeigbaren Schlips gebunden hatte. Sie war sich ziemlich sicher, dass ihre Mutter heute diese Aufgabe für ihn übernommen hatte. Carl hatte sich anscheinend für die Hochzeit einen neuen Zylinder gekauft. Und auch die hellen Gamaschen, die sich gegen das Dunkel seines Anzugs und seiner schwarzen Lacklederpumps absetzte, kannte sie bisher nicht. Wohlwollend registrierte sie, dass er sich für sie ins Zeug gelegt hatte. *Was für ein Mann!*

Mit jedem Schritt Richtung Altar festigte sich ihr Wunsch nur noch mehr. Wenn sie je noch einen Zweifel gehabt hätte, wäre er in diesem Moment vollkommen weggewischt. *Ja, das ist der Mann, mit dem ich mein Leben verbringen, mit dem ich Kinder haben möchte. Das ist der Mann, den ich liebe.*

Ihre Freundinnen und Familie, frühere Mitschülerinnen, Mitglieder der Eintracht mit ihren Familien, frühere Arbeitskollegen von Carl, alle waren sie gekommen, standen in den voll besetzten Bankreihen und strahlten sie an. Bertha konnte sie nur aus den Augenwinkeln wahrnehmen. Ihr

Blick war auf den einen gerichtet, dem sie jetzt gleich das Jawort geben wollte.

Mit einem flüchtigen Seitenblick registrierte sie den Taufstein inmitten der halb offenen Seitenkapelle, der von Kielbögen eingerahmt war. Er stand umringt von an der halbrunden Wand aufgestellten Epitaphien wichtiger oder reicher Leute, die sich auf diese Weise verewigt wussten. Hier war Bertha vor dreiundzwanzig Jahren getauft worden.

Ihre Eltern hatten ihr oft von der Taufe erzählt. An ihre feierliche Konfirmation hier in der Kirche konnte sie sich noch gut erinnern. Ihr wurde bewusst, dass sie mehr mit dieser Kirche verband, als sie gedacht hatte.

Als Bertha Carl anschaute, vergaß sie für den Moment alles andere. Heute zählten nur er und sie und ihr großer Wunsch, der in Erfüllung ging.

Am Altar angekommen, nahm ihr Vater ihre Hand, küsste ihren Handrücken und reichte sie weiter an Carl. Bertha sah ihm an, dass sich Stolz und Abschiedsschmerz bei ihm die Waage hielten. Dann wandte sie ihren Blick wieder zu Carl. Er strahlte sie an vor Glück, und sie erwiderte sein Strahlen. Endlich konnte geschehen, was sie beide sich schon so lange gewünscht hatten.

»Sie dürfen die Braut jetzt küssen.«

Bertha merkte, wie Carls Hände zitterten, als er vorsichtig ihren Schleier hob und sie sich zum ersten Mal als Mann und Frau küssten. Verstohlene, leise Ahs und Ohs drangen an ihr Ohr. Die Hochzeitsgäste waren sichtlich angetan, und eine gewisse Entspannung schien sich mit dem Kuss, der das Trauversprechen besiegelte, Bahn zu brechen.

Bertha nahm den Kuss, wie die gesamte Zeremonie auch, wie im Traum wahr. Alles war so wunderbar, so wirklich und unwirklich zugleich.

Beim Auszug aus der Kirche hatte sie endlich Augen für die Gäste links und rechts des Mittelgangs. Sie grüßte, winkte und lachte.

Die Glückwünsche nach der Trauung vor der Kirche wollten kein Ende nehmen. Alle sahen glücklich aus und schienen mit der Sonne um die Wette zu strahlen. *Und ich bin heute die Glücklichste von allen,* dachte Bertha.

In der Sonne wurde ihr immer heißer in ihrem Kleid, und sie war fast froh, als die Kutsche wieder vorgefahren wurde und sie sich aufmachten, um den großen Tag im Restaurant *Zur Post* am Leopoldplatz mit einem Essen und anschließendem Tanz zu feiern. Fürwahr, bei der Auswahl des Restaurants hatten sich ihre Eltern nicht lumpen lassen.

26

»Noch einen letzten Walzer, und dann lass uns gehen«, flüsterte Carl in Berthas Ohr.

Sie liebten beide das Tanzen und genossen es sehr, endlich als Mann und Frau miteinander im Gleichtakt über den Tanzboden zu fegen. Die Blicke, die sie erhaschten, waren nicht mehr solche der um Sitte und Anstand Besorgten, die unverheiratete tanzende Paare nur mit Argwohn oder gar Ablehnung betrachteten. Heute waren es die bewundernden Blicke von Familie und Freunden, die ihnen zulachten und sich für sie freuten, wie sie geradezu übers Parkett flogen.

»Bis wir heute in Mannheim ankommen, dauert es etwas, und wir haben heute Abend ja noch etwas vor.«

Bertha sah, wie er ihr zuzwinkerte, bevor er sie von Neuem herumwirbelte, dass es eine wahre Lust war.

Obwohl Carls Vermieterin strikt gegen Damenbesuche war, konnte sie es doch nicht übers Herz bringen, das frisch vermählte Paar nicht bei sich aufzunehmen. »Aber nur, bis Sie etwas anderes gefunden haben, Herr Benz«, hatte Frau Rinkel ihrem Mieter ans Herz gelegt. Das war sowieso fast unnötig zu betonen. Schließlich konnten sie als Ehepaar ja nicht in diesem einen kleinen Zimmer hausen. Jedenfalls konnte sich Bertha das nicht vorstellen.

Als sie die Treppe hochliefen, bemerkten sie, dass es sehr leise war im Haus. Offenbar hatte Frau Rinkel alle Bewohner dazu aufgefordert, heute Abend dem jungen Glück nicht im Wege zu stehen, denn es schien, als wären alle ausgeflogen, inklusive der Vermieterin.

Als sie vor der Zimmertür standen, hantierte Carl ungeschickt mit seinen Schlüsseln. Bertha musste lächeln, auch wenn sie nicht weniger ungeduldig war als er, und genauso nervös. Natürlich hatte sie von ihren Freundinnen alles Mögliche – Schönes und beinahe Beängstigendes – über die Hochzeitsnacht gehört. Sie wusste nicht so recht, was sie von alldem halten sollte. Spannend fand sie es allemal, vor allem aber vertraute sie auf ihren Carl.

Endlich hatte er das Schloss aufbekommen. Er drückte die Tür mit seiner Hand auf und schaute Bertha in die Augen.

»Darf ich bitten?«, hörte sie ihn sagen, wobei er seine Hände einladend ausstreckte.

»Jaaa«, rief Bertha glücklich, sprang in seine Arme und legte ihre Hände um seinen Nacken. Sie küsste ihren frischgebackenen Ehemann zärtlich auf den Mund. Ein langer, nicht enden wollender Kuss, dessen Süße durch ihren gesamten Körper strömte. Sie wollte nicht, dass dieser Moment je vorbeiginge, dass die Intensität dieses Kusses je verloren ginge. Sie hielt diesen Augenblick so lange wie möglich fest, fühlte, wie sich die Wärme in ihrem Körper ausbreitete, sie geradezu elektrisierte.

Sie löste ihre Lippen von den seinen, streichelte ihm mit einer Hand zärtlich die Wange und sah ihm tief in die Augen. Er erwiderte ihren Blick, und wieder fühlte sie diese immense Wärme und Liebe zwischen ihnen.

Er neigte seinen Kopf etwas zur Seite und zog eine Augenbraue nach oben, als ob er eine Antwort auf die Frage, die er nur mit seinen Augen gestellt hatte, erwartete.

»Ja, du darfst«, hauchte Bertha, und Carl trug sie über die Schwelle, legte sie sanft auf das Bett, ohne sie loszulassen, und hörte nicht auf, sie zu küssen. Die Nacht hatte gerade erst begonnen.

TEIL II

Mannheim

1872

August

1

Flitterwochen konnte sich das frisch getraute Ehepaar Benz nicht leisten, doch das war Bertha egal. Solange sie nur mit ihrem Carl zusammen sein konnte, war ihr alles recht. Vor allem wünschte sie sich, schnell eine eigene Wohnung zu finden. Die Blicke der anderen Hausbewohner nach ihrer Hochzeitsnacht waren ihr beinahe unerträglich. Außerdem war sie es nicht gewohnt, sich in nur einem Zimmer einrichten zu müssen. Sie hatte ihr Leben lang viel Platz im großen Elternhaus gehabt. Außerdem war ihr die Ruhe fremd. Hier hatte sie fast nichts zu tun, keinen Geschwistertrubel in den Ohren und niemanden, um den sie sich kümmern musste. Im Haushalt zu Hause gab es immer etwas zu tun. Zum Zeitvertreib unternahm sie lange Spaziergänge durch Mannheim, zum Schloss und auf dem Ring, und sie besuchte Carl regelmäßig bei seiner Arbeit.

Er freute sich über ihre Besuche und zeigte ihr die Maschinen, die er jetzt ohne Kompagnon mit seiner Handvoll Mitarbeiter baute, und erklärte ihr, an welcher Erfindung er gerade bastelte.

Eine passende Wohnung zu finden, erwies sich als nicht ganz so einfach. Auswanderungswillige wie Berthas zwei ältere Schwestern gab es hier nicht viele. Die Stadt platzte aus allen Nähten. Neue Firmen sprossen wie Pilze aus dem Boden, Erfindergeist machte sich breit und mit ihm Bankneugründungen. Stand man auf der richtigen Seite, konnte man hier sehr gutes Geld verdienen, und wer es hatte, zeigte das auch gerne. Bertha staunte bei ihren Spaziergängen, welch teure Kleidung die Leute hier zur Schau stellten. Mit diesem neuen Reichtum aber gingen steigende Mieten einher, und das erschwerte ihre Suche nur noch mehr.

Der Sommer flog geradezu vorbei, und sie genoss jeden Tag mit Carl. Sonntags gingen sie gemeinsam auf lange Spaziergänge auf dem Ring und schauten auf den Neckar und den Rhein.

Manchmal gelang es ihr auch, ihren frischgebackenen Ehemann am frühen Nachmittag von der Firma loszueisen, dann flanierten sie zusammen durch die Straßen und Parks. Hier war immer etwas los. Immerhin war Mannheim mit seinen 40 000 Einwohnern die größte Stadt Badens. Wobei sich Bertha ziemlich sicher war, dass diese Zahl, die vor ein paar Jahren erhoben worden war, in der Zwischenzeit gut und gerne um ein Viertel höher liegen könnte. Jeden Tag drängten mehr Menschen in die Stadt, die für die vielen bereits existierenden oder neu errichteten Fabriken wohl auch dringend benötigt wurden. Vor allem aber schien die Stadt in einem Umbau begriffen, über dessen Ausmaß sich Bertha nur wundern konnte. Fast an jeder Ecke wurden neue Stockwerke auf bestehende Häuser gebaut, oder die Gebäude wurden abgerissen und durch neue, moderne und größere Häuser in dem allen möglichen Stilen nachempfundenen neuen Architekturstil errichtet. Carls Werkstatt befand sich in einem noch fast unbebauten Gebiet. Sobald sie aber in Richtung der Breiten Straße gingen, wurde die Bebauung dichter. Firmen und Wohnhäuser wechselten einander ab oder waren gemeinsam in den Gebäuden untergebracht. Carl und Bertha kannten die Leute der Wagnerei in T6, 5, und grüßten jedes Mal höflich, wenn sie dort vorbeikamen. Bei der Küferei Schumm, drei Blöcke weiter in T3, 5, der ersten in Mannheim, wie sein Besitzer stolz betonte, hielten sie gern ein kleines Schwätzchen. Die Häuser hier waren noch vom alten Schlag, meist zwei Stockwerke mit Spitzdach.

Durch die Anordnung der Wohnblocks entstanden überall Innenhöfe. Eigentlich praktisch, fand Bertha. Oft befanden sich in den alten Häusern auf der Höhe der ersten Etage Holzgalerien, die für diese Stadt so typisch waren. Die alten Häuser, fand Bertha, sahen putziger aus, die neuen kamen ihr protziger daher. Außerdem schien Bertha, dass in der alten Bauweise mehr Holz verwendet wurde, was ihr als Tochter eines Zimmermanns besser gefiel.

Zunächst hatte Bertha etwas damit gefremdelt, dass es hier keinen richtigen Straßennamen, sondern nur Zahlen und Buchstaben wie auf einem Schachbrett gab. Aber schon nach kurzer Zeit hatte sie sich daran gewöhnt, und es war praktisch, dass man nicht nach einer Straße suchen musste, sondern sich an den Quadraten orientieren konnte. Zumindest wenn man begriff, dass das A-Quadrat an das L-Quadrat grenzte oder das E- an das P-Quadrat.

Carl hatte es ihr zu Anfang erklärt. »Das ist ganz einfach. Die Zählung beginnt beim Schloss und führt dann immer weiter nach Norden, vom Rhein bis zum Neckar. In der Mitte liegt die Breite Straße, die die Zählung teilt. Also beginnt man im Südwesten mit den A-Quadraten, und mit jedem Block geht man einen Buchstaben weiter. Beim K ist Schluss, dann steht man auf dem Luisenring, dort wird die Stadt vom Neckar begrenzt. Deshalb beginnt die Seite rechts des Schlosses mit dem L-Quadrat und endet mit dem U-Quadrat. Verstehst du?«

Bertha nickte und versuchte, sich den hufeisernen Stadtplan mit seinen Buchstaben-Quadraten einzuprägen.

»Und die Nummern?«

»Ganz einfach«, erklärte Carl weiter, »die Nummern direkt hinter dem Buchstaben sagen, in welchem Block innerhalb der West-Ost-Verbindung eines Quadrats ein Haus steht. Je höher die Nummer, desto weiter draußen Richtung Ring. A1 ist also in der Mitte genau vor dem Schloss und grenzt an die Breite Straße.«

»Und warum hat die dann einen Namen?«

»Weil sie breiter ist als alle anderen und außerdem die kerzengerade Verbindung längs durch die Stadt vom Schloss bis zum ehemaligen Neckartor ist, also bis zur Stadtgrenze, wo die Brücke über den Neckar führt.«

»Und die letzte Ziffer ist dann die Hausnummer«, folgerte Bertha.

»Genau«, bestätigte Carl.

Hatte man diese einfachen Regeln erst mal im Kopf, konnte man sich leichter als in jeder anderen Stadt orientieren und musste nicht immer nach dem Weg fragen. Bertha fand sich damit schnell in der Quadratestadt Mannheim zurecht, ohne sich bei ihren Spaziergängen zu verlaufen.

Sie lernte neue Leute kennen und freute sich, wenn Hedwig und Louise zu Besuch kamen. Dann erkundeten sie zusammen die Stadt und redeten und lachten, als wäre noch kein Tag vorbeigegangen, seit Bertha aus Pforzheim weggezogen war.

Ihr Weg führte sie zum nahe gelegenen Neckartor, ans nördliche Ende der Stadt und von dort aus die Breite Straße entlang, die die Stadt in der Mitte von Nord nach Süd durchkreuzte. Sie konnten kaum glauben, was sie alles in den Schaufenstern sahen. Der Markt im Quadranten G1 weckte ihre Sinne mit seinen Düften, Farben und Formen. So viel größer, so viel umtriebiger war er als der, den sie aus Pforzheim kannten. Nur für den Paradeplatz drei Blöcke weiter, der mit dem Q1 ebenfalls ein ganzes Quadrat füllte, konnten sie sich nicht erwärmen.

»Hier könnte man doch wirklich etwas draus machen«, meinte Louise, als sie daran vorbeigingen. Der Platz, der nur selten für Paraden oder fürs Exerzieren verwendet wurde, war nichts als ein großer leerer Platz aus Sand.

»Ein übergroßer Sandkasten«, sagte Bertha, »und im Regen ein Schwimmbad.«

Louise und Hedwig mussten lachen, »na, dann hoffen wir mal, dass sich die Stadtväter bald etwas einfallen lassen für ihr Stadtzentrum. Du hast vollkommen recht, eigentlich ist es eine Schande, dass man hier noch keinen Park angelegt hat. Zum Paradieren haben die Soldaten außerhalb der Stadt doch sicherlich genug Platz«, stellte Hedwig fest.

So richtig ins Staunen gerieten sie aber erst, als sie die breite Querstraße auf und ab liefen, die die Stadt in der Mitte von Westen nach Osten teilte. Gemeinsam mit der Breiten Straße bildete sie ein Kreuz, das die Stadt in vier gleich große Viertel teilte. Sie war, außer der Breiten Straße, auch die einzige, die einen Namen hatte: Planken. Die Planken trennte die Unter- von der Oberstadt und war neben der Breiten Straße auch die zweite wichtige Einkaufsstraße, die zum Flanieren entlang der Schaufenster einlud.

Ab hier zeigte sich die Stadt noch schicker und mondäner.

»Schaut mal, meint ihr, dieser Hut würde mir stehen?«, fragte Hedwig die beiden anderen, als sie entzückt vor einem Schaufenster stehen blieb. Als sie das Preisschild sah, fand sie den, den sie gerade aufhatte, doch wieder schön genug.

»Die Leute hier müssen ja wirklich reich sein, wenn man sieht, was das hier alles kostet.«

»Schaut mal, wie modern diese Kleider hier geschnitten sind«, staunte Louise nur ein paar Fenster weiter.

»Das hier würde dir sicher stehen«, sagte Bertha und zeigte auf eine Polonaise aus hellgrünem Stoff, »und sieht zudem sehr modern aus, finde ich.« Das halblange Oberkleid war fast wie eine Jacke geschnitten, der Rock seitlich und hinten hochgerafft. Er lag über einem glatten, nur wenig ausgestellten unteren Rock.

»Ich glaube, Bertha hat recht«, staunte auch Hedwig.

»Ich sehe, Sie interessieren sich für unsere Kleider. Darf ich den Damen das Maß nehmen?«

Die drei waren so fasziniert von dem Kleid, dass sie gar nicht bemerkt hatten, wie eine der Modistinnen aus dem Laden in die Tür getreten war und sie beobachtet hatte.

»Ich, ähm nein, danke«, stammelte Louise überrascht. »Wir wollten eigentlich nur schauen, auch wenn Sie sehr schöne Kleider haben.« Sie befürchtete, dass die Kleider, wie auch schon der Hut, den Hedwig vorher gesehen hatte, für sie schlicht unbezahlbar waren.

Sie gingen weiter und drückten sich vor den Schaufenstern der Kolonialwaren- und Candeeshändlern die Nasen platt. Dort lagen Früchte aus Übersee, die sie noch nie zuvor gesehen hatten.

»Ich brauche eine Pause und einen Kaffee. Mir tun schon die Füße weh«, sagte Hedwig in ihrer eigenen, forschen Art.

Bertha lotste ihre Freundinnen zum *Hotel Portugal* auf den Fruchtmarkt. Hier bestellten sie sich nicht nur einen Kaffee, sondern auch ein großes Stück Kuchen, der einzige Luxus, den sie sich auf ihren Spaziergängen gönnten. Bertha liebte diesen Ort, und sie war nicht die Einzige. Im *Hotel Portugal* befand sich auch die Börse, und die Börsenmakler mit ihren gewienerten Schuhen gingen hier ein und aus. Hedwigs Müdigkeit war mit einem Schlag verflogen, und sie begann sofort, die ihr vor die Augen kommenden

Männer zu taxieren und ihr Urteil mit ihren Freundinnen zu teilen.

»Oh Hedwig«, stöhnte Louise, »jetzt lass uns doch einmal in aller Ruhe unseren Kuchen genießen.«

Gestärkt von Kaffee und Kuchen, gingen sie zurück bis an die Breite Straße und bogen rechts in die Oberstadt ein. Ihnen war, als ob mit jedem Block die Geschäfte noch nobler und vor allem schwindelerregend teurer wurden. Sogar die Modistinnen schienen hier anmutiger, und die Kinder, die auf den Straßen spielten, taten dies in besserer Kleidung. Hier kamen einem auch schon eher mal Gymnasiasten mit ihren typischen Hüten entgegen.

»Lächerliche Gestalten«, wurden sie von Hedwig gnadenlos abgewertet, »denken, dass sie schon wer weiß was sind, dabei sind es doch nur Muttersöhnchen in einem Gewand, das ihnen fesch vorkommt und doch nur dämlich wirkt.«

Bertha und Louise stimmten zu. Immerhin konnten sie sich darauf einigen, dass manche der Offiziere des in Mannheim stationierten Zweiten Badischen Grenadier-Regiments und des Ersten Badischen Leib-Dragoner-Regiments schon etwas fescher daherkamen.

»Aber ein Soldat, und welch schönen und blitzblanken Rock er auch tragen mag, kommt mir nicht mehr ins Haus«, sagte Louise.

Bertha und Hedwig hakten sich bei ihrer Freundin ein.

»Keine Angst, ich werde weder euch noch mir diesen herrlichen Ausflug von dunklen Gedanken vermiesen lassen.«

Sie liefen an einem Müllmann vorbei, der die schweren und stinkenden Abfalltonnen der Anwohner auf seinem Rücken trug und gerade auf eine Leiter hoch zu seinem Müllwagen kletterte, um den Abfall dort abzuladen.

»Da sieht man mal wieder«, sagte Hedwig ein paar Schritte später, »eine Stadt kann noch so großspurig daherkommen, Müllmänner werden auch hier gebraucht.«

Bertha und Louise mussten lachen. Der Kontrast zwischen dem Müllmann und den immer reicher verzierten Giebeln konnte größer kaum sein. Sie waren bei den Repräsentationsbauten der adligen Klasse und der neureichsten Unternehmer Mannheims angekommen, in unmittelbarer Nähe des Schlosses.

Als Bertha zum ersten Mal mit Hedwig und Louise hierherkam, fiel den beiden schlicht die Kinnlade herunter. Bertha selbst war es nicht anders ergangen.

Die Anlage des im Barockstil erbauten großherzoglichen Schlosses in all seiner Pracht und Größe war einfach umwerfend. Fast 450 Meter war es lang und nach Versailles das zweitgrößte Barockschloss überhaupt. Wie oft hatte sie sich schon von den stolzen Mannheimern erzählen lassen müssen, dass man beim Bau des Schlosses peinlich genau darauf geachtet hatte, genau ein Fenster mehr einzubauen, als es in Versailles gab.

»So müsste man wohnen«, staunte Louise.

»Und dann in jedem Flügel einen anderen Mann zum Zeitvertreib.«

»Aber Hedwig«, riefen Louise und Bertha im Chor, die sie so rüde aus ihren Prinzessinnenträumen riss.

2

Als im September die Blätter zu fallen begannen und es spürbar kühler wurde, blieb sie zunächst länger bei Carl in der warmen Werkstatt. Es kamen aber Tage, da verbrachte sie mehr Zeit zu Hause im Zimmer, denn ihr war oft übel, und sie fühlte sich nicht gut. Wenn Carl sie fragte, was los sei, und er begann, sich Sorgen zu machen, beruhigte sie ihn jedes Mal. Es sei schon nicht so schlimm, und bestimmt ginge es ihr bald wieder besser.

»Frau Benz«, hörte Bertha unten an der Treppe einen Jungen rufen, als sie eines Nachmittags wieder im Zimmer saß. Eilig kam er die Treppen heraufgesprungen. »Frau Benz«, rief er wieder und klopfte an die Tür. Bertha hatte heute noch nicht den Spaziergang in die Werkstatt unternommen, obwohl es schon nach Mittag war. Ihr war heute noch übler als sonst. Sie stand von dem Stuhl auf, auf dem sie schon eine Weile saß, weil sie sich heute wieder nicht gut fühlte. Immerhin ließ die Übelkeit langsam nach. Sie stand auf und öffnete die Tür.

»Entschuldigung, Frau Benz«, sagte der Junge aufgeregt, und ihm fiel gerade noch ein, dass er die Mütze abnehmen sollte, wenn er mit der Frau seines Arbeitgebers redete, »der Chef sagt, Sie sollen doch bitte in die Werkstatt kommen, es sei dringend.«

»Ist gut, Junge. Geh schon mal voraus und sag dem Carl, dass ich gleich kommen werde.«

Der Junge bedankte sich und rannte die Treppe genauso schnell hinunter, wie er sie hochgerannt war. Bertha musste schmunzeln. Geradeso wild wie ihr jüngerer Bruder. Sie vermisste ihre Geschwister sehr, alleine, noch dazu in diesem Zimmer, war ihr es einfach viel zu ruhig. Bertha sammelte ihre Kraft, zog sich den Mantel an und ihren Hut auf und machte sich auf den Weg. Die frische Luft, merkte sie, tat ihr gut.

»Was gibt es denn so Dringendes, dass du einen Lehrling nach mir hast rufen lassen?«

Carl strahlte sie an. »Ich habe eine Wohnung für uns in Aussicht. Und das Beste ist, wir können sie heute, also jetzt, wenn du möchtest, sofort anschauen.«

Bertha fühlte sich nach dem kurzen Spaziergang von ihrem Zimmer in T2, 6, zu der nur ein paar Straßenzüge entfernten Werkstatt in T6, 11, wieder bei Kräften, und die Aussicht auf eine Wohnung tat ihr Übriges.

»Na, dann lass uns keine Zeit vergeuden«, sagte sie tatkräftig. »Und wo ist die Wohnung?«

»In U1, 10.«

»Direkt an der Breiten Straße?«, fragte Bertha fast ungläubig, »ganz oben zum Neckar hin?«

»Ja, ist das nicht schön?« Carl freute sich. Die Breite Straße war die Haupteinkaufsstraße. Hier war immer etwas los, und Langeweile kam dort mit all den Geschäften und Cafés nie auf.

»Außerdem riechen wir hier nicht dauernd den Gestank des Abwasserkanals«, sagte Carl.

Bertha konnte es kaum erwarten.

»Na, dann nichts wie los«, forderte sie ihren Mann zum Gehen auf.

Kaum waren sie auf die Straße getreten, kamen ihnen auf dem Weg zu der Wohnung ein Fuhrmann nach dem anderen mit ihren Holzkarren entgegen oder überholten sie.

»Kaum zu glauben, wie viele Sachen in einer Stadt andauernd hin und her transportiert werden müssen«, sagte sie zu Carl.

»Was glaubst du, warum meine Idee von einem selbstfahrenden Wagen so erfolgreich sein wird?«, erwiderte dieser fröhlich.

»Ach, du Träumer. Wer weiß, wann das sein wird.«

»Wieso Träumer? Ich arbeite doch unentwegt daran.«

Bertha musste lachen. »Ja, da gebe ich dir recht. Aber auf die Straße gebracht hast du ihn bisher noch nicht, deinen Wagen.«

Das musste Carl eingestehen, aber sich dadurch sein Vorhaben verdrießen lassen wollte er nicht.

»Ich mache eben so lange weiter, bis ich es geschafft habe. Das wird schon noch werden.«

Bertha drehte sich im Laufen halb um und schaute ihm in die Augen. »Das wäre wirklich schön, wenn du deinen Traum erfüllen könntest, Carl.«

»Und welchen Traum hast du, Bertha?«

»Nun … darüber muss ich erst mal nachdenken.« Sie überlegte kurz. »Dass wir gesund bleiben und auch unsere zukünftigen Kinder, dass sie auf eine gute Schule gehen können und etwas aus ihnen wird, und dass dein Traum in Erfüllung geht.«

»Das freut mich alles, Bertha, wirklich. Aber was ist dein Traum? Dass es uns allen gut gehen soll, in Ordnung. Dass du dich darüber freust, wenn mein Traum in Erfüllung geht, das beglückt mich sehr. Aber was ist dein Traum?«

»Ach, weißt du, ich glaube, ich fände es schön, in einem gewissen Wohlstand leben zu können. Eine der Villen, wie sie in der Oststadt geplant werden, wäre schön, und dass ich als Frau wählen gehen darf und nicht nur die Männer …«

»Hört, hört«, sagte Carl.

»… dass wir endlich genauso behandelt werden wie Männer, auch in den Fabriken …«

»Hört, hört«, warf Carl noch einmal ein, halb belustigt, halb ernst.

»Du nimmst wohl nicht ernst, was ich sage.« Bertha kniff ihm spielerisch in den Arm.

»Oh doch, sehr wohl«, erwiderte Carl, aber Bertha war sich nicht sicher, wie aufrichtig er es meinte. Immerhin akzeptierte er sie in der Firma, holte sich gerne Rat von ihr ein, selbst bei technischen Fragen. Das hieß aber nicht, dass sie dort gleichberechtigt wäre. Carl war der Ingenieur, er hatte das Sagen, das stand außer Frage. Bertha empfand das als selbstverständlich, schließlich war es Carl, von dem die Erfindungen stammten und der als Ingenieur wusste, was zu tun und zu lassen war.

»Weißt du, ich fände es wirklich schön, wenn dein Traum von einem selbstfahrenden Wagen in Erfüllung gehen würde. Nachdem du mir das erste Mal in Pforzheim davon erzählt hast, ist es ein bisschen auch mein Traum geworden, weil ich denke, dass wir damit wirklich die Welt verändern können, das Leben einfacher machen können. Mein Traum ist, dass ich dabei eine Rolle spielen kann und man sich nicht nur an dich, sondern auch an mich erinnert.« Sie machte eine kurze Pause. »Dass man mich nicht vergisst.«

Carl wusste vor Ergriffenheit nicht, was er sagen sollte. Er blieb stehen und drehte sich zu Bertha um. Sie sah eine kleine Träne in seinem Auge.

»Ach, mein Herz, ich liebe dich.«

Er drückte sie an sich.

»Aber Carl, doch nicht vor all den Leuten …« Bertha schämte sich ein bisschen.

»Ach, lass doch die Leute, ich möchte die Liebe meines Lebens umarmen.«

Auch wenn sie etwas peinlich berührt war, liebte sie Carl für seine Schrullen und seine Ungezwungenheit.

Zwischen den T- und den I-Quadraten bahnte sich die Breite Straße ihren Weg. Bertha mochte es hier mit all der Umtriebigkeit: Kinder, die auf den Straßen spielten, die Bierwagen, die vor den Gastwirtschaften ihre schweren Fässer ausluden, während die Pferde geduldig darauf warteten, vom Kutscher auf seinem Bock mit der langen Peitsche zur nächsten Adresse geleitet zu werden. Manchmal sahen sie auch Gruppen von Arbeiterfrauen, die gemeinsam nach einem langen Tag in einer der Zigarren-, Chemie- oder Metallwarenfabriken nach Hause gingen.

»Siehst du, zum Arbeiten sind wir gut genug. Nur zum Wählengehen anscheinend nicht.«

»Du hast ja recht, Bertha«, beschwichtigte Carl, »ich gebe es zu, es ist nicht ganz richtig, dass Frauen nicht wählen dürfen. Aber sie haben ja auch keine hohen Stellen oder Ämter inne.«

»Und woran liegt das wohl?«

»Bitte Bertha, jetzt reg dich nicht auf, sondern genieße unseren Spaziergang. Ich denke, wir sollten frohgelaunt und als glückliches Ehepaar ankommen, wenn wir die Wohnung haben wollen.«

Die Wohnung gefiel ihnen beiden, und sie sagten sofort zu. Sie war klein, aber alles war besser als nur das eine Zimmer, in dem sie seit ihrer Hochzeit hausten. Die Miete, die der Zigarettenfabrikant Wendelin May verlangte, war kein Pappenstiel, aber irgendwie, so versicherte ihr Carl, würde er sie schon aufbringen können. Es wäre ja nicht so, dass die Firma gar keine Aufträge hätte.

Bertha ging mit ihm zurück in die Werkstatt, wo sie sich kurz in sein Büro zurückziehen konnten. Da sie nun eine richtige Wohnung gefunden hatten, würde Bertha ihre Stadtrechte in Pforzheim aufgeben und sich mit einem selbstständigen Hausstand in Mannheim niederlassen. Die Einschreibung, sich auf unbestimmte Zeit niederlassen zu dürfen, war nicht viel mehr als eine Formalität.

»Wenn das kein Grund zum Feiern ist.« Carl ließ eine Flasche Sekt und zwei Gläser holen.

»Und ein Glas Wasser bitte«, bat Bertha.

»Willst du unseren Erfolg denn nicht gebührend feiern?«, fragte Carl, als der Lehrling wieder die Tür hinter sich schloss, um die Getränke zu holen.

»Doch, natürlich will ich gebührend mit dir feiern. Schließlich bin ich heilfroh, dass wir endlich eine eigene Wohnung haben und nicht mehr nur ein Zimmer. Die Frage ist nur …«

Es wurde an die Tür geklopft, und der Lehrling stellte ein Tablett mit Sekt, zwei Gläsern und einem Wasserglas auf den Tisch, verbeugte sich und verließ das Büro wieder.

»Was ist denn die Frage, mein Liebes?«, nahm Carl, neugierig geworden, den Faden wieder auf.

»Nun«, Bertha wusste nicht genau, wie sie es ihrem Ehemann sagen sollte, »die Frage ist, was gebührend wäre, in meinem Fall.«

Carl tappte im Dunkeln. »Wie meinst du das, in deinem Fall?«

»Na ja«, Bertha druckste herum, »vielleicht wäre es besser, wenn ich keinen Alkohol trinken würde.«

Carl machte sich an der Sektflasche zu schaffen.

»Weil dir in letzter Zeit so oft schlecht ist?«

»Ja, so könnte man sagen. Die Frage ist, warum mir in der letzten Zeit so oft schlecht ist, Carl, verstehst du?«

»Ehrlich gesagt, nicht. Was willst du damit sagen?«

Bertha nahm das Wasserglas in die Hand.

»Ich bin schwanger, Carl«, brachte sie endlich heraus. »Du wirst Vater.«

»Du bist … Ich werde …« In diesem Moment knallte der Korken aus der Flasche. »Aber Bertha, das ist ja wunderbar!« Er stellte die Sektflasche schnell wieder hin, die sofort überlief, doch das konne ihn nicht kümmern. Er umarmte Bertha und küsste sie.

»Das ist das größte Geschenk, das du mir machen konntest«, hauchte er ihr ins Ohr.

Bertha war froh, dass er sich freute, und erwiderte seine Umarmung innig.

»Wir werden Eltern, Carl, ist das nicht wunderbar?!«

»Jetzt verstehe ich auch endlich, warum du dich so elend gefühlt hast. Und ich Hornochse habe nichts geahnt. Bitte entschuldige.«

»Das macht doch nichts. Es ist aber noch sehr frisch, Carl, du musst mir versprechen, dass du erst mal mit niemandem darüber redest, hörst du?«

Er versprach es, schenkte sich einen Sekt ein, und Bertha stieß mit ihrem Wasserglas mit ihm an.

»Jetzt feiern wir gleich zwei Neuigkeiten auf einmal«, sagte er aufgeregt.

»Gebührend«, prostete Bertha ihm lachend zu.

1873

März

3

Mit der Gründung des Deutschen Reiches vor etwas mehr als zwei Jahren hatte ein wahrer wirtschaftlicher Boom eingesetzt. Das half Carls neu gegründeter Firma, vor allem aber stieg die Miete in Mannheim für Bertha und Carl schnell ins Unermessliche. Wie er vorausgesagt hatte, war die Stadt aufgrund ihrer Lage am Zusammenfluss von Neckar und Rhein ein äußerst beliebtes Pflaster für die neu entstehenden Industrien, die sich vor allem dem Metall und der Chemie verschrieben hatten. Viele Leute strömten nicht nur aus dem näheren Umland, sondern auch aus anderen Regionen in die Stadt, um in den neu gebauten Fabriken Arbeit zu finden.

Schon bei ihrem Umzug im Herbst fürchtete Bertha deshalb, dass sie nicht lange in der Wohnung an der Breiten Straße würden bleiben können. Dabei gefiel es ihr so gut, dass sie mitten im Treiben der Stadt lebte und immer etwas los war.

In der Zwischenzeit verschwanden die Übelkeitsanfälle wieder. Dafür wuchs ihr Bauch. Es war mittlerweile für niemanden zu übersehen, dass sie schwanger war.

Als sie an Weihnachten ihre Eltern besuchten, waren diese hin und weg über ihre Umstände.

»Ich nehme mal an, dass ihr nicht ebenfalls auswandern wollt?«, fragte ihr Vater. »Das wäre dann endlich das erste Enkelkind, das wir tatsächlich zu Gesicht bekämen«, freute er sich.

Berthas Schwestern hatten beide schon jeweils ein Kind, aber da sie beide in Amerika lebten, blieben ihnen allen nichts als Briefe und Fotos, auf denen sie die Kleinen eher schlecht als recht bewundern konnten.

Außer der nun geteilten Vorfreude auf das zu erwartende Kind hatte Bertha auch eine Bitte an ihren Vater.

»Die Mieten in Mannheim steigen furchtbar, und darum haben wir uns überlegt, dass wir auf dem Fabrikgelände ein kleines Wohnhaus an die Werkstatt anbauen könnten. Was meint ihr?«

»Eine sehr gute Idee«, sagte ihre Mutter.

Ihr Vater putzte sich den Mund mit der Serviette ab und brummte. »Wenn ich dich richtig verstehe, Bertha, fragst du deinen alten Zimmermannsvater, ob er euch dabei helfen könnte, dieses Haus zu bauen.«

Bertha lachte ihren Vater an. »Das wäre wirklich wunderbar, Papa«, sagte sie. »Und am besten wäre es natürlich, wenn wir schon vor meiner Niederkunft umziehen könnten.«

Ihr Vater half ihnen gerne. Bertha war heilfroh darüber. Auf diese Weise sparten sie jede Menge Geld. Carls Arbeiter konnten hier und da ebenfalls helfen, und so bauten sie ein bescheidenes Häuschen mit zwei Zimmern und einem Bad. Schon im März, Bertha war im achten Monat schwanger, konnten sie einziehen.

Sie mochten dieses Haus, auch wenn es klein und einfach war. Immerhin hatte ihre kleine Familie ein eigenes Dach über dem Kopf, und ihr Mann würde nie weit entfernt sein. Ihr Vater leistete ganze Arbeit, doch so leicht wie früher schien sie ihm nicht mehr zu fallen. Bertha musste immer wieder Pausen einlegen und konnte ihrem Vater nicht so helfen, wie sie es wollte. Er selbst nahm diese Gelegenheiten, eine Pause zu machen, gerne an. Pausen, die er früher nicht nötig, ja, sie sogar verschmäht hatte. So kannte Bertha ihren Vater nicht, der ihr immer wie ein Bär von einem Mann vorkam, dem nichts zu schwer war und der vor Energie nur so strotzte. Er schien langsam in seinem Lebensabend angekommen, stellte Bertha traurig fest. Doch sie war stolz auf seine Arbeit, und das ließ sie ihn immer wieder wissen.

Die Eingangstür hatten sie an die kurze Seite zur Straße hin gesetzt, rechts davon ein Fenster. An der langen Seite der Riegelwand befanden sich vorne auf beiden Seiten drei Fenster nebeneinander. Darunter hatte ihr Vater mit Balken jeweils eine diagonale Kreuzverstrebung eingesetzt, die nicht nur Halt gab, sondern dem Haus auch einen schönen Anblick verlieh. Dort befand sich die Küche mitsamt dem Wohnzimmer. Carl hatte darauf bestanden, dass auf der linken Seite neben den Fenstern eine große Doppeltür eingebaut wurde, die Bertha eher als störend denn als funktional empfand. Carl erklärte jedoch, so könne er das Haus für seine Firma verwenden, falls sie irgendwann nicht mehr darin wohnen würden. Durch die große Flügeltür würden auch große Geräte hineinpassen. Im hinteren Bereich hatte ihr Vater wieder drei Fenster an beiden Seiten eingebaut, diese waren größer, aber auch schmuckloser. Dort befanden sich zwei Zimmer – ihr Schlafzimmer und was alsbald das Kinderzimmer werden sollte.

Bertha freute sich besonders, dass sie über einen eigenen Garten verfügten. Sie stellte sich vor, wie sie im Sommer nach getaner Arbeit draußen sitzen und sich von einem langen Tag erholen würden und später auch die Kinder dort spielen und herumtoben könnten.

Carl nahm den Umzug als Anlass, seiner Firma einen neuen Namen zu geben.

»Bertha, ich habe mir überlegt, die Firma anders zu benennen, schließlich arbeite ich schon ein paar Monate ohne

Ritter, und wir haben uns hier neu eingerichtet«, sagte er. »Carl Benz Mannheim T6, 11, Eisengießerei und mechanische Werkstätte. Was hältst du davon?«

»Das klingt gut, dann wissen deine Kunden, wo sie dich finden und was du machst.«

»Genau, und weißt du, was ich dann vor allem herstellen werde?« Seine Augen leuchteten. »Gerätschaften, die man zum Bauen verwendet, Rohrschellen zum Beispiel. Und Werkzeuge wie Wulstmaschinen.«

»Was soll denn das sein?«

»Maschinen zum Biegen von Blechen und Metallen.«

»Und warum ausgerechnet so was?«

»Weil die Stadt doch geradezu explodiert. Überall werden Häuser gebaut, und da braucht man solche Maschinen zum Biegen der Regenrinnen und die Rohrschellen zu deren Befestigung, glaub mir.«

»Jaja, schon gut. Und was ist mit deinem selbstfahrenden Wagen?« Bertha konnte sich nicht vorstellen, dass ihr Carl nicht auch an seinem Traum weiterarbeiten wollte.

»Den konstruiere ich natürlich weiter, davon lasse ich mich nicht abbringen, das weißt du doch.«

»Ja, das weiß ich.« Lachend winkte Bertha ab und streichelte über ihren Bauch.

»Aber mit der Arbeit daran verdiene ich ja kein Geld«, sagte Carl und schob ein »leider« hinterher.

»Sonst würdest du wohl überhaupt nichts anderes mehr machen, oder?«, fragte Bertha und kannte natürlich die Antwort. »Aber jetzt setz dich erst mal, Herr Blechbearbeiter und Erfinderingenieur, und hilf mir beim Kartoffelschälen.«

4

Zwei Monate später, am 1. Mai, einem Mittwoch und nur zwei Tage vor ihrem vierundzwanzigsten Geburtstag, brachte Bertha ihr erstes Kind zur Welt. Eugen nannten sie den Jungen. Bertha war nach der Geburt erschöpft. Umso mehr freute sie sich, wie rührend Carl sich um die frischgebackene Mutter und ihren gemeinsamen Sohn kümmerte. Am selben Tag öffnete die Weltausstellung in Wien ihre Pforten. Carl hatte noch darüber nachgedacht, dorthin zu fahren, angesichts Berthas bevorstehender Niederkunft hatte er aber von der Reise abgesehen. Außerdem war kaum Geld für eine solche da. Das Geschäft lief zwar nicht schlecht, warf aber zu wenig ab. Doch jetzt waren die jungen Eltern erst mal im Glück und genossen die Zeit mit ihrem Neugeborenen und miteinander.

Berthas Eltern schäumten über vor Stolz und Glück, als sie bald darauf zu Besuch kamen. Sie knuddelten den kleinen Eugen unablässig. Er war das erste Enkelkind, das ihre Eltern mit eigenen Augen sehen, in ihren Händen halten und umarmen konnten – und das gab Bertha etwas Zeit und Raum, sich auch mal ohne den kleinen Hosenmatz im Arm bewegen zu können.

»Ich habe es ja schon lange geahnt«, hörten Bertha und ihre Mutter Karl Friedrich sagen, als er und Carl von einem Spaziergang in die Stadt, den die beiden nach dem Mittagessen unternommen hatten, gerade zur Tür hereinkamen.

»Was ist denn los?« Bertha sah das sorgenvolle Gesicht Carls und erschrak.

»In Wien gab es einen Börsenkrach«, sagte Carl.

»Es musste ja so kommen.« Berthas Vater knallte das Extrablatt auf den Tisch. »Der Zeitungsjunge ist wohl der Einzige, der sich freut, bei dem Umsatz, den er heute machen dürfte. ›Extrablatt!‹, hat er gerufen. ›Börsenmakler Petschek pleite! Die Börse in Wien bricht zusammen!«, machte er den Zeitungsjungen nach und las vor: »Handel an der Wiener Börse ausgesetzt und polizeilich geschlossen. Mehr als einhundert Banken heute Morgen mit einem Schlag insolvent.«

»Psst, sei leise, sonst weckst du den Jungen noch. Er schläft endlich«, zischte Bertha ihrem Vater zu.

Aber der war in Rage.

»Immer nur größer, Geld spielte ja fast keine Rolle mehr«, regte er sich auf, »wenn ich nur bei uns zu Hause in Pforzheim sehe, was sich die Fabrikbesitzer in den letzten ein, zwei Jahren an Villen hingestellt haben. Und dann die Banken, die schießen ja wie Pilze aus dem Boden, da werden Kredite gewährt an Firmen, die noch kaum existieren, einfach mal so. So etwas hätte es früher nicht gegeben. Da hat man noch geschaut, was jemand taugt und ob der mit seiner Firma überhaupt schon jemals was geleistet hat. Das war in letzter Zeit doch alles egal. Die waren alle wie in einem Wahn.«

»Ah, hörst du, jetzt ist er wach und schreit wieder«, schimpfte Bertha.

»Aber Karl Friedrich, reg dich doch nicht so auf«, sagte seine Frau. »Was haben wir mit einem Petschek, oder wie der heißt, in Wien oder der Börse da zu tun?«

»Was wir damit zu tun haben?« Ihr als Beruhigung beabsichtigter Einwand bewirkte genau das Gegenteil. »Eine ganze Menge haben wir damit zu tun«, echauffierte sich Berthas Vater. »Das bedeutet nämlich, dass es rapide bergab gehen wird mit der Wirtschaft. Nicht nur in Österreich-Ungarn, sondern auch bei uns, warte nur ab!« Drohend erhob er den Zeigefinger. »Dieser Rausch an unersättlichem Wachstum platzt gerade wie eine Seifenblase. Auch hier und in Pforzheim. Und der Kater, ich sage dir, der Kater, der wird uns hart treffen.« Er musste Luft holen, was seine Frau gleich ausnutzte.

»Jetzt setz dich doch erst mal, Karl Friedrich, du bist ja ganz außer Atem.«

»Du hast ja recht«, sagte ihr Mann und sank auf einen der Küchenstühle. »Ich fürchte nur«, jetzt wandte er sich an Carl, »das bedeutet, dass in der nahen Zukunft wesentlich weniger Häuser und Fabriken gebaut werden. Die Wirtschaft wird zusammenbrechen, Firmen werden sich zweimal überlegen, ob sie in einem solch unsicheren Wirtschaftsklima überhaupt investieren sollen. Es tut mir leid, mein lieber Schwiegersohn, dir das sagen zu müssen, aber wenn das alles stimmt, was da in der Zeitung steht, dann sieht die Zukunft nicht so rosig aus, wie wir sie uns alle erhofft hatten.«

»Da können wir von Glück sagen, dass wir hier auf unserem Werksgelände – dank sei dir – ein schönes eigenes Häuschen haben«, stellte Carl trocken fest.

»Das kannst du wohl sagen«, sagte Karl Friedrich.

1875

September

5

Carl hatte noch nicht einmal die Zeit gehabt, seine Firma richtig aufzubauen, als der Börsenkrach die Euphorie des Wachstums wie ein Kartenhaus in sich zusammenfallen ließ. An den Verkauf von Maschinen oder auch nur Maschinenteilen war praktisch nicht mehr zu denken. Mit Schlosserarbeiten verdiente ihr Mann gerade so viel Geld, dass sie sich mehr schlecht als recht über Wasser halten konnten.

Bertha konnte ebenfalls von Glück sagen, dass sie den Garten hatten. Nicht nur diente er den Kindern zum Spielen – im Oktober 1874 wurde ihr zweites Kind, Richard, geboren – und den Eltern für die wohlverdiente Pause. Obendrein funktionierte Bertha einen Teil zum Anbauen von Gemüse um. So konnte sie dringend benötigtes Geld sparen.

Bertha versuchte, mit dem Haushaltsgeld so sparsam wie möglich umzugehen, wenn sie auch manchmal den Eindruck hatte, dass ihr die beiden Buben die Haare vom Kopf fraßen. *Der Carl wird das schon schaffen,* sagte sie sich immer wieder. Sie sah, wie er sich bemühte, wie er schuftete, da musste doch irgendwann mal etwas hereinkommen. Aber die Abbezahlung der Kredite, die er kurz vor dem Börsenkrach für die Maschinen aufgenommen hatte, wog schwer. Einen Vorschuss auf ihr Erbe hatte sie schon vor einiger Zeit von ihrem Vater erbitten müssen, als er noch lebte, und dieser war längst aufgebraucht. Bertha erinnerte sich mit Grauen an diesen Gang. Es war ihr furchtbar peinlich gewesen, noch einmal wegen Geld bei ihren Eltern anklopfen zu müssen, und sie hatte sich gefürchtet vor dem, was sie unumstößlich erwarten würde. Natürlich hatte ihr Vater den Finger in die Wunde gelegt, und dafür hatte er allen Grund gehabt. Ja, musste Bertha kleinlaut eingestehen, er hatte recht behalten, Carl konnte nicht mit Geld umgehen, und wenn sie den Vorschuss nicht bekäme, wären sie schlicht pleite, würden Haus und Hof verlieren, und sie wüsste nicht, wie es weitergehen sollte. Sie war heilfroh, als das Gespräch ausgestanden war, ihr Vater sich ein Herz gefasst und ihr das Geld zugesagt hatte. Aber auch das hatte letztendlich nicht alle ihre Probleme beseitigt, denn noch immer verdiente Carl mit seiner Firma nicht genügend Geld. Es kamen einfach zu wenige Aufträge herein, und ohne Investor würde die Firma auch keine größeren und attraktiveren Aufträge stemmen können.

Nun konnte sie ihren Vater nicht mehr um Rat fragen. Er war im März 1875 im Alter von vierundsiebzig Jahren gestorben.

Sein Tod war erst ein halbes Jahr her, und sie fühlte noch immer eine tiefe Trauer in sich. Ihr Vater fehlte ihr enorm, vor allem in diesen schweren Zeiten. Er war ihr immer ein Vorbild gewesen. Und auch wenn sie nicht jedes Mal einer Meinung waren, vor allem wenn es um das liebe Geld ging, war doch er es, bei dem sie Geborgenheit fand.

Er war es, der ihr sagte, dass sie sich nicht kleinmachen durfte, wenn sie einmal an sich zweifelte, dass sie sich nicht unterkriegen lassen, sondern immer für sich selbst einstehen sollte, weil es niemand anderes für einen tat. Er war es, von dem sie am meisten lernte und den sie über alles liebte. Umso größer war ihr Schmerz. Und auch wenn sie merkte, dass dieser Schmerz nicht mehr so brannte wie zu Anfang, so wusste sie doch auch, dass er nie weggehen würde.

Sie war in ihrer Ehe mit Carl schon mehr als einmal an dem Punkt angekommen, wo sie sich fragen musste, wie es weitergehen sollte. Auch jetzt war dies wieder der Fall.

Carl beichtete ihr abends am Küchentisch, dass er kein Geld mehr hatte, um Blech zu kaufen.

»Dann kannst du also keine Dachrinnen mehr herstellen und verkaufen«, sagte Bertha. »Und wovon sollen wir dann leben?«

Sie schaute ihm in die Augen. »Mir wird so langsam angst und bange, dass wir mit der ganzen Familie doch noch an den Bettelstab kommen, Carl.«

Ihr Mann saß ihr wie ein Häufchen Elend gegenüber.

»Ich weiß, du hast es ja schon so oft gesagt, dass ich nicht gut mit Geld umgehen kann. Es tut mir auch furchtbar leid, aber ich weiß gerade einfach nicht mehr weiter.«

»Du bist ein begnadeter Erfinder und Ingenieur, Carl, das weiß ich. Aber irgendwie scheint alles andere in deinem Kopf keine große Rolle zu spielen. Aber das Geschäftliche gehört halt nun mal auch dazu.«

»Ich weiß ja, aber irgendwie bekomme ich das einfach nicht richtig hin.« Carl ließ die Schultern hängen.

Wo war nur ihr Mann, der doch immer so lebenslustig, so unternehmerisch war?

»Über die Tabakpresse, die ich erfunden habe, sind sie alle voll des Lobes, aber es kauft sie halt niemand«, sagte er niedergeschlagen.

»Ach, mein lieber Carl.« Sie stand auf, stellte sich neben ihn, streichelte ihm den Kopf und küsste ihn. »Du weißt doch, ich liebe dich und ich glaube an dich. Wir werden auch das irgendwie hinkriegen.«

»Hoffen wir es.« Carl umschlang ihre Taille und zog sie näher an sich. »Nur, woher nehmen, wenn nicht stehlen? Bei der Bank jedenfalls bekomme ich keinen Kredit mehr. Die haben den Geldhahn zugedreht.«

Bertha kam eine Idee. »Ich könnte vielleicht Emilie und Gustav fragen, ob sie uns was leihen würden. Sie hat letztens wieder geschrieben, wie gut Gustavs Handelsgeschäft in Milwaukee läuft. Wer weiß, vielleicht würden sie uns einen Kredit geben.«

»Willst du das wirklich, deine Schwester um Geld bitten?« Es war ihm ganz offensichtlich peinlich.

»Von wollen kann keine Rede sein. Es ist für uns eine Frage des puren Überlebens, wenn ich dich richtig verstehe.«

Carl antwortete mit einem tiefen Seufzer.

»Es hilft alles nichts Carl, wir müssen da durch. Aber vor allem benötigen wir kurzfristig Geld. Die Kinder brauchen Essen, und du musst weiterarbeiten können.«

»Wenn ich doch nur mit dem Gasmotor vorankommen würde …«

»Carl, wach auf! Wir brauchen jetzt Geld, nicht wenn irgendeine deiner Erfindungen, wie toll sie auch sein mögen, irgendwann einmal von irgendjemandem vielleicht gekauft werden, verstehst du?« Bertha mochte es nicht, wenn sie so mit Carl reden, ihn an seine Rolle als Unternehmer, aber vor allem auch als verantwortungsvoller Familienvater erinnern musste, aber sie hatte einfach keine andere Wahl. Wie sollte sie ihm klarmachen, dass es so nicht weiterging?

»Aber …«

»Nein, Carl, wir müssen Brot kaufen, und ich kann nichts kochen, wenn du mir kein Geld nach Hause bringst. So einfach ist das. Ich würde meine Schwester auch lieber nicht um einen Kredit anbetteln, aber wenn es sein muss, muss es halt sein.«

»Also gut«, sagte Carl. »Und ich kann den Christian fragen, ob er mir etwas leihen kann.«

»Den Christian Schönemann, deinen Freund beim Benckiser in Pforzheim damals?«

»Ja, genau.«

»Gut. Im Moment müssen wir jeden Strohhalm packen, den wir kriegen können.« Sie war froh, dass Carl jetzt wenigstens mitdachte und auch eine Idee hatte.

»Wir brauchen übrigens auch Holz zum Heizen. Richard ist schon wieder erkältet und schwächelt, ich muss wenigstens die Küche ein bisschen heizen können.«

1876

Mai

6

Dieser Brief war bestimmt keine verspätete Geburtstagspost. Vielmehr fürchtete Bertha, dass sein Inhalt ihren wirtschaftlichen Untergang vollends besiegelte. Dieser Brief mit dem Absender »Pfandbuch der Stadt Mannheim« konnte sie in die Hölle der Armut schicken, aus der zu entfliehen wahrlich kaum mehr möglich sein würde. Gestern erst war sie siebenundzwanzig geworden. Sie hatten bescheiden gefeiert, Carl mit Eugen auf dem Schoß, Bertha mit Richard an ihrer Brust. Immerhin hatte sie etwas Fleisch gekocht – mitten in der Woche –, und Carl hatte ihr ein kleines Präsent überreicht. Von einem mondänen Leben, wie sie es sich damals für Wien erträumt hatte, waren sie weiter entfernt denn je. Böse war Bertha ihrem Mann darum nicht. Aber die Situation, die sich abzeichnete, machte ihr doch große Sorgen. Carl hatte praktisch das ganze Grundstück und die Firma beliehen, und ihre Schwester konnte sie nicht noch einmal um Geld bitten. Immerhin war das meiste, was sie an sie zurückzahlen musste, mit ihrem Erbteil nach dem Tod ihres Vaters im letzten Jahr getilgt. Aber es war nicht genug. Die laufenden Kosten und Zinsen stapelten sich weiterhin auf und brannten ein Loch in ihren Geldbeutel. Das Schlimmste war, dass sie mit niemandem über ihre immer weiter zunehmenden Geldsorgen reden konnte. Das gehörte sich einfach nicht. Die damit verbundene Scham und Schande fühlte sich wie eine zu große Bürde an. Selbst in ihren

Briefen an ihre Busenfreundinnen Hedwig und Louise vermied sie dieses Thema.

Irgendwie hatte es Carl immer wieder geschafft, die Banken zu beruhigen, hatte sie immer so weit bekommen, dass sie abwarteten. Aber sein Freund aus Benckiser-Tagen in Pforzheim – wohl eher ein Ex-Freund –, Christian Schönemann, pochte auf sein Geld.

»Na ja, wenn ich ehrlich bin, verstehe ich schon, dass der sein Geld zurückhaben möchte«, sagte Bertha, als sie Carl abends den Brief am Küchentisch zeigte.

»Aber dass er so weit gehen und sogar einen Anwalt einschalten würde, hätte ich nie gedacht.« Carl schüttelte den Kopf. »Da steckt bestimmt seine Frau dahinter. Jetzt, wo sie ihn geheiratet hat, will sie sein Geld auch sehen. Vielleicht will er ja auch wirklich in eine eigene Firma investieren, wie er geschrieben hat, wer weiß.«

»So ist es halt nun mal, Carl, da können wir nichts mehr dran ändern, und auch nicht an dem Urteil. Das kennen wir jetzt schon zwei Monate. Wie auch immer du das findest, was der Schönemann dir da antut, das hilft uns alles nichts. Wir müssen der Realität ins Auge schauen und einen Weg finden, damit wir nicht alles aufgeben und in ein Armutsquartier ziehen müssen. So geht es jedenfalls nicht weiter, Carl. Du solltest dich doch umschauen, ob du als Ingenieur wieder in Lohndienst gehen kannst, oder wenigstens als Schlosser. Wie soll ich denn sonst unsere Söhne durchbringen? Ganz zu schweigen von uns selbst?«

»Erst mal lesen, was hier drinsteht«, sagte Carl und riss das Kuvert mit dem Absender »Pfandbuch der Stadt Mannheim« auf.

»Ach Carl, du bist ein unverbesserlicher Träumer. Was soll denn da schon drinstehen?«

Er öffnete den Brief.

Wenn sie noch auf ein Wunder gehofft hatten, so belehrte sie der Inhalt des Schriftstücks eines Besseren. Überhaupt kamen in letzter Zeit so einige unheilverkündende Brief an. Erst das schriftliche Urteil, das Carl zur Zahlung an Schönemann verdonnerte. Zwei Wochen später folgte die Mitteilung, dass, wie im Urteil des zuständigen Gerichts festgestellt, die fällige Summe inklusive der Zinsen und Prozesskosten ins Pfandbuch der Stadt Mannheim eingetragen worden sei.

Wieder vierzehn Tage später kam die Nachricht, dass die Liquidierung der Schuld für vollstreckbar erklärt worden war. Und nun dieser Brief.

»Du hast recht«, er senkte den Kopf und strich sich mit der Hand über sein Gesicht, »es ist die Zugriffsverfügung auf mein Eigentum.«

»Das bedeutet also, dass sie uns ab jetzt jederzeit von Heim und Hof verjagen können – und aus der Werkstatt«, konstatierte Bertha. Zwar hatte Bertha mit dem Ehevertrag genau für solche Fälle vorgesorgt, sodass ihr Eigentum nicht angetastet werden konnte. Aber ihr ganzes Geld war in der Zwischenzeit in der Firma verdampft. Da auch die Wohnung zum Werksgelände gehörte und an die Werkstatt angebaut war, war ihnen nicht einmal mehr ein Dach über dem Kopf sicher. Aber einfach rausschmeißen konnten sie die Autoritäten wohl auch nicht gerade.

»Ja, das heißt es wohl.«

Beide schwiegen. Bertha legte eine Hand auf die seine.

»Dann müssen wir schauen, wie wir das jetzt noch verhindern können. Immerhin ist es ja noch nicht geschehen, und so lange hoffen wir auf Gottes schützende Hand und behalten Hoffnung.«

»Aber was soll ich denn noch tun?«

»Auf jeden Fall nicht stillsitzen und warten, bis sich der Untergang vollzieht.« Bertha stemmte ihre Hände in die

Hüften. »Was würdest du dazu sagen, wenn ich dich bitte, dass du die Banken davon überzeugen solltest, dass sie ihre Forderungen nicht vollstrecken, sondern die Kredite wie vorgesehen weiterlaufen lassen? Dazu müssen wir sie natürlich pünktlich bedienen. Meinst du, du schaffst das?«

»Vielleicht, ja, vielleicht«, zögerte Carl noch.

»Hast du eine bessere Idee, wie du unser Leben retten kannst, Carl?«

»Nein, ich …«, er winkte ab, »du hast ja recht, Bertha. Es ist nur, ich finde es hochgradig peinlich, immer wieder bei diesen dickbäuchigen, Zigarre rauchenden Bänkern betteln gehen zu müssen.«

»Solange deine Erfindungen noch nicht von Erfolg gekrönt sind, ist das eben so.«

Sie sah, wie sehr ihn diese Bemerkung traf.

»Es tut mir leid, Carl, aber einer in unserer Familie muss die Realität im Auge behalten. Und die Realität im Moment ist, dass wir bis über beide Ohren verschuldet sind und uns bittere Armut droht, ohne Haus, ohne Firma, ohne Arbeit.«

»Ja, ich weiß ja …«

»Überleg dir also gute Argumente«, ließ Bertha ihm keine Möglichkeit, sich aus der Sache herauszuwinden, »womit du diese Bänker für den Vorschlag gewinnen kannst, wenigstens für den Moment stillzuhalten. Dann bliebe uns immerhin Grund und Boden, und wir könnten irgendwie wieder neu beginnen. Verstehst du?«

»Ja, ich verstehe«, lenkte Carl ein.

Sie nahm sein Gesicht zwischen ihre Hände. »Sei stolz auf das, was du bisher erreicht hast, wenn du dort hingehst. Streck deinen Rücken durch, schau ihnen in die Augen, erzähl ihnen von deinen Erfindungen, sag ihnen, dass diese eine Investition in die Zukunft sind und dass du für deine anderen Maschinen und Arbeiten neue Kunden und neue Aufträge findest, wenn es auch nur Schritt für Schritt und nicht wie vor dem Börsenkrach in Sprüngen geht.«

Sie schaute ihm in die Augen, lächelte ihn an. »Und vergiss vor allem nie, dass ich dich liebe und mit dir durch dick und dünn gehen werde.«

Sie küsste ihn auf die Lippen und schmeckte das Salz einer Träne, die ihm über die Wangen gelaufen war.

»Ach, Bertha, wenn ich dich nicht hätte. Du bist ein wahrer Schatz, weißt du das?«

Carl gelang es tatsächlich, die Banken so weit zu beruhigen, dass sie auf eine Vollstreckung ihrer Titel verzichteten und diese aus dem Pfandbuch gelöscht wurden. Vor allem aber gelang es ihm, die Kredite in den folgenden Monaten immer treu und pünktlich zu bedienen.

»Beharrlichkeit führt zum Ziel«, lobte Bertha ihren Mann mit dessen eigenem Motto. Sosehr sie diesen Wahlspruch auch mochte, so konnte sie nur hoffen, dass diese Beharrlichkeit nicht in Engstirnigkeit oder blindem Nachfolgen einer Idee enden würde, die nie irgendwelche Früchte tragen und sie und die Kinder mit in den Abgrund reißen würde. Davor würde sie sich in Acht nehmen, sagte sie sich selbst entschiedener denn je.

Die Angst vor einer Vollstreckung blieb nach wie vor drohend wie eine große pechschwarze Wolke in völliger Windstille über ihnen hängen. Denn auch wenn sich die Banken ruhig verhielten, so wussten sie doch, dass nach aller Wahrscheinlichkeit Carls ehemaliger Freund in Zukunft auf die Vollstreckung bestehen würde. Momentan konnte Carl zwar die Kredite der Banken bedienen, jedoch nicht auch den Batzen Geld für die Fälligkeit an Schönemann aufbringen.

7

Der Sommer 1876 verging und auch der Herbst. Carl hatte einige Aufträge an Land gezogen, die Bertha Hoffnung gaben, dass es schon irgendwie weitergehen würde.

Der Winter kam, und noch immer hatten sie nichts von Schönemann oder seinem Anwalt vernommen. Bertha wurde zusehends optimistischer. Als es im Dezember immer kälter wurde und kräftig fror, kam Carl eines Tages aus der Werkstatt und holte sie ab zum Schlittschuhlaufen. *Er bleibt ein unverbesserlicher Romantiker,* dachte Bertha und freute sich, dass er noch immer so spontan und liebevoll sein konnte. Die Kinder gaben sie zur Obhut in die Werkstatt. Dort konnten sie spielen, und die Arbeiter passten auf sie auf.

Carl hatte schon vor Jahren eine Konstruktion entworfen, mit der sie die Kufen sicher unter ihre Schuhe schnallen konnten. Sie liefen Figuren und längere Strecken, lachten viel und genossen das schöne, kalte Wetter und sich selbst. Es ging schon auf Weihnachten zu, und sie tranken einen Glühwein zum Aufwärmen. Arm in Arm verschlungen gingen sie wieder nach Hause, beeilten sich unter ihre kalten Deckbetten und liebten sich.

1877

Juni

8

Bertha war zum dritten Mal schwanger, und der Frühling ließ sie hoffen, dass doch noch alles gut werden würde und Schönemann ihnen mehr Zeit zum Zurückbezahlen gönnen würde. Carl arbeitete hart, aber wirklich voran kam er nicht. Wenn das noch Ungeborene erst einmal da war, mussten sie noch einen Mund mehr füttern. Doch sie freute sich sehr, dass ihre Familie weiter wuchs. Sie hatte sich immer viele Kinder gewünscht, so wie Bertha es von zu Hause her kannte.

Trotz aller Hoffnung kam, was kommen musste.

Niedergeschlagen hielt Carl seiner Frau den Brief des Gerichtsvollziehers entgegen. »Ausgerechnet jetzt, wo du so kurz vor der Niederkunft stehst.« Er rang nach Luft. »Das tut mir leid, das tut mir wirklich leid, Bertha.«

Einen schlechteren Zeitpunkt hätte es dafür wohl nicht geben können.

»Es braucht dir nicht leidzutun«, sagte sie und legte die Hände auf ihren Bauch. »Ich habe dich geheiratet für die guten und die schlechten Tage, weißt du noch? Und dazu stehe ich. Ich sehe doch, wie du dich jeden Tag abrackerst und dich bemühst.« Sie streckte ihre Hand aus, und er nahm sie in seine. »Immerhin können sie uns Haus und Hof nicht wegnehmen«, versuchte sie ihn zu trösten. Nur die Scham, die mit ihrer Situation einherging, konnte sie ihm nicht abnehmen. Wie würden sie die Leute auf der Straße anschauen?

Was würde hinter ihrem Rücken alles getuschelt werden? Würde Carl seine Kunden behalten können? Würden ihre Freunde weiterhin zu ihnen halten oder sich von ihnen abwenden? Ihr gingen alle möglichen Fragen durch den Kopf, und eigentlich wollte sie nur noch heulen. Aber dafür war es nicht der richtige Moment. Eugen und Richard hatten aufgehört zu spielen und kamen zu ihrer Mutter. Ihnen war nicht entgangen, wie traurig ihre Eltern waren. Bertha nahm die beiden auf den Schoß. *Ich muss jetzt stark sein, für die Kinder und auch für Carl. Irgendwie wird es schon weitergehen.*

Schließlich konnte Carl arbeiten und hatte momentan genügend Aufträge, um sie über Wasser zu halten. Aber was, wenn er keine Werkzeuge mehr hatte?

»Wann wird der Gerichtsvollzieher kommen?«, fragte sie Carl.

»Ich weiß es nicht genau, das steht hier nicht.«

»Das kann also schon heute sein oder erst nächste Woche?«

»Ja, vermutlich …«

»Welche Werkzeuge brauchst du unbedingt, um deine Aufträge ausführen zu können?«

»Praktisch alle.«

»Der Gerichtsvollzieher wird nicht mit leeren Händen vom Hof gehen, Carl, und er wird uns auch nicht glauben, wenn in der Werkstatt nichts steht, verstehst du?«

»Wie meinst du das?«

»Du gehst jetzt rüber, holst alles Werkzeug, das du am dringendsten brauchst, und bringst es bei einem Freund unter, bis der Vollstreckungsbeamte den Rest gepfändet hat.«

»Was für einen Wert hat das denn noch …«

»Das hat den Wert, dass du dann wenigstens noch kleinere Aufträge annehmen kannst und weiterhin Geld verdienst. Wie willst du denn ganz ohne Werkzeuge arbeiten?« Berthas

Stimme wurde lauter. »Mensch, Carl, reiß dich zusammen, geh in die Werkstatt und such die Sachen zusammen.« Sie schaute ihn eindringlich an.

»Deine große Wulstmaschine wirst du wohl pfänden lassen müssen, und andere Dinge auch. Das einzig Gute daran ist, dass es dann endlich vorbei ist, und solange sich die Banken weiterhin ruhig verhalten, haben wir ein Dach überm Kopf und können vielleicht mehr schlecht als recht, aber immerhin unser Leben hier weiterführen.«

Sie beugte sich zu ihm nach vorne, soweit ihr Bauch dies zuließ. »Und vor allem«, sagte sie schon fast mahnend, »bring um alles in der Welt die Zeichnungen mit deinen Erfindungen in Sicherheit, vor allem die für den Gasmotor und den selbstfahrenden Wagen, hörst du?! Wer weiß, was mit denen passiert, wenn die jemand ersteigert, der damit etwas anfangen kann. Dann sind am Ende alle deine Erfindungen für die Katz gewesen.«

»Meinst du, die wollen auch so was pfänden?«

»Ich habe keine Ahnung, aber sicher ist sicher. Du würdest dich zu Tode ärgern, wenn jemand anderes mit deinen Ideen auf einmal Geld verdienen und die Ehre dafür einstreichen würde. Also räum die Schubladen aus, bring die Papiere in Sicherheit, und zwar sofort, bevor es zu spät ist!«

»Du hast wie immer recht.« Carl küsste ihre Hand und stand auf.

Bertha spürte plötzlich einen Schmerz im Bauch und verzog das Gesicht.

»Was ist denn?«, fragte Carl besorgt.

»Nichts, nichts, es ist nur das Baby, es strampelt ein bisschen.« Das englische Wort hatte sie aus den Briefen ihrer Schwestern gelernt, und immer mehr Leute schienen es neuerdings zu verwenden.

»Na los, geh schon. Das Kind beruhigt sich gleich wieder.«

Sie streichelte Eugen und Richard über die Köpfe und gab jedem einen Kuss auf die Stirn. »Und ihr macht jetzt euren Mittagsschlaf.«

Der Gerichtsvollzieher kam nicht allein. Er hatte einen großen Pferdekarren und zwei Hilfsarbeiter dabei, die die Güter, die er in Beschlag zu nehmen gedachte, aufluden. Bertha hatte Carl gebeten, dass sie dabei sein wolle, wenn es so weit wäre. Es war vormittags an einem schönen sommerlichen Junitag, etwas mehr als ein Jahr nach der Eintragung ihrer Schuld ins Pfandbuch, als einer von Carls Arbeitern an ihre Tür klopfte mit der Bitte vom Chef, sie solle zur Werkstatt hinüberkommen. Bertha begriff sofort, was das bedeutete. Sie nahm Eugen und Richard an jeweils eine Hand und watschelte mehr als sie ging, ihren hochschwangeren Bauch vor sich hertragend, über den Hof.

Als der Vollstreckungsbeamte sie sah, war er für einen kurzen Moment erschrocken. Genau das hatte Bertha beabsichtigt. Sie begrüßte ihn freundlich. Er erwiderte ihren Gruß und stammelte, dass er nur seine Pflicht tun müsse, dass ihm das jetzt aber besonders leidtäte, sie ausgerechnet in dieser Lage, aber er müsse halt von Amts wegen …

Bertha blieb freundlich und sagte, das verstehe sie und es ginge halt nicht anders. Ihr Auftritt verfehlte seine Wirkung dennoch nicht.

Als alle Maschinen aufgeladen waren und der Gerichtsvollzieher sich an die Auflistung der Werkzeuge machte, schaltete Bertha sich ein. »Einen Moment, bitte«, wandte sie sich an ihn. »Meinen Sie nicht, dass Sie bereits genug aufgeladen haben, um die Schuld meines Mannes bei einer Zwangsversteigerung begleichen zu können?«

Carl hielt sich, seit Bertha erschienen war, wohlweislich im Hintergrund. Er wusste um den Charme und die Durchsetzungskraft seiner Frau, und diese verfehlten, zusammen mit ihrem hochschwangeren Bauch, offenbar nicht ihre Wirkung.

Der Angesprochene wusste nicht so recht, was er sagen sollte.

»Das ist wahrscheinlich schon so, gnädige Frau.« Er fühlte sich zunehmend unwohler in seiner Rolle, wie sie so mit ihrem hochschwangeren Bauch vor ihm stand. Kleine Schweißperlen bildeten sich auf seiner Stirn.

»Aber ich bin nun mal gehalten, alle Gegenstände, die sich in der Werkstatt befinden, aufzulisten und mitzunehmen … Von Amts wegen, sozusagen«, schob er zur Bekräftigung hinterher.

»Aber wie soll mein Mann dann noch arbeiten können, so ganz ohne Werkzeuge?«, fragte Bertha. Sie hielt jetzt mit beiden Händen oben und unten ihren Bauch und fixierte mit ihrem Blick den Gerichtsvollzieher. »Geben Sie ihrem Herzen einen Stoß, guter Mann, wir können das Neugeborene doch nicht in ein vollkommenes Dunkel aus Hoffnungslosigkeit in die Welt hineinsetzen.«

»Ich, ähm …« Der Gerichtsvollzieher fuhr sich mit den Händen in seinen Kragen. Die Hilfsarbeiter schauten ihn fragend an. Sie wussten nicht, ob sie weiter aufladen sollten oder nicht.

»Die paar gebrauchten Werkzeuge, was bringen die schon auf einer Versteigerung? Vermissen wird sie dort niemand.« Sie neigte ihren Kopf etwas nach unten und hob ihre Augenbrauen, fixierte aber weiterhin seinen Blick, so als wollte sie sagen: Oder?

»Nun ja …«, stammelte der Gerichtsvollzieher, »da haben Sie wahrscheinlich recht, aber ich muss halt …«

Bertha senkte ihren Kopf noch etwas weiter, zog ihre Augenbraue weiter nach oben.

»Ach, was soll's«, gab er sich einen Stoß, »Sie haben ja recht, und ich bin ja auch nur ein Mensch. Lassen wir's gut sein. Wir sollten tatsächlich schon genug auf dem Karren haben, um die Schuld bei der Zwangsversteigerung begleichen zu können.«

»Ich danke Ihnen von ganzem Herzen«, sagte Bertha, »Sie sind ein gütiger Mensch.«

»Ähm, nun ja …«

Bertha stellte amüsiert fest, dass sie wohl einen ziemlichen Eindruck auf ihn gemacht hatte. Aber das war ja auch der Grund ihres Auftretens.

»Man tut, was man kann, nicht wahr«, versuchte er, seine Fassung wiederzufinden.

Bertha hob ihren Kopf wieder. »Noch mal meinen aufrichtigen Dank. Wenn Sie mich jetzt entschuldigen würden, Sie verstehen …« Sie senkte ihren Blick kurz auf ihren Bauch.

»Oh, aber ja, selbstverständlich, bitte entschuldigen Sie, Sie sollten natürlich nicht so lange stehen. Habe die Ehre, gnädige Frau.«

Er zieht sogar den Hut vor mir und verbeugt sich, nachdem er gerade die Werkstatt leer geräumt hat. Vollkommen leer hatte er sie letztendlich doch nicht geräumt, und dann waren da noch die Sachen, die Carl schon vorher bei Freunden versteckt hatte. Sie nickte dem Gerichtsvollzieher ein letztes Mal freundlich zu und machte sich auf, zurück in die Wohnung zu gehen.

Es war ein kleiner Triumph inmitten einer verheerenden Niederlage, denn alles, was ihr Mann geschaffen hatte, war an diesem einen Vormittag zunichtegemacht worden. Alle Werk- und Drehbänke waren aufgeladen. Carl musste wieder ganz von vorne anfangen, wieder mit der Brustleier bohren. Es würde hart werden, das war ihr klar. Er würde wieder mehr Muskelkraft aufbieten müssen, es würde wieder mehr

Zeit kosten, um Aufträge abschließen zu können. Aber immerhin hatten sie die einfachen Werkzeuge doch behalten können.

»Wenn Sie dann hier unterschreiben würden, Herr Benz, dann sind wir hier so weit fertig«, hörte sie den Gerichtsvollzieher noch, bevor sie die Werkstatttür in die Angeln fallen ließ.

1879

Dezember

9

Es kam, was kommen musste. Die Leute zerrissen sich die Mäuler, einige, die Bertha mehr oder weniger nur vom Grüßen kannte, schauten auf einmal in die andere Richtung. Sogar manche Freundinnen fanden immer wieder von Neuem Ausflüchte, warum sie sich gerade nicht mir ihr verabreden konnten. Nach einer Weile gab Bertha es auf. *Wenn sie nicht wollen, dann sind sie es auch nicht wert,* dachte sie, *dann sei es so.* Anscheinend empfanden sie es als Schande, sich mit Bertha sehen zu lassen, oder auch nur, mit ihr umzugehen. Der Frau eines Pleitegängers. Es fühlte sich fast an, als wäre sie eine Aussätzige, als hätte sie die Pest oder irgendeine andere tödlich ansteckende Krankheit.

Immerhin hatte sie so mehr Zeit für ihre drei Kinder. Eugen war schon sechs Jahre alt, was er, wenn man ihn fragte, stolz mit seinen Fingern zeigte, Richard ein Jahr jünger und Klara gerade mal zwei. Während die beiden Älteren sich selbst gut die Zeit vertreiben konnten, war Bertha eigentlich froh, dass sie so mehr Zeit für ihre Tochter hatte. Außerdem konnte sie sich viel um den Obst- und Gemüsegarten kümmern. So ließ sich einiges an Geld sparen, und die Arbeit im Garten tat ihr gut.

Bertha beließ es aber nicht bei ihren Haushaltspflichten. Sie würde zukünftig die Bücher der Firma ihres Mannes führen, hatte sie beschlossen. Ihrem Mann blieb so mehr Zeit zum Arbeiten in dem, worin er gut war, und sie hatte mehr

Kontrolle über die Finanzen, um einer nochmaligen Pleite zuvorzukommen.

»Wir müssen daraus lernen, Carl«, hatte sie zu ihm gesagt, und dazu gehörte die Einsicht, dass es besser sei, wenn sie das Geld verwaltete. Bertha war froh, dass Carl dem Vorschlag nachgab. Er schien sogar ein Stück weit erleichtert, sich künftig nicht mehr darum scheren zu müssen, und er wusste, wie gut Bertha das Geld zusammenhalten konnte.

Trotzdem war die Zeit nach dem Besuch des Gerichtsvollziehers hart. Manche Auftraggeber wollte nichts mehr von Carl wissen, manche Zulieferer bestanden auf Barzahlung, und Carl musste wieder mühselig und mit ganzem Muskeleinsatz bewerkstelligen, was er in den letzten Jahren viel schneller und einfacher mit seinen Maschinen erledigt hatte. Größere Aufträge ohne Maschinen waren sowieso nicht machbar. Also mussten sie sich auf die Krümel beschränken. Finanziell hielten sie sich gerade mal so über Wasser.

Carl ging oft spätabends, wenn die Kinder schon im Bett waren, noch einmal in die Werkstatt. Meist tüftelte er dann an seinen Gasmotoren, um diese zu verbessern. Zunächst hatte er mit den neuartigen Viertaktmotoren experimentiert, die Nicolaus August Otto entwickelt hatte. Aber als 1877 das Kaiserliche Patentamt seine Arbeit aufgenommen hatte, ließ sich dieser das Prinzip seiner Motoren sofort patentieren. Carl hätte Otto bezahlen müssen, und das Geld hatten sie einfach nicht.

Typisch Carl, dachte Bertha stolz, als er eines Abends aus der Werkstatt kam und meinte, er hätte einen anderen Gasmotor entworfen, der sogar noch effizienter sei als der von Otto. Der neue Motor würde keine vier Takte für einen Kraftschub benötigen, sondern nur zwei.

Bertha war jedes Mal froh, wenn er fröhlich und mit guten Neuigkeiten aus der Werkstatt kam. Allzu oft erlebten sie es in letzter Zeit, wie er mit schlechter Laune am Tisch saß, sich darüber ärgerte, wenn dies oder jenes schiefgegangen war, er mit seinen Tüfteleien einfach nicht vorwärtskam oder Experimente missglückten. Er bemühte sich, seine Familie den Unmut nicht spüren zu lassen, doch dies gelang nicht immer.

Ich muss seiner Wut ein Auslassventil geben, dachte sie und musste schmunzeln. Offenbar war auch sie schon in der Motorensprache zu Hause.

Geduldig zuhören und vorsichtig Vorschläge machen half am besten, hatte Bertha herausgefunden.

Carls Ärger betraf meist den neu entwickelten Zweitaktmotor, der einfach nicht laufen wollte. Daran hing wohl am ehesten sein Herz. Auf dem Papier sei doch alles richtig gezeichnet, schimpfte Carl oft und schüttelte den Kopf, aber irgendwie wollte es ihm einfach nicht gelingen, den Motor zum Laufen zu bringen.

Der letzte Winter war kälter gewesen als normal, und Bertha fürchtete, dass sie sich auch in diesem Winter kaum Holz leisten konnten, um wenigstens die Küche zu wärmen. Die Petroleumlampen spendeten immerhin etwas Licht in den dunklen Tagen. Für die Küche war es allemal genug, aber Carl verbrachte fast jeden Abend in der eiskalten Werkstatt mit spärlichem Licht, das konnte einfach nicht gesund sein.

»Wir müssen schauen, dass wir vorwärtskommen, Carl, so geht es einfach nicht weiter.«

»Das weiß ich«, sagte er dann nur, »ich tue mein Bestes.« Bertha wusste, dass das so war. Aber sobald sie ihn darauf ansprach, ob er sich nicht nach einer festen Stelle umschauen wollte, blockte Carl ab. In einem Angestelltenverhältnis würde er nie und nimmer die Freiheit bekommen, seine Ideen weiterentwickeln zu können.

Am letzten Tag des Jahres hatte Bertha ein besonderes Essen für die Familie gekocht. In eines der Restaurants und danach tanzen zu gehen, dafür hatten sie kein Geld. Aber immerhin wollte sie diesen Abend doch festlich feiern. Sie hatte drei Gänge serviert, und sie genossen alle zusammen das herrliche Festmahl. Bertha kredenzte zunächst eine kräftige, aus Gemüse gezogene Bouillon, bevor sie das Hauptgericht aus Rinderfleisch mit einer Soße, Rotkraut aus dem eigenen Garten, wie sie stolz verkündete, und Spätzle auf den Tisch stellte. Für das Dessert hatte sie vor allem sehr zur Freude der Kinder Obst aus dem Garten und Schokolade aus dem Kolonialwarenladen gekauft.

Nach dem Festessen spielte Carl noch ein bisschen mit den Kindern, und Bertha machte sich an dem Abwasch zu schaffen.

Nachdem sie die Kinder ins Bett gebracht und es sich beide am Küchentisch gemütlich gemacht hatten, versuchte Bertha ihrem Mann klarzumachen, dass er sich mit seiner Idee des Zweitakters unter Umständen verrannt hatte.

»Es ist, als säßest du wie die Katze vor dem Mauseloch, aber die Maus will einfach nicht kommen. Und du sitzt mit deinem Dickkopf schon so lange davor, weil du denkst, irgendwann muss sie ja kommen, dass du fast schon zu schwach bist, um aufzustehen und nach anderer Beute Ausschau zu halten.«

»Wie meinst du das?«

»Heute ist Silvester. Das Jahr geht zu Ende, und wir sind seit der Pfändung bei Lichte beschaut praktisch keinen Schritt weitergekommen, Carl. Wie soll das nächste Jahr werden? Wieder genauso? Das geht einfach nicht mehr. Schau dir die Kinder an, die wachsen und wachsen, brauchen neue Kleidung und Schuhe, und der Appetit unserer Söhne wird auch größer. Wir brauchen schlicht mehr Geld, Carl.«

»Ja, ich weiß.«

Diese Antwort kannte Bertha schon. Nur eine Lösung sah sie darin nicht.

»Wenn ich nur die Zündung bei dem Zweitakter endlich so hinkriegen würde, dass sie zuverlässig funktioniert.«

»Ja, wenn, Carl, wenn … Aber davon kaufe ich kein Brot, verstehst du?«

»Ich weiß.« Carl hob ratlos und erschöpft seine Hände.

Böse miteinander zu werden brachte sie auch nicht weiter, dachte Bertha. Außerdem wollten sie um Mitternacht miteinander anstoßen, und das wollte Bertha nicht im Groll tun.

»Also, sag schon, wo drückt der Schuh bei dem Motor?«

»Wie gesagt, die Zündung, irgendetwas mache ich da falsch, ich weiß nur nicht, was.«

Bertha stand auf, schnappte sich eine Jacke, zog sie über und darüber gleich noch eine zweite. Den letzten Groschen hatten sie in diesen Motor gesteckt, und noch immer lief er nicht. Das Ding musste einfach zum Laufen gebracht werden, und warum nicht heute?

»Was machst du denn?«

»Vielleicht hat die Katze vor dem Loch ja doch recht, und die Maus kommt heute Abend zum Vorschein«, sprach sie ihm Mut zu. Dann wurde ihr Ton resoluter. »Es rumort in mir und lässt mir keine Ruhe, wenn wir nicht in die Werkstatt gehen. Wir werden das Problem heute gemeinsam lösen, Carl, komme, was wolle.«

Sie legte eine Hand auf die Türklinke und sah ihren Mann an.

»Na los, worauf wartest du noch?«

Da standen sie vor der Maschine wie vor einem großen Geheimnis, das gelüftet werden wollte. Carl drehte an dem großen, schweren Schwungrad, aber wie sonst auch sprang der Motor nicht an, und das Rad blockierte.

»Siehst du, es klappt einfach nicht.« Carl war frustriert.

Bertha schaute sich die Maschine genau an.

»Und wenn du die Flamme bei der Zündung größer stellst oder etwas näher heranbringst?«

»Ach, ich weiß auch nicht.«

Aber Bertha blieb resolut.

»Komm, Carl, versuch doch einfach ein paar Dinge. Zu zweit schaffen wir das schon, ich helfe dir.«

»Also gut.« Carl beugte sich, wie so oft in den letzten Monaten, über den Motor und bat Bertha, mal dies, mal das zu tun. Es dauerte eine Weile, aber dann meinte er, sie könnten es noch mal versuchen.

»Vielleicht bekommen wir jetzt einen Takt in den bisher Taktlosen. Ich weiß zwar nicht so genau, warum es jetzt klappen sollte, aber immerhin haben wir alles einmal nachjustiert.«

Er stellte sich wieder hinter das Schwungrad.

»Bist du so weit?«

»Ja«, sagte Bertha und hoffte inständig, dass der Motor ansprang. Es war schon nach dreiundzwanzig Uhr, und sie wollte um Mitternacht gerne wieder in der wesentlich wärmeren Küche sitzen.

Carl streckte seine Arme aus und umfasste das gusseiserne Rad mit beiden Händen, um ihm einen kräftigen Ruck geben zu können. »Also dann«, sagte er.

»Also dann.« Bertha hielt ihre Fäuste mit gedrückten Daumen vor sich.

Carl drehte, so kräftig er konnte, an dem Rad. Aber nach einem verpuffenden Knall wurde es gleich wieder still. Carl drehte gleich noch mal, wieder mit demselben frustrierenden Resultat.

»Ach, das hat doch keinen Wert.« Ihr Mann ließ den Kopf hängen.

»Noch einmal, Carl, komm, versuch es noch einmal.«

»Aber warum? Du siehst doch, dass es nichts bringt.«

»Dann tu es für mich Carl, bitte. Irgendwie glaube ich, dass der Motor doch noch zündet.«

»Also gut, weil du es bist«, sagte Carl. Ohne große Hoffnung zu hegen, legte er seine Hände wieder an das Schwungrad und gab ihm einen kräftigen Ruck.

Töff, machte der Motor plötzlich, und das Rad drehte sich ein Stück weiter. Und wieder töff, und wieder und wieder und wieder töff, töff, töff …

»Er läuft!«, riefen sie beide gleichzeitig. »Er läuft!« Sie jauchzten vor Freude, fielen sich in die Arme, küssten sich und hatten Tränen in den Augen. Sie konnten ihr Glück fast nicht fassen. »Er läuft!«

»Was täte ich nur ohne dich, Bertha …« Carl schaute ihr in die Augen und küsste sie fest auf den Mund.

Töff, töff, töff, ließ der Motor in schöner Regelmäßigkeit verlauten, als ob er diesen Takt schon lange geübt hätte.

»Ich hole den Sekt aus der Küche«, sagte Bertha. Vor lauter Aufregung fühlten sie die Kälte nicht mehr und klang das Motorengeräusch wie Musik in ihren Ohren.

»Prosit Neujahr!« Sie stießen mit den Gläsern miteinander an, als die Kirchenglocken das neue Jahr einläuteten. Der Rest der Welt sollte ihnen heute Nacht gestohlen bleiben. Sie saßen einfach nur da und lauschten fasziniert dem Zweitakter.

Bertha war sich sicher, mit dem neuen Jahr würde ein neues Zeitalter für sie anbrechen.

1883

August

10

Die große Hoffnung verflog schon bald. Bertha hatte sich gehörig getäuscht. Der Gasmotor lief zwar, aber sie hatten schlicht nicht die finanziellen Mittel, mehrere davon zu bauen, um sie auch demonstrieren und verkaufen zu können. Die Katze biss sich wieder einmal in den Schwanz. Ohne Geld keine Motoren, und ohne Motoren kein Geld. Es war zum Haareraufen. Sollten sie wieder Sack und Pack verlieren und erneut vor dem Nichts stehen? Immerhin konnte Carl seine Maschine in der Zwischenzeit Stück für Stück verbessern.

Immer wieder gab es in den letzten Jahren Hoffnung, mit jedem Patent, das Carl zugewiesen bekam, mit einem zwischenzeitlichen Investor, der ihm ermöglichte, die Gasmotoren weiterzuentwickeln und zu bauen.

Ottos Patent auf den Viertaktmotor war schon 1879 wieder für nichtig erklärt worden. Carl konnte also auch diese Technik einsetzen, was vor allem für sein Lieblingsprojekt des selbstfahrenden Wagens wichtig erschien. Er musste einsehen, dass er den Zweitaktmotor zwar mit mehr Pferdestärken bauen konnte, dieser dann aber zu groß und vor allem zu schwer wurde, um ihn auf einen Karren zu montieren und damit fahren zu können. Für die stationären Gasmotoren hielt er aber an seinen Zweitakter fest. So lange, bis er von dem Investor nach ein wenig mehr als einem Jahr übers Ohr gehauen wurde und Carl wieder mal ohne Geld von Neuem anfangen musste.

»Wo warst du denn wieder so lange?«

Bertha saß mit den Kindern am Küchentisch. Sie waren hungrig und wollten endlich zu Abend essen.

»Beim Eßlinger«, antwortete Carl. »Was gibt es denn zu essen?«, schob er gleich hinterher. Auch er war hungrig. Außerdem hoffte er, mit dem Themenwechsel einer Standpauke zu entkommen.

»Beim Eßlinger«, wiederholte Bertha trocken. Es sollte vorwurfsvoll klingen, und das tat es auch. »Seid ihr wieder zusammengesessen und habt den ganzen Nachmittag über geplaudert, was?«

»Na ja, also den ganzen Nachmittag jetzt nicht. Und dann kam auch noch der Rose.« Carl war nicht wohl in seiner Haut. Das geschah ihm recht, fand Bertha.

»Na, dann wart ihr drei Lebenskünstler ja mal wieder schön zusammen«, stöhnte Bertha. Das kannte sie schon. Wenn Carl die paar Blöcke zu den beiden hinüberging, dauerte es immer länger. Eigentlich kaufte er dort seinen technischen Bedarf, Eisen und Zinn. Sie hatte den Verdacht, dass er dort öfter hinging, als er müsste. Die drei mochten sich, und Bertha gönnte es ihrem Carl ja, dass er sich bei einem Bier mit Freunden, bei dem sich Fachsimpelei und Stammtischgespräche wohl die Waage hielten, ein bisschen entspannen konnte. Aber zur Essenszeit erwartete sie ihn zurück.

»Habt ihr wieder über Velozipede geplaudert und die Zeit darüber vergessen?«

Sie sah an seinen Augen, dass er ihren Vorwurf verstand. Es war nicht gerecht, dass sie zu Hause mit den Kindern saß und sie mit dem Essen warten mussten, bis ihr Mann endlich nach Hause kam. Sie hatten sowieso nicht viel, und die Kinder hatten Hunger.

»Du hast ja recht, bitte entschuldige«, sagte Carl aufrichtig und wandte sich sogleich an seinen Größten. »Na, wie war es heute in der Schule?«

Bertha konnte Carl nicht böse sein, wenn sie sah, wie liebevoll er sich um die Kinder kümmerte. Wie Klara vergnügt kicherte, wenn er sie liebevoll kitzelte und ihr einen dicken Schmatzer auf die Wange gab, wie er seinen Arm um Richard legte und ihm sagte, wie stolz er auf die gute Note sei, die er nach Hause gebracht hatte. Was ein bisschen nach Eigenlob klang, dachte Bertha. Carl konnte immerhin beim Latein noch mithalten und seinen Söhnen helfen.

Bertha mochte es, wenn sie am frühen Abend alle beieinandersaßen und Carl mit den Kindern spielte oder ihnen bei den Hausaufgaben half, während sie die Löcher stopfte, nicht nur in Socken. Die beiden Ältesten kraxelten gerne auf den großen Kastanienbaum im Garten oder trieben sich wer weiß wo herum. Das wollte sie besser gar nicht wissen, dachte Bertha. Regelmäßig kamen sie mit kleineren und größeren Löchern in den Hosen und Pullovern zurück. Das war mit Klara einfacher. Aber sie war ja auch erst fünf. Wer weiß, was da noch alles kommen sollte.

Als er die Kinder zu Bett gebracht hatte, setzte sich Carl wieder zu Bertha.

»Du hast doch heute noch deinen Männerverein, oder etwa nicht?«, fragte sie verwundert.

»Eigentlich schon«, begann Carl, »aber es gab einen triftigen Grund, warum ich heute zu spät zum Essen da war. Ich wollte es nur nicht ansprechen mit den Kindern am Tisch.«

Bertha wurde hellhörig. »Das muss ja etwas Wichtiges sein, wenn du sogar deinen Männerverein dafür sausen lässt.«

»Ich hoffe es«, sagte Carl zögernd. Gleichzeitig konnte er sich kaum noch zurückhalten.

»Na los, jetzt sag schon.«

»Du weißt ja, dass ich mich gut mit den beiden Herren verstehe und dass wir durchaus auch Berührungspunkte haben, nicht nur von Lieferant zu Käufer, sondern auch interessiert sind an den neuesten Erfindungen …«

»Herrgott, Carl, jetzt mach es doch nicht so spannend.«

Carl redete unbeirrt weiter. »… und dass sie, wie ich, zu den wenigen Velozipedfahrern hier in Mannheim gehören, und …«

»Carl, raus mit Sprache! Was habt ihr ausgebrütet?«

»… und meine Gasmotoren faszinieren sie ja schon eine Weile.«

Bertha stöhnte hörbar und ungeduldig.

»Sie haben gerade spontan entschieden, dass sie darüber nachdenken, in meine Firma zu investieren.«

»Was?«, rief Bertha und hielt sich die Hand vor den Mund. Sie wollte die Kinder nicht wecken. »Was?«, wiederholte sie noch einmal fast flüsternd.

»Du hast schon richtig gehört«, sagte Carl stolz.

»Nicht schon wieder ein Investor«, stöhnte Bertha, worauf Carl zusammenzuckte, der sich eine andere Reaktion von ihr erwartet hatte.

»Aber Bertha, ohne Investoren treten wir immer weiter auf der Stelle und kommen wirtschaftlich nicht voran.«

»Ja, das befürchte ich auch. Aber ich befürchte noch mehr, dass es auch mit dem nächsten Investor schiefgehen wird, zum wiederholten Male.«

»Dieses Mal nicht.«

»Und wie kannst du dir deiner Sache so sicher sein? Du warst bei den anderen Malen auch felsenfest davon überzeugt, dass es gut gehen würde.« Bertha fürchtete, wieder in diesen verflixten Kreislauf zwischen Hoffen und Bangen zu geraten. Dann lieber ehrlich und allein arbeiten und das Geld verdienen, was man so erwirtschaften kann, als so von anderen abhängig zu sein oder gar über den Tisch gezogen zu werden. Als Carl gerade Luft holte, um ihr zu antworten, unterbrach sie ihn und rief ihm die vorangegangenen Desaster ins Gedächtnis.

»Mensch, Carl, die ganze Zeit, seit wir verheiratet sind, geht das schon so.«

Sie korrigierte sich. »Sogar schon vor unserer Hochzeit war das so. Nie ist genug Geld da. Erst muss ich meinen Vater anbetteln, damit du den Ritter auszahlen kannst, und dann braucht es noch eine ganze Zeit, bis die letzten Rechtsstreitigkeiten vorüber sind, weil dieser Lumpeseggel seinen Hals nicht voll genug kriegen kann.« Bertha redete sich in Rage. »Dann erwirkt dein Freund, dein Freund«, wiederholte sie zynisch und lauter, »einen Vollstreckungsbescheid, und wir müssen die Schande über uns ergehen lassen, dass ein Gerichtsvollzieher dir die ganze Werkstatt unter deinem Hintern wegzieht.«

»Aber Bertha …«

»Nichts ›aber Bertha‹, so war es doch. Oder etwa nicht? Im Garten pflanze ich Gemüse an, damit wir über die Runden kommen, ich stopfe wieder und wieder Löcher in den Kleidern der Kinder, drehe jeden Pfenning Haushaltsgeld zweimal um, nur um dir den Rest noch geben zu müssen, weil du wieder mal kein Geld hattest, um Material zu kaufen. Das alles ist ja noch zu verkraften gewesen, mein Lieber …«

»Aber Bertha …« Carl hatte seine Frau noch nie so erlebt.

»Aber die Erniedrigung einer Zwangsvollstreckung, das möchte ich nicht noch einmal erleben. Hast du mich verstanden?«

»Aber ja doch, deshalb will ich ja auch …«

»Und dann der Hoffotograf Bühler …« Bertha war in Wallung und ließ sich nicht mehr unterbrechen. »Hoffotograf Bühler«, wiederholte sie den Namen mit zynischer Bitterkeit in ihrer Stimme, »ja, das klingt nobel. Pah, ein elendiger Ladschi, ein regelrechter Sauhund war das. Hat sich erst bei dir eingeschleimt, welch gute Arbeit du verrichtest, hat dich regelrecht um den Finger gewickelt, hat dir Geld geliehen, und dann hat es nicht mal ein Jahr gedauert, bis er dir Flausen von einer Aktiengesellschaft in den Kopf gesetzt hat. Und dann hat er dich ruck, zuck aus der Firma herauskatapultiert. Einfach so, aus deiner eigenen Firma! Weil mein Carl ja lieber an seinen selbstfahrenden Wagen denkt, als Verträge zu lesen. Du willst dich einfach nicht um die geschäftlichen Dinge kümmern«, Bertha wedelte bedrohlich mit ihrem Zeigefinger vor seiner Nase. »Aber das gehört halt nun einmal dazu, Carl. Nicht nur das Erfinden. Ich weiß, dass du nichts lieber machst. Und versteh mich nicht falsch, ich denke auch, dass du da am besten bist, ein richtiges Käpsele bist du. Aber das bedeutet nicht, dass du nur erfinden kannst. Du hast eine Firma. Dann sorge auch dafür, dass du der Chef bist. Nicht so wie beim Bühler, der auf einmal fremde Leute in die Firma einschleust und großspurig eine Aktiengesellschaft gründet. Wann geschah das gleich?«, unterbrach sie kurz ihren Gedankengang.

»Letztes Jahr«, sagte Carl kleinlaut.

»Genau, letztes Jahr, achtzehnhundertzweiundachtzig«, betonte sie jede Silbe der Jahreszahl.

Damals war ihnen der Hoffotograf Emil Bühler zunächst wie ein Geschenk des Himmels erschienen. Er kam im Frühjahr 1881 in die Werkstatt, weil er für seine Abzüge recht große, hochpolierte Stahlplatten brauchte. Bisher hätten ihn noch alle enttäuscht – die Platten, die er bisher angeboten bekam, waren einfach nicht fein genug poliert oder es gab Kratzer auf den Platten. Carl konnte ihm die gewünschten Platten in wenigen Tagen in exzellenter Qualität liefern. Bühler zeigte sich tief beeindruckt und fasste Vertrauen in

Carls Können. Dann erkundigte er sich, was das denn sei, was da in seiner Werkstatt herumstände, und Carl erzählte ihm voller Begeisterung von seinem Gasmotor.

Bühler investierte in die Firma und zahlte Carl ein wöchentliches Gehalt auf Vorschuss für den Verkauf der Motoren.

Der Erfolg ließ nicht lange auf sich warten. Die ortsfesten Gasmotoren waren gefragt, die Qualität der gelieferten Waren wurde überall gelobt. Carl verbesserte die Motoren weiter, brachte es fertig, sie immer leistungsfähiger zu machen. Wo sie mit einer Pferdestärke angefangen hatten, brachten die Motoren bald zehn Pferdestärken hervor.

In diese Hoffnung hinein bekamen sie ein weiteres Kind. Thilde kam im Februar 1882 gesund zur Welt.

Aber dann ließen die Verkäufe nach. Der Verkäufer, den Bühler engagiert hatte, zog nicht genug Aufträge an Land. Der Hoffotograf bekam kalte Füße und erdachte eine List, um sich weiter an Carls Arbeit und den Motoren bereichern zu können, während Carl und Bertha für immer Lohnsklaven bleiben würden.

»Nur ein Jahr, nachdem ihr miteinander geredet habt, gründet ihr eine Aktiengesellschaft, die nicht einmal mehr deinen Namen trägt und an der du gerade mal ein bisschen mehr Anteile erhältst, als der Hoffotograf Bühler«, die letzten beiden Worte betonte sie wieder in sarkastischem Ton, »von dem Geld, das er dir geliehen hat und das du ihm dann umgehend mit den Anteilen, die für dich bestimmt waren, zurückzahlen musstest.«

»Das war halt damals so …«

»Und bei der Gründung des Unternehmens wählen die dich nicht mal zum Vorsitzenden des Aufsichtsrats, wie es sich gehört hätte, sondern wen? Den Bruder des werten Bühler, einen Käsehändler! Konsequenz: Wieder war alles weg!

Und deine Pläne und Zeichnungen sind in der Zwischenzeit schon lange in der neuen Fabrik, und da hattest du plötzlich keinen Zugriff mehr.« Bertha holte tief Luft.

»Also, die alten Zeichnungen und Gussmodelle hatte ich schon noch«, versuchte Carl, das Elend wenigstens etwas kleiner zu machen.

»Ja, und? Was für einen Unterschied hat das denn gemacht?!« Bertha platzte vollends die Hutschnur, sie brüllte regelrecht, wie sie es noch nie vorher getan hatte. Sollten die Kinder halt wach werden und heulen. Es musste einfach raus, was sich über all die Jahre so angestaut hatte, der ganze Frust, die Erniedrigungen, die Angst vor dem Sturz in die unkontrollierbare Armut. Das musste Carl jetzt aushalten.

»Praktisch war es doch dasselbe wie nach der Zwangsvollstreckung siebenundsiebzig. Es war genauso eine Zwangsvollstreckung, nur dieses Mal von innerhalb der Firma anstatt von einem Gläubiger außerhalb. Wieder war kein Geld mehr da. Unsere Jüngsten tragen die Kleider der Älteren auf. Ich würde Klara und Thilde gern mal richtige Mädchenkleider kaufen, verstehst du das?!«

Bertha fühlte sich machtlos. Sie ballte ihre Fäuste, grummelte laut und schüttelte den Kopf, während sie voller Wut lautstark ausatmete. Ihr kamen die Tränen.

»Ach, meine liebe Bertha«, sagte Carl leise und nahm sie zärtlich in den Arm. Bertha trommelte in ihrem Frust ein paarmal mit ihren Fäusten gegen seine Brust, ließ sich dann aber in den Arm nehmen. Carl ließ es über sich ergehen.

»Es tut mir so leid, meine Liebste.« Er hielt sie fest, und Bertha schlang ihre Arme um ihn.

»Ich bin es einfach so leid, ich bin so müde«, sagte sie durch ihre Tränen hindurch. »Ich bin so müde …«

»Ich weiß«, versuchte Carl, sie zu beruhigen, »ich weiß ja, und es tut mir unendlich leid, dass ich dir bisher kein besseres Leben habe bieten können.«

Sie legte ihren Kopf an die Brust ihres groß gewachsenen Mannes.

»Und eigentlich begreife ich jetzt erst, wie sehr dich diese Situation bedrückt.« Er musste schlucken. »Sei versichert, dass ich alles tun werde, damit sich unsere Situation endlich bessern wird. Sodass du bald wieder fröhlich auf dem Ring flanieren gehen kannst, wir wieder ins Theater gehen und auf Bällen ausgelassen tanzen können. Nichts lieber wünsche ich mir, als dich glücklich zu sehen, verstehst du? Ich liebe dich doch, Bertha, ich liebe dich doch über alles.«

Bertha hatte sich etwas beruhigt, schluchzte nur noch ab und zu.

»Ja, ich weiß«, sagte sie leise, »ich liebe dich auch, Carl.« Sie seufzte. »Es geht mir dabei gar nicht so sehr um mich. Ich denke vor allem an die Kinder. Sie sollen unbesorgt aufwachsen, eine gute Bildung bekommen, ein gutes Handwerk lernen oder vielleicht sogar studieren können, so wie du.«

»Ja, das möchte ich auch«, sagte Carl, auch ihm standen Tränen in den Augen.

»Und ich sehe, wie du dich mühst, wie du schuftest, um Geld für deine Familie zu verdienen, um uns glücklich zu machen. Ich sehe auch, dass du das Geld nicht in der Gastwirtschaft verplemperst oder dich einfach hängen lässt. Ich sehe auch deinen Kampf, und es tut mir weh, dich so zu sehen.«

»Ach«, brachte Carl nur noch ergriffen heraus, und sie ließen beide still ihre Tränen laufen.

»Also gut«, sagte Bertha nach einer Weile, und sie lösten langsam ihre Umarmung. Sie schaute zu ihm hinauf, nahm sein Gesicht zwischen ihre Hände und wischte ihm mit den

Daumen die Tränen von den Wangen. »Dann erzähl mal von deinem Gespräch heute mit Eßlinger.«

»Meinst du wirklich?«, fragte Carl. »Weißt du, wenn es dir lieber ist, dass wir nichts riskieren, dann lassen wir das so.«

»Nein, nein, komm schon, erzähl ruhig. Mir geht es schon wieder besser.«

»Ach, es ist nicht so wichtig.«

»Natürlich ist es wichtig. Außerdem geht es ja wohl die Kinder und mich ganz direkt an. Also los.«

Carl räusperte sich. »Na ja, der Eßlinger und der Rose sagten, dass sie schon länger ein Auge drauf hätten, was ich so mache. Schließlich würde ich ja immer meine Sachen bei ihnen kaufen. Sie haben auch schon einige Kunden zu mir geschickt, und die seien alle sehr zufrieden mit meinen Lösungen gewesen und hätten die Qualität meiner Arbeit gelobt.«

»Du bist ja auch ein außerordentlicher Ingenieur und Handwerker. Wenn die Welt das nur endlich sehen würde.« Sie strich ihm liebevoll über die Wange.

»Danke«, sagte Carl ergriffen, nahm ihre Hände und küsste die Innenflächen. »Ach, Bertha …« Er konnte nicht verhindern, dass ihm wieder Tränen über die Wangen liefen, »es tut mir so leid.«

»Ist schon in Ordnung, Carl, hörst du, ist schon in Ordnung. Wir bekommen das zusammen hin, so wie wir alles bisher zusammen hinbekommen haben.«

Sie küssten sich zärtlich. Ihre Lippen zitterten.

»Und weiter?«, fragte Bertha. Ihr Wutanfall war verraucht, sie war nun wieder ganz die praktische Frau, die wusste, dass es ihr oblag, den Laden zusammenzuhalten.

»Na ja, sie sehen meine Mühe und meinen Einsatz und dass ich es alleine ohne Geld nicht schaffe, mehr daraus zu machen.«

»Die anderen haben dein Talent und deine Arbeitskraft auch gesehen, Carl. Deshalb haben sie investiert. Aber was ist der Unterschied zwischen einem Rose und einem Eßlinger auf der einen und einem Bühler auf der anderen Seite?«

»Eßlinger und Rose sind vom Fach.«

Bertha fand Carl überzeugend. Es schien einen großen Unterschied zu seinem Kompagnon Ritter sowie zu dem Bühler zu geben. Vielleicht war mit diesen beiden ja tatsächlich gut Kirschen essen.

»Dann könnte ich mit der Firma endlich wieder größere Brötchen backen und müsste nicht dauernd nur Kleinaufträge annehmen. Ich könnte Maschinen kaufen und an meinem selbstfahrenden Wagen arbeiten ...«

»Jetzt bleib aber mal auf dem Teppich, Carl«, unterbrach Bertha ihn. »Das ist nicht der Moment, um dich in alle möglichen Schwärmereien über deine Arbeit zu ergießen. Erst mal müssen wir schauen, ob die beiden überhaupt zu deiner Firma passen, ob ihr drei zueinanderpasst.«

»Das glaube ich schon«, sagte Carl, »so, wie wir bei meinen Besuchen dort über das Geschäft reden ... Vor allem aber ist der Rose ein geborener Verkäufer, und genau damit tue ich mich so schwer. Und der Eßlinger weiß viel über Metall und das Schmiedehandwerk.«

Bertha überlegte kurz.

»Und woher weißt du, dass Rose ein geborener Verkäufer ist und der Eßlinger alles über sein Handwerk weiß?«

»Ich habe gehört, wie der Rose Verkaufsgespräche geführt hat. So könnte ich das nie. Und ich sehe ja, wie ihre Firma floriert, was sie alles machen. Außerdem fährt er als einer der wenigen in Mannheim Veloziped, genau wie ich.«

»Oh, Carl, das kann doch nicht wirklich dein Ernst sein? Nur weil ihr beide gern Velo fahrt, heißt das noch lange nicht, dass er ein guter Verkäufer ist.« Augenblicklich waren Berthas Ängste bezüglich Carls Naivität wieder erwacht.

»Doch«, widersprach Carl, »weil er nämlich weiß, wovon er redet, wenn er verkauft. Er versteht die Technik, die dahintersteckt. Und so jemand braucht es. Er ist kein Schaumschläger, er versteht wirklich, was für eine Maschine da vor ihm steht, und das kann dem Verkauf meiner Motoren nur guttun.«

Das sah Bertha ein. »Und Eßlinger?«

»Mit dem kann ich über alles reden, wenn es um Bleche und ums Herstellen geht. Fast so wie mit dir, wenn ich wieder mal ein technisches Problem habe.« Er lächelte vorsichtig.

»Ich muss zugeben, das klingt nicht schlecht«, sagte sie. Das schien unter Umständen doch eine andere Sache zu sein als bei den vorigen Investoren.

»Und warum genau wollen sie bei dir einsteigen?«

»Sie sehen die Qualität meiner Gasmotoren und auch das Potenzial, das darin liegt.«

»Und weil sie sehen, wie und was du bei ihnen einkaufst, ist ihnen natürlich schon lange klar, dass wir nicht genügend Geld haben, um die Sache größer anzupacken.«

»Ja, und genau das möchten sie ändern, sodass wir in Zukunft viel mehr Motoren verkaufen können.«

»Und dein Lieblingsprojekt?« Bertha sah Carl noch immer oft über Skizzen und technischen Zeichnungen seines selbstfahrenden Wagens sitzen. Manchmal kam er mit einem kleineren Werkstück nach Hause und erklärte ihr Sinn und Zweck und wie er es in solch einen Wagen einzubauen gedachte.

»Solange wir genügend Motoren verkaufen, werden die beiden zufrieden sein, und dann wird sich dafür schon Zeit finden.«

»Dein Wort in Gottes Ohr, Carl.« Bertha war sich da noch nicht so sicher. Ihre Erfahrungen waren andere. Sie wollte nicht, dass sich Carl wieder gänzlich blauäugig an irgendwelche Investoren band, denen es vor allem um ihren eigenen Geldbeutel ging und die Carl nur aussaugen wollten wie eine dieser modernen Zitrusfrüchte, die es neuerdings in den Kolonialwarenläden gab. Diesen Herren Investoren war es gänzlich egal, wie es ihrem Mann und seiner Frau, seiner Familie erging. Solange Carl nur fleißig produzierte und erfand, was sich verkaufen ließ, und sie selbst damit einen Batzen Geld verdienen konnten.

»Also gut.« Bertha hob den Zeigefinger. »Aber nur unter einer Bedingung.«

»Eine Bedingung?«

»Dieses Mal werde ich bei den Verhandlungen mitdenken und mitreden. So habe ich die Kontrolle und kann sichergehen, dass die Verträge so gestaltet sind, dass du nicht wieder ausgenutzt werden kannst und wir am Ende wieder mit weniger als nichts dastehen und der einzige Besucher in unserem Haus der Gerichtsvollzieher ist. Ist das klar?«

Der letzte Satz klang etwas härter und schärfer, als sie gewollt hatte. Aber schaden konnte es auch nicht. Sie wollte dafür sorgen, dass Carl sich nicht noch einmal so übel übers Ohr hauen ließ. Er war einfach zu naiv, zu gutgläubig für die harte Geschäftswelt. Bertha schien es manchmal, als wäre er in Sachen Verträge nicht ganz bei sich, als könne er überhaupt nicht erfassen, was da beschlossen wurde und was er daraufhin so alles unterschrieb. Dieses Mal wollte sie von vornherein mitbestimmen.

»Aber wie stellst du dir das vor, Liebes? Du kannst doch schlecht mit am Verhandlungstisch sitzen.«

»Wieso nicht? Es geht schließlich um mein Geld, das du verloren hast und das es wieder zurückzuverdienen gilt.«

»Aber was sollen der Rose und der Eßlinger dann denken?«

»Wieso? Was sollen sie denken?«, fragte Bertha, als ob sie das nicht wüsste.

»Du weißt, ich liebe dich, aber eine Frau bei einem Investorengespräch, also …«

»Also was?«

»Die würden denken, dass ich so etwas gar nicht kann, dass ich nicht Manns genug wäre, die Verhandlungen selbst zu führen und alleine eine Entscheidung zu treffen.«

»Und, ist das so?« Bertha blickte ihn auffordernd an.

»Natürlich nicht …«, sagte Carl, doch seine Schultern sackten dabei nach unten. Er war sich durchaus darüber im Klaren, dass Bertha diejenige war, die in diesen Dingen viel besser für sie beide einstehen und ebenso besser mit Geld umgehen konnte.

»Na also.« Bertha ließ nicht locker. »Wenn die meinen, eine Frau sei nur zum Feilschen auf dem Markt gut, haben sie sich geschnitten. Ich werde denen schon zeigen, dass eine Frau sehr wohl verhandeln kann, und zwar auch im Geschäftsleben. Das wäre doch gelacht!«, sagte sie und schnaubte.

»Also ich weiß nicht.«

»Was weißt du nicht, Carl? Ob sie das gutheißen würden, eine Frau am Verhandlungstisch?« Sie stemmte ihre Arme in die Seiten und schaute ihn herausfordernd an. »Ehrlich gesagt ist es mir schnurzpiepegal, was die Herren Rose und Eßlinger darüber denken mögen. Mir geht es darum, dass wir nicht schon wieder übers Ohr gehauen werden. Verstehst du?«

»Ja schon, Bertha, ab…«

»Das hab ich nämlich so unglaublich satt, das kannst du dir gar nicht vorstellen.« Bertha merkte, wie sie sich schon wieder in Rage redete. »Das ist vielleicht unsere letzte Chance, wenn es denn überhaupt eine werden sollte, das werden wir ja schließlich erst bei den Verhandlungen sehen, nicht wahr?! Und die will ich nicht verpassen, nur weil ich eine

Frau bin. Wenn die beiden mich nicht für voll nehmen, sind sie es auch nicht wert, in unsere, hörst du, *unsere* Firma investieren zu dürfen.«

Carl wusste, dass er Berthas kleiner Donnerrede nichts mehr entgegenzusetzen hatte. Sie hatte ja recht. Er hob die Augenbrauen, schloss seine Augen und schüttelte leicht mit dem Kopf. Es war wohl die beste Lösung.

»Also gut, so machen wir's.«

11

Am 1. Oktober 1883 wurde der Vertrag geschlossen und die Benz & Cie., Rheinische Gasmotorenfabrik in Mannheim als offene Handelsgesellschaft mit ihren drei Gesellschaftern Carl Friedrich Michael Benz, Max Caspar Rose und Friedrich Wilhelm Eßlinger gegründet. Darauf hatte Bertha bestanden. Es sollte nicht wieder eine Aktiengesellschaft werden, bei der Carl ohne Weiteres an Einfluss, Rechten und Verdienst verlieren konnte.

Bertha insistierte, die beiden Herren zunächst informell persönlich kennenzulernen. Das ging am besten bei einem Essen, zu dem Carl die beiden nach Hause einlud. Bertha beobachtete die Herren und nahm während des Essens rege an der Konversation teil. Vielleicht hatten Rose und Eßlinger den Eindruck, dass sie beabsichtigte, sie zu testen. Bertha konnte sehr subtil sein, wenn sie nur wollte. Andererseits war es ihr auch egal, sollten sie doch denken, was sie wollten. Carl war an jenem Abend anfangs reichlich nervös. Die beiden Gäste würden ihr bescheidenes Heim sicher als ärmlich empfinden, und er befürchtete, dass Bertha allzu forsch vorpreschen würde mit ihren Fragen. Als er merkte, dass dem nicht so war, entspannte er sich zusehends, wurde selbstsicherer und verbrachte ebenfalls einen schönen Abend. Sowohl Rose als auch Eßlinger schienen Berthas Charme zu erliegen. Aber nicht nur das, sie waren beeindruckt, dass Bertha als Frau auch in technischen Fragen in der Konversation mithalten konnte. An dieser Stelle wagte Bertha den Vorschlag, dass sie bei den Verhandlungen nicht nur anwesend, sondern als gleichberechtigte Gesprächspartnerin teilnehmen würde. Das ging Rose und Eßlinger zunächst zu weit. Am Ende gelang es Bertha jedoch, den anfänglichen Widerstand zu brechen. Spätestens nachdem sie deutlich gemacht hatte, dass die Firma und das bisher Geschaffte ohne das Geld aus ihrer Familie gar nicht erst gegründet worden wäre, konnten Rose und Eßlinger nicht mehr umhin, sie mit an den Verhandlungstisch zu lassen.

Bertha hatte es geschafft. Sie sah, wie Carls Miene sich nach der Zustimmung der Herren deutlich aufhellte. Er hatte befürchtet, dass die beiden ihn aufgrund dieses Vorgehens nicht mehr ernst nehmen würden, als Mann und als Unternehmer. Nachdem Bertha sie aber überzeugt hatte, war er regelrecht stolz auf seine Frau.

»Ich glaube, mit diesen beiden können wir es wagen, in See zu stechen«, gab Bertha ihre Zustimmung, nachdem sich die Herren voll des Lobes für das gute Essen, die wohlerzogenen Kinder und den angenehmen Abend verabschiedet hatten. Carl fiel sichtlich ein Stein vom Herzen.

Ziel der Firma war es, so wurde festgelegt, Verbrennungs-Kraftmaschinen nach den Plänen von Carl Benz herzustellen. Auch auf diese Formulierung hatte Bertha bestanden. So war eindeutig und unmissverständlich, was den Ursprung der Firma darstellte, und dass der Zweck, dem sie diente, ohne ihren Mann praktisch gegenstandslos sei.

Auch die Aufteilung der drei Männer innerhalb der Firma war klar umschrieben. Carl wäre zuständig für die Entwicklung und Produktion der Motoren, Eßlinger stellte hierfür das nötige Kapital bereit, und Rose würde sich um den Verkauf der Motoren kümmern.

Laut Eintrag im Handelsregister war Eßlinger alleine zeichnungsberechtigt, Rose und Carl jeweils gemeinsam. Diese Idee fand Bertha zunächst nicht so gut, doch überzeugte Eßlinger sie schließlich, dass es immerhin sein Geld sei, das investiert würde. Außerdem, so ihre Überlegung, war es vielleicht kein Fehler, wenn ihr Gatte nicht ohne Weiteres viel Geld auf einmal ausgeben konnte.

Nun gab es also wieder eine Firma mit neuen Teilhabern, oder besser Gesellschaftern. Die beiden hatten nicht zu viel versprochen. Eßlinger stellte, wie abgesprochen, das Geld bereit, das Carl für den Kauf von Maschinen und den Lohn der neu anzuheuernden Arbeiter brauchte. Max Rose erwies sich geradezu als Verkaufsgenie. Die Firma lief vom Start weg gut an, so gut sogar, dass sie in kurzer Zeit auf fünfundzwanzig Arbeiter anwuchs und ein zweiter Werkstattschuppen gebaut werden musste.

Bertha half, so gut sie konnte, versorgte die Arbeiter mit Kaffee und belegten Broten. Vor allem aber kümmerte sie sich um die Ausgaben- und Einnahmebücher und schrieb Rechnungen.

Dass sie die Kinder in die Werkstätten mitnahm, störte keinen. Die fünfjährige Klara verhielt sich still, und der neueste Nachwuchs der Familie, Thilde, lag meist zufrieden schlafend im Kinderwagen. Die beiden Jungs dagegen, sie waren schon zehn und neun, waren nicht zu halten. Sie fragten ihrem Vater und den Arbeitern Löcher in den Bauch, wollten alles wissen und selbst ausprobieren. Häufig durften sie den Männern sogar zur Hand gehen, was sie nicht einmal ungeschickt taten, wie Bertha feststellte.

1887

September

12

Schon kurz nachdem 1883 die neue Firma mit Rose und Eßlinger gegründet worden war, verkaufte Rose die stationären Benz'schen Gasmotoren wie am Schnürchen.

Zum ersten Mal in ihrem Leben mit Carl brauchte sich Bertha nicht jeden Tag Sorgen wegen des Geldes zu machen. Carl schlug ihr sogar vor, eine Zugehfrau einzustellen, die sie im Haushalt etwas entlasten könnte. Bertha liebte ihren Mann noch mehr, wenn er in seiner ganzen Unbeholfenheit doch so fürsorglich sein konnte. Zunächst konnte sie sich nicht vorstellen, jemand Fremden in ihrem doch so kleinen Haus zu haben. Ihre Mutter hatte auch nie eine Zugehfrau gehabt, obwohl sie neun Kinder hatte, nicht nur vier.

»Zu Hause wart ihr drei Ältesten aber Mädchen und habt tüchtig im Haushalt mitgeholfen«, erinnerte sie Carl, »unsere zwei Jungs treiben sich halt lieber in der Werkstatt herum und haben mit dem Haushalt sowieso nichts am Hut.«

Das sah Bertha ein, und nach all den Jahren der Mühen und Ängste ließ sie sich doch überreden, die Hilfe anzunehmen. Und sie war froh darüber. Nicht nur waren ihre Geldsorgen verflogen. Sie hatte mehr Zeit für die Kinder, und darüber hinaus konnte sie den Einkaufs- und Verkaufsbüchern der Firma mehr Aufmerksamkeit widmen. Carl würde das nicht tun, das wusste sie. *Umso wichtiger ist es, dass ich die Übersicht behalte,* dachte sich Bertha. Wenn je etwas schiefgehen würde, könnte sie noch rechtzeitig gegensteuern, war ihre Hoffnung.

Dass sie beim Haushaltsgeld weiterhin auf jeden Kreuzer achtete, konnte sie einfach nicht lassen. Zu prägend waren die Jahre, in denen sie jeden Groschen zweimal umdrehen musste.

Die Firma wuchs und wuchs. Bertha sah, wie sich die drei Kompagnons trefflich ergänzten und das Beste aus der Firma herausholten. Carl verbesserte seine Motoren immer weiter, Max Rose war der geborene Verkäufer, und Friedrich Wilhelm Eßlinger zögerte nicht mit Investitionen.

»Warum sollte er auch?«, meinte Bertha trocken, als Carl ihr dankbar erzählte, wie anders es doch mit Rose und Eßlinger zuging. »Die Firma platzt so langsam aus allen Nähten, macht immer größere Umsätze und wirft ordentlich Gewinn ab.«

Noch im Jahr der Firmengründung kam Carl mit einer grandiosen Lösung für das ewig nervige Problem: Endlich konnte er die Zündung zuverlässig gestalten. Hierfür war kein offenes Feuer mehr nötig, denn die Entzündung des Gasgemischs fand im Zylinder statt. Das erhöhte die Sicherheit bei der Verwendung der Gasmotoren enorm und machte sie so auch in kleineren und vor allem geschlossenen Räumen verwendbar. Rose war begeistert. Dadurch konnte er auch kleinere Firmen für die stationären Motoren begeistern.

Nicht mehr nur die großen herstellenden Betriebe konnten mit den Benz'schen Motoren, über große und kleine Antriebsriemenscheiben, die über dicke Gurte mit dem Motor verbunden waren und sich so in unterschiedlichen Geschwindigkeiten drehten oder in Leerlauf geschaltet werden konnten, arbeiten. Auch für kleinere Handwerksbetriebe war die Verwendung dieser Art Motoren für Schleifmaschinen, große Schmiedehämmer, Walzen und alle anderen Werkzeuge und Maschinen, die einen Antrieb nötig hatten, möglich, was die Arbeit erträglicher und vor allem effizienter gestaltete.

Im darauffolgenden Jahr, 1884, bekam Carl in Frankreich und Amerika neue Patente zugesprochen, und wieder ein Jahr später gewannen die Gasmotoren vom System Benz von einer bis fünfzig Pferdestärken eine silberne Medaille bei der Weltausstellung in Antwerpen.

Die Werkstätten in T6 und ihre Mitarbeiter gerieten langsam an den Rand ihrer Auslastung, um die stetig wachsende Nachfrage nach den als außerordentlich zuverlässig und robust gebauten stationären Gasmotoren zu bedienen. Allen war klar, dass sie ein größeres Areal benötigten. Eßlinger hielt Ausschau und kaufte 1886 ein dreimal so großes Grundstück in der Waldhofstraße in der Neckarvorstadt.

»Dann müssen wir auch umziehen«, sagte Bertha, als Carl ihr die Pläne für die Waldhofstraße mitteilte.

»Eßlinger hat schon zugestimmt, dass wir mit der Familie auf dem Werksgelände wohnen können.«

»Aber dann in einem richtigen Haus, mit genug Platz für uns alle, genügend Kinderzimmern, und einer richtigen Küche, die einfach nur Küche ist, also mit separatem Ess- und Wohnzimmer.«

Carl strahlte sie an. »Aber selbstverständlich, dieses Mal ist es keine Notlösung mehr. Dieses Mal können wir uns etwas leisten. Und ich möchte nichts lieber, als dass du es schön und gemütlich hast in unserem neuen Zuhause. Das hast du dir nach all den Jahren der Entbehrung ja auch redlich verdient.« Er zwinkerte ihr zu. »Und weißt du was, ich habe mich auch schon nach diesen neuen Badezimmern umgeschaut, in denen fließendes Wasser aus Wasserhähnen kommt, und nach diesen neumodischen Wasserclosetts, die sie in England erfunden haben.«

»Ach, mein Carl, immer das Neueste vom Neuesten.« Bertha lächelte und schüttelte den Kopf. Sie wusste ja um die Verspieltheit und Neugier ihres Mannes für alles, was neu war. Wie gut, dass er diese Vorlieben auch zum Wohle der Familie einsetzen wollte. Aber wollte sie wirklich weiter auf dem Werksgelände wohnen? Mit dem Wachstum der Firma wurde es zunehmend betriebsamer und lauter auf dem Gelände. Wurde es für die Kinder dann nicht zu gefährlich, überall herumzutoben?

Carl wischte ihre Bedenken beiseite. »Wir können eine deutliche Grenze zwischen Privatbereich und Firma ziehen. Dann wissen die Kinder, wo sie spielen dürfen und wo sie vorher fragen oder wenigstens gut aufpassen müssen.«

»Ich kann mir schon denken, warum du gerne wieder auf dem Werksgelände wohnen möchtest.« Bertha schaute ihren Mann schelmisch an.

»Aber ich bitte dich, ein Fabrikeigentümer hat im Idealfalle auf dem Gelände zu wohnen, sodass er immer ansprechbar ist, falls es Probleme gibt.«

»Durchaus ein gutes Argument. Aber du willst die Möglichkeit behalten, einfach am Abend oder frühen Morgen an deiner Lieblingsbastelei zu tüfteln, stimmt's?«

»Na ja«, gab Carl zu, »so ganz von der Hand zu weisen ist das natürlich nicht …«

Bertha lachte. »Schon gut, Carl, es freut mich ja, wenn du glücklich bist, und ich weiß, dass dieses Projekt genau dafür sorgt.«

Carl strahlte sie an, sichtlich froh, dass sie ihm diese verrückte Idee noch immer gönnte.

»Kommst du mit deinem selbstfahrenden Wagen in letzter Zeit ein bisschen voran?«, wollte Bertha wissen.

Sie wusste, dass Carl kaum zu stoppen war, wenn er erst mal anfing, über sein Langzeitprojekt zu erzählen. Schon bei einer ihrer ersten Begegnungen hatte er Bertha davon erzählt, dass er einen Wagen konstruieren wollte, in dem eine Maschine den Antrieb übernahm, kein Pferd mehr nötig sei und der Fahrer nur in der Kutsche sitzen und lenken musste. Verrückt fand sie das, so wie alle anderen auch. Aber als er sie Zeichnungen und später auch erste Bauteile sehen ließ und ihr Details erklärte, glaubte sie immer mehr daran, dass ihr Mann das schaffen könnte. Wer weiß, dachte Bertha, vielleicht würde er damit tatsächlich die Welt verändern, wie er ihr immer vorschwärmte. Manchmal, wenn sie nebeneinander im Bett lagen und die Möglichkeiten eines solchen selbstfahrenden Wagens erträumten, erschrak Bertha beinahe, wenn sie immer deutlicher vor Augen hatte, was sich alles verändern könnte. Man bräuchte keine Pferde mehr zu halten oder sich darum zu kümmern, woher man welche bekäme. Ein selbstständig fahrender Wagen wäre Tag und Nacht bereit. Aber dafür müsste er zuverlässig arbeiten, man müsste alles tun können, was man auch mit einem Pferdefuhrwerk bewerkstelligt bekommt, und vor allem müsste so ein Wagen größere Strecken fahren können. Bei den Pferdefuhrwerken war das kein Problem, die Pferde brauchten nur regelmäßig eine Pause. Die Verpflegung mit Hafer und Wasser fand man zwar in jedem Dorf, aber nicht zu jeder Uhrzeit. Carl schwärmte, dass man mit seinem Wagen, wenn er erst mal fertig sei, vollkommen unabhängig wäre. Von der Zeit, den Pferden, eigentlich von allem.

»Und das Wetter ist uns dann auch egal«, träumte Bertha mit ihrem Mann mit, »ob kalt oder warm, ob Regen oder Sonnenschein, wir sitzen auf dem Wagen und fahren einfach das faltbare Dach aus, wenn wir es brauchen. Kein Pferd mehr vor uns, das wir bemitleiden müssten.«

Sie liebte diese Abende, wenn sie Arm in Arm nebeneinanderlagen und sich so ihren Gedanken hingaben. Mit der

Zeit war der Traum ihres Mannes keine abwegige Idee mehr für sie, sondern zunehmend eine tatsächliche Möglichkeit.

Manchmal überkamen Carl Zweifel, doch Bertha bestärkte ihn jedes Mal aufs Neue.

»Wer, wenn nicht du?!«, hatte sie nicht nur einmal zu ihm gesagt, wenn die Zweifel überhandzunehmen drohten.

Bertha genoss es zu sehen, wie ihre Kinder unter der neuen Situation aufblühten. Carl und sie hatten immer versucht, sie von den Geldproblemen fernzuhalten. Aber natürlich hatten vor allem die beiden Ältesten schon lange begriffen, dass bei ihnen im Vergleich mit ihren Schulkameraden und Freunden weniger möglich war. Sie trugen einfachere Kleidung, oft auch viel zu lange, und bekamen nicht so oft Fleisch zu essen wie andere Kinder aus ihrer Schule. Dafür hatten sie aber den Abenteuerspielplatz Werkstatt, den die anderen wiederum nicht bieten konnten. Bertha befürchtete, dass sie ihre Sorgen nicht immer vor den Kindern verschleiern konnte, und sie diese, ob sie wollte oder nicht, damit ansteckte. Nicht zuletzt waren der Besuch des Gerichtsvollziehers und das Leerräumen der Werkstatt auch für die Kinder offensichtlich gewesen. Sie war heilfroh, dass Carl meist ein frohes und unerschöpflich positives Gemüt hatte. Das machte für die Kinder vieles wieder wett.

Doch als die Augen ihrer Söhne und Töchter leuchteten, als sie zum ersten Mal das neue Haus betraten, die Treppe hinaufgingen zu den Schlafzimmern und wirklich begriffen, dass sie alle ein eigenes Zimmer bekamen, wurde Bertha klar, wie sehr sich auch die Kinder der früheren Situation bewusst gewesen waren. Beklagt hatten sie sich nie. Es war einfach, wie es war. Und jetzt war es anders.

Fröhlich hüpften sie durch alle Zimmer, meldeten lautstark, wo ihr Bett stehen solle und wo die Kommode für die

Kleider. Bertha und Carl folgten Arm in Arm und überglücklich ihren ausgelassenen Kindern vom einen in das nächste Zimmer.

»Uns wird es auch guttun, endlich ein Schlafzimmer für uns alleine zu haben«, flüsterte Bertha ihrem Mann zu und schmiegte sich an ihn.

»Dazu noch mit deutlich dickeren Wänden als bisher.« Carl lächelte und küsste sie.

1888

Juli

13

Es war eine trügerische Idylle, wie sich bald herausstellen sollte.

Eigentlich war Bertha am Nachmittag nur kurz vom Haus in die Fabrik hinübergegangen, um Carl ein paar Stückchen Kuchen zu bringen, die sie von einem Kaffeekränzchen übrig hatte. Doch schon weit vor der Tür zu seinem Büro konnte sie die lautstarken Stimmen der beiden anderen Kompagnons ausmachen. Es klang nicht gerade freundlich, was da an ihre Ohren drang, auch wenn sie aus der Entfernung noch nicht verstand, was sie sagten. Der Tonfall verhieß aber nichts Gutes, so viel war Bertha sofort klar. Urplötzlich sprang ihr Alarmmodus an, so wie es geschah, wenn ihre Kinder vor Schmerzen schrien, oder damals, als die Firma pleiteging und schnell gehandelt werden musste, bevor alles verloren war.

Sie wollte an die Tür klopfen, hielt jedoch im letzten Moment inne. *Erst einmal lauschen, warum die beiden so aufgeregt diskutieren und was so dringlich zu sein scheint,* dachte Bertha. Es war gar nicht ihre Art, vor geschlossenen Türen zu lauschen. Sie war vielmehr direkt, mochte es nicht, wenn hintenrum über Leute geredet wurde oder gar Gerüchte in die Welt gesetzt wurden, von denen niemand mehr wusste, woher sie stammten und ob sie wirklich der Wahrheit entsprachen. Aber wenn sie den Raum betrat, machten die Herren sicher sofort auf Schönwetter. Das würde die dunklen

Wolken aber letztendlich nicht vertreiben. *Nein, es ist das Beste, ich höre mir das hier von meinem Logenplatz aus an.* Dann wüsste sie wenigstens, was gerade gespielt wurde, und Carl brauchte ihr nichts schönzureden. Sie stellte den Kuchen auf einem Aktenschrank ab und hörte mit angehaltenem Atem zu.

»Das geht einfach nicht, Herr Benz, das müssen Sie doch einsehen«, hörte sie Friedrich Wilhelm Eßlinger auf Carl einreden. »Sie können Ihre Zeit ja gerne am Sonntag mit Ihrer verrückten Idee verplempern, wenn Sie möchten, aber nicht unter der Woche.«

»Und vor allem«, jetzt war Max Rose am Wort, »kann es einfach nicht angehen, dass Sie Material für Ihr komisches Projekt verwenden und obendrein auch noch Arbeiter dafür abziehen. Das kostet uns Umsatz, verstehen Sie? Umsatz!«

»Meine Herren, ich bitte Sie.« Bertha musste genau hinhören. Carl redete wesentlich leiser und echauffierte sich nicht so sehr wie seine beiden Geschäftspartner. »Ich verstehe ja, dass es durch meine Entwicklungsarbeit an einem selbstfahrenden Wagen hier und da nicht ganz so schnell geht mit der Entwicklung und Produktion der stationären Gasmotoren …«

»Eben, lieber Herr Benz, eben«, unterbrach ihn Max Rose, »wir brauchen Nachschub.«

»Und ständig neue Entwicklungen, Herr Benz. Ständig, verstehen Sie? Die Konkurrenz schläft nicht.«

»Was ich sagen wollte …« Bertha bewunderte Carl dafür, dass er so ruhig bleiben konnte, obwohl die beiden ihm so dicht auf die Pelle zu rücken schienen. Sie konnte sich regelrecht ausmalen, wie sie sich über dem Schreibtisch beugten, um, zusätzlich zur Lautstärke, ihren Argumenten noch mehr Nachdruck zu verleihen. Carl hob noch einmal an. »Was ich sagen wollte, ist, dass ich mit meiner Entwicklung durchaus an einer Neuigkeit arbeite. Einer Neuigkeit, die die Krönung meiner Erfindungsarbeit sein wird, Sie werden schon sehen.«

»Die Krönung Ihrer Erfindungsarbeit«, wiederholte Max Rose höhnisch, »dass ich nicht lache, Herr Benz. Menschenskinder, dieser selbstfahrende Wagen, wer soll den denn wollen?«

»Sie haben doch gesehen, dass sich dafür praktisch niemand interessiert«, sagte Eßlinger nicht weniger bissig. »Sie haben schon zwei Jahre ein Patent auf das Ding. Gut, zugegeben, Sie fahren damit ein paar Kilometer auf dem Ring hin und her und manchmal vielleicht ein bisschen weiter. Aber wie oft müssen Sie das Ungetüm unterwegs reparieren?«

»Oder nach einem Mechaniker schicken lassen, der uns dann wieder in der Firma fehlt?«

»Oder sich gar gleich abschleppen lassen müssen von einem Pferdefuhrwerk?«, fragte Friedrich Wilhelm Eßlinger in ironischem Tonfall und noch lauter als zuvor. Er schrie schon fast.

Carl konnte einem leidtun, dachte Bertha. Seine Kompagnons waren gerade dabei, die Grenze der Höflichkeit zu überschreiten. Und wenn sie einmal zu weit gegangen waren, so fürchtete sie, würde das unweigerlich zu einem Zerwürfnis führen, und Carl und sie müssten wieder von vorne anfangen. *Das passiert mir nicht noch einmal,* beschloss Bertha. *Wir können doch nicht öfter die Gesellschafter wechseln als Deutschland gegenwärtig seine Kaiser.*

»Ich entwickle den Wagen fortdauernd weiter, und Sie werden bemerkt haben, dass wir auf unseren kleinen Testfahrten immer weniger Hilfe von außen benötigen.«

»Aber immer noch von unseren Mechanikern. Ganz zu schweigen davon, dass Sie die ja auch zur Herstellung brauchen. Nochmals: Das kostet uns Zeit und Arbeitskraft für die ortsfesten Motoren, mit denen wir sehr wohl Geld verdienen«, unternahm Eßlinger einen neuen Anlauf, Carl von seinem Lieblingsprojekt abzubringen.

Er würde sein Steckenpferd nie aufgeben, das wusste Bertha. Wenn sie keinen Kompromiss fänden, sähe sie schwarz. Bertha wurde angst und bange. Carl war stur, wenn es um seine Erfindungen ging. Sie konnte aber auf der anderen Seite die anderen beiden Gesellschafter durchaus verstehen, die nur den Gewinn der Firma vor Augen hatten. Das war letztlich der Grund, warum sie sich mit Carl zusammengeschlossen hatten.

»Meine Herren«, ergriff Carl wieder das Wort mit fester Stimme. *Gut so,* dachte sie, *er lässt sich nicht in die Ecke drängen.* »Ich gebe zu, dass die Entwicklung bis zur vollständigen Reife meines selbstfahrenden Wagens länger dauert, als ich anfangs gehofft hatte …«

»Das kann man wohl sagen«, warf Max Rose entrüstet ein.

»… und dass mein zweites Modell nicht zu meiner Befriedigung verlief und uns sogar noch mehr Zeit gekostet hat …«

»Und jetzt in der Werkstatt vor sich hin rostet und Platz wegnimmt«, wieder war es Max Rose, der Carl ungeduldig unterbrach.

»Aber Sie werden sehen, dass das dritte Modell durchaus das Zeug hat, nicht nur gut zu funktionieren, sondern auch, Käufer zu finden.«

»Aber Herr Benz, mit allem Respekt, welche Käufer denn?«, fragte Rose ernst. »Wer will denn so was kaufen? Es macht einen Höllenlärm, es stinkt, und es hat nur drei Räder!«

»Warum sollten die Fuhrleute in Gottes Namen auf Pferd und Wagen verzichten?«, schlug Eßlinger in dieselbe Kerbe. »Sollen sie sich etwa stattdessen auf dieses komische Ding setzen und aus Vorsorge gleich eine ganze Werkzeugkiste mitnehmen, so wie Sie es ja auch immer machen müssen? Also wirklich Herr Benz, in allen Ehren, aber ich glaube nicht, dass man damit Geld verdienen kann.«

»Nein, verkaufen lässt sich so etwas nicht, da bin ich mir ziemlich sicher«, bestätigte Rose.

»Nun, wir werden sehen«, sagte Carl.

»Aber das ist doch genau der Punkt, Herr Benz«, antwortete Eßlinger. »Wir wollen das gar nicht erst sehen, verstehen Sie?«

»Unser großer Wunsch, nein, unsere dringliche Bitte an Sie wäre, dass Sie mit dieser Bastelei aufhören. Sie führt zu nichts und lenkt nur von der, und da möchte ich Ihnen an dieser Stelle auch unsere große Anerkennung aussprechen, hervorragenden Arbeit ab, die Sie für unsere gemeinsame Firma leisten.«

Bertha atmete durch. Immerhin fand Max Rose langsam wieder einen gemäßigteren und versöhnlicheren Tonfall. Das ließ die Tür für eine zukünftige Zusammenarbeit zumindest einen Spalt weit offen. Denn obwohl die beiden Männer dies mit keinem Wort direkt ansprachen, war Bertha klar, dass sie ihr Geld aus der Firma ziehen würden, wenn sich die Situation nicht ändern würde und sie irgendwo anders eine größere Chance sahen, ihre Investitionen zu vermehren. Vielleicht hatten sie sogar schon konkret darüber nachgedacht, fuhr es Bertha durch Mark und Bein. Das durfte nicht geschehen. Sie konnte es den Kindern nicht antun, dass sie aus diesem schönen Haus ausziehen und wieder in einer Art Baracke leben mussten. Sie selbst wollte das auch nicht mehr. Sie wollte nicht zurück in die Armut, in die dauernde Unsicherheit. Sie wusste auch, dass sie es war, die dafür eine Lösung finden musste. Carl war dazu nicht imstande.

Es hing viel davon ab, wie Carls Antwort ausfiel.

»Aber ich bitte Sie, Herr Rose, Herr Eßlinger«, hörte sie ihren Mann sagen, »wir hatten mit der Gründung der Firma abgesprochen, dass ich an der Erfindung und Herstellung eines selbstfahrenden Wagens weiterarbeiten darf.«

»Ja schon, aber …«

Carl ließ sich von Eßlingers Unterbrechung nicht stören.

»Ich verstehe aber auch Ihr Anliegen, wenn es mir auch recht kurzfristig betrachtet erscheint und es von wenig Weitsicht zeugt – was mich durchaus verwundert, habe ich Sie doch beide als Kaufleute kennengelernt, die weiter denken können als die meisten.«

Diese Spitze konnte er wohl nicht lassen, dachte Bertha und hoffte, dass die beiden nicht darauf anspringen und das Gespräch vollends entgleisen würde. Doch Carl ließ ihnen dazu gar keine Zeit.

»Deshalb schlage ich vor, dass ich in der Zukunft nur noch frühmorgens und spätabends meinem Lieblingsprojekt nachgehen werde.«

»Aber was wollen Sie denn da noch machen? In allen Ehren, Herr Benz, nach all diesen Probefahrten hat Ihnen jetzt sogar der Polizeihauptmann verboten, sich überhaupt irgendwo in Mannheim mit dem Knatterding auf die Straße zu begeben.« Friedrich Wilhelm Eßlinger gab nicht auf.

»Ich gebe zu, das ist ein temporäres Problem, aber wenn der Polizeihauptmann erst einmal einsieht, was die Stadt, ach, was sage ich, die ganze Welt an einem selbstfahrenden Wagen haben wird, wird auch das kein Hindernis mehr sein.«

»Eins muss ich Ihnen lassen, Herr Benz, Sie sind ein richtiger Sturkopf«, sagte Max Rose.

»Meine Herren, Sie kennen mein Lebensmotto: Beharrlichkeit führt zum Ziel. Und Sie kannten es von Anfang an. Was glauben Sie, wie ich sonst die Motoren erfunden und gebaut haben könnte, die wir hier auch zusammen, wie ich ausdrücklich betonen möchte, so erfolgreich herstellen und vertreiben?«

»Nun ja, da haben Sie wahrscheinlich nicht so unrecht«, lenkte Rose ein. Die Luft im Zimmer hinter der Tür schien Bertha nicht mehr ganz so dick, wie sie vor einigen Minuten noch war.

»Ach Herr Benz, Sie sind wirklich ein begnadeter Ingenieur, das möchte ich Ihnen ja gar nicht absprechen«, auch Eßlinger schien einzulenken, »aber ein Dickkopf sind Sie halt schon.«

»Also gut«, führte Rose das Gespräch zu einem Ende, »dann arbeiten Sie halt in Gottes Namen weiterhin an diesem Fahrding, von dem Sie nicht lassen können. Aber bitte beschränken Sie sich auf die frühen Morgen- und späten Abendstunden, wie Sie es gerade selbst vorgeschlagen haben.«

»Wenigstens solange dadurch Ihre Arbeitskraft für die Firma nicht beeinträchtigt wird«, schob Eßlinger hinterher.

Einen besseren Kompromiss würde Carl im Moment nicht herausschlagen können, dessen war sich Bertha bewusst. Sie hatte keine Ahnung, wie sie hierfür eine Lösung finden sollte, aber sehr wohl, dass dies der beste Zeitpunkt war, diese Diskussion zu beenden.

Beherzt klopfte sie an die Tür und trat in Carls Büro.

»Meine Herren, wir hatten drüben noch Kuchen übrig, und ich dachte, das würde Ihnen Ihren arbeitsamen Nachmittag etwas versüßen. Der Kaffee kommt auch gleich.«

TEIL III

Die Autofahrt

1888

1

Bertha hatte die halbe Nacht nicht geschlafen, und die andere Hälfte nur sehr unruhig. Sie wollte rechtzeitig wach sein, um noch vor Tagesanbruch aufzubrechen. Zum Glück schlief Carl wie immer tief und fest. So leise und vorsichtig wie möglich stieg sie aus ihrem Bett, inständig hoffend, dass sie Carl nicht wecken würde. Sie hatte einen Plan gefasst, von dem er so lange nichts wissen sollte, bis er nichts mehr daran ändern konnte. Er würde es ihr mit Sicherheit verbieten, wenn er etwas davon spitzbekäme, dessen war sich Bertha sicher.

Auf Zehenspitzen schlich sie aus dem Schlafzimmer. Ihre Kleider hatte sie schon am Vorabend heimlich in der guten Stube zurechtgelegt, als Carl bereits ins Bett gegangen war.

Heute sollte ihr Schicksalstag werden.

Ich werde verhindern, dass wir wieder in die Armut rutschen, nahm sich Bertha vor. *Ich werde uns aus dieser Zwickmühle zwischen Geldgebern und Traum befreien.*

Carl war halt der, der er war, und deshalb hatte sie sich in ihn verliebt. Er war ein Luftikus, der nichts mehr liebte, als an dieser kauzigen Idee eines selbstfahrenden Wagens festzuhalten. Eine Idee, die sie mittlerweile selbst faszinierend fand.

Aber das Maß war voll! Vor ein paar Tagen hatte sie entschieden, das Ruder herumzureißen.

Bertha war klar, dass Carl es nicht schaffen würde, den Knoten zu lösen. In dieser Ehe musste sie die Entscheidungen treffen. *Und genau das werde ich jetzt tun,* dachte sie.

Wie gut konnte sie sich noch an Situationen erinnern, als sie gerade verheiratet waren und er ihr im einen Moment fasziniert vorrechnen konnte, wie viel Kraft sein neu entwickelter Motor wohl produzieren könnte, und im nächsten Moment abschaltete, als sie über die gestiegenen Lebensmittelpreise sprach und darüber, dass sie mit dem Haushaltsgeld nicht mehr auskam. Es war, als befände sich Carl zwar noch körperlich vor ihr, aber wäre mit seinen Gedanken weit weg. Vielleicht rechnete er noch einmal die Motorleistung nach. Was auch immer, dachte Bertha, auf jeden Fall drang sie bei solchen Themen nicht zu ihm durch. Mehr als einmal hatte sie sich in den ersten Monaten ihrer Ehe in der Kammer eingeschlossen und ihren Tränen freien Lauf gelassen. Irgendwann hatte sie gemerkt, dass sie mit der Verantwortung, die sie selbst zu tragen hatte, auch ein Stück Freiheit gewann, die andere Frauen nicht hatten. Carl ließ ihr praktisch freie Hand.

Was sie nun vorhatte, ging über diese freie Hand weit hinaus. Wenn ihre Aktion schiefging, würde sie wahrscheinlich den größten Krach mit Carl erleben, den man sich nur vorstellen konnte. Davor grauste es ihr. Aber noch mehr grauste es ihr vor der Vorstellung, noch mal in eine Pleite zu schlittern, und Carl war – davon war sie fest überzeugt – gerade im Begriff, genau das geschehen zu lassen. Das galt es zu verhindern, komme, was wolle.

Bei jedem Schritt achtete sie darauf, dass die Dielen nicht knarzten. Sie zog sich rasch an, der dunkelrote Rock stand ihr gut, fand sie, ebenso die weiße, mit einer hübschen Kragenspitze versehenen Bluse. Dann weckte sie Eugen.

»Psst, Eugen, es ist so weit«, flüsterte Bertha, beugte sich über das Bett ihres Ältesten und berührte ihn sanft an der Schulter. Eugen drehte sich zu ihr, und sie sah, wie seine Augen vor Vorfreude funkelten.

Er kam bis auf seinen Mund mehr auf seinen Vater heraus, fand Bertha. Für seine fünfzehn Jahre war er schon recht selbstbewusst, war wissbegierig und konnte gut mit seinen Händen umgehen. Bertha musste in letzter Zeit jedes Mal innerlich lächeln, wenn sie ihn sah. Nach dem Stimmbruch vor ein paar Jahren, bildete sich seit Kurzem ein leichter Flaum auf seiner Oberlippe heraus. Seine Wangen waren nicht mehr so voll wie früher und zeichneten sich nun mehr ab. *Keine Frage,* dachte Bertha, *mein Sohn wird bald ein richtiger Mann werden.* Und manchmal benahm er sich auch schon so. Aber dann gab es auch wieder die Momente, wo er den behütenden Schoß seiner Mutter suchte.

»Wasch dich kurz und zieh dich leise an, wir treffen uns gleich unten bei der Tür«, flüsterte sie. Ihr Sohn nickte konspirativ, und sie ging auf Zehenspitzen ins nächste Zimmer zu seinem zwei Jahre jüngeren Bruder.

Richard kommt äußerlich sehr nach mir, stellte Bertha wieder fest. Er war zurückhaltender als sein älterer Bruder, etwas kleiner, aber ebenso schlank. Von einem beginnenden Bartwuchs konnte bei ihm noch keine Rede sein, und so schaute er sich interessiert die Veränderungen an, die bei Eugen vor sich gingen. Er war der sensiblere der beiden Jungen, aber nicht weniger intelligent. Während Eugen ohne Umschweife auf sein Ziel zuging, wartete Richard erst einmal ab, bevor er in Aktion trat oder etwas sagte. Dann hatte es aber auch meist Hand und Fuß. Seine offenen Augen musterten die Welt um ihn herum mit wachem, aber auch verschmitztem Blick. Er liebte die Geselligkeit, und dieser fröhliche Zug, bei aller anfänglichen Zurückhaltung, die er an den Tag legte, war ihm auch in seinem Gesicht abzulesen. Eugens Gesicht war doch meistens angespannter als das von Richard. Richard suchte schlaftrunken die Hand seiner Mutter. Bertha hielt sie kurz fest, machte ihm dann aber deutlich, dass er schnell aufstehen und sich leise ankleiden müsse.

Zum Glück hatten sie in diesem Haus eigene Schlafzimmer. Zu sechst in zwei Zimmern wie in dem Häuschen in T6 hätten sie sich nicht so einfach davonschleichen können.

Sie holte den Essenskorb aus der Küche, den sie gestern Abend vorbereitet hatte: belegte Brote mit Wurst und Käse und sogar drei Butterbrezeln. Sie hatte sich nicht lumpen lassen.

Während sie auf ihre Söhne wartete, ging sie in die gute Stube, nahm ein Blatt Papier und einen Bleistift und schrieb ihrem Mann ein paar Worte. Er sollte sich nicht erschrecken, wenn er aufstand und sie nicht im Haus antraf.

»Fahre zu meiner Mutter nach Pforzheim. Nehme Eugen und Richard mit.«

Wie sie gedachte, dorthin zu kommen, schrieb sie wohlweislich nicht.

Inständig hoffte sie, dass Carl sich gut um die Kleinen kümmern würde, so lange sie unterwegs wäre. Zudem wusste sie sie in der guten Obhut ihrer Zugehfrau und der anderen Hausbedienten.

Eugen und Richard hatten ihrem Vater schon den ganzen Sommer lang in den Ohren gelegen, dass sie eine Ausfahrt mit dem selbstfahrenden Wagen unternehmen wollten. Carl verbot es ihnen. Er hatte Angst, dass die beiden Buben mit einem Pferdefuhrwerk zusammenstoßen, in einen Graben fahren könnten oder schlicht und ergreifend durch draufgängerische Fahrweise die Leute erschrecken und gegen sie aufbringen würden. Er kannte schließlich seine Pappenheimer. Auch bei ihrer Mutter hatten sie es versucht. Natürlich sagte auch Bertha immer Nein.

Aber das war etwas anderes, fand sie. Erstens war sie dabei, und zweitens wurde es Zeit, dass Carls grandiose Erfindung endlich Käufer fand. *Sonst wird das ja nie was!*

Sie erschrak. Hatte sie das gerade laut gesagt oder tönte es nur so laut in ihrem Kopf? Sie hielt den Atem an und horchte. Aber das Einzige, was sie hörte, war ihr Herzschlag, der ihr bis in den Hals pochte. Und dann die leisen Schritte ihrer Söhne, die auf Socken die Treppe herunterkamen. Bertha atmete auf. Sie öffnete vorsichtig die Tür und schloss sie hinter ihnen genauso vorsichtig wieder. Bertha sah den Gesichtern ihrer Söhne an, dass sie sich enorm beherrschen mussten, um nicht laut jauchzend auf die Garage in der Werkstatt zuzurennen, in der sich der Patentwagen befand. Endlich wurde ihr Traum wahr, und sie würden eine Runde mit der Erfindung ihres Vaters drehen, auf die sie mindestens so stolz waren wie er selbst.

Alles lief wie am Schnürchen. Bertha hatte den beiden gestern eingebläut, wer was zu tun hätte, damit ihr kleiner Ausflug gelingen würde. Was sie ihnen nicht gesagt hatte, war, dass sie gleich für ein paar Tage wegfahren würden. Deshalb hatte sie auch eine Tasche mit Kleidern dabei.

Die beiden öffneten das Tor, hinter dem der Patentwagen stand, Bertha das Werkstor. Dann ging sie zurück und setzte sich auf den Patentwagen, um zu lenken. Eugen und Richard schoben den Wagen an seinen eisenbeschlagenen Hinterrädern mit den Holzspeichen langsam auf den Hof. Steine knirschten unter der Last des Wagens.

»Macht so wenig Krach wie möglich«, flüsterte sie den beiden zu. Sie befürchtete, dass Carl aufwachen und sie im letzten Moment stoppen würde. Deshalb hatte sie mit ihren Söhnen abgesprochen, dass sie den Wagen schieben würden, bis sie außer Hörweite wären, oder zumindest so weit weg, dass Carl sie nicht mehr einholen konnte, wenn sie erst einmal losgefahren waren.

Als sie das Werkstor hinter sich gelassen und wieder geschlossen hatten, konnten sich die Jungen nicht mehr halten und feixten vor Glück.

»Still!«, ermahnte Bertha halb flüsternd, halb rufend, »wir sind noch lange nicht außer Hörweite. Also schiebt weiter, bevor ihr euch zu früh freut.«

Sie lenkte den Wagen nicht auf die Durchgangsstraße, sondern auf die kleine Stichstraße Richtung Norden. Dort würden sie weniger Leute hören, wenn sie den Wagen starteten. Denn sein Gepuffe und Geknalle würde die Stille der Nacht unvermeidlich zerreißen.

»In Ordnung«, sagte Bertha leise und erlöste die beiden, die schon ins Schwitzen gekommen waren, »ich glaube, wir sind jetzt weit genug weg.«

Die Jungen waren froh, dass es endlich losgehen sollte.

»Eugen, du füllst das Ligroin in den Vorratsbehälter, aber sei vorsichtig! Du weißt, wie gefährlich das Zeugs ist. Richard, du fettest die Kolbenstange ein.« Das Herz schlug Bertha bis zum Hals. Die Spannung stand ihr ins Gesicht geschrieben, inständig hoffend, dass der Wagen anspringen würde, sonst wäre all die Aufregung, die Vorbereitung, das ganze Vorhaben umsonst. Richard und Eugen wären außerdem maßlos enttäuscht. Es musste einfach klappen.

»Fertig«, flüsterten beide fast gleichzeitig. Bertha musste innerlich lächeln, als sie die erregt bebenden Stimmen ihrer beiden Großen hörte. Wie enorm sie sich auf das Abenteuer freuten und ihre Freude nur durch fast geschlossene Lippen herauspressen konnten, damit sie nicht laut jauchzend aus ihnen herausplatzte. Und dabei hatte sie den beiden noch nicht einmal die ganze Wahrheit erzählt. Sie wussten ja noch nicht, dass sie auf eine wirkliche Reise gehen würden. Zum ersten Mal nicht mit dem Zug, sondern ganz auf sich alleine gestellt mit dem selbstfahrenden Wagen ihres Vaters. Während dieser friedlich schlummerte und wahrscheinlich gerade im Traum versuchte, den Wagen noch perfekter zu machen, bevor er sich unter Umständen vielleicht irgendwann einmal trauen würde, damit eine größere Fahrt zu unternehmen. *Nun,* dachte Bertha, *das Träumen hat ein Ende!*

Sie schob den Gemischschieber links unter der Sitzbank nach vorne. An so einem warmen Morgen, es hatte sich in der Nacht fast nicht abgekühlt, wird der Motor nicht so viel Luft brauchen, dachte Bertha und schob ihn nur ein klein wenig nach vorne, sodass das Metallrohr nur einige der eingestanzten Löcher freigab, durch die die Luft angesaugt werden konnte.

Bertha richtete sich auf, drückte ihren Rücken durch, umfasste mit der rechten Hand den Lenkhebel und mit der linken den Schalthebel. Sie atmete tief durch.

»Eugen«, sagte sie bestimmt, »das Schwungrad.«

Für Richard war dies das Signal, seinen Platz Bertha gegenüber auf der vorderen Sitzbank einzunehmen. Die beiden schauten sich gespannt an, als Eugen auf die rechte Seite des Wagens lief, sich mit seiner linken Hand an dem großen Hinterrad festhielt und seine rechte um das Schwungrad legte, das hinten unter der Holzverschalung des Motors liegend ein wenig herausschaute. Jetzt galt es.

Bertha kniff ihre Lippen zusammen. Eugen beugte sich nach vorne, umfasste die armdicken Speichen und zog mit aller Kraft am Schwungrad. Aber es bewegte sich nicht mehr als eine Vierteldrehung.

»Noch mal«, flüsterte Richard angespannt, »er hat noch nicht gezündet.«

Eugen beugte sich wieder nach vorne und wiederholte den Schwung. Wieder geschah nichts.

»Das wird schon, Eugen, versuch es einfach noch einmal«, sagte Bertha, als sie seinen besorgten Blick sah. Sie versuchte, ihm Hoffnung zu machen, auch wenn ihr selbst bange war, dass sie die Aktion abblasen mussten. »Bei Papa klappt das ja auch nicht immer beim ersten Mal.«

Eugen atmete durch und beugte sich wieder nach vorne, umfasste mit seinen kräftigen Fingern das schwere eiserne Schwungrad.

»Wirst du wohl angehen«, zischte er zwischen zusammengebissenen Zähnen hervor.

Dann gab er dem Rad mit aller Kraft einen kräftigen Schubs, und tatsächlich begann es, sich zu drehen. Gleichzeitig begann der Zylinder zu puffen und stieß mit jedem Kolbenschlag einen kräftigen Knall und gleichzeitig eine dunkle Rauchwolke nach unten aus. Eugen hatte es geschafft, der Motor lief.

Schön gleichmäßig, dachte Bertha noch, als sie sich kurz die Zeit nahm, um dem lauten Töff-töff-Töff des Motors zu lauschen. Eugen sprang um den Wagen herum und setzte sich neben seine Mutter.

»Na, dann wollen wir mal!« Bertha freute sich und sah, wie ihre Buben über beide Ohren grinsten. Sie löste die Bremse mit der Kurbel und schob vorsichtig den Schalthebel nach vorne. Der Riemen spannte sich und verschob sich auf der Riemenscheibe nach links. Langsam übertrug sich die Kraft des Gasmotors auf die Räder. Der Wagen setzte sich in Bewegung. Sie waren unterwegs.

2

Bertha bog an der nächsten Straße nach rechts Richtung Osten ab, die Fabrik noch immer zu ihrer rechten Hand. Ihre Söhne genossen es sichtlich, endlich auf dem Wagen mitfahren zu dürfen. Es war so früh am Morgen noch etwas frisch, aber vor lauter Aufregung schien sie das nicht zu kümmern. Bertha lenkte wieder nach rechts, und so fuhren sie Richtung Süden, noch immer entlang dem Werksgelände. *Schon impo-*

sant, wie groß unsere Fabrik ist, dachte Bertha, als sie an den Fabrikhallen vorbeifuhren.

Am südlichen Ende würden sie unvermeidlich an ihrem Wohnhaus vorbeikommen. Das war zwar durch eine hohe Mauer von der Straße abgeschirmt, trotzdem befürchtete Bertha, dass Carl sie hören würde. Zum Glück blieb alles ruhig, sie fuhr entlang des Hauses und lenkte den Wagen, etwas weniger Gas gebend, nach links, Richtung Osten. Bertha sah, wie sich Eugen und Richard verdutzt anschauten, aber keiner sagte auch nur ein Sterbenswörtchen. Sie hatten beide einen kurzen Rundweg um die Fabrik erwartet, wie ihn ihr Vater oft fuhr.

Eugen beobachtete fasziniert die dicke Kette, die, verbunden mit dem Motor über ein kleines Zahnrad vorne und ein viel größeres Zahnrad am hinteren Rad, den Wagen zu einem selbstfahrenden machte. Auch Richard klang das Töff-Töff wie Musik in den Ohren, während er um sich herum in die Landschaft schaute. Bertha bemerkte, dass es ihn langsam fröstelte in der Kühle des Morgens.

»Mama?«, fragte Richard. Seine Freude schien langsam in Besorgnis umzuschlagen. »Wir sind ja gar nicht beim Werksgelände oder in der Stadt. Wo fahren wir denn hin?«

In der Zwischenzeit waren sie schon fast in Feudenheim, und es war an der Zeit, ihren Söhnen die Überraschung zu offenbaren, bevor die Stimmung umschlug. Bertha redete nicht um den heißen Brei, sondern nannte nur das Ziel:

»Pforzheim!«

»Was?«, riefen Eugen und Richard gleichzeitig völlig erstaunt mit weit aufgerissenen Augen aus. »Nach Pforzheim? Zur Oma?«

»Ja«, antwortete Bertha, als wäre es die normalste Sache der Welt. »Ihr wisst doch, dass ich diesen Sommer meine Mutter besuchen wollte.«

»Aber, aber …« Richard blieb fast die Luft weg, »aber so lange ist Papa doch noch nie mit dem Patentwagen gefahren?!«

»Eben«, sagte Bertha nur und zwinkerte ihm fröhlich zu.

»Das heißt«, Eugen konnte schon wieder klarer denken, »dass wir nicht nur ein paar Blöcke weit fahren, sondern dass wir so richtig auf Reisen sind, von einem Ort zum anderen, so wie mit der Eisenbahn?«

»Genau«, sagte Bertha, »so wie mit der Eisenbahn. Nur, dass wir das alles selbst fahren. Nicht mit einer großen Lokomotive auf Schienen, nach Fahrplan und mit vielen anderen Leuten, sondern nur wir drei, mit unserem kleinen selbstfahrenden Wagen hier.«

Die Jungen starrten sie mit weit aufgerissenen Augen an.

»Dann ist das ja ein richtiges Abenteuer«, sagte Eugen, als er langsam begriff, was seine Mutter mit ihnen vorhatte.

»Das kann man wohl sagen«, bestätigte Bertha.

Auch bei Richard fiel der Groschen. Er streckte seine Arme in die Höhe und rief: »Auf zu Oma nach Pforzheim!«

Bertha lachte und war froh, dass die beiden ihren Plan so begeistert aufnahmen. Wieso auch nicht? Sie hatten so lange schon davon geträumt, mit dem Patentwagen zu fahren.

»Was meint ihr?«, fragte Bertha. »Ist es nicht an der Zeit, ein Butterbrot zu essen?«

»Au ja«, sagte Richard, der sichtlich Hunger hatte, und auch Eugen schien das Wasser im Mund zusammenzulaufen.

»Na, dann schaut mal in den Korb und lasst es euch schmecken. Aber lasst noch etwas für mich übrig, nicht dass ihr mir alles wegesst.« Bertha lächelte.

Eugen holte die belegten Brote aus dem Korb und reichte jedem eines. Die beiden Jungen bissen herzhaft zu.

Bertha war ein wenig mulmig zumute, als sie sich Feudenheim näherten. Sie waren hier auf Ausflügen mit der Pferdekutsche nach Ladenburg und Heidelberg vorbeigekommen und ab und zu auch im *Ochsen* eingekehrt. Sie fürchtete, dass sie die Leute wecken würde, wenn sie so früh am Morgen, vor Sonnenaufgang, mit ihrem Patentwagen an den Fachwerkhäusern vorbeituckerte. Sie drückte den langen Schalthebel vorsichtig nach vorne. Ihr war von den kurzen Probefahrten mit Carl bewusst, dass der Lärm Leute abschrecken oder gar verärgern konnte.

Doch ihre Sorge erwies sich als unbegründet. Die Leute schliefen noch, oder aber sie gelangten zu spät auf die Straße, um ihnen noch schimpfend hinterherrufen zu können. Als sie wieder aus dem Ort fuhren, entspannte sie sich.

»Bis nach Pforzheim …« Richards Augen glänzten noch immer ungläubig.

»Ja«, sagte Bertha und lachte, »aber erst kommen wir durch Ilvesheim.«

Dort machte die Straße einen Schlenker Richtung Süden zum Neckar hin. Vom Leinpfad aus, der dem Neckar folgte, konnte sie die Kettenschlepper sehen.

»Die gibt es erst seit zehn Jahren«, erzählte Eugen stolz.

»Und woher weißt du das?«, fragte sein Bruder.

»Das hatten wir in der Schule. Davor treidelte man hier mit Pferden die Schiffe mit ihren Frachten stromaufwärts.«

»Ja, ja, der Fortschritt«, sagte Bertha mehr zu sich selbst, als sie plötzlich bremsen musste. Hinter der steilen Kurve kamen ihnen Fußgänger entgegen, die erschrocken und laut aufschreiend zur Seite sprangen. Einer rutschte sogar die kleine Böschung hinunter und fing sich erst kurz vor dem Fluss wieder.

»Himmeldonnerwetter noch mal!«, fluchte der andere Mann, der als Erstes wieder die Sprache fand.

»In den Neckar sollte man euch schmeißen, mitsamt diesem knatternden Ungetüm, auf dem ihr da sitzt«, fluchte der Abgestürzte, noch halb in der Böschung stehend, und klopfte sich den Staub von der Weste. Da waren Bertha und ihre Söhne aber schon an ihnen vorbei.

»Entschuldigung«, rief Bertha zu ihnen nach hinten, während Eugen und Richard darüber lachten, wie die Fußgänger so erschrocken vor ihnen geflüchtet waren.

»Das ist nicht wirklich artig von euch«, sprach Bertha ihnen streng zu. »Ihr solltet euch im Klaren darüber sein, dass all diese Leute unseren selbstfahrenden Wagen zum allerersten Mal sehen.« Und sie fügte hinzu: »Und hören.« Die beiden Jungen unterdrückten ihr Lachen. Ganz überzeugt hatte sie sie noch nicht.

»Ihr müsst wissen, dass euer Vater immer sehr höflich zu den Leuten ist, sodass sie ihm nicht allzu böse werden, so wie unser Nachbar in T6. Wisst ihr noch?«

Jetzt waren Eugen und Richard wieder ernst. Ja, daran konnten sie sich noch gut erinnern.

»Der hat immer behauptet, Papa mache ihm die Pferde scheu, wenn er den Wagen auch nur angeschmissen hat«, sagte Richard.

»Das war ja wahrscheinlich auch so«, sagte Bertha. »Aber trotzdem blieben wir immer freundlich zu ihm. Das ist wichtig, hört ihr?« Die beiden nickten. »Wir dürfen es uns hier nicht erlauben, dass die Leute böse auf uns werden und uns die Wachtmeister auf den Hals hetzen. Dann kommen wir nie nach Pforzheim.«

Bertha meinte sich zu erinnern, dass, wenn sie dem Lauf des Neckars folgten, die nächste Stadt Ladenburg sein musste.

»Ich glaube, da stimmt was nicht«, sagte Richard plötzlich, »das raucht so komisch hinter euch.«

Bertha und Eugen drehten sich um.

»Oje«, rief Bertha, »das dampft aber gewaltig. Ich glaube, es ist am besten, wenn ich den Wagen an den Straßenrand fahre und wir mal nachschauen.«

Der Rauch quoll nur so aus allen Ritzen der Holzverschalung.

Sie fuhr links auf die Seite, da sie nicht riskieren wollte, dass die Verwünschungen des Fußgängers nicht doch noch Wirklichkeit wurden und der Patentwagen in den Fluten des Neckars versank.

Der Wagen hatte durchaus Marotten, das kannte sie schon von den kurzen Testfahrten, auf die Carl sie manchmal mitgenommen hatte. Die unternahmen sie frühmorgens oder spätabends, auf dass sie niemandem lästig fielen und es nicht zu Zusammenstößen mit Pferdefuhrwerken kam oder sie dafür verantwortlich gemacht wurden, dass den Kutschern die Pferde durchgingen in der Nähe des knatternden und stinkenden Wagens. Nicht selten kam es vor, dass Carl halten musste, die Werkzeugkiste, die er immer bei sich hatte, öffnete und nachschaute, was seiner liebsten Erfindung denn dieses Mal nicht gut bekam. Bisweilen mussten sie sich auch mal von den Angestellten holen lassen oder von einem Bauern und dessen Pferden nach Hause ziehen lassen. Dies geschah jedes Mal sehr zur Belustigung und unter Spottrufen der Passanten. Bertha bewunderte ihren Carl dafür, dass er sich trotz aller Rückschläge und Unkenrufe nie entmutigen ließ. Auch sie hatte sich ein dickes Fell zugelegt. Hatte sie sich anfangs noch furchtbar aufgeregt über die Verschmähungen der Leute, kümmerte sie das heute nicht mehr. Sie hatte sich daran gewöhnt, verstand, dass die Leute erschrocken waren und ihre Anspannung irgendwie entladen mussten. Sollten sie sie doch beschimpfen. Sie stand zu ihrem Mann, sie glaubte an ihn. Er war ein genialer Erfinder, davon war sie felsenfest überzeugt. Sie hatte sich alles von ihm erklären lassen, und ihn freute es immer, dass sie Interesse an seiner Arbeit hatte und verstand, was er erklärte. Bertha war durchaus stolz darauf, dass sie in technischen Dingen mitreden konnte und ihr die Lehrlinge und Arbeiter nichts vormachen konnten. Sie freute sich jedes Mal insgeheim über die überraschten und respektvollen Blicke der Männer, wenn sie in der Werkstatt mit ihnen über technische Details redete.

In den letzten Monaten hatten sie auf ihren Testfahrten immer seltener anhalten und etwas reparieren müssen, doch man musste immer damit rechnen. So blieb Bertha auch dieses Mal gelassen und machte den Motor aus.

»Kommt, wir sehen mal nach«, sagte sie und sprang vom Wagen. Ihre beiden Söhne taten es ihr nach und öffneten die Flügeltüren der Holzverkleidung.

»Passt …«

»Au!«, rief Richard. Der heiße Dampf flog ihm geradezu ins Gesicht.

»… auf, wenn ihr die Verkleidung öffnet«, kam Berthas Warnung zu spät.

Sie lief zu Richard, der sich zum Glück nicht verbrannt hatte.

»Das ist nicht so schlimm, mein Lieber«, sagte sie und strich ihm liebevoll durchs Haar. »Geh runter an den Neckar und spritz dir vorsichtig etwas Wasser ins Gesicht.«

Kleinlaut tat Richard, wie ihm geheißen.

»Warte, Eugen«, rief Bertha ihrem Ältesten zu, der sich am Topf mit dem Kühlwasser zu schaffen machen wollte.

»Der muss erst abkühlen. Wenn du den jetzt öffnest, kommt dir das heiße Wasser wie eine Fontäne entgegen«, warnte Bertha.

»Aber ich wollte doch nur …«

»Ja, ich weiß, und du hast auch recht, wir müssen kaltes Wasser nachfüllen. Aber dafür brauchen wir erst mal Geduld.«

Sie nahm den Picknickkorb vom Wagen und setzte sich auf das freie Feld.

Dieser Ort wäre gerade groß genug, um eine kleine Werkshalle mit Wohnung darauf zu bauen, dachte sie und wunderte sich, wie sie gerade jetzt auf solch einen Gedanken kam. Vor allem war sie froh, dass es mit dem Wagen nichts Ernstes zu sein schien. Mit einem heiß gelaufenen Motor hatte sie schon fast gerechnet. Es war nicht das erste Mal. Da sie bereits ein ganzes Stück gefahren waren, schien es ihr sogar an der Zeit gewesen, dass sie kühles Wasser nachfüllen mussten.

»Eugen, nimm die Kanne und hol ein bisschen Wasser aus dem Fluss. Und schau auch gleich, wo dein Bruder bleibt.«

Als es endlich nicht mehr dampfte, durfte Eugen den Kühler öffnen und Wasser nachfüllen. Stolz und gewissenhaft führte er die Arbeiten aus. Sie fand Eugen öfter in der Werkstatt seines Vaters wieder als über seinem Hausaufgabenheft für die Schule. Mehrmals die Woche musste sie ihn zurück ins Wohnhaus beordern, damit er auch seine Schulaufgaben machte und an seine Pflichten dachte. Aber in diesem Moment war sie sehr froh, dass er sich über Carls Arbeit kundig gemacht und wohl doch so einige Handgriffe gelernt hatte. Sie musste innerlich lachen. Carl liebte es, wenn die Jungen in die Werkstatt kamen und ihm Löcher in den Bauch fragten oder sogar mitarbeiten wollten. Er war stolz auf seine Jungen. Sie wusste, dass er und die Jungen einen Pakt hatten, ihr besser nicht zu erzählen, wie viele Stunden sie schon wieder in der Werkstatt verbracht und was sie dort alles gemacht hatten. Aber sie hatte Augen im Kopf. Die sollten bloß nicht meinen, dass ihr irgendwas entginge. So lange es nicht zu schlimm wurde, gönnte sie den dreien ihren Spaß.

Andererseits war es schön, dass sich auch Klara und Thilde gelegentlich in die Werkstatt aufmachten und interessiert zuschauten. Bertha machte es stolz, zu sehen, wie Carl auch ihnen Dinge erklärte und sie mit den Werkzeugen arbeiten ließ. Sie musste dann an sich selbst und ihren Vater denken, und ihr wurde warm ums Herz.

»So«, sagte Eugen, als er den Kühler wieder schloss. »Jetzt müsste es gehen.«

3

Eugen zog kräftig an dem großen Schwungrad, und der Motor begann wieder zu tuckern. Bertha legte den großen Schalthebel langsam um. Sie fand es ein wenig bedauerlich, dass nicht mehr sichtbar war, wie sich der breite Riemen auf der Riemenscheibe langsam von rechts nach links bewegte und die Kraft des Motors sich langsam, aber sicher auf die Räder übertrug. Dafür war diese dritte Ausführung nicht mehr ganz so laut wie die erste. Der Holzkasten, den Carl um den Motor herumgebaut hatte, tilgte einiges an Lärm. Trotzdem, leise war auch dieser Wagen nicht.

An der Stelle, an der der Neckar eine sanfte Biegung machte, lenkte Bertha den Wagen nach links Richtung Ladenburg. Schon bei ihren früheren Ausflügen mit der Pferdekutsche war ihr die schöne Villa aufgefallen, die dort stand. Sie erstrahlte in der frühen Morgensonne, die sich vorsichtig am Horizont zeigte und einen unbewölkten, heißen Sommertag versprach. Die Seitengiebel des Gebäudes erinnerten sie an Treppengiebel, wie sie es von Gemälden holländischer oder belgischer Künstler aus dem 17. Jahrhundert kannte. Überhaupt war Ladenburg ein schöner Ort, fand sie. Mit seinen stolzen, bunt angemalten Fachwerkhäusern war es so anders als Mannheim. Dort fiel die alte Bausubstanz nach und nach der neuen Zeit mit ihrem Bauwahn zum Opfer. Bertha war sich bewusst, dass sie mit ihrer Familie Teil dieser neuen Welt war. Schließlich hatten auch sie eine Fabrik, Arbeiter in Lohn und Brot. Gelernte und ungelernte Kräfte standen bei ihnen in den Fabrikhallen. Mechaniker, die vorher bei einem Handwerker gearbeitet hatten oder allein tätig gewesen waren, arbeiteten bei ihnen. Sie musste unwillkürlich an ihren Vater denken, der als kleiner Zimmermann angefangen hatte und sich in stets größeren Betrieben immer weiter hochgearbeitet hatte. Wenn er manchmal von früher erzählt hatte, war das Leben, wie sie es heute kannte, kein Vergleich mehr. So etwas wie Fabrikarbeiter hatte es in seinen jungen Jahren in solcher Anzahl nicht gegeben. Da war man Bauer gewesen oder hatte in einem Handwerk gearbeitet. Betriebe wie der ihre waren damals undenkbar gewesen. Dabei war ihre Fabrik klein, verglichen mit anderen.

»Schaut mal«, Eugen zeigte rechts auf ein Gebäude, »hier gibt es auch eine Wirtschaft *Zum Ochsen.*«

»Ja«, sagte Bertha und lachte, »die würde deinem Vater sicher gefallen.«

»Schade, dass Papa nicht dabei ist«, sagte Richard traurig.

»Aber du weißt doch, dass er uns nie mitnehmen wollte«, sagte Eugen.

»Ja, schon«, antwortete Richard, »trotzdem fände ich es schöner, wenn er dabei wäre.«

»Wärst du denn lieber nicht gefahren?«, fragte Bertha.

»Nein, das natürlich nicht«, erwiderte Richard sofort, und seine Stimmung hellte sich wieder auf.

»Na siehst du!« Bertha zwinkerte ihm zu.

Sie fuhren Richtung Osten aus Ladenburg heraus. Irgendwie kam Bertha das nicht geheuer vor, sie musste sich eingestehen, dass sie keine Ahnung hatte, wie sie nach Pforzheim kommen sollten. Sie musste schlucken, erschrak für eine Sekunde vor ihrer eigenen Courage.

Als Kind hatte sie manchmal davon geträumt, wie sie hoch in Bäume kletterte, höher hinaus als alle anderen, auch die Jungs. Sie fühlte sich so frei und glücklich, wenn sie auf einem Ast saß und von oben die Welt betrachtete. Als sie wieder hinuntersteigen wollte, traute sie sich auf einmal nicht, sich auch nur einen Fingerdeut zu bewegen. Angst schoss ihr in unglaublicher Geschwindigkeit durchs Blut. Sie versteifte sich, und es dauerte eine kleine Ewigkeit, bis sie sich traute, Zentimeter um Zentimeter Richtung Stamm zu rutschen, immer in der Angst, das Gleichgewicht zu verlieren und zu fallen. Die Angst nahm ihr regelrecht die Luft. Das war der Moment, in dem Bertha jedes Mal nach Atem ringend aufwachte. Irgendwie schaffte sie in ihrem Traum nie, wieder vom Baum zurück auf den Boden zu klettern. Jedes Mal musste sie das Aufwachen aus ihrer lebensbedrohlichen Situation retten.

»Mama, was ist denn?«, fragte Richard verwundert.

Nur nichts anmerken lassen, dachte Bertha und richtete ihren Rücken wieder gerade. »Nichts, was soll schon sein? Au, schau mal, ein Falke, hier vorne links!«

Richard drehte sich um, um den Raubvogel durch die Lüfte gleiten zu sehen.

»Oah, der hat bestimmt schon Beute gewittert, wenn er solche Kreise zieht«, sagte er fasziniert.

Zum Glück fragte er nicht nach, Bertha atmete durch. *Wenn die Jungen merken, dass ich nicht weiß, welche Richtung wir einschlagen müssen, machen sie sich vielleicht Sorgen.* Vor allem der sensible Richard würde dann Ängste ausstehen, die sie ihm lieber ersparte.

Trotzdem, irgendwie kam es ihr so vor, als ob sie diesen Weg nicht kannte. Wenn sie mit der Kutsche nach Heidelberg fuhren, um dann mit der Eisenbahn weiter nach Pforzheim zu kommen, fuhren sie immer anders, hatte sie das Gefühl.

Hätten sie in Ladenburg vielleicht doch entlang des Neckars fahren sollen? Sie hatte sich wohl von der Schönheit dieser Villa und des Ortes ablenken lassen. Es zog auch alles so furchtbar schnell vorüber. Selbst wenn sie den Wagen langsamer fuhr, war sie noch schneller als ein Pferdefuhrwerk oder eine Kutsche, und dann musste sie ja auch noch lenken und Gas und Bremse bedienen. Da blieb ihr wenig Zeit, um auf eine Abzweigung zu achten. Sie hatte keine Ahnung, wohin sie fuhren, wann und welcher Ort als Nächstes kam.

Bertha, sagte sie im Stillen zu sich selbst, *bewahre deine Haltung. Im schlimmsten Fall müssen wir eben wieder ein Stückchen zurück.* Sie beschloss, einen Kutscher nach dem Weg zu fragen, sobald sie einem begegneten. Das Dumme war nur, dass die meisten Kutscher eher über den selbstfahrenden Wagen fluchten, weil er ihre Pferde scheu machte. Nur wenige hatten Interesse an diesem komischen Gefährt, von dem sie nicht so richtig verstehen wollten, wie es sich überhaupt fortbewegte.

Vor einer Kurve an einem Feld mit mannshohem Mais vernahm sie aufgeregte Rufe eines Mannes. »Ho« und »Brrrrrr…«

Bertha stellte den Motor ab.

»Was machst du denn, Mama?«, fragte Eugen, »der Wagen läuft doch prima.«

»Ich glaube, da kommt gleich ein scheuendes Pferd um die Ecke, und der Kutscher hat alle Mühe, es im Zaum zu halten.«

Die beiden Jungen begannen, in komischen Bewegungen und mit Rufen den Kutscher nachzuahmen, als ginge ihnen das Pferd durch.

»Eugen! Richard! Benehmt euch«, sagte Bertha streng. »Das ist, was ich gemeint habe. Wir sollten die anderen nicht verunglimpfen oder uns gar über sie lächerlich machen. Was für uns bekannt ist, ist für sie vollkommen neu. Also verhaltet euch gesittet, wenn der Kutscher gleich um die Ecke kommt.«

Die drei sahen die großen Augen des Kutschers, den offen stehenden Mund und wie durch seinen Körper ein Ruck zu gehen schien, sobald er die drei auf ihrem Wagen erblickte.

»Ja, sind euch denn die Pferde durchgegangen?«, rief er aus der Ferne.

»Nein, nein, wir brauchen keine«, rief Bertha zurück.

»Habt ihr etwa diesen Höllenlärm veranstaltet?«, fragte der Kutscher, als er nur noch ein paar Meter von ihnen entfernt war.

»Ja, tut mir leid, wenn wir Sie erschreckt haben, oder besser gesagt, Ihr Pferd!« Bertha schaute ihm freundlich entgegen. Sein Gesicht war braun gebrannt und wettergegerbt, seine Augen hell und wach.

»Wir sind mit einem selbstfahrenden Wagen unterwegs und brauchen keine Pferde zum Fahren«, erklärte sie.

»Ihr wollt mich wohl auf den Arm nehmen?«

Bertha sah, wie die beiden Jungen schon fast vor Häme platzten. Ihr strenger Blick verhinderte das gerade noch rechtzeitig.

»Nein, Gott bewahre. Mein Mann ist Ingenieur und hat einen neuartigen Gasmotor entwickelt, der es möglich macht, dass man damit fahren kann.«

»Seid ihr etwa die aus Mannheim, von denen man sich erzählt, dass sie in so einem Teufelsding herumfahren?«

»Nun ja, Teufelsding möchte ich es nicht nennen, und ich weiß nicht, wer so etwas sagt. Ich glaube eher, dieser Patentwagen ist ein Zeichen des Fortschritts, und in der Zukunft wird es noch viel mehr solcher Wagen geben.«

»Bloß nicht«, knurrte der Fahrer, »die machen mir nur meine Pferde scheu. Und der Lärm und der Gestank, das fühlt sich ja an, als stünde man eher in einer dunklen Manufaktur als in Gottes freier Natur. Nein, nein, nichts für ungut, aber das wird nichts, das kann ich Ihnen sagen. Wer will denn schon so ein komisches Ding?«

»Nun, wir werden sehen«, sagte Bertha ruhig. Sie wollte sich nicht auf eine dieser fruchtlosen Diskussionen einlassen, die ihr Mann so gerne führte, wenn er seine Testfahrten unternahm. »Für heute möchten wir gerne nach Pforzheim fahren. Können Sie uns freundlicherweise sagen, ob wir dafür noch auf dem richtigen Weg sind?«

»Nach Pforzheim? So weit? Heute noch?« Mit jeder Frage sperrte er seine Augen weiter auf. Der Kutscher konnte es kaum fassen. »Das ist doch viel zu weit, gute Frau, das schaffen Sie nie an einem Tag!«

»Auch das werden wir sehen«, erwiderte Bertha ruhig und hoffte, dass er ihr trotz seiner Verwunderung den Weg zeigen würde.

»Sie haben ja Nerven. Möchte heute noch nach Pforzheim, aber weiß nicht einmal den Weg. Geht denn einer der beiden Kerle nicht bei einem Kutscher in die Lehre?«

»Meine Söhne gehen noch auf die Schule.« Bertha stellte sich mit dieser kurz bemessenen Antwort demonstrativ vor ihre Kinder.

»Wie Sie meinen, aber praktischer wäre es wohl«, sagte er und lachte müde. Er machte eine kurze Pause. »Na ja, also … Fahren Sie weiter geradeaus. In ein paar Kilometern kommt Schriesheim, dort müssen Sie Richtung Süden abbiegen, ansonsten landen Sie noch ganz woanders als Pforzheim.« Er ließ das Lachen eines schweren Rauchers hören und röchelte so stark, dass sich Bertha nicht sicher war, ob er gleich einen Klumpen Lungenschleim in die Luft schleudern würde. Ihr schauderte bei dem Gedanken, und sie konnte nur hoffen, dass sie dem Auswurf dann nicht im Wege war.

»Herzlichen Dank, Herr Kutscher, und Gott zum Gruße«, beeilte Bertha sich zu sagen.

»Gute Reise«, brachte der Kutscher unter starkem Husten hervor, »wie lange sie auch immer dauern wird. Vielleicht kaufen Sie sich ja doch besser ein Pferd und einen Wagen.« Mit einem lauten »Hüa« und einem kräftigen Schlagen der Zügel gab er seinem Pferd das Signal, weiterzulaufen. Kopfschüttelnd fuhr er an ihnen vorüber.

4

Als sie auf Schriesheim zufuhren, konnten sie den Odenwald sehen, der sich aus der Rheinebene erhob. Unterhalb der bewaldeten Hügelkette sahen sie die Winzer als kleine Punkte durch ihre Weinberge laufen. Aber Bertha war auf der Suche nach den Schienensträngen der Eisenbahn. Kurz bevor sie Schriesheim erreichten, entdeckte sie diese endlich. Erleichtert atmete sie auf. *Wenn wir uns an der Bahnlinie Richtung Süden orientieren, sollten wir eigentlich nach Pforzheim kommen,* dachte sich Bertha. Sie hielt kurz vor der Kreuzung an der Eisenbahntrasse und schaute sich um. Sie entschied, dass sie doch erst in den Ort fahren wollte, um wirklich sicherzugehen. Sie schob den Schalthebel wieder langsam nach vorne und fuhr geradewegs in den Ort hinein.

So langsam konnte Bertha die Fahrt genießen. Alles schien reibungslos zu laufen. Das Wetter war gut, und Eugen und Richard schien ihr unerwartet langer Ausflug Spaß zu bereiten.

Bertha war stolz auf ihre zwei Ältesten. Beide waren sie aufgeweckte Kerle und nicht dumm. Auch wenn sie es lieber hätte, dass die beiden mehr für die Schule lernen würden, so sah sie doch auch, wie gerne sie sich in der Werkstatt herumtrieben. Sie waren neugierig auf alles, was ihr Vater entwickelte und tat. Dabei lernten sie ja auch etwas, und vielleicht würden sie irgendwann die Firma übernehmen. Überraschen würde es Bertha nicht. Die beiden ergänzten sich ganz gut auf ihre Art. Eugen, der Ältere, traute sich eher etwas, war manchmal sogar draufgängerisch. Er schien sich vor fast nichts zu fürchten. Richard war etwas zurückhaltender und sensibler, aber technisch kaum weniger begabt als sein älterer Bruder. Wenn sie mitbekam, wie Carl ihnen in der Werkstatt seine neuesten Kniffe erklärte, staunte sie immer wieder, wie schnell die beiden begriffen. Unweigerlich musste sie dann an ihren Vater denken, der nun schon dreizehn Jahre tot war und sich so sehr einen Sohn gewünscht hatte, diesen aber lange nicht bekommen hatte. »Leider wieder ein Mädchen«, erinnerte sie sich an den Eintrag ihrer Mutter in der Familienbibel. Noch immer fühlte sie einen Stich im Herzen, wenn sie daran dachte. Nie wollte sie ihre Kinder auch nur ein einziges Mal fühlen lassen, dass sie nicht willkommen und gar ungewünscht waren, das hatte sie sich schon vor der ersten Geburt fest vorgenommen.

Auch deshalb ließ sie Eugen und Richard gewähren, wenn sie mal wieder in die Werkstatt ausbüxten. Solange ihre Schulnoten im Rahmen waren, hatte sie ihren Frieden damit.

Nur manchmal wurde es ihr zu viel, wenn die beiden ihre Freunde mitbrachten und sie um die Wagen und Motoren herumschlichen und alles bewunderten. Dann erklärten Eugen und Richard ihren Kameraden, was es wieder Neues gab und wie alles funktionierte. Bis die Ingenieure und Arbeiter die Bagage vom Hof verscheuchten.

Sie sah, wie stolz die beiden auf ihren Vater, den Erfinder, waren, genauso wie Carl auf die beiden. Und auch ihre Söhne hatten schon begriffen, dass ihre Mutter in technischen Fragen mit den Männern in der Werkstatt mithalten konnte. Es wunderte Bertha jedoch immer wieder aufs Neue, dass Männer im Allgemeinen glaubten, Frauen würden so etwas nicht verstehen. Ihr Carl rief häufig nach ihr, wenn er bei einem Problem feststeckte. Nicht selten gaben ihre Kommentare im Austausch miteinander den Ausschlag für eine Lösung des Problems. Carl nahm sie auch in diesem Aspekt ernst, schätzte ihre Meinung und Arbeit. Wenn er sie dann mit seinen wunderbaren grünen Augen und seinem lustigen Schnauzer anschaute, schmolz sie dahin. Ihm ging es wohl genauso. Dann nahm er sie in die Arme und küsste sie. Und es blieb nicht immer nur bei Küssen. Sie musste schmunzeln, wenn sie daran dachte, wie sie mehr als einmal spätabends in der Werkstatt …

»Mama, ich habe Durst«, riss Richard sie aus ihren Gedanken.

Bertha räusperte sich. »Dann schauen wir doch, ob wir in Schriesheim einen Gasthof finden, der eine Limonade für uns hat.«

»Au ja«, freuten sich Eugen und Richard im Chor.

Es machte ihr Spaß, mit den beiden unterwegs zu sein. Es hatte fast etwas Erholsames. Jetzt musste sie schmunzeln. Sie musste sich nicht um die Wäsche kümmern, kein Essen kochen, kein Geschirr abwaschen, das Haus sauber halten und was noch so alles den lieben langen Tag im Haushalt anfiel. Die beiden Kleinen hingen ihr nicht am Rockzipfel, obwohl sie ihr schon fehlten. Das Einzige, was sie tun musste, war, auf dem Wagen zu sitzen, zu lenken und aufzupassen, wenn ihnen Fußgänger, ein Fuhrwerk oder eine Kutsche entgegenkamen. Sie richtete sich auf und atmete tief ein. Diese frische, sommerliche Morgenluft mit all ihren Gerüchen liebte sie. Es war durchaus schade, dass sie nicht mit der ganzen Familie unterwegs waren, dachte Bertha, aber das wäre schlicht nicht möglich gewesen, und außerdem bot der Patentwagen nicht so viel Platz. *Vielleicht sollte ich Carl bei Gelegenheit vorschlagen, einen Wagen zu bauen, auf dem wir alle Platz haben.*

Eugen erspähte im Ort ein Wirtshaus, das geöffnet hatte. Als sie sich an den Tisch setzten, fragte die Wirtin, ob Bertha ein Glas Wein wünsche.

»Ha, nein, wo denken Sie hin, so früh am Morgen!«, sagte Bertha entrüstet.

»Wenn Sie wüssten, wer hier alles schon morgens den ersten Schoppen trinken kommt. Also, ich kann Ihnen sagen …«

»Drei Limonaden, bitte«, bestellte Bertha. Eugen und Richard stürzten sich auf ihre Flaschen, kaum dass sie auf dem Tisch standen, und Bertha ermahnte sie, nicht zu schnell zu trinken.

Während sie warteten, mussten sie alle möglichen Fragen von Passanten beantworten, die sich um ihren Patentwagen, der vor dem Gasthaus stand, scharten. Bertha überließ Eugen und Richard das Reden, und die waren darin richtig gut, befand sie. Ganz der Vater. Die beiden waren mächtig stolz, dass all diese Leute etwas von ihnen wissen wollten und sie ernst nahmen wie Erwachsene.

Dann saßen sie erschöpft vor ihrer Limonade. Am Nebentisch unterhielten sich zwei Männer – offenbar Winzer. Sie drehte sich zu den beiden um.

»Ist es denn wirklich so schlimm?«, fragte sie.

»Ach, wenn Sie wüssten«, sagte der eine und machte eine abwinkende, geradezu resignierende Handbewegung.

»Uns sterben nacheinander die Reben weg. Wie alt oder jung sie auch sein mögen, dagegen scheint kein Kraut gewachsen. Es ist eine richtige Plage, Gott sei's geklagt«, erklärte der andere Winzer.

»Ja, aber warum denn?«, wollte Bertha wissen.

»Dieser Vielfraß von einer Reblaus ist dafür verantwortlich«, sagte der Erste, »aus Amerika importiert – es ist doch kaum zu glauben. Diese Dampfschifffahrt, von überallher karren sie dieser Tage Sachen an, und was bringt's? Unsere Weinstöcke sterben ab, und wir können bald unsere Familien nicht mehr ernähren.«

»Und es gibt keine Lösung für dieses Problem? Nichts, was diese Reblaus aufhalten würde?«, fragte Bertha.

»Ich habe gehört«, sagte der Zweite, »dass es helfen soll, wenn man unsere Weinstöcke auf die Wurzelstöcke amerikanischer Wein- und Traubenreben aufpfropft. Aber ob das stimmt …?«

»Dass ich nicht lache. Wie soll ich denn daraus einen guten Wein keltern?«

»Eine Heidenarbeit wird das«, schimpfte wieder der andere.

Bertha hörte der Unterhaltung schon nicht mehr zu. Für sie war es Zeit aufzubrechen.

»Richard, du kümmerst dich wieder um das Kühlwasser, Eugen, du schaust, ob wir Ligroin nachfüllen müssen«, verteilte Bertha die Aufgaben. »Du weißt ja, wie du das tun musst.«

»Ja klar, Mama«, erklärte der stolz, »in den Vorratsbehälter füllen.«

»Genau, Eugen, aber sei vorsichtig, ja?«

Die beiden rannten zum Wagen, um ihren Aufgaben nachzukommen. Bertha musste lachen. Das Lachen einer stolzen Mutter. Sie beschloss, währenddessen die Winzer noch nach dem Weg zu fragen.

»Das mit den Schienensträngen, das stimmt schon«, bestätigte der eine ihre Idee zur Orientierung. »Aber fahren Sie nicht wieder zurück. Einfach hier auf der Straße weiter, dann sehen Sie gleich die Kirche, und hinter der fahren Sie nach rechts, Richtung Süden. Dann kommen Sie auf die alte Römerstraße. Die führt Sie etwas bergauf und dann direkt an den Weinbergen entlang.«

»Der Neckar«, warf der andere ein, »manchmal führt der so viel Wasser, vor allem nach der Schneeschmelze, das war schon den Römern klar, deshalb haben sie die Straße ein kleines Stück weit in den Odenwald gebaut statt in die Rheinebene.« Er nahm noch einen Schluck Wein. Das Leben schien ihm heute Morgen wohl voller Widrigkeiten.

»Aber keine Angst, weiter hoch müssen Sie nicht in den Odenwald«, sagte der Erste wieder. »Das wird schon. In Heidelberg müssen Sie dann halt wieder fragen.«

»Diese Städte heutzutage sind ja viel zu groß, als dass man sich da noch richtig orientieren könnte. Und dieser Gestank da und die Enge«, klagte der andere schon wieder.

Sie bedankte sich bei den Winzern, bezahlte die Getränke und ging nach draußen zum Wagen.

»Ich habe die ganze Flasche nachgefüllt, das Ligroin ist alle«, sagte Richard.

Daran hatte Bertha nicht gedacht. Für ihre kurzen Probefahrten hatten sie nie Ligroin nachfüllen müssen. Sie hatte die Flasche eher aus einer Laune heraus mitgenommen, als dass sie wirklich gedacht hatte, sie nötig zu haben. Nun mussten sie wohl schauen, wie weit sie kommen würden. Sie stellte ihren Fuß auf den Tritt, hielt sich mit der Hand an der Sitzbank fest und schwang sich auf den Wagen.

5

Bertha dachte während der Fahrt über die Winzer nach. Sie mochte Leute nicht, die so viel klagten und nichts dafür taten, für sich selbst einzustehen. Sie war es gewohnt, das Heft selbst in die Hand zu nehmen, sich ständig auf neue Situationen einzustellen. Schließlich war sie als Kind schon in den Haushalt und später in die Erziehung ihrer jüngeren Geschwister eingebunden gewesen. Da half kein Klagen. Da half nur Handeln. Genauso wie jetzt als Mutter – und als Ehefrau von Carl.

Sie bewunderte ihn dafür, wie hartnäckig er Schritt für Schritt seinem Traum näherzukommen schien. Dass er manchmal am Esstisch aufbrausend sein konnte, wenn etwas nicht so geklappt hatte, wie er sich das vorgestellt hatte, gehörte dazu. Ihr war klar, dass er sich nicht über sie oder die Kinder ärgerte, sondern über seine Arbeit. Außerdem hielten seine Wutanfälle nie lange an. Sie waren eher ein kurzes Aufbrausen, und Bertha hatte einen Weg gefunden, damit umzugehen, indem sie ihn einfach in ein Gespräch über das Problem verwickelte, das ihn gerade beschäftigte. Mit ihrem technischen Verstand konnte sie Carl folgen, der dann froh war, dass er ihr davon erzählen und sich so Luft machen konnte. Aber so etwas kam selten vor, und eigentlich war Carl immer noch der lebensfrohe Mensch, den sie damals kennengelernt hatte, trotz aller Probleme um die Firma und die finanziellen Sorgen. Seine Augen konnten noch immer strahlen, wenn er erzählte, welche Lösungen er für das eine oder andere Problem gefunden hatte, oder ihm etwas Neues gelungen war. Sie strahlten auch, wenn er einen Augenblick innehielt und sie mit seinen grünen Augen ansah.

»Mama, warum machen wir eigentlich diesen Ausflug?«, fragte Eugen, als ob er ihre Gedanken erraten hätte. Er traute sich nicht, seiner Mutter dabei in die Augen zu schauen.

»Wie meinst du das, Eugen?«

»Na ja, dass es nur deshalb ist, weil Richard und ich so gerne fahren wollten, das kann ich mir eigentlich nicht vorstellen. Auch wenn wir das natürlich richtig toll finden, dass wir so eine lange Fahrt mit dir machen dürfen«, schob er schnell hinterher.

Sein Bruder nickte zustimmend.

»Du würdest das doch nicht machen, ohne dass Papa das weiß, oder?«, fragte er zögernd.

Bertha fühlte sich ertappt und atmete tief durch.

»Also gut, mein Junge. Ich glaube, ihr zwei habt ein Recht darauf zu wissen, warum wir diese Fahrt wirklich unternehmen.« Die Jungen schauten sie gespannt an. »Euer Vater macht die tollsten Erfindungen und arbeitet wirklich hart«, begann sie, und ihre Söhne nickten. »Aber wisst ihr, er hat auch seinen Dickschädel, und manchmal vergisst er, dass man nicht nur die ganze Zeit erfinden kann, sondern dass auch Geld verdient werden muss.«

»Aber das Erfinden macht ihm doch so viel Spaß«, warf Richard leise ein.

»Genau«, bestätigte Bertha, »und deshalb habe ich mir überlegt, wie wir beides unter einen Hut bekommen.«

»Wie meinst du das?«, fragte Eugen.

»Nun, seine liebste Tüftelei ist nun mal dieser Wagen. Wenn wir es hinbekommen würden, dass ich euch dank der Tüftelei endlich mal wieder neue Hosen und Schuhwerk kaufen könnte, wären wir alle glücklich, oder?«

Wieder nickten sie und schauten auf ihre doch schon recht ausgelatschten Schuhe, die der Schuster schon letztes Mal kaum noch repariert bekam. Bertha sah in ihren abwartenden Blicken, dass sie noch nicht so recht verstanden, worauf sie hinauswollte.

»Schaut, euer Vater will immer alles hundertprozentig perfekt haben …«

»Ja, manchmal ist das ganz schön anstrengend«, sagte Richard und rieb sich mit der einen Hand den Unterarm, als ob er sein Unwohlsein darüber aus seinem Arm streichen wollte.

»Aber ich glaube«, fuhr Bertha fort, »auch wenn es gut ist, dass er alles so genau machen möchte, irgendwann muss man auch zufrieden sein mit dem, was man geschaffen hat, und nicht alles noch mal und noch mal versuchen zu verbessern.«

»Du meinst, so wie mit dem Patentwagen?«, dämmerte es Eugen.

»Genau«, sagte Bertha, »den hat er schon so oft in der Werkstatt hin- und herbewegt, auf kleinen Fahrten über die Ringstraße gefahren, aber immer wieder findet er etwas und verändert wieder Dinge. Ihr wisst ja auch, dass das schon das dritte Modell ist und sich das erste praktisch nicht verkauft hat, von dem zweiten ganz zu schweigen. Mit dem hier muss es jetzt endlich klappen.«

»Und deshalb fahren wir nach Pforzheim?«, fragte Richard ungläubig.

»Ja, genau. Wenn wir drei heute zeigen, dass wir mit dem Wagen eine solch lange Strecke bewältigen können, dann können andere das auch. Und dann wird es für sie Sinn ergeben, mit so einem Wagen zu fahren statt mit einer Pferdekutsche. Man braucht dann keine Pferde mehr, keinen teuren Hafer, und man ist schneller unterwegs.«

»Und wir beweisen das!« Eugen strahlte.

Sie konnten Großes erreichen oder auch krachend scheitern. Dass beides eng beieinanderlag, wurde Bertha klar, als sie die kleine Steigung zur Römerstraße hinauf nehmen mussten.

Der Riemen auf der Riemenscheibe hatte Mühe, die Kraft des Motors zu übertragen, und verlor ständig seinen Halt auf der glatten Metallscheibe.

»Ich glaube, es wäre gut, wenn ich ein bisschen schiebe«, sagte Richard und sprang ab. Sie fuhren den kleinen Hügel nur noch im Schritttempo hoch.

»Gute Idee«, sagte Bertha. In Wirklichkeit traute sie sich kaum, sich vorzustellen, was geschehen würde, wenn sie vor Pforzheim den Schwarzwald hinauffahren mussten. Daran hatte Carl wohl nicht gedacht. In Mannheim war alles eben, da waren die zwei Pferdestärken genug. Aber wenn es schon bei dieser Steigung anstrengend wurde, schwante ihr Schlimmes.

Immerhin, Richard musste sich nicht wirklich anstrengen. Mit ein wenig Unterstützung tuckerte der Motor doch noch recht leicht nach oben, und der Riemen bekam wieder Griff auf der Riemenscheibe.

Die Straße ging kerzengerade Richtung Süden, und doch merkte Bertha, wie sie die Reise schon nach nicht einmal zwei Stunden anstrengte. Der Motor tat seine Arbeit, daran lag es nicht. Auch nicht an den beiden Hinterrädern, über denen sie und Eugen saßen. Die fuhren ruhig in den ausgetretenen Spuren der Pferdekutschen. Es war das kleine Vorderrad, das in dem holprigen Rasenstreifen in der Mitte hoppelte, was das Zeug hielt, und wenn es durch eine Mulde oder gar ein Schlagloch fuhr, dazu neigte, nach links oder rechts auszubrechen. Bertha musste die Lenkkurbel fest umklammern, um das Vorderrad im Zaum zu halten.

Carl war großzügig und hatte dem Wagen einen bequemen Ledersitz spendiert. Aber durch das permanente Holpern spürte Bertha so langsam doch ihr Kreuz. Da half auch die schmale Rückenstütze nicht wirklich weiter. Bertha fuhr etwas langsamer, auf dass sie nicht allzu sehr durchgeschüttelt wurden.

»Da, schaut mal, der Berg leuchtet ja richtiggehend rot und gelb«, rief Richard und zeigte mit seinem Finger auf eine kahle Felswand, die sich links von ihnen im Odenwald auftat. Ein sonderbarer Anblick, dachte auch Bertha. Als ob der Berg eine tiefe Wunde hätte. Sie sahen auf das nackte Innere der Felswand. Unter, über und neben der Abbruchkante standen die Bäume, als wäre nichts geschehen.

»Das ist ein Steinbruch, Richard«, sagte sie.

»Ist das Rote dann das Blut des Berges?«

»Nein, Richard, ein Berg blutet nicht. Aber wir können jemanden fragen, was für ein Stein das ist, der in diesen Farben schimmert.«

Diese Antwort schien ihn zunächst zu beruhigen. Bei dem rötlich gelben Gestein handelte es sich um Porphyr, wie man ihnen später erklärte, und bei dem grauen um Granit.

Kaum hatten sie Dossenheim hinter sich gelassen, kamen sie auch schon nach Handschuhsheim. Dort ging es den Hügel wieder hinunter.

»Ohhh …«, stieß Bertha hervor und beugte sich unwillkürlich nach hinten, als würde sie den Wagen so aufhalten oder doch wenigstens verlangsamen können. Schnell brachte sie den Motor in den Leerlauf, kurbelte so schnell sie konnte an der Bremse und hoffte, dass sie nicht die Kontrolle über den Wagen verlieren würde. Die beiden Jungen krallten sich mit ihren Fingern in den Sitzkissen fest. Eugen tat es seiner Mutter gleich und lehnte sich so weit wie möglich nach hinten, Richard hatte sich umgedreht und hoffte inständig, dass jetzt kein Fuhrwerk aus einer Seitenstraße ihren Weg kreuzen würde.

Dann flachte die Straße zum Glück wieder ab.

»Das müssen wir dringend Papa erzählen«, meinte Eugen, »er muss was erfinden, womit man den Wagen besser abbremsen kann.«

»Das glaube ich auch«, bestätigte Bertha und atmete tief durch, »so steil war dieser Hügel eigentlich gar nicht.« Sie schaute an der Seite nach unten, wo die Bremsklötze wieder mit ein paar Zentimetern Abstand von den eisenbeschlagenen Holzrädern ruhten. Sie konnte nur ahnen, wie warm diese geworden waren. »Da muss er sich wirklich noch etwas anderes überlegen.«

»Mama, pass auf!«, rief Eugen.

Bertha schaute wieder hoch und erschrak. Waren sie gerade noch davongekommen, kam ihnen jetzt aus dem Ort ein zweispänniges Pferdefuhrwerk, das mit Fässern beladen war, in schnellem Trab entgegen.

»Aus der Bahn«, rief der Kutscher zornig und wedelte mit seiner Peitsche, als dulde er keine Widerrede. »Ich hab's eilig, aus der Bahn, wird's bald.«

Bertha sah den roten Kopf des Kutschers, der keine Anstalten machte, auch nur einen Spaltbreit Raum zu schaffen und auf die Seite zu fahren, immer schneller auf sie zukommen.

Ja, ist denn der von allen guten Geistern verlassen, dachte sie.

»Haltet euch fest!«, rief sie ihren Söhnen zu, und im selben Moment riss sie die Lenkkurbel nach rechts. Das rechte Hinterrad kam von der Straße ab und hoppelte in der Böschung auf und nieder. Eugen und Richard verloren beinahe ihren Halt, wurden im einen Moment von ihren Sitzen gehoben, um im nächsten Moment wieder hart darauf zu landen. Bertha hielt sich an der Lenkkurbel und der Bremse fest. Die beiden Jungen klammerten sich krampfhaft an den Metallstangen für die Sitzlehnen. Sie hörte hinter sich die Pferde des Zweispänners wiehern und den Kutscher fluchen.

Bertha kurbelte wie wild an der Bremse, bis der Wagen endlich mit einem Ruck zum Stehen kam.

»Seid ihr in Ordnung?«, fragte sie ihre beiden Söhne.

Beide nickten, aber ihre Hände umklammerten noch immer die Stangen, und Bertha entnahm ihrer aschgrauen Gesichtsfarbe, dass die Situation doch wohl etwas zu spannend für sie war. Sie atmete mit aufgeblähten Backen tief durch, und die Jungs taten es ihr nach.

»Verdammt noch mal!«, fluchte der Kutscher wieder.

Er hatte im letzten Moment doch noch auf die Seite gelenkt, *was blieb ihm auch anderes übrig,* dachte Bertha und war ebenfalls mit den rechten Rädern im Straßengraben gelandet. Seine Fässer schien er jedenfalls gut festgezurrt zu haben. Sie befanden sich noch immer auf dem Wagen, als wäre nichts geschehen.

Bertha stieg langsam aus und lief zu dem Kutscher auf die gegenüberliegende Straßenseite, der ein paar Meter hinter ihnen zum Stillstand gekommen war.

Ruhig Blut, dachte Bertha, was gar nicht so einfach war. *Nur nicht wütend werden,* befahl sie sich selbst. Das hatte sie in der Schule so gelernt und auch von ihrer Mutter. In jeder Situation Haltung bewahren und keine Gefühle zeigen. Ihr war das eigentlich immer zuwider. Warum sollte sie nicht böse werden dürfen, wenn sie böse war? Warum durfte sie nicht wegrennen, wenn sie vor etwas Angst hatte? Warum durfte sie nicht einfach laut herauslachen, wenn ihr danach war? Immer diese Contenance, die ihr tagaus, tagein richtiggehend eingebläut wurde, je mehr sie sich dagegen wehrte. In diesem Augenblick aber, das wusste Bertha, war sie durchaus sinnvoll, die Contenance.

Der Kutscher war von seinem Bock gestiegen und betrachtete seine Wagenräder. Die waren zum Glück noch heil. Als er Bertha sah, schienen seine Augen vor Wut fast aus seinem

Kopf hervorzuquellen. Aber noch bevor er Luft holen und zu einer Schimpftirade ausholen konnte, sagte Bertha in ruhigem Ton: »Gibt es sonst noch etwas, womit ich Ihnen dienen kann?«

Sie lächelte den Kutscher an, der so perplex war, dass ihm seine Antwort im Halse stecken blieb.

»Na dann, noch einen schönen Tag, und gute Fahrt.«

Bertha drehte sich um und ging wieder zu ihren Söhnen. Ohne sich umzudrehen, hörte sie, wie der Mann unterdrückt vor sich hin schimpfte und mit Wucht seine Kappe auf den Boden schmiss. Bertha lächelte in sich hinein.

Die beiden Jungs waren in der Zwischenzeit damit beschäftigt, den Motorwagen wieder auf die Straße zu schieben. Zum Glück hatte auch ihr Wagen den Beinahezusammenstoß unbeschadet überstanden.

»Eugen, das Schwungrad«, sagte sie nur und stieg wieder auf.

Als der Motor angesprungen war und sie ihren Weg verfolgten, konnte sie ein breites Lächeln nicht mehr unterdrücken.

Kaum ließen sie Handschuhsheim hinter sich, kamen sie nach Neuenheim. Bertha versuchte immer noch, sich möglichst an den Eisenbahngleisen zu orientieren. Heidelberg, in das sie schon öfter mit dem Zug gereist waren, war nun nicht mehr weit. Nach der Fahrt über Land und durch kleinere Ortschaften, erreichten sie erstmals eine richtige Stadt, mit engen Gassen und vielen Menschen auf der Straße. Sie hoffte, dass diese nicht allzu sehr erschraken oder gar böse auf den Wagen wurden, und vor allem, dass sie ihre Wut nicht an Eugen und Richard ausließen. Sie selbst war in der Zwischenzeit einiges gewohnt, aber die beiden hatten bis heute noch nie erlebt, wie heftig die Leute auf das neuartige Gefährt reagieren konnten.

Ach, wir werden sehen, machte sie sich Mut. *Wenn ich beweisen möchte, dass ich bis nach Pforzheim komme, dann gehört das eben dazu.* Sie streckte ihren Rücken durch.

»Eugen, Richard, schaut mal, da vorne auf dem Berg, seht ihr?«

»Ein riesiges Schloss«, staunte Eugen nicht schlecht, und auch Richard konnte seine Augen nicht von dem monumentalen Bauwerk lassen.

»Genau, das Heidelberger Schloss. Und wenn wir über den Neckar sind, sind wir auch gleich in Heidelberg.«

»Warum bremst du?«, fragte Richard, seinen Blick weiter auf das Schloss gerichtet.

»Hier ist keine Brücke, nur eine Fähre.« Bertha stand schon am Ufer. Gegenüber konnten sie die Stadt entlang des Flusses liegen sehen.

Als sie noch abwog, ob sie besser den Umweg über die nächste Brücke nehmen oder es doch wagen sollten, auf die Fähre zu fahren, kam ihr schon schnellen Schrittes der Fährmann entgegen.

»Was soll denn das sein?«, fragte er schon einige Meter, bevor er sie erreicht hatte, nicht gerade freundlich.

Als Bertha zu einer Antwort ansetzte, schnitt er ihr das Wort ab. »Sie glauben doch wohl nicht, dass ich ein solches Ding mitnehme? Niemals! So etwas lasse ich auf meiner Fähre nicht zu, dass wir uns da nicht missverstehen.«

Jedes weitere Wort wäre hier zu viel gewesen. Bertha ließ den aufgebrachten Fährmann einfach stehen, schob den Lenkhebel so weit wie möglich nach links und drehte ab. Der Motor sprach lautstark für sich. Eugen und Richard mussten lachen, als der Fährmann, der ihnen ein paar Schritte gefolgt war, mitten in der Abgaswolke stand und zu husten anfing. Dieses Mal ermahnte ihre Mutter sie nicht.

6

Heidelberg war entlang des schmalen Neckartals gebaut und an seiner Westseite gerade mal ein paar Straßenzüge breit. Der Weg über die Brücke bedeutete für sie, dass sie fast durch die ganze Stadt fahren mussten. Wegen des Bergmassivs gab es nun mal keinen anderen Weg Richtung Süden.

Vielleicht ist das ja auch gar keine schlechte Idee, dachte Bertha sich. Erst wollte sie noch, um nicht gleich mitten in der Stadt zu landen, nach der Brücke wieder nach rechts in die Obere-Neckar-Straße abbiegen, um ihre Söhne nicht der Häme und Wut der Stadtbewohner auszusetzen. Im letzten Moment entschied sie sich doch, geradeaus durch die enge Steingasse direkt auf den großen Marktplatz mit dem Rathaus und der Heiliggeistkirche zu fahren.

Wenn schon, denn schon, dachte Bertha trotzig. Das Ziel der Fahrt war schließlich, den Patentwagen bekannt zu machen und zu zeigen, wozu man damit imstande war. Die Aufgabe, die sie sich selbst gestellt hatte, und die Abenteurerin, die endlich rauswollte aus ihrem Korsett, übertönten die Stimme der besorgten Mutter. *Da müssen die Jungs durch,* entschied Bertha.

Als sie den Wagen rechts auf die Brücke lenkte, staunten Eugen und Richard mit offenen Mündern über den Anblick der zwei runden Türme mit ihren hohen, dunklen Turmhelmen, die das Tor flankierten. Am rechten Turm schloss sich das stattliche kurfürstliche Kornhaus an.

Bertha musste sich selbst eingestehen, dass es durchaus etwas Erhabenes hatte, selbst lenkend auf dem Wagen zu sitzen und über diese bestimmt zweihundert Meter lange Brücke zu fahren. Richard zog unweigerlich den Kopf ein, als sie schließlich durch das Tor fuhren und er das mächtige Eisengitter wie ein Fallbeil über sich sah, das darauf wartete, heruntergelassen zu werden.

Bertha ließ den Holländer Hof rechts liegen und fuhr geradeaus über den kleinen Platz in die enge, mittelalterliche Steingasse. Das Töff-Töff des Motors hallte vielfach verstärkt zwischen den Häuserwänden empor.

In jedem Haus gab es Handwerker oder Händler mit ihren Ladengeschäften und eine kleine Gaststätte, fiel Bertha auf. Schon nach wenigen Metern hörte sie Pferde wiehern, dann das Getrappel unruhiger Hufe und einen Mann, der immer wieder »Ho« rief.

Bertha schwante, was gleich geschehen würde.

»Woher kommt denn dieser Höllenlärm, verdammt noch mal?! Die Pferde brennen uns noch durch!«

Ein wutentbrannter Mann mittleren Alters mit einer stattlichen, um nicht zu sagen dicklichen Statur mit rot erhitztem Kopf, wohl nicht nur der sommerlichen Wärme wegen, stapfte mit geballten Fäusten fluchend aus dem Eckhaus heraus.

»Ja, seid ihr denn von allen guten Geistern verlassen?«, rief er genauso laut wie erstaunt, als er sie alle auf dem Wagen erblickte. »Macht, dass ihr hier wegkommt mit diesem lärmenden Ungetüm, und zwar plötzlich!«

Eugen und Richard erschraken. Es schien fast, als kauerten sie auf den Sitzbänken zusammen, um sich so klein wie möglich zu machen. Bertha blieb ruhig und stolz sitzen und schaute stur nach vorne, den Fluchenden keines Blickes würdigend. Dass sie auch gleich auf den ersten Metern in der Stadt eine Kutschergelegenheit mit einem Stall im Hinterhof passieren mussten. *Nun ja, die Jungen haben ihre Feuertaufe jedenfalls hinter sich,* dachte Bertha.

Am Ende der Gasse fuhren sie auf eine Kirche zu, und der Marktplatz öffnete sich vor ihnen. Bertha drosselte die Geschwindigkeit noch weiter. Immerhin, sobald sie aus der schmalen Gasse heraus waren, verlief sich das rhythmisch hämmernde Geräusch des Motors etwas.

Beim heutigen Markttag herrschte reges Treiben auf dem Platz, der zwischen dem Rathaus im Osten und der Heiliggeistkirche im Westen lag. Ob die Bauern, die ihre Ware lauthals feilboten, oder die Dienstmägde und Damen, die die Waren kritisch begutachteten – ausnahmslos alle stellten das, womit sie gerade noch so geschäftig tätig gewesen waren, schlagartig ein und schauten ungläubig zu ihnen herüber. Kinder suchten die Rockzipfel ihrer Mütter oder krochen hinter sie. Männer und Frauen stoben in alle Richtungen davon, wenn sie nicht wie vom Blitz getroffen auf der Stelle verharrten, oder, wie die Händler, hinter ihrer Ware Schutz suchten.

Bertha hielt den Wagen an.

»Jesus Maria«, bekreuzigte sich eine ältere Frau, die sich zwischen den Ständen gegen die Kirchenmauer gedrückt hatte, gleich dreimal, während ein Metzger sein Beil auf das Hackbrett fallen ließ, mit großen Augen zu Bertha herübersah und stammelte: »Jetzt schlägt's dreizehn!«

Eine Mutter rief ihre Sprösslinge zusammen: »Kommt, Kinder, nichts wie weg hier.« Sie fasste sie an der Hand und flüchtete um die nächstbeste Ecke.

Bedrohlich wurde es, als drei große, kräftige Burschen, bewaffnet mit Kartoffeln, die sie mit ihren großen Händen aus einem Korb eines Marktstands herausgefischt hatten und jetzt jeweils auf einem Arm trugen, mit wütenden Blicken und fest entschlossen auf sie zukamen.

»Mach, dass du das Weite suchst, und zwar plötzlich«, rief der Erste von ihnen, nahm eine große Kartoffel in seine rechte Hand und hob seinen Arm zum Wurf.

»Sonst zerlegen wir dieses lärmende Ungeheuer da nach Strich und Faden und brechen dir in einem Aufwasch sämtliche Knochen – und deiner verdammten Brut gleich noch mit dazu«, drohte der Zweite. Auch er hob eine Kartoffel zum Wurf an.

»Los, verschwinde, du elendige Hexe«, rief der Dritte, als Bertha sich noch immer nicht bewegte und ruhig auf ihrem Wagen saß, alle drei mit ihren Augen fixierend.

Die Umstehenden hielten den Atem an. Was würde als Nächstes geschehen? Keiner traute sich auch nur, sich zu bewegen.

Schon flog die erste Kartoffel. Eugen und Richard bückten sich und hoben ihre Hände abwehrend vor ihr Gesicht. Bertha blieb unbewegt und aufrecht sitzen, ohne mit der Wimper zu zucken. Die Kartoffel verfehlte ihr Ziel.

Die zweite kam gleich hinterher und schlug knapp unter der Sitzbank, auf der Richard saß, ein. Der machte vor Schreck einen Satz und verkrümelte sich so schnell wie möglich zwischen den Beinen seiner Mutter und seines Bruders auf dem Holzboden des Wagens.

Bertha saß noch immer scheinbar ruhig und machte keinen Mucks. Und noch immer fixierte sie die drei Angreifer mit stechenden Augen. *Zum Glück ist das hier kein Fischmarkt,* dachte Bertha, als auch schon die dritte Kartoffel geflogen kam. Sie verfehlte Bertha nur um Haaresbreite und zerbarst am linken Hinterrad. Bertha zeigte keine Blöße. Das machte die drei nur noch zorniger. Sie kamen einen Schritt näher, nahmen jeder wieder eine Kartoffel in die Hand und hoben ihre Arme zum Wurf.

»Haltet ein, in Gottes Namen, so haltet doch ein!«, wurden sie von einem lauten Rufen unterbrochen.

Ein Pfarrer im Messgewand mitsamt Stola rannte aus einem Seitenausgang um den Chor der Kirche herum. Der Lärm musste ihn mitten aus der Andacht einer heiligen Messe gerissen haben. Er fuchtelte mit den Armen.

»Seid ihr denn von allen guten Geistern verlassen, hier mit Kartoffeln zu schmeißen?«

Erst als er ganz um die Ecke kam, sah er Bertha und ihre Söhne auf dem Wagen sitzen.

»Heilige Jungfrau Maria!«, rief er ungläubig aus, »was um alles in der Welt ist das denn?« Er blieb zwischen den drei Kartoffelwerfern und, in gebührendem Abstand, vor dem Gefährt stehen, das noch immer knatterte und puffte.

Bertha spürte, dass die drei sich dem Priester nicht widersetzen würden, aber auch, dass Letzterer nicht wusste, wie er mit ihr und dem Anblick dieses Wagens umgehen, ob er gar Angst davor haben sollte.

»Das also ist es, was meine heilige Messe so lautstark stört«, versuchte er, die Fassung wiederzuerlangen.

»Das tut mir aufrichtig leid, Hochwürden. Gott zum Gruße«, erwiderte Bertha freundlich und neigte grüßend ihren Kopf. Sie stellte den Motor ab.

Bertha hoffte, dass mit dem herzhaften Eingreifen des Priesters und der zurückgekehrten Stille die Spannung auf dem Platz merklich weniger werden würde. Und tatsächlich, die Ersten trauten sich sogar, ein paar Schritte näher zu kommen und diesen sonderbaren Wagen, jetzt, wo er so unbeweglich dastand, etwas genauer zu betrachten.

»Wir wollten nur hier durchfahren auf unserem Weg nach Pforzheim.«

»Ihr wolltet was?«, fragte der Pfarrer ungläubig und stellte fest: »Und dann sind euch eure Pferde durchgegangen, weil ihr selbst so einen liederlichen Lärm gemacht habt, nehme ich an?«

»Nein, das nicht …«

Der Pfarrer drehte sich um, um sicherzugehen, dass ihn selbst keine Kartoffel treffen würde.

»Und ihr drei, ihr beruhigt euch jetzt mal wieder und legt die Erdäpfel zurück.« Die drei Kartoffelwerfer standen, die

Arme immer noch wurfbereit, etwas unschlüssig herum und wussten sich keine Haltung mehr zu geben. Mit gesenkten Köpfen machten sie kehrt und legten die Ware zurück, wo sie sie hergeholt hatten.

Der Pfarrer drehte sich wieder zu Bertha um.

»Nein, das nicht«, wiederholte sie, »wir brauchen keine Pferde mehr. Das hier ist ein selbstfahrender Wagen.«

Richard traute sich, da der Priester jetzt näher kam und sie mit seiner Anwesenheit gleichsam beschützte, wieder nach oben und setzte sich auf seinen Platz.

»Ein was …? Aber so etwas gibt es doch gar nicht!«

»Eine neue Erfindung, Hochwürden, eine Erfindung meines Mannes.«

»Na ja, ähm, also gut, wie auch immer.« Der Priester rang um Fassung, wie er mit diesem neuartigen Zeugs umgehen musste. »Dann geht mit Gott, aber geht. Ich muss wieder in die Kirche und die Messe weiterlesen, die Leute warten schon.«

»Aber gern, Hochwürden.« Bertha lächelte ihm zu und streckte, noch bevor der Priester sich umdrehen konnte, ihre Hand aus, stand auf und machte Anstalten, vom Wagen herunterzusteigen. »Ihr zwei bleibt sitzen, was auch geschieht«, flüsterte sie ihren Söhnen zu. »Wenn ich bitten dürfte …«, sagte Bertha zu dem Würdenträger, dem nichts anderes übrig blieb, als ihre ausgestreckte Hand anzunehmen und ihr damit stützend vom Wagen herunterzuhelfen. »Ich möchte nur noch etwas Obst für die Reise kaufen.«

»Äh, ja sicher«, sagte der Priester etwas verwirrt und schaute ihr nach, wie Bertha langsam auf einen Obststand ein paar Meter vor ihr zusteuerte.

Auch wenn sie sich der zwar etwas ruhigeren, aber immer noch angespannten Situation bewusst war, so schmunzelte Bertha doch innerlich. Dass ausgerechnet ein Priester sie aus dieser brenzligen Situation retten musste. Noch dazu in vollem Ornat. Sie wusste, dass sie ein Risiko eingegangen war, als sie ihm die Hand ausgestreckt hatte. Aber in dem Moment, in dem er sie genommen und noch ein paar Worte mit ihr gewechselt hatte, musste allen auf dem Marktplatz deutlich gewesen sein, dass sie weder eine Hexe noch der Antichrist oder irgendeine andere Erscheinung aus der Hölle war. Dies galt dann auch für den Patentwagen. Sie feixte insgeheim, dass ihr dieser Clou gelungen war.

Sie schaute nach oben und sah, wie sich an den Fenstern des Rathauses die Leute regelrecht die Nasen platt drückten, um das Schauspiel aus sicherer Entfernung mitzuerleben. Nur zu, dachte Bertha, seht alle her, bestaunt nur diese neue Erfindung.

»Ich hätte gerne drei Äpfel«, sagte sie in einem bewusst ruhigen Ton zum Verkäufer hinter dem Obststand.

Der schaute sie unbeweglich an. Bertha wiederholte ihre Bitte freundlich.

»Äh, ja, selbstverständlich, gnädige Frau«, erwachte der Bauer aus seiner Schockstarre. Etwas unbeholfen packte er eine Papiertüte und wählte drei Äpfel aus.

»Aber ohne Würmer«, sagte Bertha und lächelte ihn an.

»Aber sicher, gnädige Frau. Bei mir bekommen Sie nur allerbeste Ware.«

»Das will ich hoffen.« Mit einem noch größeren Lächeln nahm Bertha die Tüte entgegen, erfragte den Preis und bezahlte.

»Entschuldigen Sie«, rief ihr ein Mann zu, als sie gerade bezahlt hatte. Sie drehte sich um und sah einen Herrn auf den Wagen zulaufen, etwas älter als sie, in feinem Zwirn, für die Jahreszeit etwas zu warm gekleidet, wie ihr schien, und mit einer Brille mit dicken Gläsern auf seiner Nase. Er traute sich mit unverhohlener Neugier an das Gefährt heran und betrachtete es ganz genau.

Bertha lief zurück zum Wagen. »Ja, bitte?«

»Das ist ja unglaublich«, sagte der Mann, der sich nach vorne gebeugt hatte, um alles aus nächster Nähe sehen zu können. »Wie haben Sie denn den Motor so klein und so leicht hinbekommen, dass er auf den Wagen passt und diesen auch noch fortbewegen kann?«

»Das ist eine Erfindung meines Mannes, Carl Benz. Ein selbstfahrender Wagen«, sagte Bertha stolz, »und er hat dafür sogar eine Patentschrift bekommen.«

»Ganz außerordentlich … und der Wagen fährt wirklich ohne Pferde?«, staunte der Herr wieder und rückte seine Brille zurecht.

»Ganz ohne Pferde, nur mit der Kraft des Motors«, bestätigte Bertha.

»Erstaunlich, erstaunlich«, sagte er gedankenverloren, um sich gleich darauf wieder zu besinnen. »Oh, entschuldigen Sie bitte, ich habe mich noch gar nicht vorgestellt.« Er wandte sich Bertha zu, verbeugte sich galant und räusperte sich leise.

»Professor Doktor Freymond, Emil Freymond. Sie müssen wissen, ich bin Professor am Neuen naturwissenschaftlichen Institut, gerade ein paar Straßenzüge weiter um die Ecke, und ich kam hier zufällig vorbei.«

»Das freut mich zu hören.«

»Aber sagen Sie, wie kann es sein, dass Sie keine Pferde mehr brauchen? Das wäre ja regelrecht eine …«, er rang nach dem richtigen Wort, »… eine Revolution. Ja, eine Revolution.« Er betonte dabei jede Silbe des letzten Wortes. »Ich weiß, dass es schon Versuche gab, dass verschiedene Leute damit beschäftigt sind. Bisher konnte noch nicht einmal ein halbwegs befriedigendes Ergebnis vorgewiesen werden. Ganz zu schweigen, dass es schon irgendjemandem überhaupt jemals gelungen sei, einen selbstfahrenden Wagen funktionstüchtig gebaut zu haben und dann auch tatsächlich damit fahren zu können.«

»Meinem Mann schon, wie Sie hier leibhaftig sehen können.«

»Wo ist Ihr Mann denn?«

»Zu Hause.«

»Zu … was?« Der Professor konnte es fast nicht glauben. »Aber wieso …«

»Nun, lassen Sie uns sagen, er ist darüber im Bilde, dass ich mit meinen Söhnen zu meiner Mutter nach Pforzheim unterwegs bin.«

»Ah, wie auch immer. Auf jeden Fall möchte ich gerne mehr über diese Erfindung wissen. Kommen Sie doch mit in mein Institut, dann können Sie mir in aller Ruhe und ungestört mehr erklären über diese Erfindung.«

»Das würde ich ja gerne, Herr Professor«, wiegelte Bertha ab, »aber wie gesagt, wir möchten heute noch nach Pforzheim …«

»Heute noch? Nach Pforzheim?«, unterbrach der Professor sie, »aber das ist doch schier unmöglich.«

»Schier vielleicht«, antwortete Bertha ihm, »aber eben nicht ganz. Nicht mit unserem Patentwagen. Und deshalb sollten wir jetzt wirklich weiter.« Sie ergriff den Rand der Sitzbank und stellte ihren Fuß auf das kleine Trittbrett. »Wenn Sie gestatten …«, sie schwang sich auf die Sitzbank, »dann können Sie jetzt gleich erleben, wie er fährt, unser Patentwagen.«

»Oh, äh, ja, natürlich.« Der Professor schien verwirrt ob ihrer Unerschrockenheit. »Nur schade, dass Sie schon wieder weitermüssen. Habe die Ehre«, hob er seinen Hut kurz vom Kopf und verbeugte sich vor ihr. »Dann bleibt mir wohl nur, Ihnen eine gute Fahrt zu wünschen.«

Bertha deutete Eugen an, dass er kräftig am Schwungrad drehen sollte, um den Wagen zu starten.

»Ihnen einen guten Tag, Professor Freymond«, sagte Bertha.

Als der Wagen ansprang, machten einige Leute gleich wieder einen Schritt zurück. Der Professor nutzte die Gelegenheit, um sich die Arbeitsweise des laufenden Wagens so genau wie möglich einzuprägen. Der Priester stand noch immer vor dem Wagen. Als Bertha langsam anfuhr, ging er einen Schritt auf die Seite.

»Auch Ihnen noch einen schönen Tag, Herr Pfarrer, und ich bitte nochmals um Entschuldigung für die Störung. Und danke für Ihr herzhaftes Einschreiten und Ihre Hilfe.«

»Schon gut, schon gut, keine Ursache, mein Kind.« Er winkte ihr zu.

Gerne hätte sie zurückgewinkt, aber mit einer Hand am Schalthebel und der anderen an der Lenkkurbel war ihr das leider nicht möglich. Dafür winkten Eugen und Richard, zurückhaltend zwar, aber immerhin. Die Angst war noch nicht aus ihren Körpern gewichen, sah Bertha. Und das würde sie auch nicht, bis sie aus dieser Stadt heraus wären.

Sie fuhr entlang der Marktstände um die Kirche auf die östliche Hauptstraße. Die Leute drängten auf die Seite oder flüchteten, wenn sie konnten, in Hauseingänge, sobald sie des Gefährts gewahr wurden. Wieder wurden ihnen Flüche und Verwünschungen entgegengebracht.

»Die sind doch vom Teufel beseelt«, rief jemand, und die Umstehenden bekreuzigten sich schnell.

Ein paar Blöcke weiter sah sie das Gebäude des Neuen naturwissenschaftlichen Instituts, das der Professor erwähnt hatte. Sie verlangsamte die Fahrt und bewunderte das hohe Gebäude mit seinen Verzierungen. Richard riss die Augen auf, als er die steinernen Figuren über den Fenstern des ersten Stockwerks sah. Furchterregend dreinschauende Menschenköpfe mit Hörnern auf dem Kopf, riesigen Ohren und einer Geldbörse unter ihrem Kinn glotzten ihn an, alte Männer mit wehenden Haaren und riesigen Ohren, die ein Goldstück auf der Zunge trugen, stachen mit ihren Augen in seine Seele. Bertha sah, wie er sich bemühte, sich nichts anmerken zu lassen. Er wollte wohl, vor allem vor seinem großen Bruder, nicht wie eine Memme dastehen.

Wir müssten jetzt fast den Bahnhof erreicht haben, dachte Bertha, als die Westliche Hauptstraße einen kleinen Bogen nach links machte. Tatsächlich öffnete sich die Straße nach nur ein paar Metern auf einen Platz rechts zum Hafenbecken und links zum Botanischen Garten hin. Gleich dahinter, das wusste sie, befand sich der Bahnhof der Main Neckar Eisenbahn und der Badischen Eisenbahn. Hinter dem Bahnhof hätten sie es geschafft. Von hier aus konnte sie schon sehen, wie der Odenwald wieder sanft in das Tal der Oberrheinischen Tiefebene überging. Aber zunächst mussten sie über den Bahnhofsvorplatz gelangen, was kein so leichtes Unterfangen war, mit all den Droschkenfahrern, die sich gerade fertig machten, um neue Fahrgäste zu begrüßen. Am Dampf und Lärm, der aus dem Bahnhof quoll, war auszumachen, dass dort gerade ein Zug eingefahren war. Bertha entschied sich, zu warten und den Motor abzustellen, bis es sich auf dem Bahnhofsvorplatz wieder etwas beruhigt hatte.

Die Leute strömten nach draußen. Die Droschkenfahrer priesen ihre Dienste lauthals an.

»Teufel noch mal, sind euch etwa die Pferde mitsamt der Deichsel durchgegangen?«, fragte ein Droschkenfahrer, der seine Fahrgäste gerade hatte aussteigen lassen, und lachte höhnisch. »Mit euch Frauenzimmern erlebt man vielleicht Sachen.« Er schüttelte erheitert den Kopf.

»Nein«, sagte Bertha ruhig, »wir warten nur, bis sich der Andrang hier gelegt hat, dann fahren wir weiter.«

»Also so viel habe ich heute noch nicht getrunken, als dass ich euer Märchen glauben würde, gute Frau.« Er schlug sich etwas Staub von seinem dunkelblauen Rock der Droschkenfahrer und fegte sich mit der Hand den roten Kragen sauber.

»Wartet es nur ab«, erwiderte Bertha, und dabei funkelten ihre Augen wieder. »Wenn er schon mit mir spricht«, wandte sich Bertha an den Droschkenfahrer, »was kostet eigentlich eine Fahrt von hier in die Stadt?«

»Na, fünfzig Pfennige, wie es halt von Amts wegen vorgeschrieben steht. Keinen Pfennig mehr oder weniger, das heißt für eine Person. So wie Sie hier sitzen, zu dritt, würde Sie eine Fahrt eine Mark und fünfzig Pfennige kosten. Aber natürlich sage ich zu einem guten Trinkgeld nicht Nein.« Diesen letzten Satz unterstrich er mit einem Augenzwinkern und hob seinen runden, schwarzen Lederhut kurz von seinem Kopf. Vorne stand in silbernen Ziffern die Nummer seiner Droschke.

»Und die Pferde müssen ja schließlich auch was essen, ich weiß.« Bertha kannte diese Sprüche zur Genüge.

»Ah, ich sehe, Sie sind eine erfahrene Droschkenkundin, schöne Frau!« Der Fahrer lachte wieder.

»War«, sagte Bertha, »das war ich. Nun fahre ich selbst. Und wenn das in Zukunft mehr Leute machen werden, dann bräuchten immer weniger Leute solche üblen Sprüche und Anzüglichkeiten ertragen.«

»Haha, wie soll denn das gehen? Glauben Sie vielleicht, dass bald ein jeder ein eigenes Pferd zu Hause halten und füttern wird? Na dann wird es aber voll in der Wohnung, das kann ich Ihnen sagen.« Er schüttelte sich vor Lachen. »Und außerdem, wann brauchen Sie denn eine Droschke? Doch nicht den ganzen Tag, oder? Na also, da ist es doch besser, man mietet sich eine, das ist doch viel bequemer. Und bequem wollen es die Leute heutzutage, das kann ich Ihnen sagen.«

Er zog einen Flachmann aus seiner Weste und nahm einen kräftigen Schluck, obwohl den Kutschern das Trinken von Alkohol streng untersagt war. *Wohl nicht der erste heute,* dachte Bertha. Sie hoffte, dass er seinen Wortschwall im Alkohol versenken würde, sah sich aber eines Besseren belehrt.

»Nein, nein, und stellen Sie sich nur vor, alle hätten eine Droschke. Wie käme man denn dann noch durch die Straßen? Es ist ja jetzt schon manchmal ein großes Durcheinander, schauen Sie doch nur.« Er machte mit seiner rechten Hand eine ausladende Geste in Richtung des Bahnhofsvorplatzes.

Bertha hoffte inständig, dass es schnell wieder ruhiger wurde und sie ohne allzu viel Aufhebens die letzten Meter durch die Stadt kommen würden.

Dem Kutscher hörte sie nur noch mit halbem Ohr zu, und auch er schien das Interesse an dem Gespräch verloren zu haben.

Nachdem auf dem Bahnhofsvorplatz wieder etwas Ruhe eingekehrt war, starteten sie den Motor. Langsam fuhr Bertha über die Bahngleise hinaus aus Heidelberg.

Als sie wieder auf offenem Feld fuhren, war Richard und Eugen deutlich anzumerken, wie sie sich nach und nach entspannten. Bertha begann leise ein Lied, und die beiden stimmten mit ein. Das half ihnen allen, den Trubel und Ärger in dieser Stadt zu vergessen. Nachdem die letzte Note des Liedes verklungen war, saßen sie stumm auf dem Wagen und hingen ihren Gedanken nach.

»Mama?«, hörte sie nach einer Weile.

»Ja, Richard?«

»Wir sind doch nicht der Teufel, oder?«

7

Sie ließen Heidelberg hinter sich, ohne dass der Motor erneut überhitzte oder das Wasser nachgefüllt werden musste. Erst als sie wieder im Grünen waren, hielt Bertha an. Nicht nur der Wagen, sie alle hatten eine Verschnaufpause nötig. Bertha holte die drei Butterbrezeln, die sie von zu Hause mitgebracht, und die Äpfel, die sie in Heidelberg gekauft hatte, aus dem Korb. Ihre Söhne aßen mit großem Appetit, aber die Unbeschwertheit vom Anfang ihrer Reise war verflogen. Bertha ließ Geduld und Ruhe walten und beobachtete, wie die Anspannung langsam nachließ. Eugen und Richard begannen, das Erlebte in großartige Geschichten umzubiegen, die sie, sobald sie in Pforzheim wären, der Oma erzählen würden, aber vor allem ihren Freunden zu Hause.

»Stellt euch vor, die hätten mit Eiern geworfen!«

»Das glauben die anderen uns doch nie!«

»Ihr Angeber«, lachte Bertha. Sie war froh, dass die beiden wieder guter Dinge waren.

»Kommt«, sagte sie, nachdem die beiden sich mit immer tolleren Geschichten überboten, »es wird Zeit.« Sie packten ihre sieben Sachen zusammen, Bertha stellte den Korb auf den Wagen und setzte sich. Richard füllte das Wasser nach und stieg auf, Eugen stellte sich ans Schwungrad. Der Motor ließ sein vertrautes Töff-Töff hören, und sie fuhren weiter.

»Da hapert doch was«, sagte Bertha. Schon nach wenigen Metern merkte sie, dass sie nicht so schnell vorankamen wie bisher. »Merkt ihr das auch?«

»Der ruckelt«, sagte Eugen. Sie lauschten alle drei dem Töff-Töff des Motors. »Das sind doch Fehlzündungen.«

Kaum hatte er ausgesprochen, ging der Motor aus. Das

Herz des Wagens kam zum Stillstand. Bertha kurbelte die Bremsen fest und schwang sich vom Bock.

»Dann lasst uns mal schauen, was da los ist.«

Die Jungen öffneten die Flügeltüren des Holzkastens, der den Motor zu einem Großteil nach oben, hinten und zu den Seiten hin verkleidete, um zu sehen, was Sache war. Zu dritt begutachteten sie den hinteren Teil des Wagens, konnten aber zunächst nichts Ungewöhnliches feststellen.

»Die Brandstoffzufuhr«, sagte Bertha auf einmal. »Ich glaube, dass der kleine Schlauch, der das Ligroin zum Motor führt, verstopft ist. Das ist uns bei Testfahrten auch hin und wieder mal passiert.«

»Und wie sollen wir das jetzt reparieren? Wir haben doch gar keine Werkzeuge dabei.«

Richard hatte recht. Daran hatte sie nicht gedacht. Bertha wurde heiß und kalt zugleich. Carl hatte immer eine Werkzeugkiste auf den Wagen gestellt, man wusste ja schließlich nie. Und allzu oft ging tatsächlich etwas kaputt. Wie hatte sie nur vergessen können, die Werkzeugkiste, die immer parat neben dem Wagen stand, mitzunehmen. Jetzt war guter Rat teuer.

Eugen schaute sich den Schlauch genau an.

»Der hat hier oben eine ganz andere Farbe, so dunkel. Ich glaube, du hast recht, Mama, da ist irgendetwas, was die Leitung verstopft.« Er zeigte mit dem Finger auf die Stelle.

»Kein Wunder, dann kann er ja auch nicht mehr laufen«, stellte Richard fest. »Und was machen wir nun?«

Ratlos schauten die Jungen sie an.

»Ich habe eine Idee«, sagte Bertha und streckte ihren Zeigefinger in die Höhe. »Wir haben zwar kein Werkzeug dabei, aber zum Glück eine Hutnadel.« Sie hielt mit der einen Hand ihren Hut fest, und mit der anderen nestelte sie an ihrem Hut. Triumphierend hielt sie die lange Nadel in die Luft.

»Damit sollte es klappen. Eugen, du machst den Schlauch am Vergaser los, aber vorsichtig, du weißt ja, wie schnell sich das Ligroin entzünden kann.«

Eugen beugte sich vornüber und zog vorsichtig an dem Schlauch. Auch Bertha beugte sich jetzt über den Wagen. So hatte es keinen Sinn, merkte sie. Sie musste ihren Hut absetzen, anders war er ihr im Weg. *Immerhin, die Nadel habe ich ja schon herausgezogen,* dachte Bertha. Sie hatte mit Bedacht für die Fahrt einen Hut mit einer recht kurzen Krempe ausgewählt, der nicht im Fahrtwind flatterte und nachher verschlissen wäre. Aber auch die kurze Krempe war nun hinderlich.

Sobald Eugen den Schlauch an dem einen Ende lose hatte, stocherte sie vorsichtig mit ihrer Hutnadel in der Leitung, um den angehäuften Dreck zu lösen, der den Zufluss des Brandstoffs behinderte.

»Aber wenn uns das Zeugs dann den Motor verstopft?«, fragte Richard.

»Ich glaube, das Risiko können wir eingehen. Das wird einfach im Motor verbrennen. Vielleicht gibt es ein paar Fehlzündungen, aber das sollte alles sein.«

Noch immer fuhr sie mit der Nadel auf und ab. Vor allem an den Rändern hatte sich eine kleine Kruste festgesetzt.

Nach einer Weile zog sie die Nadel wieder aus dem Schlauch und strich sie ein paarmal durch das trockene Gras am Wegesrand sauber.

»So, das sollte genügen. Steckst du die Leitung wieder in den Vergaser, Eugen? Aber so fest, dass sie auch wirklich sitzen bleibt.« Sie streckte ihren Oberkörper und setzte ihren Hut wieder auf.

»Die Werkzeugkiste einer Frau«, sagte sie schmunzelnd.

»Du bist ganz schön praktisch, Mama«, sagte Richard voller Bewunderung und Stolz. Bertha lachte und strich ihm liebevoll über die Wange.

Boxberg und Emmertsgrund, lasen sie auf den nächsten Ortsschildern. Die kleinen Orte lagen auf der linken Seite Richtung Odenwald. Leimen, der Ort danach, schien etwas größer zu sein und lag auf der anderen Seite der Straße, da die Ausläufer der Waldhügel hier bis an die Straße reichten.

Nach Leimen wurde die Rheinebene wieder breiter, der Wald zog sich etwas weiter nach Osten zurück. Bei Nußloch, der nächsten Ortschaft, verabschiedeten sie sich vom Odenwald und kamen ins Kraichgau. Die Strecke ging kaum merkbar, aber stetig leicht bergauf. Der Motor musste sich spürbar mehr anstrengen. Bertha hoffte, dass er nicht wieder heiß lief.

Nach einer kurzen Strecke sahen sie schon von oben Wiesloch liegen. *Zum Glück*, dachte Bertha, *dann geht es ein Stückchen bergab, da kann sich der Motor wieder etwas ausruhen.*

Kaum hatte sie dies gedacht, haperte der Motor wieder und hatte Fehlzündungen.

»Was ist los, Mama, geht der Motor kaputt?«

»Ist die Brandstoffleitung schon wieder verstopft?«, vermutete Richard.

»Nein, das glaube ich nicht«, erwiderte Bertha. »Es klingt irgendwie ernster als vorher.«

Es machte noch ein letztes Mal töff, dann hörte der Motor auf zu arbeiten. Bertha beeilte sich, den Schalthebel in den Leerlauf zu bringen, sodass sie nicht alle nach vorne geschleudert werden würden. Alles stand still. Auch das gusseiserne Schwungrad mit seinen einhundertfünfundzwanzig Kilogramm bewegte sich nicht mehr.

»Na, dann lasst uns mal schauen, was es dieses Mal ist«, sagte Bertha und versuchte, fröhlich zu klingen.

Wieder nahmen die beiden Jungs die Flügeltüren der Holzverkleidung ab, und wieder beugten sie sich alle drei über den Motor und alles, was dazugehörte.

»Tja«, Bertha brauchte nicht lange, um zu sehen, was die Ursache für ihren ungewollten Halt war, »das Ligroin ist schlicht alle«, stellte sie konsterniert fest.

»Wir haben aber keines mehr.« Eugen breitete hilflos seine Arme aus.

»Zu dumm, dass ich da nicht dran gedacht habe«, murmelte Bertha. »Bei unseren Testfahrten hatten wir nie extra Ligroin nötig.«

»Aber jetzt sind wir ja auf einer richtig langen Reise«, sagte Eugen.

»Und jetzt?«, fragte Richard hilflos.

»Schieben wir bis zur nächsten Apotheke«, sagte Bertha fest entschlossen. »So weit kann das nicht sein. Im Ort wird es bestimmt eine geben, und wir können nur hoffen, dass sie dort Ligroin haben.«

Ihre Söhne ließen die Köpfe hängen.

»Also los, Jungs, an die Räder und schieben! Ich steuere.«

Neben dem Lenken musste sie vor allem bremsen, und die Jungen mussten immer wieder in die Speichen greifen, damit der Wagen bergab nicht zu schnell wurde. Der Weg führte steil nach unten in den Ort hinein. Wieder bemerkte Bertha, dass sie ohne die Kraft ihrer Jungs den Wagen auf dem Abhang nicht alleine zum Stillstand bringen könnte.

Immerhin flüchteten die Leute im Ort nicht vor ihnen oder riefen Schimpf und Schande. Der Wagen machte so ja auch keinen Lärm. Dafür waren Richard und Eugen ziemlich verschwitzt. Die Leute schauten eher mitleidig oder hämisch.

»Sind euch etwa die Pferde durchgegangen?«, wurden sie wieder mehr als einmal gefragt. Bertha vermied es, die immer gleiche Frage zu beantworten, winkte einfach ab und fragte nach einer Apotheke. Die Apotheke befände sich auf halbem Weg ins Tal rechts auf einem kleinen Platz mitten im Ort, gab man ihr Auskunft. Vor allem Eugen und Richard waren froh, dass sie nicht mehr lange schieben oder gegenhalten mussten. Sie waren durstig, ihre Hemden hingen ihnen aus der Hose, und ihre Rücken waren nass geschwitzt.

»Ah, wir sind da«, rief Bertha den beiden zu, als sie an einem Gebäude den Schriftzug »Stadtapotheke« lesen konnte mitsamt dem Stadtwappen von Wiesloch. Sie brachten den Wagen zum Stillstand, und Bertha lief die zehn Stufen hoch, die links und rechts über dem Souterrain zur Eingangstür führten.

Wie jedes Mal, wenn sie eine Apotheke betrat und diese Mixturen aller möglichen Kräuter, Tees und Medikamente in ihre Nase einsog, war es ihr, als käme sie in eine andere Welt. Das war schon seit ihrer Kindheit so, und diese Faszination war ihr immer geblieben. Bertha liebte diesen Geruch.

Die Apotheke war größer, als sie erhofft hatte, und so auch die Wahrscheinlichkeit, dass sie hier die benötigte Flüssigkeit bekommen würde.

»Guten Tag, gnädige Frau! Womit kann ich Ihnen dienen?« Der Apotheker stand vor ihr in einem weißen Kittel und deutete mit seinem Kopf, dem nicht mehr als ein Haarkranz geblieben war, eine Verbeugung an.

»Ich hätte gerne Ligroin«, äußerte Bertha ihren Wunsch und hoffte inständig, dass er ihr diesen erfüllen konnte.

»Aber sicher, gnädige Frau.« Der Apotheker drehte sich um, stieg, trotz seines Bäuchleins überraschend behänd, auf eine kleine Leiter und nahm eine Glasflasche aus einem der oberen Regale. »Haben Sie sonst noch einen Wunsch?«, fragte er, als er die Flasche auf den Ladentisch stellte.

»Wie viel Ligroin haben Sie denn hier?«

»Da müsste ich kurz schauen, gnädige Frau.« Wieder stieg er auf die Leiter. »Noch drei weitere Flaschen.«

»Dann nehme ich alle, bitte.«

»Sie möchten sie alle? Na, dann haben Sie aber was vor«, kommentierte der Apotheker, neugierig geworden.

»Oh ja, das habe ich.« Sie lächelte den Apotheker an, ohne weiter auf seine Frage einzugehen. Jetzt, da sie das Ligroin hatte, war Berthas Vertrauen in ihre Unternehmung wieder voll und ganz zurückgekehrt. *Ich lasse ihn ein bisschen zappeln,* dachte sie, *er wird eh gleich sehen, wofür wir das ganze Waschbenzin brauchen.*

Sie rechnete ab und ging mit den Flaschen unter dem Arm zum Ausgang.

Der Apotheker beeilte sich hinter seinem Ladentisch hervor, um ihr die Tür aufzuhalten.

»Einen guten Tag wünsche ich Ihnen. Habe die Ehre, gnädige Frau. Beehren Sie uns bald wieder, gnädige Frau«, sagte er mit einer Verbeugung und kam aus dem Staunen nicht mehr heraus, als er draußen den Patentwagen auf dem Platz stehen sah.

Eugen und Richard waren wieder in ihrem Element und erklärten den hinzugelaufenen Interessierten, was sie da vor sich hatten.

Der Apotheker kam hinter Bertha mit offenem Mund die Treppenstufen herunter. »Brauchen Sie hierfür das Ligroin?«, fragte er ungläubig.

»Ja«, gab sie knapp zurück und überreichte Eugen eine der Flaschen.

Der Apotheker wurde grau im Gesicht, als er sah, wie Bertha den ganzen Liter der leicht entflammbaren Flüssigkeit an den Jungen reichte und der sich sogleich daranmachte, die Flasche zu öffnen.

»Aber …«

»Keine Angst, der Junge weiß, was er tut«, hielt Bertha den Apotheker davor zurück, einzuschreiten.

»Meinen Sie wirklich?« Er schien um sein Leben und um das der Leute auf dem Platz zu fürchten, die sich in immer größerer Zahl eingefunden hatten.

»Würde ich es ihn sonst tun lassen?«, fragte Bertha, noch immer die Ruhe selbst.

»Wenn Sie meinen, gnädige Frau …«, sagte der Apotheker zögernd.

Mit geübten Bewegungen füllte Eugen den kleinen Kraftstofftank. Die Flasche wurde geleert und das zylindrische Kupferbehältnis wieder verschlossen.

Der Apotheker wischte sich mit seinem Taschentuch den Schweiß von der Stirn.

Vor der Gastwirtschaft am Platz sah Bertha den Wirt stehen und bat ihn um etwas Wasser für ihre Söhne.

»Und für Sie natürlich einen Riesling von hier«, vervollständigte er geschäftig seinerseits, und bevor Bertha ablehnen konnte, fügte er hinzu: »Der geht aufs Haus.« Der unerwartete Auflauf vor seiner Wirtschaft würde ihm sicher etwas Geld in die Kasse spülen, je länger sie da mit diesem Ding standen und die Leute gaffen würden. Also schenkte er ihr für alle sichtbar ein Glas ein.

Doch Bertha wollte weiter. Sie hatten noch ein ganzes Stück zu fahren, wenn sie heute noch in Pforzheim ankommen wollten. Und während ihre Söhne das Wasser beide in einem Zug austranken und all den Wissbegierigen eifrig die Funktion des selbstfahrenden Wagens erklärten, fragte sie den Apotheker, der noch immer verblüfft neben ihr stand, nach dem Weg.

Sie musste zugeben, dass ihr der Wein durchaus schmeckte, auch wenn sie lieber nur ein Glas Wasser gehabt hätte. Einen Moment lang musste sie an Carl denken, und dass er sich wohl die Zeit genommen hätte, den Wein zu genießen. Denn genießen konnte er, wie viel und wie hart er auch arbeitete, das musste sie ihm lassen.

»Weiter geht's«, rief sie Eugen und Richard zur Abfahrt.

Sie bedankte sich nochmals bei dem Apotheker, dem Wirt und dann allgemein den Leuten für ihr Interesse und bat sie alle, einen Schritt zurückzutreten. Gleichzeitig warnte sie davor, dass es gleich, wenn sie den Wagen anschmeißen würden, wie in einer Fabrik Lärm, Dampf und Gestank geben würde. Das schien zu helfen. Zwar erschraken die Leute und wichen gleich noch ein paar Schritte mehr zurück, aber immerhin gab es kein Fluchen und kein Verwünschen mehr. Vielmehr wünschten ihr die Leute, als sie den Schalthebel langsam nach vorne bewegte und sich der selbstfahrende Wagen mit seinem regelmäßigen Töff-Töff in Bewegung setzte, sogar eine gute Reise.

8

In Wiesloch wurde ihr versichert, dass sie mit dem beschriebenen Weg wieder näher an die Gleise herankämen und sich dann ein ganzes Stück lang bis hin nach Bruchsal am Gleisbett orientieren könnten. Die Straße führe sie auf dem schnellstmöglichen Weg dorthin. Das könne sie gar nicht verfehlen.

Sie fuhren bald aus der Stadt, und schon nach wenigen Kilometern sahen sie tatsächlich die Bahnstrecke. Mit frischem Wasser und erst einmal genügend Ligroin versorgt, fuhr der Wagen im Rhythmus des Motors fröhlich vor sich hin.

»Mama?«

»Ja, Richard?«

»Ich …«

Bertha sah ihm an, dass ihm eine Frage auf den Lippen brannte, die er sich nicht so richtig zu stellen traute. »Was ist denn, Richard, so schlimm wird es ja wohl nicht sein.«

»Warum sagen eigentlich alle Arbeiter in der Firma und im Haus immer Mama Benz und Papa Benz zu euch?«

Bertha war erleichtert. Wenn es weiter nichts war, was den Jungen drückte.

»Ihr seid doch nur die Mama und der Papa vom Eugen, der Klara, der Thilde und mir?«

»Ich glaube nicht, dass unsere Arbeiter alle meinen, wir seien ihr richtiger Papa oder ihre richtige Mama«, sagte sie milde. »Ich glaube, sie möchten so einfach zeigen, dass sie sich wohlfühlen bei uns und dass wir nicht nur Arbeit von ihnen einfordern, sondern dass wir auch ein offenes Ohr haben, wenn sie mal Probleme haben, genauso wie Eltern eben. Verstehst du?«

»Mir gefällt das«, sagte Eugen, »es ist fast so, als wären wir auch in der Werkstatt eine große Familie, meinst du nicht auch, Richard?«

»Ja, schon, aber ein bisschen komisch finde ich es immer noch.«

Bald erreichten sie Mingolsheim und schnell danach Langenbrücken, wo sie sich wieder Ligroin beschafften. Dann ging es immer mehr oder weniger parallel zur Eisenbahnlinie Richtung Stettfeld. Zwischen diesem kleinen Flecken und Ubstadt sahen sie abwechselnd immer mehr zum einen die so typisch wellenförmig aufgehäuften Spargelfelder und zum anderen die ausladenden Tabakfelder an sich vorbeiziehen. Die Spargelfelder waren schon eine Weile abgeerntet und lagen brach. Auf den Tabakfeldern wuchsen immerhin noch Geiztriebe mit ihrem Nachtabak, den die Bauern später für den Eigengebrauch ernteten.

Dafür standen andere Felder in voller Pracht. Der Weizen brauchte nicht mehr lang, bis er so weit war, die Sonnenblumen reckten ihre großen Blütenkörbe in die Höhe, als befänden sie sich in einem Wettbewerb, wer zuerst den Himmel erreichen würde, die Bienen summten um die Sträucher am Wegesrand, die ihre Blätter grüner als grüner, so schien es, austrieben, und die Sommerblumen zeigten sich von ihrer fröhlichsten Seite.

Sie hingen alle drei ihren Gedanken nach, die Sonne wärmte sie, der Fahrtwind kühlte ihre Haut auf angenehme Temperaturen, sie atmeten die reiche und volle Sommerluft und genossen die Aussicht.

Es war Richard, der an der Seite des Wagens hinuntergeschaut hatte und mit einem Mal die Stille mit sorgenvoller Stimme durchbrach.

»Ich glaube, die Ketten hängen durch.« Er zeigte auf die Antriebsketten, die die Kraft des Motors links und rechts auf die Räder übertrugen.

Bertha und Eugen überzeugten sich ebenfalls davon.

»Du hast recht, das sieht nicht gut aus«, sagte Eugen.

»Ganz und gar nicht«, pflichtete ihm Bertha bei. »Der Stahl ist nicht hart genug, das hat euer Vater schon befürchtet.«

»Und was jetzt?«, fürchtete sich Richard, »wenn die noch länger werden, greifen sie nicht mehr und fallen uns von den Zahnrädern. Dann stehen wir ganz schön dumm da.«

»Wir müssen einen Schmied finden, der sie wieder kürzt«, überlegte Bertha laut. »Wisst ihr, ich wollte in Bruchsal sowieso eine kleine Pause einlegen. Schließlich müssen wir ja auch mal etwas Anständiges essen. Was meint ihr?«

»Au ja«, riefen die beiden begeistert. Bertha musste lachen.

»Das täte euch schon ganz gut, euch Helden, oder?!«

Die beiden malten sich aus, wie groß die Berge an Spätzle in kräftiger Bratensoße mit einem Schnitzel wären, die sie gleich vertilgen würden.

»Bruchsal ist nicht mehr weit, aber auch wenn ihr Hunger habt, fahre ich etwas langsamer, dann beanspruchen wir die Ketten nicht so.«

9

Bertha entschied, einfach auf den Marktplatz zu fahren. Dort hätten sie die größte Chance, jemanden zu finden, der einen guten Schmied kannte, und eine Wirtschaft würde es dort bestimmt auch geben.

Richard wurde ganz mulmig, als er das Wort Marktplatz hörte. Heidelberg steckte ihm noch ziemlich in den Knochen.

»Schieben wir den Wagen in die Stadt?«, fragte er.

»Wieso denn?« Bertha sah ihn verwundert an.

»Na ja, in Wiesloch waren die Leute wesentlich freundlicher zu uns als in Heidelberg.«

Bertha sah zu Eugen, der auch nicht gerade einen frohen Gesichtsausdruck machte.

»Wir sind doch auf dem Wagen unterwegs und nicht etwa zu Fuß?!«

»Ja schon, aber …«

»Na also. Außerdem haben wir bis Bruchsal noch genügend Ligroin. Das wird schon«, sagte sie fest entschlossen, »Bruchsal ist nicht so groß wie Heidelberg, so einen Auflauf wird es schon nicht geben.«

Sie sah in den Augen von Eugen und Richard, dass es die beiden nur wenig zu beruhigen schien.

»Neuerungen haben eben ihren Preis. Und da gilt es, Haltung zu bewahren. Wenn wir den Leuten nicht zeigen, zu was unser Wagen fähig ist, können wir es gleich ganz lassen. Und euer Vater kann aufhören mit seinen Tüfteleien. Natürlich ist der Widerstand anfangs groß. Aber da müssen wir halt durch. Und je mehr wir den Leuten zeigen, wie überzeugt wir von dieser Idee sind, desto neugieriger werden sie sich den Wagen anschauen und ihn nicht mehr nur einfach so von vorneherein verfluchen. Versteht ihr?«

Die beiden waren sich ihrer Sache nicht so sicher.

»Wenn ihr Angst zeigt, fürchten sich auch die Leute und wollen verhindern, was ihr bekanntes Leben verändern könnte. Grundlegend verändern könnte«, schob sie noch nach. »Wer will schon jemandem vertrauen, der selbst Angst hat vor dem, wovon er andere überzeugen möchte?«

Bertha sah, wie sich die Mienen ihrer beiden Söhne etwas aufhellten. So langsam schienen sie zu verstehen, worauf sie hinauswollte.

»Ich verrate euch mal was, aber das müsst ihr für euch behalten. Könnt ihr das?«

»Ehrenwort«, sagten beide, und ihre Ohren glühten vor Neugier.

»Ich hätte euren Vater nie geheiratet, wenn es nach meinem eigenen Vater gegangen wäre. Der war nämlich zunächst gegen die Heirat.«

Eugen und Richard starrten sie mit großen Augen an.

»Mein Papa meinte, dass Carl zwar ein netter Kerl sei, aber noch nicht wirklich reif, um eine Familie zu gründen.«

»Aber ihr habt geheiratet«, fragte Eugen.

»Ja, weil ich so lange darauf gedrängt habe, bis euer Großvater schließlich eingewilligt hat. Versteht ihr? Es geht darum, an seiner Idee, an seiner Liebe oder seiner Meinung festzuhalten, egal was andere dazu sagen. Wenn man etwas wirklich will und felsenfest davon überzeugt ist und mit keinem Argument zu widerlegen, dann wäre man doch ein Angsthase, wenn man einfach klein beigeben würde?«

Die beiden nickten.

»Es geht darum, dass ihr Haltung zeigt, dass ihr eurer Überzeugung folgt und diese auch ausstrahlt.«

Sie machte eine kurze Pause, bevor sie fortfuhr.

»Es liegt also mit an euch, wie uns die Leute auf dem Marktplatz in Bruchsal begegnen werden. Ihr seid doch von Papas Erfindung begeistert und wollt auch, dass so viele Leute wie möglich mit einem selbstfahrenden Wagen anstatt mit einem Pferdekarren unterwegs sein können.«

»Ja, natürlich«, bestätigten sie eifrig.

Der Wagen fuhr bereits an den ersten Häusern in der leicht abfallenden Allee vorbei.

»Dann setzt euch aufrecht hin und richtet eure Kleider. Da vorne ist schon das Tor, da beginnt die Stadt, und da gibt es gleich eine schöne Überraschung für euch.«

Bruchsal kannten ihre Söhne bisher nur durch das Zugfenster oder von den Bahnhöfen aus. Das riesige Schloss, das sich ihnen nach der Durchfahrt durch das Damianstor bot, hatten sie noch nie gesehen.

Rechts von ihnen tat sich die barocke Wucht des Bruchsaler Schlosses vor ihren Augen auf. Bertha konnte an den Gesichtern ihrer Söhne sehen, wie beeindruckt sie waren von der Größe und Schönheit des Baus.

Sie verlangsamte das Tempo des Wagens, indem sie die Bremse ein Stück weit zukurbelte.

»He, warum so langsam, ihr Gaffer, habt ihr unser Schloss denn noch nie gesehen?«, rüpelte ein Pferdekutschenfahrer, als er an ihnen vorbeifuhr.

Bertha antwortete nicht, und die beiden Jungen waren viel zu sehr damit beschäftigt, die Details der Schlossanlage aufzunehmen.

»Warum fahren wir so langsam?«, fragte Richard schließlich doch, nachdem auch ein anderes Fuhrwerk sie schimpfend überholt hatte.

»Wenn ich mich nicht irre, geht es hier gleich ziemlich steil durch eine enge Straße hinunter in die Stadt, und ich habe beileibe keine Lust, gegen eine Hauswand zu fahren und hier zum Gespött der Leute zu werden, bevor wir überhaupt richtig angekommen sind.«

Richard schaute sie mit aufgerissenen Augen an.

»Keine Sorge, das wird schon«, sagte Bertha, »so schlimm wird das hier nicht.«

Bevor es wieder flach wurde, wurde es tatsächlich erst mal so richtig steil. Die enge Straße war vielleicht kurz, hatte es aber wirklich in sich. *Der Wagen braucht einfach kräftigere Bremsen,* dachte sie nicht zum ersten Mal heute. Unten angekommen fuhr sie auf gut Glück nach links in die Kaiserstraße in Richtung Kirchturm.

»Das klingt doch, als wären wir schon nahe am Marktplatz, meint ihr nicht?«, versuchte sie, ihre beiden Söhne etwas aufzumuntern.

Zum Glück war heute kein Markt, stellte Bertha fest, als sie den Wagen vor der Kirche zum Stehen gebracht hatte, die seltsamerweise schräg zur Straße hin gebaut war. Sie schaltete sofort den Motor aus, und schon kamen die ersten Schaulustigen auf sie zu.

Bevor Bertha fragen konnte, wo sie einen guten Schmied finden würde und sie etwas zu essen bekämen, sah sie aus dem gegenüberliegenden Gasthof mit dem außergewöhnlichen Namen *Zum Krokodil* ein paar junge Männer auf sich zukommen.

»He, Sie«, rief einer von ihnen, »was machen Sie denn für einen Heidenlärm?« Die Herren, die sich leicht schwankend näherten, hatten wohl schon bei dem ein oder anderen Bier gesessen. Mit ihren finsteren Augen unter zusammengezogener Stirn und leicht gesenkten Köpfen wirkten sie deutlich auf Krawall gebürstet.

»Und außerdem, wo ist denn Ihr Mann, holde Frau?«, fragte der Zweite, und seine Stimme klang anzüglich. »Er soll sich zeigen, der Feigling.«

»Jawohl, zeigen soll er sich, oder ist es dir gerade recht, dass er nicht da ist, jetzt wo du mich siehst? Na, was meinst du, wie wär's mit uns zweien?«, meinte der Erste wieder. Er schien so etwas wie der Anführer der drei zu sein.

»Sie sind ja betrunken, meine Herren«, erwiderte Bertha kurz und trocken.

Die Leute, die sich neugierig um den Wagen versammelt hatten, wirkten nun auch angewidert von den drei Angetrunkenen.

Mit einem hatten die drei aber schon recht: Wo war denn das Familienoberhaupt abgeblieben?

Bertha hatte den Eindruck, dass die Trinkfreudigen für ihren Durst und ihr rüpelhaftes Benehmen stadtbekannt waren. Das gab ihr einige Sicherheit.

»Wo ist der Mann, der seine Frau alleine auf die Reise gehen lässt. Er soll sich zeigen, sage ich! Sonst übernehme ich die Rolle gerne für eine Stunde.«

Seine Hände machten immer anzüglichere Bewegungen und wirkten dabei immer aggressiver.

Richard und Eugen drängten sich auf die andere Seite des Wagens, als ob ihnen das Schutz vor diesem Mob bieten würde.

»Und ich sage euch, dass euch das nichts angeht«, sagte Bertha bestimmt. Ihre Stimme war ruhig, aber kräftig. Sie stand aufrecht vor dem Wagen, als die drei Angetrunkenen immer näher auf sie zukamen. Bertha wich keinen Schritt zurück.

»Dir werd ich's zeigen, du elendes Miststück, du fremdes Luder!« Die drei waren auf wenige Schritte herangekommen, und ihr Anführer hob drohend, als wollte er sie schlagen, seinen Stock in die Höhe. »Freches Weib, meinst wohl, du kannst mich hier zum Narren halten. Dir werde ich gleich zeigen, wer hier wen zum Narren hält.«

Er begann, seinen Stock bedrohlich in der Luft hin und her zu wedeln, als hätte er eine Peitsche in der Hand. Plötzlich schien er überhaupt nicht mehr so angetrunken, sondern von der Wut gepackt, hellwach.

Die anderen Menschen traten nacheinander den Rückzug an, fast so, als stünden sie den dreien Spalier, damit sie selbst den Stock nicht abbekamen.

Noch immer machte Bertha keinen Anstalten, zurückzuweichen. Sie schaute ihrem Angreifer so ruhig wie möglich in die Augen. Es konnte doch wohl nicht so sein, dass am helllichten Tag mitten auf dem Marktplatz, zudem noch direkt vor den Kirchenmauern, einfach ein Mann mit einem Stock eine Frau schlagen konnte, nur weil ihm gerade danach war? Vielleicht deshalb blieb Bertha ruhig – so etwas würde doch nicht geschehen?

Die drei machte ihr Verhalten anscheinend nur noch wütender.

»Na warte, du dahergelaufene Dirne, von dir lass ich mir nicht den Mund verbieten. Das wirst du schon zu spüren bekommen!« Er holte mit dem Stock aus, um mit voller Kraft auf Bertha zu zielen. Doch seine Schritte waren vom Alkohol schon recht unsicher, und so stolperte er über einen der Pflastersteine und verfehlte sie um ein paar Zentimeter. Der Stock knallte neben ihr auf den Boden. Bertha brachte es fertig, noch immer unbewegt stehen zu bleiben. Innerlich bebte sie vor Angst.

»Jetzt hört's aber auf, Epp!«, hörte Bertha plötzlich eine Frau resolut rufen, die mit einigen Päckchen unter dem Arm auf den Marktplatz stürmte. »Mach, dass du wegkommst, du besoffener Taugenichts.«

Epp war nach seinem verunglückten Hieb noch damit beschäftigt, das Gleichgewicht wiederzufinden.

»Was denkst du dir eigentlich, hier irgendwelche Leute mit deinem Stock zu schlagen? Hat dir dein Vater keine Manieren beigebracht?«

Nicht nur hatte er sich mit dem verfehlten Schlag eine große Blöße vor der gesamten Bevölkerung Bruchsals gegeben. Jetzt wurden ihm auch noch ausgerechnet von einer Frau die Leviten gelesen. Seine beiden Saufbrüder bemühten sich indessen, sich unauffällig aus dem Staub zu machen, was ihnen aber nicht gelang. Zu eng standen die Menschen auf dem Marktplatz um sie herum, weil sie keine Sekunde des gebotenen Schauspiels verpassen wollten.

»Den ganzen Tag im Wirtshaus sitzen, Bier trinken und Unsinn daherschwätzen mit deinen Freunden ist das eine. Aber dass du auf Leute losgehst, das geht ja wohl wirklich zu weit!« Die Frau sprach so laut, dass alle auf dem Platz sie hören und verstehen konnten.

»Mit dir rede ich noch«, sagte der Angreifer zu der Frau, die Bertha zu Hilfe gekommen war, doch die Warnung klang leise und kraftlos.

»Willst du mir drohen, vor all den Leuten?«, rief die Frau. »Mach dich vom Acker, du Nichtsnutz. Geh nach Hause und schlaf deinen Rausch aus, du niederträchtiger Hundsfott, du!«

Fluchen kann sie also auch, dachte Bertha, *und nicht zu knapp. Die hat Feuer im Hintern.* Bertha musste beinahe lachen. Sie fühlte, wie sich die Spannung in ihr langsam entlud, biss sich aber auf die Zunge.

»Was ist hier los?«, schaufelte sich endlich auch ein Gesetzesdiener mit lauter Stimme den Weg bis zu Bertha frei.

»Aha, der Epp mal wieder mit seinen traurigen Vasallen«, sagte er nur, als er die drei bedröppelt vor den beiden Frauen stehen sah. Er packte Epp am Kragen. »Und, was habt ihr dieses Mal wieder ausgefressen?«

Der Wachtmeister war so resolut, dass die drei gar nicht auf die Idee kamen, ihm zu widersprechen oder sich gar aus dem Staub zu machen. Das wäre auch gar nicht so einfach gewesen. Die Leute standen wieder in einem geschlossenen Kreis um die Hauptdarsteller und den Wagen, als hätten sie nur darauf gewartet, dass einer dem Ganzen ein Ende bereiten und einschreiten würde. Aber niemand von ihnen hatte es getan. Jetzt redeten sie wild durcheinander auf den Wachtmeister ein, wollten erzählen, was sich zugetragen hatte.

»Nicht alle auf einmal, Herrgott, da verstehe ich ja überhaupt nichts mehr. Einer nach dem anderen«, wehrte der ab.

»Los, kommen Sie, lassen Sie uns von hier verschwinden«, sagte die Frau, noch immer mit den Paketen unter dem Arm, leise zu Bertha.

»Ja, nichts lieber als das. Aber wir sind mit dem Wagen hier.«

»Wer wir?«, fragte sie und schob gleich voller Unglaube hinterher, »mit diesem Monstrum?«

»Meine Söhne, und ja, ich erkläre es Ihnen später, in Ordnung?«

»Jaja, lassen sie uns einfach machen, dass wir hier so schnell wie möglich wegkommen.«

»Eugen, Richard, kommt, wir schieben. Wenn wir den Wagen jetzt anlassen, weiß hier gleich niemand mehr, wo hinten und vorne ist.«

»Warten Sie, ich helfe Ihnen«, sagte die Frau, legte ihre Pakete auf die Lederbank und stellte sich hinter den Wagen neben Bertha, während Eugen und Richard vorne links und rechts der Sitzbank den Wagen packten und schoben.

»Wohin?«, fragte Bertha.

»An der Kirche vorbei in die Schulstraße. Beim Kriegerdenkmal können wir das Ding erst einmal abstellen, und dann sehen wir weiter.« Sie fingen an zu schieben. Die Masse erging sich noch immer an dem Schauspiel um den Wachtmeister und die drei Betrunkenen, fast niemand schenkte ihnen noch Beachtung, während sie sich Schritt für Schritt entfernten.

»Danke!«, sagte Bertha, »danke, dass wenigstens Sie mir aus der Patsche geholfen haben.«

»Keine Ursache, das versteht sich doch von selbst.«

»Na ja, der Rest der Menge war da wohl anderer Ansicht …«

Sie streifte sich eine Hand an ihrem Rock ab, der vor Dreck und Staub strotzte, und hielt sie der der Frau hin.

»Benz, Bertha Benz«, stellte sie sich vor.

»Angenehm, Fuchs, Caroline Fuchs.«

»Ich bin mehr als glücklich, Ihre Bekanntschaft zu machen, Frau Fuchs.« Jetzt musste Bertha doch lachen, und auch die Frau neben ihr, die sich ihr gerade vorgestellt hatte, konnte ein Lachen nicht verhindern.

»Was habt ihr hier bloß mit Tiernamen? Gasthaus *Zum Krokodil,* Sie heißen Fuchs, was kommt als Nächstes?«

Wieder lachten beide.

»Sie sind Buchhändlerin?«, fragte Bertha.

»Ja, wieso?«

»Ihre Päckchen, die Sie unter dem Arm hatten …«

»Ja, die wollte ich gerade zu einigen Kunden bringen.«

»Dann hatte ich ja Glück.«

»Ach, die sind vor allem für ein paar Juristen und Beamte im Rathaus gedacht.«

»Das tut mir leid, dass die jetzt länger auf ihre Bücher warten müssen.«

»Das werden die Herren schon verschmerzen können«, sagte sie und lachte wieder.

Bertha war die Buchhändlerin sofort sympathisch. Nicht nur, weil sie sie aus dieser schon fast lebensbedrohlichen Situation gerettet hatte. Sie schien wie sie selbst eine recht eigenständige Frau zu sein, die sich nicht so schnell etwas vorschreiben lassen würde. Außerdem hatte sie Humor.

»So, hier stellen wir den Wagen ab«, sagte sie, als sie auf einen kleinen Platz kamen, auf dem ein markantes, viergeschossiges Eckhaus stand. Auf dem Platz selbst befand sich ein Kriegerdenkmal für die im Krieg 1870/71 Gefallenen.

»Der Epp ist ein ziemliches Rindvieh«, sagte Caroline Fuchs, als sie sich ihre Hände an den Röcken abstaubte. »Nicht für nichts nenne ich ihn meistens einfach Depp. Und ich bin damit nicht die Einzige.«

»Große Klappe und nichts dahinter. So sind sie halt, die Männer.« Bertha schaute zu Eugen und Richard.

»Na, nun schaut nicht drein, als wäre es drei Tage Regenwetter«, sprach die Buchhändlerin sie an. »Zum Glück sind sie ja nicht alle so, und wenn ihr euch an eurer tapferen Mutter ein Beispiel nehmt, dann wird aus euch mal was.«

»Auf die beiden bin ich mächtig stolz«, verteidigte Bertha ihre Söhne und legte beiden einen Arm um die Schulter.

»So soll es sein. So, kommen Sie, wir gehen in meine Buchhandlung und trinken ein Glas Wasser.«

Sie zeigte auf ein Haus nur ein paar Meter weiter. Über dem Eingang hing ein Schild: *Buchhandlung Fuchs*

10

Das Glas Wasser tat ihnen allen gut. Bertha erzählte der Buchhändlerin von ihrer Reise und dass sie gedachten, heute Abend noch in Pforzheim anzukommen.

»Aber wir müssen dringend die Ketten kürzen lassen, Mama, sonst kommen wir keinen Meter mehr weiter.«

»Da hast du vollkommen recht, Eugen«, stimmte Bertha ihrem Ältesten zu und wandte sich an Caroline Fuchs. »Kennen Sie hier im Ort einen guten Schmied?«

»Gleich auf der Ecke Kaiser- und Schlossstraße ist einer, da bringen die Fabrikbesitzer ihre schwereren Apparate hin. Das ist nur ein paar Meter weiter ums Eck.«

»Gut, dann brauchen wir den Wagen wenigstens nicht mehr lange zu schieben.«

»Ich habe Hunger«, nörgelte Richard, dessen Magen knurrte.

»Also, wir müssen die Ketten straffen lassen, wir müssen etwas essen, wir brauchen Ligroin. Sonst noch was, bevor wir weiterfahren?«

»Motoröl«, fügte Eugen hinzu.

»Genau, gut, Eugen. Richard?«

»Was?«

»Jetzt leg doch mal das Buch weg und denk mit.«

»Was wir sonst noch brauchen? Ich glaube, das war alles. Vielleicht noch etwas Trinkwasser für unterwegs. Und dieses Buch.«

»Und das da auch«, zog Eugen gleich nach, der sich auch schon in der Buchhandlung umgesehen hatte.

Bertha rollte mit den Augen, Caroline Fuchs musste lachen.

»Also gut, ihr sollt eure Bücher haben«, beruhigte Bertha ihre Söhne, »jetzt geht es aber erst mal an die Arbeit.«

Sie wandte sich an Frau Fuchs. »Wenn ich so frei sein darf, zu fragen …«, begann sie vorsichtig.

»Aber sicher, Frau Benz, fragen kostet ja nichts.«

»Frau Fuchs, wären Sie so freundlich, und würden mir bei den Besorgungen helfen? Ich möchte auch ein Telegramm aufgeben, sodass mein Mann weiß, dass es uns gut geht.«

»Ja, selbstverständlich gerne. Meine Angestellte ist ja hier, die kann den Laden schmeißen.«

»Danke«, sagte Bertha und traute sich nicht, ihr in die Augen zu schauen. So viel Freundlichkeit und Unterstützung hatte sie nicht erwartet.

Wie von Bertha schon befürchtet, erklärte der Schmied, dass er für die Ketten einige Zeit brauchen würde. Immerhin war er so von dem Wagen fasziniert, dass er bereit war, seine andere Arbeit liegen zu lassen und direkt mit den Ketten zu beginnen. Er wolle nicht daran schuld sein, dass sie Pforzheim heute nicht mehr erreichen würde, wenn es ihm auch schwerfalle zu glauben, dass sie das heute noch schaffen könne.

Heilfroh, dass er sich gleich an die Arbeit machte, ließen sie den Wagen beim Schmied zurück.

Für die dringend benötigte Mahlzeit schlug die Buchhändlerin das Gasthaus *Zum Bären* vor.

»Der liegt gegenüber dem Schloss. Dort gibt es auch einen Biergarten. Was meinen Sie?«

Bertha musste lachen. »Warum nicht auch noch einen Bären? Ich hoffe mal, den wollen Sie mir nicht aufbinden.«

Der Spaziergang hoch zum Schloss tat Bertha, nachdem sie fast den ganzen Tag auf dem Bock gesessen und sich hatte durchrütteln lassen, gut. Dabei konnten sie die ganze Pracht des großherzoglichen Schlosses bewundern.

Nach dem Essen beschloss Bertha, die restlichen Besorgungen zu zweit mit ihrer Helferin zu erledigen, während die Jungen sich die Zeit in der Buchhandlung vertreiben durften.

»Danke, dass Sie sich so viel Zeit für uns nehmen«, bedankte sich Bertha noch einmal bei Caroline Fuchs, als sie sich mit ihr auf den Weg in die Stadt machte.

»Aber ich bitte Sie, das versteht sich doch von selbst. Wir Frauen müssen zusammenhalten. Die Welt wird genug von Männern dominiert.«

»Da haben Sie recht«, sagte Bertha. »Wenn ich so neugierig sein darf, gehört die Buchhandlung Ihrem Mann, und erlaubt er Ihnen, zu arbeiten?«

»Sie dürfen. Nein, nein, ich bin nicht verheiratet, Gott behüte! Die Buchhandlung gehört meinem Vater, aber der ist schwer krank und kann nicht mehr im Laden stehen. Und da ich ihm schon immer geholfen habe, habe ich die Buchhandlung übernommen.«

Am Ende der Schulstraße bogen sie bei der Töchterschule entlang rechts in die Friedrich-Straße ein.

»Dass Sie sich das trauen.« Bertha bewunderte sie dafür. »Sind die Leute nicht argwöhnisch?«

»Ach, die Leute waren sowieso schon an mich gewohnt, für die hat sich also nicht viel verändert. Und wissen Sie, wir Frauen dürfen in der Ehe ja eigentlich eh nichts, außer am Herd zu stehen und den Herren der Schöpfung zu Diensten zu sein. Nein danke. Da leite ich lieber die Buchhandlung weiter.«

»Dann hoffe ich für Sie, dass Ihr Vater noch lange lebt …«

»Danke, ich auch. Und wissen Sie …« Sie zögerte einen Moment. »Frau Benz, Sie sind doch auch ein unabhängiger Kopf, wenn ich Sie so ansehe. Sonst würden Sie nicht alleine mit Ihren Söhnen eine solch abenteuerliche Fahrt unternehmen.«

»Nun ja, ich muss bekennen, ich habe meinem Mann nicht gesagt, dass ich den Patentwagen aus der Garage nehme und mit unseren Söhnen auf große Tour gehe.« Sie zwinkerte mit den Augen.

»Sehen Sie, da geht es Ihnen wie mir. Wir haben keinerlei Rechte, also nehmen wir sie uns.« Sie lachten beide das wissende Lachen ähnlicher, bitterer Erfahrungen.

»Ich habe nie so richtig verstanden, warum wir in der Schule immer nur lernen mussten, für den Haushalt zu sorgen. Meine Begabung lag vor allem im Handwerklichen. Das hat mein Vater glücklicherweise gefördert.«

»Genau, immer sollen wir zurückstecken, das ist doch unsäglich. Wieso sollen wir nicht auch arbeiten können wie die Männer, auf die höheren Schulen gehen, auf die Universitäten und Professoren werden?«

»Wir wären in vielem besser als die Männer, glauben Sie mir«, pflichtete ihr Bertha bei, »wenn ich nur sehe … die Kutschenfahrer nur mal als Beispiel, die wissen oft gar nicht, was sie tun. Meinen, sie wären die Größten, und fahren andere ohne Rücksicht über den Haufen. So etwas würde eine Frau doch nicht tun.«

»Dass wir überhaupt die Genehmigung des Ehemannes brauchen, um arbeiten gehen zu dürfen, ist doch geradezu lächerlich. Wer hat sich denn so was ausgedacht?«

»Männer natürlich«, sagte Bertha und lachte bitter, »Männer, die Angst haben, dass wir besser sind als sie.«

»Und Ihr Mann?«

»Ich muss sagen, ich habe Glück. Er war immer aufgeschlossen und freundlich zu mir. Vor allem möchte er erfinden, und wenn man ihm alles andere aus der Hand nimmt, ist er glücklich.«

»Praktisch.«

»Ja, er ist auch gut zu den Kindern, und er liebt mich aufrichtig.«

»Das klingt schon fast wie im Schlaraffenland«, sagte die Buchhändlerin mit einem ironischen Unterton.

»Na ja, Schlaraffenland nicht gerade«, erwiderte Bertha und erzählte ihr die Geschichte der letzten anderthalb Jahrzehnte, die sie zum allergrößten Teil in Armut verbrachten. Sie wunderte sich, dass sie das alles dieser Frau, die neben ihr herlief, einfach so erzählte. Irgendwie fühlte sie sich vertraut mit ihr, wie mit einer langjährigen Freundin, der sie alles erzählen konnte, ohne sich fürchten oder schämen zu müssen.

»Ich werde Ihnen auch etwas erzählen.« Die Stimme der

Buchhändlerin klang schon fast verschwörerisch. »Der Laden gibt mir die Möglichkeit, Bücher zu verkaufen und Flugblätter zu verbreiten, wie soll ich sagen, für die sich durchaus auch der Wachtmeister von vorhin, nun ja, interessieren würde, wenn auch aus einem ganz anderen Grund als meine Kundinnen, wenn Sie verstehen, was ich meine.«

»Die Revolution ist doch schon fünfzig Jahre her, und in der Zwischenzeit gehören wir zu diesem riesigen Deutschen Reich ...«

»Und hat sich seither viel für uns Frauen verändert? Na, sehen Sie«, beantwortete sie ihre Frage gleich selbst.

»Immerhin gibt es erste Bestrebungen, Frauen mehr arbeiten zu lassen.«

»Ha, aber nur, weil die Herren Maschinen erfunden haben, die so viel Arbeitskräfte brauchen, dass sie es selbst nicht mehr hinkriegen. Und dann dürfen wir auch nur in bestimmten Berufen arbeiten, und das sind komischerweise immer die schlecht bezahlten.«

»Da haben Sie schon recht. Aber sagen Sie mal, was verkaufen Sie denn so unter der Ladentheke?«

»Ich schaue nachher mal, was ich dahabe«, zwinkerte ihr Caroline Fuchs zu. »Schauen Sie, hier ist die Apotheke für Ihr Ligroin.«

Zum Glück hatte der Apotheker ein paar Flaschen. Die anderen hatten sie in der Zwischenzeit schon alle aufgebraucht. Damit würden Sie auf jeden Fall ein ganzes Stück weiterkommen, wenn es auch nicht bis nach Pforzheim reichen würde.

Das Reichspostamt befand sich auf der westlichen Seite der Kaiserstraße auf der Ecke mit der Schillerstraße, die zu den Schlossgärten führte.

»Sind mit dem Patentwagen wohlbehalten in Bruchsal angekommen. Stopp. Ketten müssen gekürzt werden. Stopp.

Hoffen, vor Anbruch der Dunkelheit Pforzheim erreicht zu haben. Stopp.«

Bertha überlegte, ob sie hinzufügen sollte, dass er ihnen nicht böse sein sollte, ließ es aber bleiben. Sollte sie ihm noch einen Kuss schicken? Aber die Vorstellung, das dem Postbeamten zu diktieren, war ihr peinlich.

»Melde mich nach Ankunft dort«, war das Einzige, was sie noch hinzufügte.

Es wurde ihr ein bisschen mulmig, wenn sie daran dachte, dass Carl vielleicht böse auf sie sein würde. Grund dazu hätte er ja. Obwohl, bedachte sie im nächsten Augenblick, eigentlich auch wieder nicht. Schließlich hoffte sie, mit ihrer Fahrt den Karren aus dem Dreck zu ziehen. Sie musste kurz lächeln, als ihr diese Redewendung einfiel.

Nachdem Bertha das Telegramm aufgegeben hatte, gingen die beiden Frauen beim Schmied vorbei, der auf dem Weg zur Buchhandlung lag. Er war gerade dabei, die letzten Arbeiten zu verrichten und die Ketten wieder aufzuspannen.

»Sie haben schon recht, Frau Fuchs«, führte Bertha die Unterhaltung mit der Buchhändlerin auf dem Rückweg fort. »Wir Frauen können wesentlich mehr, als uns die Männer zutrauen, und bisweilen sind wir es, die es den Männern überhaupt erst ermöglichen, das zu tun, was sie tun. Ohne uns wäre ihnen das gar nicht möglich.«

»Eben. Im Umkehrschluss bedeutet das aber auch, dass wir im Grunde genommen sehr viel Macht haben. Nur wenden wir diese noch nicht an, weil wir uns nicht trauen, weil wir zu viel Angst haben vor der Brutalität der Männer. Aber ich bin mir sicher, der Tag wird kommen.«

Zurück in der Fuchs'schen Buchhandlung freute Bertha sich auf gute Lektüre. Ihre Söhne hatten sich beide schon ein weiteres Buch ausgesucht.

»Hätten Sie eine Empfehlung, Frau Fuchs? Ich möchte meiner Mutter ein Geschenk mitbringen und würde selbst während meines Aufenthalts in Pforzheim gern einen schönen Roman lesen.«

Die Buchhändlerin ließ ihren Blick über die Büchertische gleiten.

»Was meinen Sie zu Marie von Ebner-Eschenbach, oder kennen Sie schon den Debütroman von Helene Böhlau?«

»Da vertraue ich ganz auf Sie, danke.«

Bertha bezahlte und sah, wie ihr die Buchhändlerin noch ein zweites Buch, das sie unter der Ladentheke hervorholte, dazupackte. Bertha bekam heiße Ohren, als ihr Frau Fuchs geheimnisvoll zuzwinkerte.

»Nur nicht verwechseln«, sagte sie und reichte ihr die eingepackten Bücher, »nicht, dass die Frau Mama noch ein Herzschlag ereilt.«

»Danke«, stammelte Bertha etwas unbeholfen.

»Welcher Weg ist denn der schnellste nach Pforzheim?«, fragte Bertha den Schmied, als sie den Wagen abholten. Die Ketten hingen wieder strack auf den Zahnrädern. Der Mann hatte ganze Arbeit geleistet.

»Dann fahren Sie am besten über Weingarten«, sagte der Schmied und gab mit seinen kräftigen Armen die Richtung an.

»Wird das am Schluss nicht zu steil?«

»Tja, den Berg hoch geht's irgendwann sowieso«, überlegte der Schmied, »aber über Bretten ist es ein dauerndes Auf und Ab, und über Weinheim und Grötzingen und dann durch Pfinztal bleibt es noch ein ganzes Stück relativ flach.«

»Also gut«, entschied Bertha, »wir fahren über Weinheim.«

Sie bezahlte den Schmied, verabschiedete sich herzlich von der Buchhändlerin, die sie noch zum Schmied begleitet hatte, und mahnte die Jungen zur Eile.

»Eugen, Richard«, forderte Bertha die beiden auf, den Wagen zu starten. »Wir haben noch eine ganze Strecke vor uns und dürfen keine Zeit mehr verlieren.«

Eugen schob das Schwungrad an, die Zündung kam sofort, und der Motor begann sein rhythmisches Töff-Töff.

»Gute Reise!« Caroline Fuchs winkte ihnen zu. »Ich würde mich freuen, wenn Sie auf Ihrer Rückfahrt wieder bei mir vorbeischauen würden.«

»Nochmals danke für alles!«

11

Flach war die Strecke nicht, musste Bertha feststellen, aber immerhin lief der Wagen mit den gestrafften Ketten wieder richtig rund.

Zum Glück konnten sie noch immer der Bahnlinie folgen. Auf diese Weise konnten sie sich wenigstens nicht verfahren. Nach Untergrombach ging es Richtung Weinheim. Als sie in den Ort fuhren, fing der Motor auf einmal an zu hapern. Statt des gemütlichen Töff-Töff setzte der Motor ab und zu aus. Bertha, Eugen und Richard wurden ziemlich durchgerüttelt.

»Die Zündung«, rief Eugen, »die Zündung funktioniert nicht mehr richtig.«

Ausgerechnet, dachte Bertha, mitten in einem Ort. Das würde sicherlich gleich wieder einen Auflauf geben.

Der Wagen ruckelte und zuckelte noch ein kurzes Stück, dann blieben sie mitten auf einer Brücke neben einem Fachwerkhaus stehen. Bertha wunderte sich, warum ein solch großes, dreigeschossiges Gebäude in solch einem kleinen Ort errichtet wurde. Doch für weitere Gedanken hatte sie keine Zeit.

Schon bevor sie die Bremse festkurbelte, sprangen die beiden Jungs vom Bock und öffneten die Flügel der Holzverkleidung, unter der sich der Motor befand. Sie schienen geradezu erpicht darauf zu sein, das Problem zu entdecken und zu reparieren.

»Am Motor liegt es nicht«, sagte Richard mit dem Kopf über den Motor gebeugt. Er ging mit seiner Hand die Brandstoffleitung entlang. »Die Leitung ist dicht, und es befindet sich noch genug Ligroin im Vergaser.«

»Es klang eher so, als ob die Zündung nicht richtig funktionierte, meinst du nicht?«, fragte Eugen.

Richard stimmte ihm zu. »Aber den Rest auszuschließen ist immer gut.« Das hatte er von seinem Vater gelernt.

»Da hast du auch wieder recht«, sagte Eugen und folgte den Drähten und Schläuchen einschließlich ihrer Verbindungen aufmerksam. »Mit der Zündung hatte Papa ja schon immer große Probleme.«

»Ja, das war aber noch mit dem alten Prinzip. Mit dieser neuen Lösung dürfte das kein Problem mehr sein. Und immerhin sind wir mit der Zündung ja auch bis hierher gekommen. Wenn sie wirklich ein Problem wäre, hätten wir das bestimmt nicht geschafft.«

Es konnte nicht ausbleiben. In der Zwischenzeit waren doch ein paar Leute um sie herum versammelt. Immerhin schien es hier gemütlicher zuzugehen als in Bruchsal.

»Ja, was haben wir denn da?«

Zwei Männer in Bürgerkleidung kamen auf sie zu und schauten interessiert auf den Wagen.

»Ist das etwa dieser selbstfahrende Wagen, von dem wir gelesen haben?«

Die Herren stellten sich als die Stadtschreiber Weingartens vor. Während der eine groß, mit Brille und stattlicher Erscheinung, ein reges Gespräch mit Bertha begann –

»Kranzler, der Name, angenehm, Ihre Bekanntschaft zu machen, gnädige Frau« –, hielt sich der andere, etwas kleiner und schlank, nicht weniger interessiert, mehr im Hintergrund, wobei seine Augen verrieten, dass er der Konversation durchaus wach folgte.

»Höchst erfreut, Frau Benz, Tomsma der Name.«

Die beiden schienen sich für die Möglichkeiten des selbstfahrenden Wagens zu interessieren. Sie war froh, auf solch belesene Leute zu stoßen.

»Der Draht«, rief Eugen, »der Draht, der die Zündung mit der Batterie verbindet, ist an dieser Stelle durchgescheuert.« Er wies mit dem Finger auf die Stelle.

»Dann müssen wir ihn wieder isolieren«, stellte Richard fest. »Nur womit?«

Sie hatten nichts bei sich, was sie um den Draht wickeln konnten. Noch war es hell, aber sie hatten bestimmt noch mehr als zwei Stunden nötig, um nach Pforzheim zu kommen. Guter Rat war teuer. Von den Umstehenden konnten sie keine Hilfe erwarten. So etwas wie Elektrizität gab es in den meisten Orten noch nicht, Isolierband dementsprechend auch nicht.

Dann muss es halt sein, dachte Bertha. *Zu dumm, dass der Wagen ausgerechnet hier stehen bleiben musste.*

»Meine Herren«, wandte sie sich an die beiden Stadtschreiber, »dürfte ich Sie darum bitten, sich mit dem Rücken zu mir vor mich zu stellen?«

Bertha hatte Vertrauen zu den beiden gefasst. Sie schienen ihr intelligent und wussten den Anstand zu wahren.

Die beiden schauten sie verdutzt an.

Bertha sprach leiser, flüsterte die folgenden Worte fast in die Ohren der beiden. »Wenn wir schnell weiterwollen, bleibt mir nichts anderes übrig, als ein Teil meines Strumpfbandes um den Draht zu wickeln. Sie erscheinen mir wie Ehrenmänner. Wenn Sie sich also freundlicherweise umdrehen würden?«

»Ähm, ja, selbstverständlich«, sagten die beiden, die Überraschung noch immer in ihren Gesichtern gezeichnet.

Bertha hob ihren Rock so weit wie nötig, um an das Ende ihres Strumpfbandes an ihrem Oberschenkel zu kommen.

»Mama, was machst du denn da?«, fragte Richard.

»Psst, Richard«, sie legte ihren Zeigefinger vor ihren Mund.

Die beiden Stadtschreiber gaben ihr Bestes, so breit wie möglich vor ihr zu stehen und vor den Blicken der Leute zu schützen. Aber der Rock mit seinen Unterröcken war breiter. Das sah alles andere als galant aus und war vor allem alles andere als züchtig. Aber Not bricht Gesetz, dachte sich Bertha.

Einige Männer in der Menge begannen zu johlen und zotige Bemerkungen zu machen. Bertha war die Situation furchtbar peinlich, aber es war die einzige Möglichkeit. So schnell wie möglich zerriss sie ihr Strumpfband und ein Stück davon ab. Sie holte das Stückchen Stoff zum Vorschein und reichte es ihren verblüfften Söhnen.

»Das dürfte funktionieren«, sagte sie trocken. »Wickelt es um den blanken Draht und knotet es gut fest, sodass es nicht verrutscht.«

Sie ließ ihre Röcke wieder nach unten, strich sie ordentlich glatt und drehte sich um.

»Danke, meine Herren, sehr liebenswürdig«, bedeutete sie den beiden Stadtschreibern, dass auch sie sich wieder umdrehen konnten.

»Ein Strumpfband ihrer Liebeslust, haha«, rief ein grobschlächtig wirkender älterer Mann.

»Das hätte ich auch gerne«, rief ein anderer.

Die Menge lachte. Bertha hatte gelernt, dass sie auf solche Beleidigungen am besten nicht reagieren durfte, das würde alles nur noch schlimmer machen.

Manchmal verstand sie Männer einfach nicht. Was war denn schon dabei, wenn sie ein Teil ihres Strumpfbandes, das man unter den Röcken sowieso nicht sah, opferte? Es war die praktischste und schnellste Lösung für das Problem, das sie gerade hatte. Zu sehen gab es ja nun wirklich nichts, aber da ging wohl mit einigen die Fantasie durch.

Um die Situation nicht noch beklemmender erscheinen zu lassen, als sie war, redete sie weiter mit den beiden Stadtschreibern.

»Wie kommen wir von hier aus am besten nach Pforzheim? Die Straße scheint sich hier ja etwas von der Bahnlinie zu entfernen.«

»Ja, das stimmt, aber sie führt, wenn auch ein Stück weiter davon entfernt, doch immer noch einigermaßen parallel an den Bahngleisen entlang«, sagte der Herr, der sich als Kranzler vorgestellt hatte.

»Gleich hinter Grötzingen überqueren Sie die Bahngleise Richtung Pforzheim. Der Straße folgen Sie einfach in östliche Richtung«, sagte Herr Tomsma.

»Ich bedanke mich mit vorzüglicher Hochachtung, meine Herren.« Sie reichte den beiden die Hand. »Ich habe mich nicht getäuscht, Sie immerhin sind wahre Ehrenmänner.«

»Es war uns eine Ehre, Frau Benz«, sagte Herr Kranzler.

»Ganz meinerseits«, sagte Bertha.

»Stets zu Diensten«, bestätigte der Schlankere der beiden.

Bertha holte tief Atem, die Menge schien sich wieder zu beruhigen.

»Fertig«, rief Eugen.

»Dann nichts wie los«, rief Bertha.

Sie starteten den Wagen und fuhren aus dem Ort, eine verblüffte Schar winkend hinter sich lassend.

12

»Mama, ich glaube, du bist mutiger als Papa«, sagte Eugen nach einer Weile.

Bertha musste lachen. »Wieso das denn?«

»Na, dass du diese ganze Fahrt mit uns machst, ohne Papa vorher was zu sagen. So etwas hat es ja noch nie gegeben. Und dass du …« Das Folgende war ihm offensichtlich unangenehm. Er schaute zur Seite und druckste ein wenig herum. »Na ja, dass du dann einfach dein Strumpfband zerreißt, so vor den ganzen Leuten.«

»Warum denn nicht?«

»Na ja …«

»Schau, in Wirklichkeit ist es nicht mehr als das. Alles andere geschieht nur im verdorbenen Oberstübchen einiger Herren, die dann auch gleich meinen, sie müssten ihre Fantasien lautstark kundtun. Andere dagegen fühlen sich gleich in ihren Moralvorstellungen angegriffen. Dabei ist es ihre Fantasie, die ihren Moralvorstellungen zuwiderläuft, nicht das, was sie tatsächlich gesehen haben. Und ich sage dir, solchen Männern ist nicht zu trauen, hörst du, niemals! Solche Männer sind gefährlich, weil sie sich vor allem vor sich selbst fürchten. Aber das würden sie nie und nimmer zugeben, und genau da liegt das Problem. Weil sie dann böse werden und nicht sehen, dass sie auf sich selbst böse sein müssten. Und dann beschimpfen sie lieber jemand anderen, vorzugsweise eine Frau, die kann sich nicht so einfach wehren wie ein Mann.«

»Aber Papa ist doch nicht so, oder?«, fragte Richard.

»Nein, und an ihm könnt ihr euch ein Beispiel nehmen.«

In Grötzingen fuhren sie, wie von dem Schmied in Bruchsal angegeben, erst über die Gleise und dann an diesen entlang. Ohne Probleme oder weiteren Aufenthalt fuhren sie durch Berghausen, Söllingen, Kleinsteinbach und an Singen vorbei nach Wilferdingen.

Dort kauften sie wieder Ligroin und kehrten kurz ein, sodass Bertha auch wieder nach dem Weg fragen konnte.

»Über Ellmendingen und Dietlingen natürlich«, erklärte der Wirt in der Wilferdinger *Post*.

»Ist dieser Weg denn nicht sehr steil?«

»Also, den Berg hinauf müssen Sie sowieso, ob Sie so fahren oder über Königsbach. Und wenn Sie tatsächlich heute noch ankommen wollen, ist der Weg über Ellmendingen mit Sicherheit der kürzere.«

»Aber es ist auch der steilere«, sagte Bertha fast mehr zu sich selbst. »Und welche Richtung muss ich dann von hier aus einschlagen?«, fragte sie trotzdem nach.

»Von hier aus Richtung Süden.«

»Also nicht mehr entlang der Bahnstrecke?«

»Ha nein, dann kämen Sie ja doch nach Königsbach«, sagte der Wirt ungeduldig.

Bertha war nicht wirklich wohl zumute. Sie fürchtete sich vor der Steigung den Schwarzwald hinauf. Außerdem bedeutete dies, dass sie für den Rest der Strecke auf die Orientierung entlang der Bahngleise verzichten müsste. Viele Leute würden auch nicht mehr dort unterwegs sein, da es auf den Abend zuging, fürchtete sie zudem. Die Strecke war zwar mit Abstand die kürzeste, führte aber bis nach Brötzingen hinein an keinem Ort mehr vorbei. Wenn ihnen etwas zustieße oder der Wagen aus irgendwelchen Gründen stehen bliebe, konnte es lange dauern, bis Hilfe kam.

Ihre Söhne sahen ihre sorgenvolle Miene, als sie das Wirtshaus verließen und sich wieder auf den Weg machten.

»Was soll denn schon großartig passieren, Mama?«, ermunterte sie Eugen. Für ihn wurde das Abenteuer auf diese Art und Weise noch größer, verwegener.

»Wir schaffen das schon, Mama«, sagte auch Richard.

»Na, wenn ihr das sagt!« Bertha schwang sich auf den Bock, stolz auf ihre Söhne, die so tapfer durchhielten und ihr sogar Mut zusprachen. »Also gut, fahren wir los.«

Gleich hinter Wilferdingen begann die Straße anzusteigen. Zu Anfang ging es noch. Aber nach und nach wurden die Hügel höher, und der Wagen begann schwerer und schwerer zu schnaufen und wurde immer langsamer.

»Das schaffen wir nie bis zum höchsten Punkt«, stellte Eugen fest.

»Da müssen wir gleich wieder schieben, fürchte ich«, sagte Richard.

Plötzlich gab es einen furchtbaren Knall, der im angrenzenden Wald nachhallte, und einen heftigen Ruck. Dann standen sie still. Der Wagen hatte sein Bestes gegeben, aber diese Steigung war zu viel.

»Schnell, stemmt euch gegen den Wagen!«, rief Bertha.

Eugen und Richard sprangen links und rechts aus den Bänken, rannten nach hinten und verhinderten mit ihrem ganzen Gewicht, dass er rückwärts wieder hinunterrollte.

Selbst als Bertha die Bremse festkurbelte, half das nur zum Teil.

»Ein Stein, Mama«, rief Eugen geistesgegenwärtig. »Such einen Stein oder ein großes Stück Holz und lege es hinter das Rad.«

Hektisch suchte sie am Waldrand nach etwas Passendem, fand ein Stück Ast, das dick genug war, und legte es auf den Boden hinter das Rad. Die beiden Jungs ließen nur langsam los, um sicherzugehen, dass der Wagen auch wirklich stehen blieb, und wischten sich den Schweiß von der Stirn.

»Puh, das war knapp«, japste Richard ganz außer Atem.

»Wir hätten doch lieber durchs Pfinztal nach Ellmendingen fahren sollen«, sagte Bertha. Sie waren jetzt schon nahe genug an Pforzheim, dass sie sich hier auskannte. »Dort ist die Straße nach Pforzheim nicht ganz so steil. Die Steigung hier beim Sperlingshof heißt nicht umsonst ›Sieh-dich-für‹.« Bertha hob hilflos die Arme. »Was sollen wir denn jetzt machen?«

Zum ersten Mal während ihrer Reise nahte die Verzweiflung. Aber sie konnte es sich nicht leisten, zu verzagen oder aufzugeben. Zum einen konnten sie hier nicht einfach im Nirgendwo übernachten, außer sie würde den Bauern des Sperlingshofs um eine Unterkunft für eine Nacht im Stroh bitten, und zum anderen wäre dann die ganze Fahrt umsonst gewesen. Es half alles nicht.

»Kommt, wir versuchen es in Gottes Namen noch mal«, sprach sie sich und ihren beiden Söhnen Mut zu.

Sie starteten den Wagen, der gleich wieder ansprang. Aber wie vorsichtig Bertha auch den Schalthebel nach hinten schob, der Wagen bewegte sich nicht von der Stelle. Der Riemen verlor seinen Griff auf der Antriebsriemenscheibe, der Motor protestierte, ratterte und knatterte unregelmäßig, produzierte Fehlzündungen und stieß eine enorme Dampfwolke aus. Aber Bertha wollte es wissen, sie ließ nicht locker. Langsam bewegte sie den Schalthebel weiter nach vorne. Dann plötzlich ein Ruck nach vorne. Der drückte Bertha erst nach hinten, bevor sie fast vornüberfiel. Sie musste ihre ganze Kraft aufbringen, um nicht von ihrem Sitz geschleudert zu werden. Noch ein Ruck. Und noch einer. Zündung und Fehlzündung folgten einander in schnellem Tempo. Der Motor hatte die Kraft nicht, seine Energie auf die Räder zu übertragen. Wie ein Zirkuspferd ruckelte Bertha von hinten nach vorne. Sie hoffte schon, dass sie es schaffen würde. Aber nach jedem Ruck verlor der Riemen, auf den die Kraft des Motors übertragen wurde, doch wieder seinen Halt auf der Antriebsriemenscheibe, drehte durch, und so kam der Wagen wieder zum Stillstand. Dann machte es wieder einen unglaublichen Knall, und der Motor war aus.

»Aus, jetzt ist alles aus«, stellte Bertha konsterniert fest. »Unser Wagen schafft diese Steigung einfach nicht. Was machen wir jetzt bloß?«

»Wenn hier wenigstens ein Bauer in der Nähe wäre, der uns mit seinen Kühen oder Pferden über den Berg ziehen könnte«, hoffte Eugen auf Hilfe.

»Ich kann loslaufen und Hilfe holen«, sagte Richard unverzagt. »Wie weit ist es denn bis ins nächste Dorf?«

»Wilferdingen ist schon zu weit, und bis Ersingen ist es noch ein ganz schönes Stück«, sagte Bertha, »das dauert einfach zu lange. Außerdem schneiden die Bauern bestimmt das Korn, da sind die Dörfer leer.«

Guter Rat war teuer.

»Das darf doch wohl nicht wahr sein, wir sind so kurz vor dem Ziel und kommen nicht mehr weiter.« Bertha schlug mit beiden Fäusten auf ihre Oberschenkel.

Sie schaute sich um, weit und breit war niemand zu sehen.

»Übernachten können wir hier aber auch nicht«, fürchtete sich Richard schon.

»Lasst mich überlegen«, sagte Bertha.

»Hei, hallo«, rief Eugen plötzlich laut in den Wald und dann voller Aufregung zu Bertha und Eugen, »da schaut, da verstecken sich zwei junge Burschen hinter den Bäumen.«

Er zeigte mit dem Finger in den Wald hinein. Jetzt sah auch Bertha die beiden.

»Kommt mal her, ihr zwei, ihr könnt uns helfen«, rief sie. Und als sie sah, wie scheu und ängstlich die beiden wirkten, rief sie hinterher: »Wir werden euch schon nicht aufessen.«

»Hunger hätte ich schon«, witzelte Richard leise, und Eugen konnte ein Lachen nicht unterdrücken.

»Haltet euch zurück«, zischte Bertha ihren Söhnen zu, »die zwei sind unsere einige Chance, um schnell von hier wegzukommen.«

Nur zögernd kamen die beiden näher. Bertha glaubte zu erkennen, dass es Brüder waren, etwa neun und zehn Jahre alt.

»Na, kommt schon, es passiert euch doch nichts. Wenn ihr uns ein kleines Stückchen über den Berg schiebt, dann geht es auch wieder von alleine.«

Als sie endlich bei ihnen standen, stellte Bertha sich vor.

»Ich bin die Bertha Benz, und das sind meine Söhne Eugen und Richard. Und ihr?«

»Joseph«, sagte der Ältere. »Anton«, murmelte der Jüngere.

»Euch schickt der Himmel«, sagte Bertha.

»Meint ihr?«, flüsterte Joseph eher, als dass er es sagte. Er traute sich nicht, Bertha anzuschauen, starrte stattdessen auf den Boden und flüsterte es beinahe nur. »Wir dachten schon, ihr seid der Teufel, mit diesem Krach und so einem Wagen, der ohne Pferde fährt.«

»Aber nein, ihr braucht keine Angst zu haben«, beruhigte sie Bertha, »habt ihr euch deshalb versteckt?«

Beide nickten. »Aber dann dachten wir, der Teufel kann ja keine Frau sein und nicht eine so schöne Stimme haben«, sagte Anton.

Bertha lächelte. »Ich bin ganz bestimmt nicht der Teufel, aber eine Frau bin ich schon.«

»Wir dachten, wir würden die Ketten rasseln hören, die uns in die Hölle hinunterreißen würden«, bekannte Joseph.

»Und dann haben wir ein Stoßgebet nach dem anderen gen Himmel geschickt, dass uns der Teufel nicht sieht und nicht mitnimmt.«

»Oje, ihr Armen.« Bertha taten die beiden leid. »Also passt mal auf. Dass wir nicht die Teufel sind, haben wir ja geklärt, oder?«

Sie schaute die beiden an, denen es jetzt schon fast peinlich war, dass sie vor einer Frau und ihren Söhnen so viel Angst gehabt hatten.

»Ja«, sagten beide, wenn auch etwas verhalten.

»Schaut, wir haben hier eine Maschine, auf der ein Motor installiert ist, deshalb kann er auch selbst fahren. Eugen und Richard, zeigt den beiden doch mal, wie der Wagen funktioniert.«

Die beiden tauten ein bisschen auf, und die Neugier gewann über die Angst. Nachdem Eugen und Richard alles erklärt hatten, ergriff Bertha wieder das Wort.

»Die Sache ist die, dass wir zu wenig Motorkraft haben, um diesen steilen Hang hier hinauffahren zu können. »Würdet ihr uns also helfen, den Wagen nach oben zu schieben?«

Ohne Zurückhaltung stimmten die Jungen zu.

»Dann werden wir erst den Wagen wieder starten, weil der euch mit seiner Kraft beim Schieben unterstützen wird, in Ordnung? Das macht Krach, und es riecht ein bisschen, und dampfen tut es auch. Also nicht erschrecken, wenn wir den Motor jetzt starten.«

Bertha saß auf der Bank, und die vier Jungen schoben nach Leibeskräften den Wagen Meter für Meter weiter nach oben. Endlich wurde die Straße wieder etwas ebener, und Bertha merkte, wie der Wagen immer mehr ohne das Schieben der vier Jungs auskam.

»Genug«, rief sie und kurbelte die Bremse fest. Die vier Jungs schwitzten nicht wenig.

»Das habt ihr fein gemacht, herzlichen Dank! Ab hier werden wir es sicher alleine bis nach Pforzheim schaffen«, sagte Bertha und drückte den beiden ein paar Münzen in die Hand.

»Vielleicht könnt ihr in ein paar Jahren ja selbst ohne Pferde und Kühe fahren, ihr werdet schon sehen«, sagte Bertha und zwinkerte Joseph und Anton zu.

13

»Jetzt kann uns nichts mehr aufhalten«, sagte Bertha voller Vorfreude auf ihre Heimatstadt. Ab hier gab es keine nennenswerte Steigung mehr, die sie in Probleme bringen könnte. »Wir dürfen nur nicht die Abzweigung nach Brötzingen verpassen, und dann haben wir es auch schon fast geschafft. Dann könnt ihr richtig stolz auf euch sein«, ermunterte sie Eugen und Richard.

»Wenigstens wenn wir die Kreuzung noch sehen können«, warf Eugen skeptisch ein, aber sichtbar stolz. Auch Richard schien um einige Zentimeter in seinem Sitz gewachsen. Nicht nur für sie war dies ein langer Tag voller Unwägbarkeiten und Überraschungen. »Es wird so langsam doch recht dunkel, vor allem hier im Wald, und ich kann nicht mehr so viel erkennen.«

Eugen hatte recht. Der schöne Sommertag ging zur Neige, die Sonne war bereits hinter dem Horizont verschwunden. Es würde nicht mehr lange dauern, bis es völlig dunkel war.

»Haben wir eine Lampe dabei?«, fragte Richard.

»Daran habe ich leider nicht gedacht«, musste Bertha bekennen, »aber das werden wir auch noch meistern. Wenn wir uns alle drei auf die Straße konzentrieren, bekommen wir das schon hin. Außerdem sind wir alle dreckig wie die Schmutzfinken, schaut euch doch nur an.«

»Deine Bluse ist auch nicht mehr wirklich weiß, Mama«, sagte Richard und lachte.

Den Tag so kurz vor dem Ziel Revue passieren lassend, musste Bertha sich eingestehen, dass sie recht naiv an die Sache herangegangen war. Wenig von dem, was unterwegs geschah, hatte sie sich im Voraus vorgestellt, oder besser gesagt gar nicht vorstellen können. Das war vielleicht auch ganz gut so, dachte sie. Sonst hätte sie die Fahrt wohl nie in Angriff genommen, vor allem nicht mit den Buben. Sie tröstete sich damit, dass wenn sie es nach Pforzheim schaffen würden, und daran zweifelte sie nun nicht mehr, die beiden ihr Leben lang auf ein tolles Abenteuer zurückschauen konnten. In weniger als einer Stunde würden sie die Stadt erreicht haben.

»Ich glaube, wir kommen zu spät in Pforzheim an, als dass wir heute noch zur Oma könnten. Für die ist es dann schon mitten in der Nacht.«

»Wo sollen wir dann übernachten?«, fragte Eugen.

Bertha hatte schon einen Plan. Eigentlich war es ihr ganz recht, dass sie nicht erst zum Elternhaus fahren würden. Dort würde fast niemand ihre Ankunft mitbekommen. Um Aufmerksamkeit zu erlangen, mussten sie ins Herz der Stadt fahren, auf den Leopoldsplatz, der zudem mit Gaslaternen beleuchtet war.

»Im *Parkhotel,* mitten auf dem Leopoldsplatz, zur Belohnung, weil ihr so toll durchgehalten und mitgearbeitet habt.«

Wenn schon, denn schon, dachte sich Bertha. Sie wollte der Welt mitteilen, was sie geschafft hatten, den Leuten dort den Wagen vorführen. Und wenn sie den Wagen dann auch noch vor dem besten Hotel im Ort hinstellen würden, wäre ihr die Aufmerksamkeit der Pforzheimer und wohl auch der Presse sicher. Das Geld würde sich lohnen.

Die beiden waren ganz aus dem Häuschen. Noch nie hatten sie in einem Hotel übernachtet, und dann gleich in so einem schicken. Sie kannten das dazugehörige Restaurant. Dorthin hatte ihre Großmutter einmal eingeladen und ihren Enkelkindern davor allen aufs Herz gedrückt, sich auch ja anständig zu benehmen, dies sei schließlich die erste Adresse am Ort, und da wollte man sich nicht blamieren.

»Da vorne sind Lichter«, rief Richard plötzlich.

»Tatsächlich, dann sind wir jetzt gleich in Brötzingen, und von dort ist es ein Katzensprung den Buckel hinunter nach Pforzheim.« Bertha jubelte innerlich. »Stopft eure Hemdzipfel in die Hosen, richtet eure Krägen und zupft eure Jacken gerade. Und wischt euch wenigstens den gröbsten Staub aus dem Gesicht.«

Sie mussten alle drei lachen, als sie einander zusahen, wie sie Grimassen zogen und vergeblich versuchten, ihre Gesichter wenigstens ein bisschen vom Staub des Tages zu befreien.

Sie fuhren schon den Hang von Brötzingen hinunter in die Stadt, gleich würden sie um die Ecke auf die Westliche Karl-Friedrich-Straße fahren. Diese führte in einem geraden Stück auf den Leopoldsplatz.

14

Sie hätten zu keinem besseren Zeitpunkt vor dem *Parkhotel* vorfahren können. Die Leute kamen, gekleidet in schicker Abendgarderobe, gerade aus dem Theater geströmt und wollten den Abend hier oder in einer der anderen Lokalitäten im Ausgehzentrum der Stadt wie dem *Goldnen Adler* feuchtfröhlich ausklingen lassen, bevor sie eine Droschke nach Hause nahmen. Die Theaterbesucher mischten sich mit Konzertbesuchern, die sich bereits auf dem Platz aufhielten. Man redete ausgelassen, rief sich zu, begrüßte einander. Bertha hörte Leute über eine Aufführung von Henrik Ibsens *Komödie der Liebe* sprechen. Sie kannte das Stück, hatte es selbst schon in Mannheim gesehen.

Das Gaslicht auf dem Platz gab der Architektur des Hotels ein fast mystisches Aussehen, und Bertha hoffte, dass dies auch für ihren Wagen galt. Schnell versammelte sich das Ausgehpublikum um sie herum, schaute erstaunt und neugierig, was es denn da wohl zu sehen gäbe. Zu ihrer Erleichterung war niemand böse und verfluchte sie gar. Eher benahmen sich die Leute, als wären sie immer noch im Theater. Bertha, Eugen und Richard, erschöpft, verstaubt und dreckig, wie sie waren, mit diesem komischen Gefährt, erschienen ihnen einfach wie ein weiterer Akt an Ungewöhnlichem, eine weitere, überraschende Wendung eines Stücks, eine genüssliche Zugabe. Selbst als jemand fragte, wo denn die Pferde seien, oder wenigstens die Deichsel, und Bertha ihm antwortete, die bräuchten sie nicht mehr, nahmen es die Zuhörer hin wie die Erklärung eines Zauberers, bei dem plötzlich das Kaninchen aus dem Hut kam.

Während Bertha bei der Rezeption des Hotels nachfragte, ob noch ein Zimmer frei wäre, erklärten ihre Söhne stolz den Motorwagen. *Anschmeißen werdet ihr ihn aber auf keinen Fall mehr heute Abend*, hatte Bertha ihnen eingebläut. Sie wollte nicht, dass sich die gute Stimmung doch noch gegen sie kehren sollte, wenn die Leute den Krach hörten, den Geruch des Ligroins einatmeten und sie wegen des Dampfs um ihre besten Kleider fürchten müssten.

Sobald sie den Zimmerschlüssel hatte, ging sie eine Tür weiter ins Postamt. Das hieß jetzt nicht mehr Großherzogliche Postverwaltung wie noch in ihrer Kindheit, sondern Kaiserliche Reichspost.

»Sind gut in Pforzheim angekommen«, diktierte sie kurz und bündig dem Beamten hinter dem Telegrafenschalter. Sie wollte Carl nicht im Unklaren darüber lassen, dass sie es geschafft hatten, er sollte sich nicht unnötig Sorgen machen. Alles andere würde sie ihm erzählen, wenn sie wieder zu Hause waren.

Sobald das Telegramm verschickt war und sie dem Beamten ihren Aufenthaltsort für die Nacht genannt hatte, falls Carl ihr ebenfalls eine Nachricht schicken wollte, ging sie schnell wieder zu ihren Söhnen vor das Hotel beim Wagen. Die beiden blühten regelrecht auf, während sie den Interessierten von dem Patentwagen erzählten. Nicht nur hatte das Ausgehpublikum Spaß und Interesse an dieser Neuigkeit, viele gaben sogar an, dass sie gerne mal ein Stückchen mitfahren wollten.

»Heute Abend nicht mehr, danke, aber morgen. Kommen Sie doch einfach morgen vorbei, dann fahren wir eine kleine Runde«, hörte Bertha die beiden immer wieder sagen, als sie näher kam. Das wäre eine hervorragende Idee, dachte sie sich. Dann würden die Leute es selbst erfahren, was für eine tolle Sache der Wagen sein kann, und würden aufhören, sich ständig über Krach und Gestank zu ärgern.

Für heute war die Bettzeit für ihre Söhne schon lange überfällig. Sie weigerten sich zwar zunächst, ihrer Mutter Folge zu leisten, als diese ihnen den Zimmerschlüssel in die Hand drückte, aber viel Überredungskunst brauchte Bertha letztlich nicht. Die beiden waren hundemüde und würden sicher völlig erschöpft ins Bett fallen, sobald sie das Zimmer betreten hätten.

»Entschuldigen Sie, darf ich Ihren Namen erfahren?«, fragte ein Mann, der etwas weniger schick gekleidet war als die meisten auf dem Platz. Er schien Bertha etwas fahrig, oder besser gehetzt, so wie er mit seinen Händen etwas in seinen Taschen zu suchen schien.

»Benz, Bertha Benz«, sagte sie ruhig und fixierte ihn mit ihren Augen. Wenn der Kerl das war, wofür sie ihn ansah, hätte sie genau das, worauf sie gehofft hatte.

»Und Sie?«

»Oh, bitte entschuldigen Sie, Geiger, Heinrich Geiger, vom *Pforzheimer Beobachter*.«

Bertha streckte ihren Rücken durch und schenkte ihm ihr süßestes Lächeln.

»Wie ich sehe, haben Sie hier spätabends noch großen Zulauf, darf ich fragen, um was es sich bei diesem wohl neuartigen Apparat handelt?«

Bertha beantwortete mit Engelsgeduld alle seine Fragen. Als sie ihm sagte, dass sie ursprünglich aus Pforzheim stamme und dies die allererste längere Fahrt mit dem selbstfahrenden Wagen war, der jemals unternommen worden sei, war der Reporter vollends begeistert. Bertha beugte sich leicht nach vorne und sah dem Mann in die Augen. »Wenn Sie möchten, dann kommen Sie doch morgen noch mal vorbei, sollen wir sagen, um zehn Uhr? Dann drehen wir zusammen eine kleine Runde, und Sie können selbst erfahren, wie es sich anfühlt.«

Ihr Blick verfehlte seine Wirkung nicht, oder war es ihr Körper? Jedenfalls sah sie, wie der Reporter sie verstohlen von oben bis unten musterte und Gefallen fand an dem, was er sah.

»Es würde mich sehr freuen«, zeigte er sich begeistert. »Das wird ganz bestimmt ein großer Artikel werden, da bin ich mir sicher! Wenn ich meine hoch geschätzten Leser sozusagen leibhaftig an einer Fahrt mit Ihrem pferdelosen Wagen teilnehmen lassen kann, würde das sicher Eindruck hinterlassen. Zumal meine Feder sehr geschätzt wird.«

Was für ein eitler Gockel, dachte Bertha, ließ sich aber nichts anmerken.

Gerade als er sich umständlich verabschiedete, hörte Bertha hinter sich eine bekannte Stimme rufen.

»Bertha, bist du das?«

»Hedwig?« Bertha drehte sich um.

Sie sah, wie sich eine Frau mit einem enorm hohen Hut forsch einen Weg durch die Menge bahnte. In deren Kielsog sah sie noch jemanden. Dann standen sie vor ihr.

»Ja, darf es denn noch …, Hedwig, was für eine wunderbare Überraschung!«, jubelte Bertha und streckte ihre Arme aus, »und Louise! Ach wie wunderbar.« Sie umarmten sich alle drei herzlichst und jauchzten vor Freude über die unverhoffte Begegnung.

»Lass dich anschauen«, sagte Hedwig und löste sich aus der Umarmung. »Furchtbar dreckig und müde siehst du aus, aber ansonsten ganz okay.« Sie lachten. *Wie habe ich ihren trockenen Humor und ihre direkte Ehrlichkeit vermisst,* dachte Bertha.

»Im Gegensatz zu mir seid ihr richtig nobel angezogen!«, bewunderte Bertha ihre Kleider. Wie all die anderen Menschen kamen auch sie wohl gerade aus dem Theater.

Die beiden bedankten sich kokett, und Louise stellte endlich ihre Begleitung vor.

»Bertha, das ist Walter, mein Verlobter.« Sie sagte es fast schüchtern, als ob sie sich vor dem Urteil Berthas fürchtete.

»Dein Verlobter?«, Bertha fiel aus allen Wolken.

Louise hatte ihr in Briefen zwar schon vor einer Weile erzählt, dass sie wieder mit einem Mann ausging. Aber dass die beiden verlobt waren, war neu für sie.

»Aber das ist ja wunderbar, herzlichen Glückwunsch!« Sie umarmte Louise stürmisch.

»Und natürlich auch dir, Walter. Pass mir nur gut auf sie auf, sonst komme ich mit meinem Motorwagen, und du bekommst es mit mir zu tun.« Sie lachten wieder, auch wenn die drei Frauen wussten, dass das durchaus ernst gemeint war.

Jetzt war es an Hedwig, ihren Begleiter vorzustellen.

»Und das ist, äh, wie heißt du noch gleich?«

Alle brachen in Lachen aus, nur der Angesprochene schaute etwas verdattert drein. Typisch Hedwig, dachte Bertha. Sie genoss das Leben also immer noch in vollen Zügen und nahm sich einfach, was sie gerade brauchte. Attraktiv genug war sie dafür ja noch immer, musste Bertha neidlos zugestehen.

»Dass ich euch heute Abend gleich treffe«, freute sich Bertha.

»Wieso hast du denn nicht gesagt, dass du nach Pforzheim kommst?«

»Das war ein Geheimnis. Aber kommt, helft mir, den Wagen in den Hof des Hotels zu schieben. Ich habe mich an der Rezeption erkundigt und darf ihn über Nacht dort stehen lassen. Dort ist er wenigstens sicher. Nicht, dass noch jemand daran herumspielt und irgendetwas kaputt macht. Danach erzähle ich euch alles bei einem Glas Bier. Mir schnürt es vom vielen Reden und vor allem vom Staub und Sand der Fahrt so langsam die Kehle zu.«

»Na, dann lasst es uns anpacken«, sagte Hedwig und gab ihrem Liebhaber einen ermunternden Klaps auf den Hintern.

»Beckh oder Ketterer, gnädige Frau?«, fragte der Kellner im Gastraum des Hotels.

»Ketterer?«, fragte Bertha erstaunt.

»Ah, das kennst du natürlich noch nicht«, sagte Louise, »die Brauerei am Weiherberg hat dieses Jahr erst eröffnet.«

»Etwas Neues, na, das passt doch«, meinte Bertha.

Die drei redeten ohne Unterlass, kamen vom Hundertsten ins Tausendste, kümmerten sich nicht mehr um die beiden Männer, die ihrerseits miteinander ins Gespräch fanden, was blieb ihnen auch anderes übrig. Sie hörten erst auf, als Bertha beinahe im Sitzen einschlief. Nachdem sie sich für die nächsten Tage verabredet hatten, ging Bertha hinauf in ihr Zimmer.

»Ich glaube, ich habe es geschafft«, sagte sie zufrieden zu sich selbst und jubelte innerlich, als sie den Schlüssel zu ihrem Hotelzimmer umdrehte.

15

»Schickt Ketten umgehend per Express zurück. Stopp. Dringend benötigt für Ausstellung nächste Woche in München«, las Bertha am nächsten Morgen im Telegramm von Carl, das ihr ein Kellner am Frühstückstisch überreichte.

»Papa möchte, dass wir die Antriebsketten sofort nach Hause schicken«, sagte Bertha, als sie den kurzen Text gelesen hatte.

»Dann sind die bestellten Ketten für den anderen Wagen wohl noch nicht angekommen«, sagte Richard betreten.

»Und ohne die kann er den anderen Wagen nicht bei der Arbeitsmaschinen-Ausstellung in München vorstellen«, ergänzte Eugen.

»Ich fürchte, ihr habt recht«, sagte Bertha.

Carl hatte nicht nur den Wagen gebaut, mit dem sie unterwegs waren, sondern auch einen zweiten, genau gleichen.

»Tja, da bleibt uns wohl nichts anderes übrig, als die Ketten so schnell wie möglich zurück nach Hause zu schicken«, sagte Bertha. »Euer Vater hat sich schon lange auf die Ausstellung vorbereitet und hofft, dort eine Medaille zu ergattern.«

Dennoch hatten sie gerade andere Pläne geschmiedet mit dem Wagen. Eugen und Richard wollten mit Freunden und Interessierten ein paar Runden drehen, nachdem Bertha gleich um zehn Uhr mit dem Journalisten Geiger verabredet war.

Ihre Euphorie war mit einem Male verpufft.

»Und wie kommen wir nach Hause?«, fragte Eugen.

»Das sehen wir dann«, sagte Bertha.

Es half ja alles nichts, sie musste praktisch denken. Und vor allem durfte sie den Erfolg der Reise, der sich seit ihrer Ankunft in Pforzheim gerade leise abzeichnete, nicht gefährden. Da sie gedachten, fünf Tage zu bleiben, hatten sie noch etwas Zeit, um das Problem zu lösen.

»Wir machen es so«, entschied Bertha, »ich fahre auf jeden Fall mit dem Reporter vom *Pforzheimer Beobachter* eine Runde. Wir brauchen die Presse, das ist das Wichtigste. Wenn die über uns schreiben, weiß es hoffentlich bald die ganze Welt, dass wir diese Fahrt unternommen haben. Dann fahren wir mit dem Wagen zur Oma hoch in die Ispringer Straße, nehmen die Ketten ab, und ihr beiden bringt sie auf die Post, sodass Papa sie so schnell wie möglich hat.«

»Kann er denn keine zweite Kette anfertigen?«, nörgelte Richard, der sich, wie Eugen, schon gefreut hatte, den ganzen Tag Runden drehen zu dürfen.

»Du weißt doch, dass wir die Ketten nicht selbst herstellen, Richard. Wir sollten tun, was Papa sagt. Schließlich sind wir ja auch einfach so ausgebüxt.«

Der Journalist Heinrich Geiger zeigte sich äußerst begeistert von der kleinen Rundfahrt mit Bertha.

»Was für ein Gefühl! Und um Pferde muss man sich auch nicht kümmern.«

»Eben.« Bertha versprühte ihren ganzen Charme und kaute ihm die Vorteile vor. Wenn man doch nur bedenke, was die an Heu und Stroh kosten würden, was für einen Platz die Ställe brauchten, wie viel Zeit und Arbeit man jeden Tag für die Säuberung der Ställe rechnen müsse, und so weiter. Dagegen hätte ein Motorwagen schon einen großen Vorteil, schließlich würde der immer laufen, vorausgesetzt, man hätte genügend Ligroin dabei, aber das wäre ja kein Problem. Und er solle auch daran denken, was es bedeuten würde, wenn man den Wagen mit einer Pritsche oder mit einem Kasten bauen würde. Dann könne man nicht nur Personen umherfahren, sondern auch Güter damit transportieren. In seinen Planungen hatte Carl schon immer mit daran gedacht, Güter mit seiner Erfindung transportieren zu können.

»Verstehen Sie«, fasste sie zusammen, »diese Erfindung könnte ganze Gewerbe verändern. Droschken könnten statt mit Pferden mit so einem Wagen die Leute an den Ort ihrer gewünschten Bestimmung bringen. Die Brauereien könnten ihr Bier mit dem Motorwagen ausfahren. Was sage ich, einfach alle Pferdefuhrwerke könnten durch einen solchen Wagen ersetzt werden. Verstehen Sie?«

Geiger nickte. »Man könnte vor allem größere Distanzen auf einmal viel einfacher überwinden.« Er hatte sich von Berthas Begeisterung anstecken lassen. »Und man kann damit auch an Orte kommen, an denen es keinen Bahnhof gibt oder die zu weit weg sind von einem Bahnhof, um sie in angemessener Zeit mit einer Droschke zu erreichen.«

Bertha stimmte ihm zu, und der Reporter schien nachzudenken.

»Außerdem ist dies eine viel hygienischere Art zu reisen«, sagte er dann.

»Wie meinen Sie das?«, fragte Bertha verwundert. So hatte sie die Sache noch nicht gesehen.

»Nun ja«, begann er, seine Gedanken abwägend, »im Zug weiß man nie, wer vor einem auf dem Sitz gesessen hat, auf dem man Platz nehmen möchte. Und nicht immer sind die Sitze sauber.«

Da war etwas dran. Bertha nahm, wenn sie mit dem Zug unterwegs war, immer ein Reinigungstuch mit. Seit sie in der *Gartenlaube* darüber gelesen hatte, dass dies durchaus anzuraten sei, betrat sie keinen Zug mehr ohne ein solches Tuch.

»Da mögen Sie durchaus recht haben«, bestätigte sie Geigers Gedanken, froh, noch ein Argument für Carls Erfindung gefunden zu haben.

Wieder beim Hotel angekommen, bedankte sich der Reporter überschwänglich und versprach Bertha, dass er einen großen Artikel schreiben würde, der, wie er hoffte, gleich morgen erscheinen würde.

»Das würde mich sehr freuen, Herr Geiger. Wir planen, in vier Tagen wieder nach Mannheim zurückzufahren, und ich würde mich sehr freuen, meinem Mann ein Exemplar Ihres Artikels mitbringen zu können.«

Genauso wie sie Carl verschwiegen hatte, auf welche Weise sie nach Pforzheim zu reisen gedachte, verschwieg sie nun dem Reporter, dass ihnen ohne die Ketten nichts anderes übrig bleiben würde, als die Rückreise mit dem Zug anzutreten.

Dennoch machte sie sich darüber Sorgen. Wäre es nicht eine Schande, wenn sie mit dem Zug zurückmüssten? Die Leute, und noch schlimmer die Presse, würden sich sicher die Mäuler zerreißen, dass der Motorwagen eben doch nicht gut genug sei. Einen Schmied zu beauftragen, zwei neue Ketten anzufertigen, hätte keinen Sinn. Das würde viel zu lange brauchen, und die Frage war, ob der so kurzfristig überhaupt einen Stahl zur Verfügung hätte, der hart genug war, der Kraft des Motors auf der einen Seite und dem Gewicht und dem Antrieb der Räder auf der anderen standhalten zu können. Sie musste eine Lösung finden. Sie wusste nur noch nicht, welche.

Wie anders es hier doch aussieht, dachte Bertha, als sie die Ispringer Straße hochfuhren. Kaum zu glauben, dass in ihrer Kindheit hier nur vier Häuser standen und sie im Grünen wohnten. Heute war praktisch die ganze Straße bis in die Stadt hinein verbaut. Eine Grenze zwischen der Brötzinger Vor- und der Pforzheimer Innenstadt war nicht mehr sichtbar. Natürlich wurde auch hier wie wild gebaut und die Stadt ständig erweitert, nicht nur in Mannheim war das so. Und trotzdem, den Ort ihrer Kindheit so verändert zu sehen, nahm ihr einen Teil ihrer Kindheitserinnerungen.

Viel Zeit, darüber nachzudenken, hatte sie nicht. Mit dem Motorwagen war die Strecke in nur ein paar Minuten zurückgelegt.

Die Ankunft bei ihrer Mutter war ein einziges großes Hallo. Sie freute sich riesig über den unerwarteten Besuch ihrer ältesten noch in Deutschland lebenden Tochter und ihrer beiden Enkelkinder und begrüßte sie alle drei herzlich.

Bertha konnte nicht übersehen, dass ihre Mutter bei jedem Besuch etwas gebückter daherkam, dass die Jahre an ihr nagten. Sie war fünfundsechzig Jahre alt und seit dreizehn Jahren Witwe.

»Ja da schau her, ist das dieser selbstfahrende Wagen, von dem der Carl und du schon die ganze Zeit redet?«, staunte ihre Mutter nicht schlecht. »Dann hat es also endlich geklappt?«

»Ja, Oma«, sagte Eugen, »und es fährt sich richtig toll. Willst du auch mal mitfahren?«

»Gott behüte, mein Lieber, das muss nicht sein. Aber kommt erst mal rein, dann gibt es etwas zu trinken.«

»Eugen und Richard müssen leider erst die Ketten abmontieren und zur Post bringen. Die braucht Carl dringend wieder in Mannheim«, sagte Bertha und ließ sich von ihrer Mutter eine Kiste geben, die sie für die Ketten nutzen konnten.

»Per Express, vergesst das nicht«, erinnerte sie ihre Söhne, als sie die Teile eingepackt hatten. Wie begossene Pudel liefen die beiden die Straße hinunter zur Post.

Dann endlich kamen Bertha und ihre Mutter dazu, sich in aller Ruhe mit einer frisch gebrühten Tasse Kaffee hinzusetzen.

»Ach weißt du, Bertha«, sagte sie, »es ist nicht mehr wie früher. Dein Vater ist nicht mehr da, ihr seid alle aus dem Haus. Sogar Julius ist jetzt schon zweiundzwanzig, stell dir mal vor.«

Bertha fragte ihr ein Loch in den Bauch, wie es ihren Geschwistern ging, wie den alten Nachbarn und alten Freundinnen. Sie lachten und staunten miteinander und wurden traurig, als ihre Mutter erzählte, wer in letzter Zeit so alles gestorben war.

Verbittert war sie deswegen nicht. Dann war es an ihr zu fragen. Sie wollte unbedingt alles wissen: wie es Klara und Thilde, ihren beiden Enkeltöchtern, ging, was die neueste Mode in Mannheim war, wie es ihr mit Carl erging und ob die Firma endlich genügend Geld abwerfen würde.

»Es hat deinem Vater und mir doch sehr viel Kummer bereitet, dich in dieser Baracke hausen zu sehen, und dann immer dieser Kampf, ob genügend Geld hereinkam.«

»Ach, Mama, im Moment geht es uns wirklich gut, mach dir bitte keine Sorgen.«

»Ich hoffe es für dich, Bertha.« Sie schaute ihre Tochter lange fragend an, wie nur Mütter ihre Töchter mit ihren Augen durchdringen können, wohl wissend, dass es da noch etwas gab, was sehr wohl Sorgen bereitete.

»Du bist doch nicht grundlos mit diesem Selbstfahrer hierhergefahren, oder?«

Bertha konnte ihrer Mutter nichts vormachen. Obwohl ihr Körper gebrechlicher wirkte als früher, schien ihr Gehirn noch so scharf zu kombinieren wie immer.

»Nein, da hast du schon recht«, seufzte Bertha und erzählte ihr, warum sie sich diesen Plan zurechtgelegt hatte.

»Na, dann ist es ja gut, dass du die Fahrt erfolgreich hinter dich gebracht hast«, meinte ihre Mutter nur trocken.

»Mir tun die Pferde immer leid, wenn sie die schweren Karren die steilen Straßen hochziehen müssen. Man kann richtig sehen, wie sie leiden, die armen Tiere. Jetzt, wo ich Carls Erfindung so sehe, wünsche ich mir, dass sie ein großer Erfolg wird und in der Zukunft so ein Motor statt der lieben Pferde diese schwere Arbeit verrichten könnte.«

Bertha war überrascht. Die ganze Zeit über hatte ihre Mutter Carls Erfinderdrang als eine Marotte bezeichnet. Doch nun, mit dem Resultat vor Augen, sah sie auf einmal den praktischen Nutzen der Erfindung.

»Ja, das wäre eine wahre Erleichterung. Auch für die Speditionen, die keine Pferde mehr halten müssten.«

»Wo bleiben denn meine beiden Enkelkinder?«, fragte ihre Mutter, »die sind schon eine ganze Weile weg.«

»Ach, die werden sich noch ein bisschen in der Stadt herumtreiben. Es wird ihnen guttun, wenn sie sich ein bisschen bewegen nach der langen Fahrt gestern.«

Für einige Momente tranken sie schweigend ihren Kaffee.

»Gestern habe ich übrigens mit einem Reporter gesprochen. Er hat mir versprochen, dass er einen großen Artikel über den Wagen schreiben würde. Wenn alles gut läuft, steht der morgen schon im *Pforzheimer Beobachter.*«

»Dem Erfolg steht also nichts mehr im Weg«, sagte ihre Mutter mit einer gewissen Ironie und der Weisheit einer Frau, die neun Kinder großgezogen hatte und wusste, dass es bis zur letzten Sekunde immer Überraschungen geben konnte.

»Nun, wie man's nimmt«, sagte Bertha zögernd.

»Habe ich es doch geahnt«, sagte ihre Mutter, »nun komm, erzähl schon.«

»Ich weiß noch nicht, wie wir innerhalb von vier Tagen an neue Antriebsketten kommen sollen.«

»Ihr müsstet also mit dem Zug zurückfahren.«

»Es sieht ganz danach aus.«

»Mhm, das würde den Erfolg, nun ja, zumindest schmälern«, sagte Auguste.

»Das hast du sehr vorsichtig ausgedrückt, Mama.«

»Und jetzt?«

»Tja, das weiß ich auch nicht. Immerhin habe ich ja noch ein paar Tage, um eine Lösung zu finden.«

»Was hält Carl eigentlich davon, dass du ohne sein Einverständnis den Wagen und die beiden Ältesten gepackt hast und hierhergefahren bist?«

»Ehrlich gesagt bin ich mir nicht sicher. Das war seinem Telegramm nicht zu entnehmen.«

»Glaubst du, er ist wütend? Oder denkt er, dass du ihn verlassen möchtest, wenn es wieder so schwierig mit dem Geld wird?«

»Aufstoßen wird es ihm vielleicht schon, aber ich glaube, er weiß, dass ich ihn liebe und nie weggehen würde, auch wenn es wieder schwierigere Zeiten werden.«

»Hierher zurückziehen wirst du jedenfalls nicht mehr«, sagte ihre Mutter unvermittelt.

»Nein, wieso, das hatte ich doch gar nicht vor?«, sagte Bertha verdattert.

»Das Haus ist einfach zu groß für mich alleine. Ich kann immer schwerer Treppen laufen, und ich habe mein Lebtag nun wirklich schon genug geputzt. Warum soll ich also ein Haus auf Vordermann halten, in dem ich in die meisten Zimmer sowieso fast gar nicht mehr komme, geschweige denn sie nutze?«

»Und was willst du mir damit sagen?«

»Ich ziehe bei deiner Schwester und ihrer Familie ein.«

»Zu Marie Louise?«

»Ja, sie hat es mir angeboten. Die haben genügend Platz und wohnen nicht weit von hier. Dann wohne ich zwar nicht mehr in meinem geliebten Haus, aber immerhin noch in meinem so vertrauten Pforzheim.«

»Das ist doch wunderbar«, freute sich Bertha für ihre Mutter, »so hast du Gesellschaft.«

»Ja, das Alleinsein macht mir zu schaffen. Früher war mit euch einfach immer etwas los, da hätte ich es manches Mal lieber etwas ruhiger gehabt. Aber jetzt, da ihr alle aus dem Haus seid, finde ich es schon ziemlich ruhig und langweilig.«

Bertha musste lachen. »Das kann ich mir sehr gut vorstellen. Mir war es am Anfang meiner Ehe, bis die Kinder kamen, auch oft furchtbar langweilig. Wir sind es einfach nicht gewohnt, wenn nichts los ist.«

16

Bertha war froh, dass sie am nächsten Tag etwas Ruhe hatte. Eugen und Richard hatten gleich am ersten Tag Freunde gefunden, mit denen sie draußen spielen und durch die Stadt ziehen wollten. Bertha ließ sie. Sie genoss es, mit ihrer Mutter einen ausgedehnten morgendlichen Spaziergang durch die Stadt zu unternehmen.

Später lief sie wehmütig durch jedes Zimmer des Hauses, in dem sie aufgewachsen war. Wahrscheinlich wäre es das letzte Mal, dass sie das Haus von innen sehen würde. Ihre Mutter plante, bereits im frühen Herbst, bevor das Wetter und die Kälte einen Umzug erschweren würden, zu Marie Louise zu ziehen.

»Möchtest du auch eine Tasse Kaffee?«, rief ihre Mutter von unten.

Wenig später saßen sie gemütlich beieinander und sprachen darüber, wie es sein würde, wenn ihre Mutter nicht mehr in ihrem angestammten Haus wohnen würde. Berthas Mutter war wie immer unsentimental und pragmatisch. *Entweder fällt es ihr immer noch schwer, Emotionen zu zeigen, oder sie hat sie tatsächlich so weit unterdrückt, dass sie sie schon gar nicht mehr spürt,* dachte Bertha. Sie war froh, dass sie in dieser Hinsicht nicht so streng mit sich selbst war wie ihre Mutter. Obwohl sie sich auch bewusst war, dass es in der Öffentlichkeit besser war, keinerlei Gefühlsregungen zu zeigen. Schnell galt man als Frau als hysterisch oder irrsinnig. Nur unter guten Freundinnen traute sie sich, aus sich herauszugehen und ihre Gefühle und Emotionen offen zu bekunden.

»Ah, ich habe doch noch die Bücher, die ich in Bruchsal mitgenommen habe«, erinnerte sich Bertha und sprang aus dem tiefen Sessel auf, um sie zu holen.

»Es ist auch eines für dich als Geschenk dabei«, sagte sie zu ihrer Mutter, als sie mit dem Packen Bücher zurückkam.

Sie war gespannt, was die Buchhändlerin ihr eingepackt hatte. Sie öffnete das Packpapier des ersten Buchs. Der Titel war kurz und knapp. *Jenny* von Fanny Lewald. Das Buch war schon über vierzig Jahre alt, wurde aber immer wieder neu aufgelegt. Bertha hatte schon viel darüber gehört, es aber noch nie gelesen. Frau Fuchs hatte ihr das Buch dringend empfohlen.

»Da geht es viel um die Frauenrechte und wie schändlich die uns vorenthalten werden, damals wie heute«, hatte sie Bertha erklärt.

Ihre Mutter hob die Augenbrauen und ließ einen kurzen, eher missfälligen Ton, ein schlecht gelauntes »Mmm«, hören, als Bertha das Buch auf den Tisch legte. Anscheinend war ihr dieser Titel nicht fremd, wenn Bertha auch vermutete, dass sie ihn eher vom Hörensagen kannte als durch eigene Lektüre.

Sie nahm das nächste Buch in die Hand. Es war das einzige, das sie selbst ausgesucht hatte, um sicherzugehen, dass es den Geschmack ihrer Mutter treffen würde.

»Das habe ich für dich ausgesucht, Mama.« Bertha reichte ihr das verpackte Buch.

»Aber ja wohl hoffentlich nicht das gleiche wie das hier.« Sie deutete auf das Buch auf dem Tisch vor ihr.

»Nein, es ist ein Kochbuch von Henriette Davidis.«

»Ein Koch…?« Ihre Mutter klang enttäuscht, aber als Bertha zu lachen anfing, hellte sich ihre Miene wieder auf.

»Na, da hast du mich aber schön reingelegt.«

»Nun mach schon auf.«

»*Ohne Liebe* von Marie von Ebner-Eschenbach«, las ihre Mutter vor. Sie war gerührt. »Wusstest du, dass ich ihre Bücher mag?«

»Ja, im Bücherregal hast du doch ein paar von ihr stehen. Das hier ist ihr neuestes. Du hast es hoffentlich noch nicht, oder?«

»Jetzt schon.« Auguste freute sich aufrichtig.

»Komm, wir nehmen noch gemütlich eine Tasse und lesen ein bisschen.«

Während ihre Mutter in die Küche ging, um frischen Kaffee aufzubrühen, drehte sich Bertha mit dem Rücken zur Küche, sodass ihre Mutter nicht sehen konnte, wie sie die Verpackung des dritten Buches öffnete. Jenes, das die Buchhändlerin unter der Theke hervorgeholt hatte. Bertha erschrak fast, als sie den Namen des Autors las. Es war zu ihrer Überraschung ein Mann. Sie hatte erwartet, dass ihr Frau Fuchs ein Buch einer Autorin einpacken würde. *Die Frau und der Sozialismus* stand auf dem Umschlag. Bertha wusste nicht so recht, was sie davon halten sollte. Der Buchhändlerin musste doch eigentlich bewusst sein, dass sie mit diesem Sozialismus nicht so viel am Hut haben konnte, als Besitzerin einer Firma. Sie schlug das Buch auf und las das Vorwort: »Wir leben im Zeitalter einer großen sozialen Revolution, die jeden Tag weitere Fortschritte macht.«

Und einer noch viel größeren technischen Revolution, dachte Bertha.

Ein paar Sätze weiter wurde es interessant, fand sie und begann zu lesen:

»Eine Menge Fragen sind aufgetaucht, die immer weitere Kreise beschäftigen, über deren Lösung für und wider gestritten wird. Eine der wichtigsten dieser Fragen, die mehr und mehr in den Vordergrund tritt, ist die sogenannte Frauenfrage.

Bei dieser Frage handelt es sich um die Stellung, welche die Frau in unserem sozialen Organismus einnehmen soll, wie sie ihre Kräfte und Fähigkeiten nach allen Seiten entwickeln kann, damit sie ein volles, gleichberechtigtes, nützlich wirkendes Glied der menschlichen Gesellschaft werde.«

»Mhm«, murmelte Bertha, das klang ja doch interessant. *Aber warum »werde«, wir Frauen sind doch auch heute schon nützlich,* dachte sie.

»So, der Kaffee ist fertig.« Hastig stopfte Bertha das Buch zurück in ihre Tasche, als ihre Mutter mit einer vollen Kanne Kaffee in die gute Stube kam.

»Was hast du denn da?«, fragte sie, als sie an ihr vorbeilief.

»Ich? Ach, nichts«, stammelte Bertha.

Ihre Mutter schaute sie fragend an, beließ es aber dabei und schenkte ihnen ein. *Warum kann man Müttern einfach nichts vormachen?*

Lesend saßen sie eine Weile beisammen, bis es an der Tür klingelte.

»Ah, das werden die zwei Rabauken sein.« Augustes Miene hellte sich auf.

»Lass nur, ich gehe schon«, sagte Bertha, aber ihre Mutter war schon unterwegs zur Tür.

So gebrechlich, wie sie ihr bei der Begrüßung noch erschienen war, war sie wohl doch nicht.

»Guten Morgen, Frau Ringer. Ich habe ein Eilpaket für Frau Bertha Benz. Bin ich da richtig?«, hörte sie eine männliche Stimme sagen.

»Ja, das ist meine Tochter.«

Wer sollte ihr denn hierher ein Paket schicken? Sie war doch erst vorgestern in Pforzheim angekommen.

Jetzt stand sie doch auf und ging zur Tür.

»Vorsichtig, Frau Ringer, das Paket ist schwer.«

»Geben Sie es ruhig her, ich schaffe das schon.«

Gerade noch rechtzeitig erreichte Bertha die Tür, sodass sie das Paket selbst in Empfang nehmen konnte. Es hatte ein ordentliches Gewicht, und klein war es auch nicht gerade. Im dunklen Gang konnte sie den Absender nicht lesen. Erst im Wohnzimmer sah sie den Schriftzug ihrer Firma. Vielleicht hatte Carl bemerkt, dass sie keine Kleider mitgenommen hatte, und schickte ihr ein paar, damit sie in Pforzheim ordentlich ausstaffiert unter die Leute gehen konnten. Aber dafür war das Paket viel zu schwer.

»Da bin ich jetzt aber auch gespannt«, sagte ihre Mutter. »Na, mach schon auf«, sagte sie ungeduldig.

Bertha öffnete den Karton. Der Inhalt war zum Schutz der Ware mit Stroh und Papier ausgelegt, das sie behutsam beiseiteschob.

»Es sind Ketten«, rief sie erstaunt.

»Wieso schickt dir dein Mann denn von Mannheim Schmuck? Die kannst du doch besser hier in der Goldstadt kaufen, wo sie hergestellt werden.«

»Das ist kein Schmuck, Mama, das sind Antriebsketten für den Wagen.« Bertha war regelrecht ergriffen. Sie musste sich für einen Moment mit den Händen auf der Tischplatte abstützen und nach vorne beugen. Ihr liefen ein paar Tränen über die Wangen. »Danke, Carl«, sagte sie leise.

»Dann hat dein Mann also begriffen, was du mit deiner Reise bezweckst«, sagte ihre Mutter.

»Ja, und er heißt die Aktion gut, das bedeutet dieses Paket.«

»Hattest du doch Angst, dass er dir deshalb böse ist?«

»Schon ein bisschen«, musste Bertha zugeben, »was nicht so ganz unverständlich wäre. Schließlich bin ich mit seiner geliebten Erfindung durchgebrannt und habe auch noch unsere Söhne mitgenommen.« Schluchzend fiel die Last von ihr ab, von der sie bisher nicht gespürt hatte, wie groß sie wirklich war.

»Hätte ich ihn gefragt, hätte er mir nie die Zustimmung für die Fahrt gegeben.« Tränen liefen über ihre Wangen, die sie mit einem Taschentuch wegwischte.

»Nun ist auch wieder gut«, sagte ihre Mutter spröde. *Da ist sie wieder, die alte Schule, in der Gefühle zeigen nicht schicklich ist,* dachte Bertha. »Dann kannst du also doch mit dem Motorwagen wieder zurück nach Hause fahren, wenn ich das richtig sehe.« Die trockene Art ihrer Mutter hatte auch etwas Gutes. *Wie hätte sie sonst neun Kinder großziehen sollen,* dachte Bertha.

»Ja«, Bertha wischte sich die letzte Träne aus den Augen, »das Problem hat sich dankenswerterweise in Luft aufgelöst.«

Sie trat ans Fenster, und unweigerlich kam ihr die Erinnerung, wie ihr Vater aus genau diesem Fenster gestarrt hatte, als er sich zunächst weigerte, ihr die Aussteuer schon vor der Hochzeit auszuzahlen, sodass Carl seinen damaligen Kompagnon entgelten konnte. Es hatte mehr als anderthalb Jahrzehnte gedauert, aber in diesem Moment schien es, als ob sich dieser Streit doch gelohnt hatte. Es hatte sich gelohnt, dass sie für diese Sache gekämpft und ihr Vater schließlich klein beigegeben hatte. Was hätte sie dafür gegeben, dass er diesen Erfolg noch miterleben durfte. Sie schickte ihm einen Gruß in den Himmel, dankte ihm von Herzen und ließ ihn wissen, dass sie noch immer voller Liebe an ihn dachte.

»Ich hoffe, dass Eugen und Richard bald wieder zurückkommen.« Bertha drehte sich wieder zu ihrer Mutter um. »Die werden sich unwahrscheinlich freuen. Für die beiden ist das der schönste Schmuck, den sie sich gerade überhaupt vorstellen können.«

17

Für den Abend hatte Bertha sich mit Hedwig und Louise zu einem besonderen Essen verabredet.

»Zur *Post*, darunter mache ich es heute Abend nicht«, ließ Bertha ihre Freundinnen wissen.

»Das klingt aber so gar nicht nach dir«, sagte Louise, »so sparsam, wie du sonst immer bist.«

»Heute ist mir das egal, ich will feiern. Ich habe es mit dem Wagen bis hierher geschafft, und ich bin mit meinen allerbesten und ältesten Freundinnen unterwegs. Heute ist mir das Beste gerade gut genug.«

»Na dann«, sagte Hedwig lachend, »dann lass uns nicht lange warten und zur *Post* gehen, bevor du es dir noch anders überlegst.«

Sie hakten einander ein, lachten lauthals, sangen und plauderten munter drauflos, während sie zum vornehmsten Gasthaus der Stadt liefen.

Die Wirtsstube war gut gefüllt, als sie ankamen, aber sie hatten Glück und bekamen einen der letzten freien Tische. Von diesem hatten sie Aussicht auf eine Tür, die zu einem der Säle führte, in denen geschlossene Gesellschaften ungestört feiern konnten oder man Geschäftliches in aller Ruhe und Diskretion besprechen konnte. In einem dieser Räume hatte auch Berthas Hochzeitsfest stattgefunden. Das war schon sechzehn Jahre her, und was war nicht alles in dieser Zeit geschehen.

Hedwig, Louise und auch Bertha selbst redeten ohne Unterlass, als wären sie über all die Jahre ständig zusammen gewesen. Vom ersten Moment an waren sie so vertraut wie damals. Sie empfanden sich sofort wieder als verschworene Clique, spürten das Vertrauen für- und die Verbundenheit zueinander. Louise erzählte, warum es so lange gedauert hatte, bis sie sich wieder so richtig verlieben konnte. Hedwig erörterte, warum sie immer noch keinen Mann fürs Leben hatte, sondern sich ihre Liebhaber von Tag zu Tag und Nacht zu Nacht auswählte – was nicht heißen musste, dass es jeden Tag ein anderer wäre, wie sie betonte. Und Bertha verriet ihnen, warum sie diese Fahrt wirklich auf sich genommen hatte.

Aber dies war nicht der Abend, um sentimental zu werden, obwohl sie zwischen ihren vielen Anekdoten und Lachanfällen auch immer wieder ernste Momente hatten.

»Na dann, ein Hoch auf unsere immerwährende Freundschaft«, rief Louise einen Toast aus. Sie ließen sie die Gläser klingen, tranken einen Schluck und lachten wieder.

Während sie ausgelassen redeten und lachten, beobachtete Bertha immer wieder Geschäftsmänner in dem Nebenzimmer verschwinden. »Wisst ihr, was da heute los ist?«, fragte sie ihre Freundinnen.

»Keine Ahnung, aber warte mal«, sagte Hedwig und rief in ihrer zupackenden Art sogleich den Kellner.

Dieser folgte umgehend ihrem Wink und kam zu ihnen an den Tisch.

»Die Tiger praktisch aller Bijouterie- und Schmuckfabriken treffen sich heute zu einem gemeinsamen Dinner mit Abendprogramm«, informierte er sie. »Darf es noch etwas sein für die Damen?«

Sie verneinten, und so eilte der in noblem Schwarz-Weiß Gekleidete zum nächsten Tisch.

»Im Ernst?«, wunderte sich Bertha, »die sitzen doch auch so schon den ganzen Tag in den Gasthäusern, um ihre Verkaufsgespräche zu führen.«

»Warum denn nicht, die sollen es auch mal gemütlich haben«, meinte Hedwig, »außerdem kann ich, wenn die so an uns vorbeigehen, einen guten Blick auf die Herrschaften werfen. Wer weiß, vielleicht imponiert mir ja der eine oder andere sogar.«

»Hedwig, du bist unverbesserlich«, sagte Louise grinsend.

»Mit Abendprogramm«, imitierte Bertha den Ober mit näselnder Stimme, »was das wohl sein wird.«

»Wenn die nur nicht wieder so eine Hypnosesitzung halten. Ich glaube nämlich, dass ich vorher gesehen habe, wie der Herr Seewald mit ein paar Leuten im Schlepptau an uns vorbei durch diese Tür gegangen ist. Das sind bestimmt seine Medien«, sagte Louise besorgt.

»Eine Hypnowas?«, fragte Bertha. »Und wer ist dieser Seewald?«

»Hast du denn noch nicht davon gehört?«

Bertha schüttelte den Kopf.

»Der Seewald ist einer der bekanntesten Hypnotiseure der Stadt. Das ist der letzte Schrei in Pforzheim, aber bestimmt schon zwei Jahre jetzt«, sagte Hedwig ungläubig, dass ihre Freundin noch nie davon gehört hatte.

»Und was soll das sein?«

»Also pass auf«, Hedwig richtete sich auf, »du sitzt dem Hypnotiseur praktisch wie einem Arzt gegenüber. Der schaut dir tief in die Augen, streicht dir mit seinen Händen auf eine bestimmte Art und Weise übers Gesicht oder bewegt seine Finger vor deinen Augen hin und her und fordert dich auf, seinem Finger mit deinen Augen zu folgen, und dann sagt er dir irgendwann, dass du jetzt auf dem Stuhl sitzend schlafen sollst.«

»Und was soll das Ganze?«

»Ja, jetzt geht es ja erst richtig los. Also, wenn du erst einmal hypnotisiert auf dem Stuhl sitzt, sagt dir der Hypnotiseur, was du machen sollst. Er kann zum Beispiel sagen, und das ist vor ein paar Wochen erst wohl wirklich passiert, du kommst gar nicht aus Pforzheim, sondern aus Norddeutschland, und du lebst hier noch gar nicht dein ganzes Leben lang, sondern bist gestern erst hier angekommen.«

»Ja, und?«

»Dann weckt dich der Hypnotiseur wieder auf, und siehe da, der Mann konnte nur noch Hochdeutsch reden. Keine Spur mehr von Dialekt. Ist das nicht irre?«

»Also ich weiß nicht«, sagte Bertha. »Hast du das etwa auch schon mal gemacht?«

»Aber natürlich, fast alle in Pforzheim machen das heutzutage. Sogar schon die Arbeiter in den Bijouteriefabriken, ja, sogar Schulkinder hypnotisieren einander andauernd.«

»Ich fasse es nicht.«

Im Saal hinter ihnen wurde es plötzlich lauter. Selbst durch die Tür konnte sie Geschrei vernehmen, das nach Ärger klang.

»Du musst schon zugeben, Hedwig«, schaltete sich Louise wieder in das Gespräch ein, »dass es noch einigermaßen seriös war, als die Hypnose nur von Doktoren und Fachleuten durchgeführt wurde. Aber heutzutage meinen halt alle, sie könnten das, und hypnotisieren auf Herrenabenden oder Damenkränzchen munter drauflos. Da mussten Leute schon ins Krankenhaus oder sogar in die Irrenanstalt eingeliefert werden.«

Bertha kam diese Hypnose immer weniger geheuer vor.

»Blöd ist nur, dass es inzwischen immer öfter zu hypnotischen Prügeleien kommt«, fügte Louise hinzu.

»Wie meinst du das?«, fragte Bertha.

»Viele Hypnotiseure haben das Ganze nicht im Griff, und dann kommt es eben immer häufiger zu Handgemengen. Sie gehen in ihrer Sensationslust oft zu weit und merken zu spät, dass sie die Geister, die sie riefen, nicht mehr loswerden«, erklärte Louise.

»Na, dann hoffe ich inständig, dass die Tiger sich heute Abend …« Bertha hielt mitten im Satz inne. Er schien hinfällig, bevor sie ihn zu Ende gesprochen hatte, als die Tür zum Festsaal aufging und ein Mann mit verrutschtem Hemdkragen, sich schmerzvoll die Backe haltend, heraustorkelte.

Der Lärm schwoll an, die Männer im Raum beschimpften sich unflätig, und Bertha sah durch die offene Tür Biergläser durch die Luft fliegen.

»Heute sitzen wir wohl in der ersten Reihe«, freute sich Hedwig, »na, dann bin ich aber mal gespannt, was die Herren uns so zu bieten haben.«

Die drei konnten von ihrem Platz geradewegs durch die offene Tür zuschauen, wie in dem Festsaal die Fäuste flogen, noch mehr Gläser klirrten, und hörten, wie die Beschimpfungen immer lauter und unflätiger wurden. Ein Mann mit blauem Auge und halb herunterhängendem Ärmel seines Fracks rief, man solle dringend nach einem Hypnotiseur rufen, der diesem Unheil ein Ende bereiten könne.

Bertha wurde auf ihrem Stuhl immer unheimlicher zumute. Sie mochte auf keinen Fall mit hineingezogen werden.

»Uns Frauen werden sie schon nichts antun«, sagte Hedwig, als hätte sie Berthas Gedanken gelesen, und legte ihr eine Hand auf den Oberschenkel.

Bertha hoffte, dass die Schlägerei bald ein Ende nehmen würde.

»Dir werde ich's zeigen, du elendiger Lackaffe«, rief ein baumlanger Kerl und stürzte sich auf einen anderen Mann.

Die Gäste in der Gaststube kommentierten mit Ohs und Ahs die Schlägerei. Die Herren gingen schon mit Stühlen aufeinander los, der Kronleuchter stürzte unter der Last eines Mannes, der sich, nachdem der Tisch, auf dem er stand, unter seinen Füßen weggezogen wurde, daran festhielt, krachend zu Boden, ein großer Wandspiegel zerbarst in tausend

Stücke, ein Fenster ging zu Bruch. Die Schlägerei schien kein Ende zu nehmen. Im Durcheinander war nicht auszumachen, wer gegen wen kämpfte – und vor allem, warum.

»Da sieht man mal wieder, wozu die Hypnose alles imstande ist«, kommentierte Louise.

Bertha schüttelte nur den Kopf. »Ich sehe hier höchstens, wozu die Krone der Schöpfung so alles imstande ist, wenn man sie so ungezügelt machen lässt.«

Etliche Beteiligte versuchten nun, die Flucht zur Tür anzutreten, doch plötzlich stoben die Flüchtenden auseinander. Ein Mann mit zerrissenem Hosenbein und besessen funkelnden Augen schwang ein großes Küchenmesser in seiner Hand. Keiner wagte es, sich ihm in den Weg zu stellen. Alle Männer hielten wie vom Schlag getroffen inne. Bisher war es ein Kampf mit Fäusten gewesen. Doch ein Messer war etwas völlig anderes.

Gleichzeitig betrat ein Mann von draußen die Gaststube, wurde hastig vom Wirt begrüßt und begab sich auffallend gemäßigten Schrittes zum Festsaal.

»Der Wieland«, flüsterte Louise, »wenn es einer schaffen kann, dieser Tobsucht Einhalt zu gebieten, dann er.«

Nicht nur die ganze Wirtschaft, auch die im Festsaal Verbliebenen waren mucksmäuschenstill. Die Luft war zum Schneiden. In diese Stille hinein pirschte sich der Mann, den Louise als Herrn Wieland erkannt hatte, langsam auf den Mann mit dem Messer zu, der mit dem Rücken zu ihnen stand. Auf leisen Sohlen kam er so nahe an den Messerschwinger heran, dass er ihn mit einem Hechtsprung überwältigen und fixieren konnte. Mit seiner freien Hand machte er eine Geste, und der am Boden liegende Mann schien plötzlich zu schlafen.

Erst als der Schlafende von Wachtmeistern in Handschellen gelegt war, weckte Wieland ihn wieder aus der Hypnose auf. Der Mann war deutlich verwirrt, dass die Polizei ihn in Gewahrsam genommen hatte, und schien sich an rein gar nichts erinnern zu können.

18

Bertha fand nur schwer in den Schlaf und blieb die ganze Nacht lang unruhig. Diese Geschichten über Hypnose und dann die Schlägerei direkt vor ihrer Nase ließen sie einfach nicht zur Ruhe kommen. Erst spät konnte sie ihren Schlaf finden.

Am Nachmittag ihres letzten Tages in Pforzheim machte sie sich noch einmal auf in die Stadt. Sie wollte Carl wissen lassen, dass sie morgen früh wieder aufbrechen und nach Hause fahren würden. Wenn alles gut ginge, wären sie also am späten Abend daheim. Sie war sogar zuversichtlich, dass sie die Rückfahrt etwas schneller schaffen könnten, aber das schrieb sie Carl nicht. Sie wollte keine falschen Hoffnungen wecken. Wer weiß, vor welche Prüfungen sie unterwegs noch alles gestellt werden würden.

Bereits im Gespräch mit dem Reporter hatte sie sich nach einer Strecke für die Rückfahrt erkundigt. Eine Anhöhe wie beim Sieh-dich-für wollte sie lieber vermeiden. Sie hatten den Wagen schon zur Genüge geschoben.

»Dann fahren Sie doch über die badische Toskana über Bauschlott, Bretten und Gondelsheim nach Bruchsal, das ist sowieso um einiges kürzer. Und die Landschaft hat fast genauso sanfte Hügel wie die gleichnamige in Italien«, erklärte Heinrich Geiger.

»Hügel? Das klingt mir nicht gerade ideal.«

»Wenn Sie den Wagen schnell genug den einen Hügel hinuntersausen lassen, kommen Sie den nächsten auch wieder hinauf, oder?«

Bertha war eher skeptisch. »Auf dieser Strecke können wir uns nicht mehr an den Bahngleisen orientieren, fürchte ich.«

»Da haben Sie recht. Aber glauben Sie mir, das ist kein Problem. Wenn Sie aus Pforzheim in nordöstliche Richtung herausfahren, finden Sie den Weg ganz bestimmt.«

Da sich das Postamt im selben Gebäude wie das Wirtshaus und das Hotel befand, hatte sie ein mulmiges Gefühl, als sie auf den Leopoldplatz kam.

Von draußen erinnerte außer einigen Fenstern, die gerade von ein paar Arbeitern ausgewechselt wurden, nichts mehr an das nächtliche Ereignis. Alle schienen sich so zu verhalten, als sei nichts geschehen. In der Stadt war es genauso geschäftig wie an jedem anderen Tag. Nur ein Schmuckverkäufer, der heute so gar nichts von einem Tiger ausstrahlte, kam ihr mit seinem charakteristischen Musterköfferchen entgegen. Er hatte den Kragen seines leichten Mantels nach oben geschlagen, was bei dem warmen Sommerwetter etwas sonderbar aussah und nicht wirklich half. Auch mit dieser Camouflage konnte er seine dicke Wange und sein blaues Auge nicht gänzlich verbergen.

Nachdem sie das Telegramm aufgegeben hatte, galt es noch, in eine Apotheke zu gehen und ein paar Flaschen Ligroin zu kaufen. Vielleicht würde sie dort auch ein bisschen Maschinenöl für den Motor bekommen.

Am nächsten Morgen stiegen Bertha, ihre Mutter und ihre Söhne noch vor Sonnenaufgang aus den Federn.

»Kommst du uns bald besuchen, Oma?«, fragten ihre Enkelkinder beim Abschied.

»Ich sehe mal, was sich machen lässt.«

»Bis bald, Mama«, verabschiedete sich Bertha, »und viel Erfolg mit dem Umzug.«

»Danke, dass ihr da wart. Das war ein wirklich unerwarteter und schöner Besuch. Wer weiß, vielleicht findet euer Wagen ja bald wieder den Weg nach Pforzheim.«

Sie winkten einander zu, bis sie sich nicht mehr sehen konnten.

Die geplante Strecke bis Bretten war mit der aufgehenden Sonne über der sich sanft wellenden Landschaft zwar schön und vor allem kürzer. Bertha wusste aber auch, dass sie bis dahin wieder ordentlich schieben müssten. Immerhin war es diesmal zum Anfang der Reise so und nicht erst an deren Ende.

Richard hatte sich in den Tagen in Pforzheim ziemlich verausgabt, mit neu gewonnenen Freunden herumgetobt und gemeinsam mit Eugen viel auf dem Bock gesessen, um mit allen Interessierten kurze Runden mit dem Wagen zu unternehmen. Wahrscheinlich hatte er heute nicht mehr genug Kraftreserven, den Wagen öfter mal zu schieben, schätzte Bertha ihren jüngeren Sohn ein.

Da er der Leichteste von ihnen war, entschied Bertha, dass er genauso gut lenken und sie mit Eugen den Wagen schieben könnte, wenn es sein musste.

Bis nach Bretten war das gleich mehrere Male der Fall. Nicht immer reichte der Schwung von einem Hügel über die nächste Senke hinweg wieder den Berg hinauf. Oder besser gesagt, nie. Das hatte dieser Geiger wohl auf eine zu leichte Schulter genommen oder sich schlicht verschätzt. Wie sollte er es auch wissen, bisher hatte das ja noch niemand versucht.

So kostete der Anfang der Rückreise viel Muskelkraft. Für die Landschaft hatte sie so nicht viel Aufmerksamkeit übrig. Wenn es dann vom Hügel hinunterging, wurde der Wagen so schnell und begann so stark zu rütteln, dass Bertha befürchtete, das Gefährt könnte gleich in all seine Einzelteile zerfallen. Ihre größte Sorge galt den großen Speichenrädern.

Was passieren würde, wenn diese brächen oder sich von der Achse lösten, wollte sie sich erst gar nicht vorstellen. Ganz zu schweigen davon, ob ihre Söhne und sie so einen Sturz bei solcher Geschwindigkeit überhaupt überleben würden.

Bertha behielt diese Gedanken für sich und bemühte sich, ihre Angst zu verbergen.

Immerhin waren so früh am Morgen wenig Menschen unterwegs. Mehr als ein paar Bauern trafen sie nicht, bis sie kurz vor Bauschlott waren.

»Warum sind hier alle schon so früh auf den Beinen?«, fragte Bertha einen Mann, dessen Kutsche sie überholten.

»Heute ist Viehmarkt in Bauschlott«, sagte er, während ihm fast die Augen aus dem Kopf fielen beim Anblick des Patentwagens.

Bertha ahnte Schlimmes. Die Viehhändler wären nicht gerade erfreut, wenn sie mit dem lauten Töff-Töff und dem Geruch ihres Motors schon bei der Einfahrt in den Ort die Tiere aufscheuchen würden.

»Es bleibt uns nichts anderes übrig, da müssen wir durch«, bereitete Bertha ihre Söhne auf ein raues Willkommen vor. »Eine andere Straße um den Ort herum gibt es nicht, und außerdem wird es mir so langsam zu bunt mit den Bremsen. Die haben einfach nicht genug Kraft, wenn es bergab geht. Aber ich glaube, ich habe eine Idee, wie wir die Bremskraft verstärken könnten.«

Noch bevor sie den Marktplatz durch die engen Gassen Bauschlotts erreichten, konnten sie hören, dass sie mit Sicherheit keinen freundlichen Empfang zu erwarten hatten. Als die Gasse den Blick auf den Marktplatz freigab, entfaltete sich vor ihnen ein Bild größter Unruhe und Angst.

Schweine starrten sie mit großen Augen an und gaben aufgeregtes, angstvolles Kreischen von sich, von Quietschen konnte kaum mehr die Rede sein. Bertha konnte nur hoffen, dass die Händler so damit beschäftigt sein würden, ihre Ware zu beruhigen, dass sie nicht auf die Idee kämen, ihre langen Stöcke gegen sie und ihre Söhne zu richten.

Die Pferdehändler nebenan hatten andere Sorgen. Mit Engelszungen versuchten sie, ihre wild herumwirbelnden und bockenden Pferde zu beruhigen, bevor diese noch in Panik über die Absperrungen springen und sich gar verletzen würden. Dabei mussten sie höllisch aufpassen, nicht zwischen die Pferde zu geraten oder einen kräftigen Schlag mit den Hinterbeinen abzubekommen. Die Tiere stachelten einander in ihrer Panik an.

Bertha legte vor Schreck die Hand vor ihren Mund, als sie sah, was jetzt geschah. Mit ein paar Schritten Anlauf sprang ein Pferd blindlings über die Absperrung mitten unter die Leute auf dem Markt. Die retteten sich gerade noch rechtzeitig auf die Seite, das Pferd aber machte sich im gestreckten Galopp von dannen. Da konnte sein Besitzer noch so schnell hinterherrennen, es nützte nichts. Er gab es nach ein paar Metern auf und rang nach Luft. Zum Fluchen hatte er jedoch noch genug Atem, als er sich zu ihnen umdrehte und sie von der gegenüberliegenden Seite des Marktplatzes beschimpfte und seine Peitsche schwang. Zum Glück war er weit genug weg.

Dann hörte sie das Muhen von Kühen und Ochsen, die unruhig in der provisorisch für den Markttag aufgestellten Umzäunung hin und her liefen. Die ängstlichen Tiere schaukelten sich gegenseitig immer weiter hoch und waren für ihre Halter kaum noch zu bändigen.

Bertha entdeckte außerdem eine Umzäunung mit Stieren. Beim Anblick der mit den Hufen scharrenden Zuchtstiere mit ihren drohend nach unten gesenkten Köpfen wurde ihr angst und bange. Es schien nur noch eine Frage von Sekunden zu sein, bis sie die Umzäunung niederreißen und in den

Angriff gehen würden. Mit funkelnden Augen schienen sie Bertha, Eugen und Richard zu fixieren. Die Jungen versuchten sich im Wagen so klein wie möglich zu machen. Richard hielt den Arm seiner Mutter fest umklammert. Er bibberte vor Angst.

»Mama, mach dass sie weggehen«, sagte er leise mit zittriger Stimme. Sie konnte seine und Eugens Angst regelrecht riechen. *Und das zwischen all den Viechern,* dachte Bertha, und wäre die Situation nicht so bedrohlich gewesen, sie hätte gelacht.

»Nicht den Stieren in die Augen schauen, hört ihr«, sagte sie so ruhig sie eben konnte zu ihren Söhnen, »das macht sie nur noch wilder. Schaut woandershin, ganz egal wo, aber nicht in die Augen der Stiere. Habt ihr verstanden?«

Die Händler waren währenddessen damit beschäftigt, die Stiere mit langen Holzstäben abzulenken. Sie fürchteten nicht nur um ihre Ware, sondern auch um ihr eigenes Leibeswohl. Die Umzäunungen waren lediglich dafür gedacht, um die Waren der Händler voneinander getrennt zu halten. Gleichzeitig hielten sie Ausschau nach der Quelle der Unruhe, die ihnen das Geschäft zu verhageln drohte.

Alle Augen waren auf Bertha, ihre Söhne und den Wagen gerichtet. Und wenn Bertha gemeint hatte, sie hätte auf der Hinfahrt schon alle Schimpfwörter gehört, die es gibt, wurde sie hier eines Besseren belehrt. Am liebsten wollte sie Eugen und Richard die Ohren zuhalten. Wichtiger war ihr aber, so schnell wie möglich von hier wegzukommen.

Bertha sah sich um.

»Wo gibt es hier einen Sattler?«, fragte sie schnell die junge Frau, die neben dem Wagen stand.

»Einen Sattler?«, fragte sie nach.

»Ja, schnell.«

Die junge Frau begriff die Dringlichkeit.

»Kommen Sie mit, ich führe Sie hin. Aber nicht über den Marktplatz.«

Bertha war dankbar, dass die Frau die Situation begriff.

»Ein Stück zurück und dann die erste links. Aber leise, bitte. Wütende Männer sind unberechenbar.« Sie machte eine abfällige Handbewegung.

»Eugen, komm, wir schieben den Wagen. Richard, du bleibst sitzen und lenkst.«

Nur zögernd traute sich Eugen von dem Wagen herunter. Seine Mutter mahnte ihn zur Eile.

Aber die Händler waren zu sehr damit beschäftigt, ihre Tiere im Zaum zu halten, als dass sie auf die drei Reisenden hätten losgehen können.

Es schien, als würde es diesmal gerade noch glimpflich ablaufen. Wenigstens wurden sie nicht nach Strich und Faden vermöbelt, wie man es ihnen angedroht hatte.

19

»Könnten Sie bitte die beiden Bremsklötze mit einem dicken Stück Leder belegen?«, fragte Bertha den Sattler. »Bei den steilen Talfahrten reicht die Bremskraft der Holzklötze nicht aus. Ein Stück Leder könnte durchaus helfen.

»Wenn Sie meinen.« Er schaute erst Bertha erstaunt und skeptisch an, dann die Bremsklötze.

»Wir fahren schneller als ein Pferdewagen und brauchen deshalb auch mehr Bremskraft.«

»Mhm«, brummte der Sattler und nickte bedächtig, »wenn ich mir das so überlege, könnten Sie durchaus recht haben. Ich will es jedenfalls versuchen.«

Der Sattler nahm Maß, schnitt die Leder zurecht und holte Nägel und Hammer.

»Bis nach Bretten gibt es noch einige Steigungen und Talfahrten. Aber ich denke, die Beläge werden Ihnen einen guten Dienst erweisen«, sagte der Sattler, nachdem er seine Arbeit vollendet hatte.

Die junge Frau, die sie zum Sattler gebracht hatte, war während der Reparatur dageblieben und zeigte ihnen nun den Weg aus dem Ort, der nicht erneut über den Marktplatz führte.

Bertha war dankbar für so viel Solidarität.

»Keine Ursache«, sagte die Frau trocken, »wir Frauen müssen zusammenhalten.«

Nach diesem Erlebnis in Bauschlott befürchtete Bertha, dass sie doch wieder in jedem Ort, durch den sie kamen, ausgeschimpft und verflucht wurden. Aber als der Pfeiferturm über dem Horizont hervorragte und sie bald darauf in Bretten ankamen, außer Atem und schwitzend vom zwischenzeitlichen Geschiebe, war der Empfang anders als erwartet. Die Dorfjugend rannte fröhlich rufend hinter ihnen her, und auch die Erwachsenen winkten ihnen zu, freuten sich regelrecht, sie zu sehen. Sie hielten an, um Wasser zum Kühlen des Motors aus dem großen, achteckigen Dorfbrunnen auf dem Marktplatz zu schöpfen. Zu ihrem Glück war in Bretten heute kein Markttag.

»Sie sind doch die Frau Benz.« Ein gut gekleideter Herr kam auf sie zu. »Wir haben in der Zeitung von Ihrem motorisierten Wagen und Ihrer Fahrt gelesen. Was für ein Abenteuer, wirklich mutig.«

»Und was für ein Fortschritt«, rief jemand hinter ihm.

»Wir hatten schon darauf gehofft, dass Sie auf der Rückfahrt in Bretten vorbeikommen, schließlich ist das der direkte Weg von Pforzheim Richtung Mannheim.«

Bertha war baff. Auch Eugen und Richard wussten nicht, wie ihnen geschah. Sie trauten dem Braten zunächst noch nicht, aber als sie weiter nur freundliche und interessierte

Gesichter sahen, begannen sie wieder, die Funktionsweise des Motorwagens zu erklären.

»Aber vergesst mir in der Zwischenzeit nicht, das Wasser für die Kühlung zu schöpfen«, sagte sie zu den beiden. Bertha freute sich, dass die Anspannung ihrer Söhne wieder nachließ.

Gern hätte sie den beiden von Philipp Melanchthon erzählt, der von hier stammte, und neben Martin Luther als der wichtigste Akteur der Reformation galt. Doch sie beschloss, die beiden den Moment so unbeschwert wie möglich genießen zu lassen.

Hier in Bretten waren die Leute nur neugierig und freuten sich an dieser Maschine, die aus einer neuen Welt zu kommen schien, einer Welt des Aufbruchs und des herannahenden Zeitalters mit immer neuen Erfindungen und Maschinen, die das Leben leichter machten. Dank der Zeitungsartikel, die der Reporter in Pforzheim über sie und den Patentwagen geschrieben hatte, waren sie bekannt geworden, und die Leute wollten die Erfindung mit eigenen Augen sehen.

Sofern sie Viehmärkte mieden, könnte ihre Rückfahrt ein Triumphzug werden. Dann ginge ihr Plan auf, und der Patentwagen musste einfach ein Erfolg werden.

Sie hatten allerdings auch noch Bruchsal vor sich. *Die Stimmung dort wird die Probe aufs Exempel,* dachte Bertha.

Über Diedelsheim, Gondelsheim und Heidelsheim ging es nach kurzer Erfrischungspause auf Bruchsal zu.

»Eugen, wir steuern direkt die Buchhandlung von Frau Fuchs an, nicht das Zentrum. Wer weiß, wenn die Leute in Bruchsal genauso reagieren wie bei der Hinfahrt, ist mir das lieber.«

Sie ließ Eugen häufiger an das kleine Steuerrad. Manchmal fuhr auch Richard kürzere Strecken. Die beiden waren mächtig stolz, dass sie selbst fahren durften. *Sie machen das sehr gut,* fand Bertha. Nur ab und zu musste sie sie ermahnen, nicht zu schnell zu fahren und vorsichtiger zu sein, wenn sie ein Pferdegespann überholten oder ihnen eines entgegenkam.

20

Die Buchhändlerin stand schon vor der Tür ihres Ladens, als sie angefahren kamen. Bertha begrüßte sie herzlich, und die Buchhändlerin lud die drei zu sich auf ein Glas Limonade ein.

»Und«, fragte sie und blickte schelmisch über ihre Brillengläser in Berthas Augen, »haben Sie die Bücher gelesen, die ich Ihnen mitgegeben habe?«

Die Frage brachte sie ein wenig in Gewissensnöte. Sie wusste, worauf Caroline Fuchs hinauswollte.

»Jenny hat mir wirklich sehr gut gefallen«, antwortete sie eher ausweichend, »es tut gut, ein Buch von einer Frau zu lesen, die so mutig und selbstbewusst für ihre Rechte einsteht, und dafür, ihr Glück zu finden.«

»Ja, nicht wahr, ein wirklich starkes Buch, noch immer. Aber«, sie senkte ihre Stimme, sodass die Jungen, die im Laden ihre Nasen in Abenteuergeschichten gesteckt hatten, sie nicht hören konnten, »was halten Sie von dem Bebel?«

Ihre Augen schauten Bertha fröhlich und herausfordernd an.

»Nun ja«, begann Bertha zögernd und räusperte sich, »also, was dieser Bebel über die Rechte der Frau schreibt, da stimme ich vollkommen mit ihm überein, und dass das althergebrachte Gerede von einem ›Naturberuf‹ der Frau als Hausfrau und Mutter nur Geschwafel ist, wenn ich das so sagen darf, natürlich auch.«

»Ich höre ein ›Aber‹.«

»Na ja, die Sache mit dem Sozialismus, also ich weiß nicht. Mein Vater war auch Handwerker und hat sich nach oben gearbeitet. Mein Mann besitzt selbst eine Fabrik. Dann kann man ja nicht gleichzeitig Sozialistin sein, denke ich.«

»Da mögen Sie wohl recht haben, Frau Benz. Aber Sie können sich dafür entscheiden, Ihre Arbeiter mit Respekt zu behandeln, sie auch in ihrer Arbeit als Menschen zu sehen und nicht nur als ein Mittel, Ihr Kapital zu vergrößern.«

»Da gebe ich Ihnen wiederum recht, Frau Fuchs. Und ich denke, dass wir das auch tun. Die Arbeiter nennen uns alle ›Mama Benz‹ und ›Papa Benz‹«, sagte sie fast schüchtern, »das zeigt, glaube ich, dass sie sich wohlfühlen bei uns und dass wir für sie da sind, wenn sie etwas brauchen.«

»Ja, das klingt tatsächlich so, als ginge es bei Ihnen anders zu als bei diesen elendigen Kapitalisten, die nichts anderes mehr sehen als Geldscheine, und zwar möglichst viele.«

Bertha wollte das Thema zur Seite schieben und auf ein anderes zu sprechen kommen.

»Wissen Sie, vor einiger Zeit hat mich jemand gefragt, was denn mein Traum sei, und in gewisser Weise haben Sie das vor ein paar Tagen ja auch getan. Und ich muss gestehen, dass ich beide Male nicht so recht wusste, was ich mit dieser Frage anstellen sollte. Ich hatte keine richtige Antwort darauf. Ich habe während unserer Fahrt und in Pforzheim nachgedacht, und die Bücher, die Sie mir mitgegeben haben, haben wichtige Gedankenanstöße dafür geliefert.«

»Na, da bin ich aber gespannt.« Die Buchhändlerin lehnte sich etwas vor.

Komisch, dachte Bertha erstaunt, *wir kennen uns erst seit fünf Tagen und reden dennoch schon so vertraut miteinander, als ob wir uns schon viel länger kennen würden.*

»Zum einen unternehme ich diese Fahrt, damit die ganze Welt sehen kann, dass die Erfindung meines Mannes einfach grandios ist, dass sie vielen helfen könnte, ein einfacheres Leben zu führen, und vielen Betrieben, Geld zu sparen und gewisse Prozesse schneller vonstattengehen zu lassen.« Bertha holte Luft. »Zum anderen aber bin ich mir bewusst geworden, mache ich diese Fahrt auch, um zu zeigen, dass ich als Frau genauso gut Aufgaben bewältigen kann wie ein Mann, auch wenn sie noch so herausfordernd oder abenteuerlich erscheinen. Dass ich als Frau sehr wohl alleine unterwegs sein kann, dafür keinen Mann nötig habe und alleine meinen Mann stehen kann.« Sie hielt kurz inne. »Letzteres klingt irgendwie falsch, aber Sie wissen, was ich meine.«

Caroline Fuchs nickte und ließ sie weiterreden.

»Dass ich mit dieser Reise zeigen kann, dass wir Frauen genauso gut imstande sind, Probleme zu lösen, und dass uns deshalb die gleichen Rechte zustehen wie den Männern. Dass wir als Frauen auch das Recht haben sollten, zu arbeiten, was und wo wir wollen, und dass wir angemessen dafür entlohnt werden.«

»Oha, sind Sie jetzt doch eine Sozialistin?«

»Nein, nein, aber das sind ganz vernünftige und logische Forderungen, finden Sie nicht?«

»Ja, natürlich.« Die Buchhändlerin lächelte.

»Es ist mein Traum, dass wir in allem so ernst genommen werden wie die Männer. Die gleichen Rechte und auch Pflichten bekommen. Dass wir endlich wählen und Mitglieder in Parteien werden, dass wir gewählt werden dürfen. Und es wäre mein Traum, dass meine Töchter genauso lange zur Schule gehen und die gleiche Schulausbildung bekommen dürfen wie meine Söhne. Dass sie auf die Universitäten dürfen und alle Berufe ausüben, die sie nur mögen.«

»Hört, hört, Sie klingen fast wie eine Politikerin«, sagte die Buchhändlerin anerkennend. »Das ist jede Menge für eine Fahrt von Mannheim nach Pforzheim und zurück.«

»In einem selbstfahrenden Wagen«, betonte Bertha selbstbewusst. »Einer Erfindung, und ich sage Ihnen voraus, sie wird bahnbrechend sein, die, wie man es auch dreht oder wendet, nur deshalb zustande kommen konnte, weil Wissen und Kapital und dazu noch eine gewisse Unerschrockenheit zusammengefunden haben.«

»Jetzt klingen Sie schon wieder eher wie eine Kapitalistin«, Caroline Fuchs' Lächeln wurde breiter. »Ich zitiere gern noch einmal August Bebel: ›Es gibt keine Befreiung der Menschheit ohne die soziale Unabhängigkeit und Gleichheit der Geschlechter.‹«

»Wo er recht hat, hat er recht, das muss ich ihm lassen«, sagte Bertha besonnen. »Ich glaube, das ist eine gute Zusammenfassung meines Traums: gleiches Recht für alle, für Mann und Frau, gleich aus welcher Gesellschaftsschicht, gleich an welchem Ort.«

»An Ihnen ist eine Agitatorin verloren gegangen, Frau Benz, glauben Sie mir.«

»Nein, nein, ein Rednerpult oder die Bühne ist nichts für mich. Ich packe lieber an.«

»So wie mit Ihrer Fahrt?«

»Genau. Reden können die Leute viel. Aber handeln, wenn es darauf ankommt, das tun die wenigsten. So wie Sie genau zum richtigen Zeitpunkt auf dem Marktplatz eingeschritten sind«, sagte Bertha und schaute die Buchhändlerin dankbar an. »Sie waren die Einzige, die etwas unternommen hat! Alle anderen haben zugeschaut wie die Schafe und diesen Depp, wie Sie ihn nennen, einfach machen lassen.« Sie schüttelte den Gedanken von sich ab, was alles hätte passieren können.

»Vielleicht verstehen wir uns deshalb so gut«, sagte ihr Gegenüber, »weil wir aus dem gleichen Holz geschnitzt sind, weil wir keine Duckmäuser sind, weil wir für Dinge eintreten, auch wenn es gefährlich wird.«

Bertha konnte ihr nur zustimmen.

Eugen kam in die Stube. »Mama, sollten wir nicht langsam wieder los?«

21

Eugen hatte vollkommen recht. Sie hielten sich schon etwas zu lange auf. Obwohl sie keine Sekunde ihres Zusammentreffens mit dieser bemerkenswerten Person hätte missen wollen.

Eugen und Richard erzählten, dass sie zum Schmied gelaufen seien, der ihnen auf der Hinfahrt geholfen hatte, um ihn wieder nach dem Weg zu fragen.

»Es scheint, dass es einen viel kürzeren Weg gibt als den, den wir auf der Hinreise gefahren sind. Auf demselben Weg am Schloss entlang aus Bruchsal heraus, aber dann biegen wir gleich nach links ab, Richtung Forst und Waghäusel.«

»Gut gemacht«, staunte Bertha, »ihr habt vorausgedacht.«

»Oder wir können ein paar Hundert Meter zurückfahren und nach Westen abbiegen. Dann kommen wir über Karlsdorf, Graben und Neudorf auch Richtung Waghäusel«, erklärte Richard die Alternative.

Bertha schaute Rat suchend zu Frau Fuchs.

»Durch die Stadt zu fahren, dürfte in Ordnung gehen. Erstens sind Sie gerade so etwas wie eine Berühmtheit, und zweitens ist es noch früh am Tag, da sind diese Sündenlümmel noch nicht so betrunken. Und außerdem sitzt der Epp-Depp noch im Café Achteck.«

»Sitzt er da am Vormittag immer?«, fragte Bertha, und Caroline Fuchs lachte herzhaft.

»Bitte entschuldigen Sie, das können Sie ja nicht wissen. Café Achteck nennen wir hier das Zuchthaus, weil es ein achteckiger Bau ist. Aber um wieder auf Ihre Wegstrecke zurückzukommen: über Forst zu fahren ist kürzer.«

»Dann nichts wie los.«

Bertha und die Buchhändlerin verabschiedeten sich noch herzlicher voneinander als bei der Hinfahrt und versprachen, einander so schnell wie möglich wiederzusehen und in der Zwischenzeit Briefe zu schreiben.

Eugen steuerte den Wagen Richtung Zentrum. Dort liefen Kinder johlend neben und hinter ihnen her. Wie Caroline Fuchs ihnen vorausgesagt hatte, grüßten die Leute sie dieses Mal freundlich und wünschten ihnen viel Glück auf ihrer Reise. Ein paar halfen sogar beim Schieben, als der Wagen die Steigung hinauf zum Schloss alleine nicht schaffte. Als die Straße beim Stadttor wieder flacher wurde, fuhren sie aus eigener Kraft weiter und bedankten sich winkend bei ihren Helfern.

»Ab jetzt sollte die Strecke flach genug sein bis Mannheim, das meinte jedenfalls der Sattler«, sagte Eugen, »weil wir in der Oberrheinischen Tiefebene fahren und nicht mehr am Rand des Kraichgaus.«

Bertha saß neben ihm, Richard wie gehabt auf der vorderen Sitzbank ihnen gegenüber. Eugen steuerte sie umsichtig bis nach Forst. Dort fuhren sie weiter zunächst in westliche, dann in nördliche Richtung nach Hambrücken, durch Wiesental und schließlich nach Kirrlach.

In Kirrlach mussten sie Ligroin kaufen, Öl für den Motor und auch Wasser. Nach diesen Besorgungen aßen sie Saitenwürstchen mit Kartoffelsalat in einem der Wirtshäuser. Lange aufhalten wollten sie sich nicht. Ein großes Stück des Wegs lag noch vor ihnen, und sie hatten in Bruchsal viel länger Rast gemacht als geplant.

Wie in den anderen Orten auch winkten ihnen die Leute zu und liefen ihnen Jungen und Mädchen hinterher, solange sie konnten. Eugen und Richard genossen es nun sichtlich, wenn sie in einen Ort einfuhren. Während Richards Freude noch recht kindlich war, zeigte Eugen deutlich mehr Interesse an den Mädchen als an den Jungs, auch wenn er sie nur recht verstohlen anschaute. Bertha musste schmunzeln, wenn sie sah, wie schüchtern und unsicher er war, sobald ein Mädchen seinen Blick erhaschte, obwohl er doch ansonsten ein selbstbewusster Junge war. Bertha dachte an ihre Zeit als Backfisch zurück. *Ich fürchte, bei mir war das nicht anders.*

Irgendwo zwischen Kirrlach und Rielingen hielten sie auf offenem Feld für eine Pause, sodass der Motor abkühlen konnte. Sie setzten sich in den Schatten einiger Tannen und Buchen am Wegesrand und schauten auf die lang gestreckten Felder.

»Meinst du, die Leute sind jetzt auf einmal so begeistert, weil sie in der Zwischenzeit über unseren Motorwagen in der Zeitung gelesen haben?«, fragte Eugen.

»Ja, so geht das nun einmal. Ihr habt es doch selbst erlebt, als ihr mit so vielen Menschen den ganzen Tag über Runden gefahren seid. Das war das Beste, was ihr tun konntet.«

»Ja, denen hat es wirklich gefallen.« Richard freute sich noch immer.

»Jeder, der schon einmal auf dem Wagen gesessen und erlebt hat, wie er fährt, braucht sich auch nicht mehr vor ihm zu fürchten.«

»Ah, da hast du wahrscheinlich recht«, sagte Eugen und legte sich auf den Rücken.

Richard tat es ihm nach. Bertha sparte sich einen Ermahnung – die Kleidung war sowieso schon wieder dreckig, verschwitzt und verstaubt, da würden ein paar Tannennadeln und Erdboden auch nichts mehr ausmachen. Sie versuchte, ihren Rock etwas abzustauben, aber viel Sinn machte das auch nicht.

Sie lauschte in die Ruhe dieses Ortes hinein. Vor ihnen das freie Feld, hinter ihnen der Wald. Je nachdem, worauf sie ihre Aufmerksamkeit richtete, hörte sie etwas anderes im Vordergrund. Über die im gleißenden Licht gefluteten Felder wehte ein laues Lüftchen. In einiger Entfernung waren Bauern und ihre Knechte damit beschäftigt, den hochgewachsenen Hopfen zu zupfen. Bertha hörte Bienen, auf der Suche nach Nektar in den Blumen, die an den Rändern der Felder blühten. Sie mochte ihr eifriges Summen und die Stille, wenn sie sich an einer Blüte gütlich taten.

Im Wald summte es auch, aber eher von lästigen Schnaken. Hier konnte sie den Wind in den Baumkronen auch hören. Und wenn sie die Ohren spitzte, konnte sie dem Ritzeln der Blätter, Tannennadeln und kleinen Äste lauschen, wenn Käfer sich ihren Weg bahnten. Bertha schloss ihre Augen und atmete ein paarmal tief durch ihre Nase ein. Sie wollte die würzige Luft des Waldes und sanften Naturgeräusche in ihrem Körper aufnehmen und nicht mehr loslassen.

Das fehlte in einer Stadt mit den Fabriken und Manufakturen, dachte sie. Und es war nicht abzustreiten, dessen war sich Bertha sehr wohl bewusst, dass auch der Motorwagen einiges an Lärm produzierte. So viel Fortschritt er auch bringen würde, so würde er auch die Stille vertreiben, wie es in den Fabriken schon der Fall war. Viele Arbeiter, die dem scharfen und lauten Klang von Metall unmittelbar ausgesetzt sind, wie die Kesselflicker, Schlosser und Schmiede, konnten schwerhörig oder sogar taub werden. Sie hoffte, dass Carl dieses Schicksal erspart bliebe. Der Unterschied zu den Fabriken, dessen wurde sich Bertha bewusst, war, dass der Lärm im Innern der Fabrikhallen stattfand. Fuhren erst mehr Leute mit dem Motorwagen, würde das den Lärm nach draußen tragen. Je mehr Wagen, desto mehr Lärm. Das war wohl ein Nachteil gegenüber den Pferdekarren. *Da sollte Carl noch mal ran und schauen, ob er den Lärm verringern könnte,* dachte Bertha. Sie schloss ihre Augen und atmete wieder tief ein.

Mitten in dieser Ruhe begann Richard plötzlich laut zu schnarchen. Sie lachte und gab ihm einen Stupser. Eugen richtete sich auf, auch er war wohl eingenickt.

Bertha stand auf und klatschte in die Hände. »Kommt, meine Jungs, weiter geht's. Der Motor ist wieder genügend abgekühlt.«

Eugen schob wie gehabt das Schwungrad an. Das Töff-Töff des Motors zerbarst die Stille der Natur.

In Reilingen zeigten ihnen die Bewohner die Abbiegung nach Hockenheim. Der Wagen war noch immer in bester Verfassung, die Ketten hielten, und in Hockenheim kauften sie neues Ligroin.

Eugen schien sich so sehr auf sein Zuhause zu freuen, dass er immer schneller fuhr. Bertha war es recht, wenn sie zügig vorankamen, denn die Sonne neigte sich schon verdächtig weit zum Horizont hin, aber sie wollte den Wagen auch nicht auf dem letzten Stück noch überstrapazieren und eine Panne riskieren. Außerdem rüttelten die Wege mit den Grasnarben in der Mitte die drei umso tüchtiger durch, je schneller sie fuhren.

»Eugen, ich glaube, wir schaffen es auch mit einem etwas ruhigeren Fahrstil noch, vor Sonnenuntergang zu Hause anzukommen. Das ist doch kein Wettrennen.«

Eugen nuschelte etwas Unverständliches, zog den Schalthebel aber doch ein bisschen nach vorne. Als der Wagen etwas langsamer fuhr, fühlte es sich so an, als müsse er sich nicht mehr so über die Maßen anstrengen, als fühle er sich wohler in seiner Haut. Bertha musste innerlich lächeln bei diesen Gedanken – als ob es sich bei dem Wagen um ein Lebewesen handelte, dachte sie. Für Carl war er das auch fast, wenn er daran arbeitete, und sie wusste, dass es für ihre beiden Söhne auch so war. Manchmal, wenn sie glaubten, dass gerade niemand hinschaute, streichelten sie den Wagen sogar.

»Du weißt, dass dein Vater das auch nicht mag. Deshalb lässt er euch auch nicht selbst fahren. Weil er befürchtet, dass ihr nicht zuvorkommend seid, wenn ihr Tieren und Menschen begegnet, und weil ihr beide«, sie schaute auch zu Richard, »die Neigung habt, immer volle Pulle zu fahren, immer bis an die Grenze ausreizen wollt, was der Wagen kann.«

»Jaja«, sagten beide. Diese Standpauke hatten sie schon zur Genüge gehört.

»Ist ja gut, ich fahre ja schon langsamer.«

»Entschuldigt, ich wollte euch den Spaß nicht verderben.« Das Letzte, was Bertha wollte, war, den beiden die Stimmung auf den letzten Metern zu vermiesen. Schließlich hatten ihre Söhne sich in den letzten Tagen vorbildlich verhalten. »Ich möchte nur nicht so geschüttelt werden und vor allem den Wagen heil lassen, bis wir wieder zu Hause sind.«

22

Ein Stückchen weiter zwischen Ketsch und Brühl erkannten sie einige Hundert Meter von der Landstraße entfernt deutlich die riesigen Gartenanlagen des Schlosses Schwetzingen. Schemenhaft waren Männer im Frack und Frauen mit Sonnenschirmen zu erkennen, manche zu Fuß, manche in Kutschen. Sie schienen die Anlagen als Flaniermeile zu genießen. Bertha dachte eine Sekunde darüber nach, ob sie einen kleinen Umweg nehmen sollten, um ihren Söhnen Park und Schloss zu zeigen, aber die Zeit dafür fehlte ihnen. So langsam ging die Sonne unter, und sie mussten sich sputen, wenn sie noch bei Licht in Mannheim ankommen wollten.

Bertha hoffte, dass sie heute nicht auch wieder das letzte Stück praktisch im Dunkeln fahren mussten und ihnen nur der Mond als Lichtquelle diente. Sie kamen gut voran, und es sollte klappen, das hoffte Bertha wenigstens, wenn sie sich keine Kapriolen mehr erlaubten und der Wagen weiter so gut lief, wie er es schon den ganzen Tag über tat. Wenn alles gut ging, wären sie in zwei Stunden zu Hause.

Wie Carl uns wohl empfangen wird, malte sie sich aus. Als er die neuen Ketten geschickt hatte, glaubte sie, dass er ihr nicht allzu böse war. Aber ein weiteres Telegramm hatte sie nicht mehr von ihm erhalten. Hatte er in der Zeitung von ihr und seinem Wagen gelesen? Freute er sich darüber? Plötzlich wurde Bertha unsicher, ob das, was sie getan hatte – bei Nacht und Nebel mit ihren beiden ältesten Söhnen den Motorwagen aus der Werkshalle zu schieben und einfach so davonzufahren, ohne ihm vorher wenigstens Bescheid zu geben –, nicht doch zu viel des Guten war. Was hatte sich in den fünf Tagen, die sie weg war, getan? Haben Rose und Eßlinger den Druck auf Carl noch weiter erhöht, oder hatte ihre Fahrt das bewirkt, was sie bezweckt hatte? Womöglich aber hatten sich die drei in der Zwischenzeit gänzlich zerstritten. War Carl überhaupt noch Firmeninhaber, oder hatte er mal wieder seinen Abschied genommen? Da sie bei der Firmengründung ein Wörtchen mitzureden hatte, schien ihr das immerhin nicht wahrscheinlich. Rose und Eßlinger kämen nicht so einfach von Carl los, wie es noch mit dem Bühler der Fall war.

Ob Carl mir böse ist? Ich bin so gespannt, wie er uns begrüßt, ob er uns überhaupt begrüßt, dachte Bertha. Vielleicht war er auch schon zu Bett gegangen, aus Protest. Tausend Gedanken flogen in ihrem Kopf hin und her wie ein riesiger Schwarm von Staren, die sich aufmachten, den Winter über an einem anderen, wärmeren Ort zu verbringen, und dabei an ihrem Versammlungsort immer wieder aufflogen und sich wieder niederließen.

Reiß dich zusammen, Bertha, ermahnte sie sich selbst. *Es ist noch lange nicht Zeit, dass sich die Stare aufmachen. Und du musste dich auf den Weg konzentrieren.* So langsam näherten sie sich Mannheim, und sie wollte auf keinen Fall, dass sie sich auf den letzten Metern noch verfuhren.

Die Jungs malten sich mittlerweile wortreich aus, wie sie mit literweise Limonade und einem großen Berg Pfannkuchen als Belohnung für ihre Heldentaten von ihrem Vater begrüßt werden würden. Schließlich hatten sie maßgeblich zum Erfolg der Fahrt beigetragen und dabei so manche sehr gefährliche Situation überstanden, wobei die Betonung auf dem »sehr« lag.

Bertha musste lachen. »Na dann wollen wir mal sehen, was der Papa für euch so in petto hat.«

Sie war froh, dass sich die beiden so unbeschwert auf das Wiedersehen freuten. Sie selbst hegte noch immer leise Zweifel, ob Carl ihr nicht doch böse sei. Vor allem aber nagten Gewissensbisse an ihr, weil sie Klara und Thilde alleine gelassen hatte. Sie hatte sie die letzten Tage furchtbar vermisst und hoffte inständig, dass ihr die beiden nicht nachtragend waren. Sie nahm sich vor, ihre Töchter in den nächsten Tagen ein bisschen zu verwöhnen und vor allem, für sie da zu sein.

Noch bevor sie Neckarau links liegen ließen, fuhren sie ein kurzes Stück den Rhein entlang.

»Lasst uns den Wagen noch einmal ein bisschen abkühlen und frisches Wasser und Ligroin nachfüllen«, schlug Bertha vor. »Das dürfte dann das letzte Mal gewesen sein, bevor wir zu Hause ankommen.«

Bertha hoffte inständig, dass sie in Mannheim keinem Wachtmeister begegnen würden. Zwar galt das Fahrverbot nur für Carl, aber man konnte ja nie wissen. Bei der Hinfahrt hatte sie die Innenstadt gemieden, von dieser Seite aus blieb ihr aber nichts anderes übrig, als auf dem Ring fahren zu müssen.

Nach Neckarau waren es nur wenig mehr als zwei Kilometer zur östlichen Spitze des Hauptbahnhofs. Dort bogen sie halb rechts in die neue Oststadt ein, mit ihren Villen, die reiche Fabrikbesitzer und Händler sich hier bauen ließen.

»Protzig«, meinte Richard nur trocken.

»Richtet eure Hemden und Krägen, staubt eure Hosen und Schuhe ab, so gut es eben geht, und setzt euch aufrecht hin, gleich sind wir in der Stadt.« Jetzt waren es noch weniger als zwei Kilometer bis zum Ring, der die Stadt eingrenzte.

Außer dem neuen Villenviertel östlich des Stadtrings, durch das sie gerade gefahren waren, erstreckten sich die Neubaugebiete der Stadt vor allem auf den neu angelegten Handelshafen und Güterbahnhof im Westen sowie die Neckarvorstadt über der Kettenbrücke nördlich des Rings, wohin sie mit ihrer Werkstatt gezogen waren.

»Schaut mal, der Wasserturm ist in den paar Tagen, in denen wir weg waren, schon wieder etwas höher geworden.«

Eugen deutete von Ferne auf die prestigeträchtige Baustelle. Als sie den Platz erreichten, sahen sie, dass auch der Bau des Parkhotels so langsam Form annahm.

Bertha steuerte rechts vorbei an dem, was einmal der Wasserturm werden und die Stadt mit fließend Wasser versorgen würde, vorbei auf den Friedrichring Richtung Norden.

Es war ein komisches Gefühl, an den Stationen ihrer eigenen Geschichte vorbeizukommen: Carls Zimmer in T2, die glückselige, aber immer auch beschwerliche Periode in T6, mit dem Häuschen, das ihr Vater noch für sie an die Werkstatt angebaut hatte, bis zur Vollstreckung des Gerichtsbeschlusses durch den Gerichtsvollzieher, wodurch sie ausgerechnet kurz vor Klaras Geburt vor dem Nichts standen.

Bertha musste schlucken und ihren Bauch mit einem tiefen Atemzug entspannen. Erneut hoffte sie inständig auf den Erfolg dieses Wagens, denn schon wieder drohte ihnen eine solche Situation.

Praktisch an der Stelle, an der sie den Ring verließen und nach rechts zur Kettenbrücke über den Neckar einbogen, kamen sie an U1 vorbei. Dort war ihre erste Wohnung an der Breiten Straße, die bald zu teuer wurde, wonach sie auf das Werkstattgelände zogen. Sie hoffte so sehr, dass sie diese Geschichte mit dieser Fahrt endgültig hinter sich lassen konnte, und war froh, als sie den Wagen über die Brücke lenkte.

Dann fuhren sie vor den Toren der Chemischen Fabrik nach links und gleich wieder nach rechts. Nur noch ein paar schnurgerade Hundert Meter nach Hause. Eugen und Richard hielten mit gestreckten Hälsen Ausschau nach bekannten Gesichtern, wollten sehen, ob ihr Vater oder überhaupt jemand sie begrüßen würde.

Bertha hatte ihre Hoffnungen im Vorhinein gedämpft. Es wäre schon spät, und alle Arbeiter waren bestimmt schon nach Hause gegangen.

»Aber Papa ist doch bestimmt zu Hause oder in der Werkstatt?«, fragte Richard.

»Wir werden sehen«, sagte Bertha.

»Wir sind doch gar nicht so spät dran, jedenfalls ein bisschen früher als in Pforzheim, und da waren ja auch noch jede Menge Leute.«

»Ich glaube schon, dass immerhin Papa auf uns wartet«, sagte Eugen, halb überzeugt, halb hoffend, »er ist doch bestimmt stolz auf uns, auch wenn wir heimlich davongeschlichen sind.« So ganz überzeugt war wohl aber auch er nicht.

»Ich glaube, da war gerade jemand.« Richard zeigte aufgeregt mit dem Finger nach vorne. »Aber der ist gleich wieder in der Einfahrt verschwunden.«

Das Töff-Töff des Motors, das an den Häuserwänden widerschallte, kündigte sie unüberhörbar an. Wenn jemand auf sie wartete, dann wussten sie spätestens jetzt, dass sie in ein paar Augenblicken in den Werkstatthof einbiegen würden.

23

Alle waren sie da. Alle, kein Einziger fehlte. Obwohl, stellte Bertha fest, zwei fehlten tatsächlich. Aber das sollte ihr die Freude und den Stolz des Moments nicht trüben.

Die Arbeiter schwenkten ihre Mützen und riefen laut Hurra. Sogar ihre Zugehfrau war da, hatte Klara an der einen Hand und Thilde auf dem anderen Arm.

Die beiden Jungs standen auf dem noch rollenden Wagen auf, jubelten mit und suchten in der Menge ihren Vater.

Der stand breitbeinig in der Mitte, seine Hände in die Hüften gestemmt, und grinste von einem Ohr zum anderen. Bertha fiel ein Stein vom Herzen. Wie stolz, wie glücklich er war, ergriffen, sie und die Jungs wiederzusehen. Und wohl auch enorm stolz, dass sein Patentwagen die lange Reise so vortrefflich geschafft hatte.

Bertha schaute in seine Augen, auch sie war glücklich. Sie hatte es geschafft, war wieder zu Hause, und Carl schien so stolz auf sie zu sein, dass er eine Träne verdrücken musste.

Eugen und Richard sprangen vom Wagen und rannten auf ihren Vater zu. Carl umarmte und herzte die beiden überschwänglich.

»Na, ihr drei, da habt ihr mich aber schön reingelegt!«, sagte er lachend.

»Dass ihr alle hier seid«, sagte Bertha ergriffen und schaute jeden Einzelnen reihum an.

»Ha sicher, Mama Benz, wenn Sie doch von so einem großen Abenteuer zurückkommen, dann wollen wir auch dabei sein und das selbst miterleben«, sagte einer der Arbeiter, und die anderen stimmten ein mit einem lauten: »Hurra, die Mama Benz ist wieder da!«

»Kommt, Jungs, jetzt will ich aber auch eure Mutter begrüßen«, versuchte sich Carl von den Umarmungen seiner beiden Söhne loszumachen.

Bertha stand auf, und Carl eilte zu ihr, um ihr galant die Hand beim Absteigen zu reichen.

»Willkommen zu Hause, du Wildfang.«

Zu ihrer eigenen Überraschung nahm Bertha nicht nur seine Hand, sondern fiel ihm noch von der Trittstufe aus in die Arme. Die beiden umarmten sich stürmisch, und die Arbeiter riefen noch lauter, schwenkten ihre Mützen noch schneller und ließen sie hochleben.

»Hallo, Carl!« Bertha löste ihre Umklammerung etwas, sodass sie ihm in die Augen schauen konnte. »Wir haben es geschafft«, sagte sie leise zu ihm.

»Ja, ihr habt es geschafft.« Carls Augen funkelten. »Ja, ihr habt es tatsächlich geschafft. Unglaublich!«

Sie küssten sich, und die Begeisterung der Arbeiter kannte keine Grenzen mehr.

»Wir haben es geschafft!«, rief Bertha laut und streckte einen Arm in die Höhe, »wir haben es geschafft!«

Der Jubel war unbeschreiblich. Eugen und Richard hatten sich neben ihre Eltern gestellt und schwenkten ebenso ihre Mützen, und nun liefen auch Klara und Thilde auf ihre Mutter zu, die sie abwechselnd umarmte und küsste.

»Belegte Brote und Freibier für alle. Haut rein, ihr habt es euch alle verdient!«, rief Carl, und Bertha sah, wie sich hinter den Arbeitern ein paar Tische auftaten, vollgeladen mit belegten Broten, Tellern, Bier- und ein paar Limonadenflaschen und Gläsern.

Alle langten mächtig zu, allen voran Eugen und Richard, die sich regelrecht auf das Büfett stürzten.

Dankbar sah Bertha sich um. Sie hatte zusammen mit Carl immer versucht, die Firma wie eine erweiterte Familie zu führen, in der zwar hart gearbeitet werden musste, wo es aber auch immer ein offenes Ohr gab, wenn jemand etwas brauchte oder in Probleme geraten war. Es war ihren Angestellten ein Selbstverständliches, hier bei ihnen zu sein, und das machte Bertha ein wenig verlegen, aber vor allem auch stolz.

»Aber jetzt erzähl mal«, sagte Carl, »wie war eure Reise, was habt ihr denn alles erlebt?«

»Ja, erzähl, Mama Benz«, rief einer.

»Wir sind gespannt wie die Flitzebogen«, rief ein anderer.

»Ach, ich bin so müde«, wiegelte Bertha ab.

»Ihr könnt uns doch nicht heimgehen lassen, ohne uns von eurem Abenteuer zu erzählen.«

»Also gut, da habt ihr auch wieder recht«, hob sie kurz ihre Hände, schluckte einen Bissen hinunter und begann zu erzählen.

»Und Sie haben wirklich nichts davon gewusst, Papa Benz?«, fragten die Arbeiter ungläubig, als Bertha von ihren geheimen Vorbereitungen für die Reise erzählte.

»Nein, ich wusste nichts und schlief den Schlaf der Gerechten.«

Alle lachten. Carl hatte dieses Detail bisher anscheinend verschwiegen.

»Da werden wir noch ein ernstes Wörtchen miteinander reden müssen, nicht wahr, Mama Benz?«, sagte er mit einem schelmischen Lachen zu seiner Frau.

24

»Chuzpe hast du, das muss ich dir lassen«, sagte Carl, nachdem sie die Kinder ins Bett gebracht und sich draußen mit einem Gläschen Wein auf ihre Gartenbank gesetzt hatten. Er legte seinen Arm auf der Lehne hinter ihren Rücken, seine rechte Hand lag auf ihrer Schulter.

»Chuzpe?«

»Das Wort habe ich auch diese Woche erst gelernt, Dreistigkeit.«

»Tja, das kann ich wohl nicht verneinen.« Bertha lachte.

»Unglaublich, dass du dich das getraut hast.« Er schaute in den sommerlichen Abendhimmel. »Aber wieso hast du mich denn nicht gefragt?«

»Hättest du es denn erlaubt?«, fragte Bertha und schaute ihn schelmisch an.

»Nein, da hast du auch wieder recht, wahrscheinlich nicht. Das war wirklich tollkühn von dir.« Carl schüttelte halb anerkennend, halb von ihrem Leichtsinn erschrocken den Kopf.

»Wenn ich gewusst hätte, was da alles auf mich zukommt, hätte ich es auch nicht getan.«

Jetzt musste Carl lachen. »Dann ist es ja gut, dass du das vorher nicht wissen konntest.«

»Bist du mir böse, dass ich deinen Patentwagen geschnappt habe und unsere beiden Söhne mitgenommen habe?« Bertha wollte Sicherheit, nicht dass sie das Jahre später in einem Streit, in dem es eigentlich um etwas ganz anderes gehen würde, aufgetischt bekäme.

»Nein, Bertha, ich bin dir nicht böse.« Carl küsste sie zur Bekräftigung auf die Wange. »Anfangs schon, als ich entdeckt hatte, dass der Patentwagen fehlte und mir so langsam dämmerte, dass du wohl nicht den Zug genommen hast. Da habe ich doch kurz geflucht, muss ich zugeben, und dachte mir, dass du nicht mehr ganz richtig im Kopf bist. Aber dann wurde mir klar, warum du es tust. Und dann fand ich es unheimlich toll von dir, dass du dich das traust. Ich weiß ja, dass ich immer zu lange zögere, Dinge immer noch perfekter machen möchte, das hast du mir ja oft genug vorgehalten.«

»Ich habe einfach befürchtet, dass ohne diese Fahrt deine Erfindung für immer in unserer Werkstatt versauern würde. Und das, obwohl du ein Patent dafür bekommen hast und du weißt, dass auch andere daran arbeiten.«

»Da hast du wohl recht.«

»Ich hätte es einfach unerträglich gefunden, wenn jemand anderes mit deiner Erfindung hausieren gegangen wäre, das Geld, den Ruhm und die Ehre eingestrichen hätte.«

»Dann wäre ich wohl meines Lebens nicht mehr froh geworden.« Carl atmete tief durch.

»Das glaube ich auch. Und ich auch nicht, das kann ich dir sagen.« Bertha legte ihre Hand auf sein Knie. »Wo wir gerade dabei sind: Der Wagen braucht unbedingt einen weiteren Gang, damit man die Steigungen schafft.«

»Ja, das habe ich schon verstanden. Das dürfte kein Problem sein. Außerdem möchte ich schauen, dass ich dem

Motor mehr Pferdestärken verpassen kann, das sollte auch helfen.«

»Die Jungs werden dir sagen, dass sie einen weiteren Gang möchten, damit man schneller fahren kann.«

»Das kommt mir nicht in die Tüte. Davor habe ich mich von Anfang an gefürchtet, dass die beiden nur immer schneller fahren möchten, deshalb habe ich sie ja auch nie ausfahren lassen.«

»Ach, die beiden machen das gut. Und sobald ich Eugen gebeten habe, dass er wieder langsamer fahren soll, hat er es auch getan.«

Sie schauten beide in den Sternenhimmel.

»Die Bremsen«, erweiterte Bertha ihren Verbesserungskatalog. »Wenn es steil bergab geht, taugen die nicht viel. Ich habe bei einem Schuster Lederbeläge auf die Bremsen aufnageln lassen. Das hat geholfen.«

»Da hast du dich ja richtig mit dem Wagen auseinandergesetzt«, staunte Carl.

Bertha gab ihm einen Knuff an die Schulter. »Das tue ich doch schon immer.«

»Ja, ich weiß«, sagte Carl lächelnd, »auch da hast du vollkommen recht. Ich bewundere, wie du dich für den Patentwagen einsetzt.«

»Und dann sind da noch die drei Räder. Ein Vorderrad ist keine gute Lösung. Auf dem unebenen Mittelstreifen rüttelt und schüttelt es einen die ganze Zeit über gewaltig durch und erschwert so auch das Lenken. Dagegen fühlt es sich auf den Radspuren links und rechts genauso an wie auf einem Karren oder in einer Kutsche.«

»Ich weiß, ich weiß«, sagte Carl, »und ich arbeite daran. Aber das ist wirklich eine knifflige Sache. Trotzdem musste ich das Patent für den selbstfahrenden Wagen schon mal anfragen, weil eben auch andere, wie dieser Daimler in Bad

Cannstatt, mit einem motorisierten Wagen beschäftigt sind. Das Patent schützt uns vor Nachahmern.«

»Das ist auch gut so, Carl, aber trotzdem, die Lenkung mit vier Rädern muss dir gelingen. Wenn du die als Patent angemeldet bekommst, gibt dir das einen enormen Vorsprung. Dann müssen sie wirklich alle bei dir anklopfen, wenn sie deine Patente verwenden wollen.«

»Ich verspreche dir, ich schaffe das«, sagte Carl beinahe feierlich. »Du hast die letzten Tage etwas so Großartiges geleistet, dann werde ich auch eine Lenkung für den selbstfahrenden Wagen erfinden können.«

Sie genossen diesen Moment in der warmen Sommerabendluft alleine auf ihrer Bank vor dem Haus schweigsam. Bertha fühlte sich in diesem gemeinsamen Schweigen tief mit Carl verbunden, als ob statt ihrer Münder ihre Herzen miteinander reden würden.

»Der Rose und der Eßlinger waren nicht da«, sagte Bertha nach einer Weile.

Carl seufzte. »Ja, leider. Ich glaube, sie wollten auf diese Weise zeigen, dass Ihnen die Standmotoren noch immer das Wichtigste sind.«

»Vielleicht lassen sie sich ja noch eines Besseren belehren, wenn erst einmal die ersten Aufträge hereinkommen.« Bertha nahm einen Schluck Wein. »Haben sich denn schon neue Interessenten gemeldet?«

»Es sind tatsächlich schon die ersten Neugierigen auf dem Hof erschienen. Was interessant ist: Die einen kommen, weil sie privat damit herumfahren möchten. Die anderen sind Fabrikbesitzer und Fuhrunternehmer, die sich erhoffen, mit unserem Patentwagen Waren und Güter transportieren zu können.«

»Genau so, wie wir uns das gedacht hatten.«

»Ja, genau so. Nur fürchte ich, dass die alle noch sehr zurückhaltend sind. Es wirkt fast so, als wolle keiner den ersten Schritt machen.«

»Ach, irgendwer wird sich schon trauen, und dann werden sich die anderen denken, warum habe ich das nur nicht schon viel früher getan, glaubst du nicht?«

»Mhm, wir werden sehen. Ich hoffe es.« Carl nippte an seinem Weinglas.

»Wann fährst du nach München auf die Ausstellung?«, fragte Bertha.

»Ich weiß es noch nicht. Es gibt immer noch Probleme mit dem Polizeihauptmann dort. Immerhin sieht es in der Zwischenzeit so aus, dass ich eine inoffizielle Erlaubnis bekomme, den Patentwagen für zwei Stunden am Tag durch Münchens Straßen fahren zu dürfen.«

»Das ist doch wunderbar, Carl.«

»Ja, es gibt nur einen Haken. Wenn etwas passiert, wenn jemand oder etwas zu Schaden kommt, dann bin ich dafür verantwortlich und muss dafür aufkommen.«

»Ach, das wird schon gut gehen, meinst du nicht?«

»Doch, das glaube ich auch. Schließlich hast du ja gezeigt, dass man den ganzen Tag mit dem Wagen fahren kann, ohne jemanden zu verletzen oder Dinge kaputt zu fahren.«

Bertha nickte.

»Ich möchte nur noch ein oder zwei Dinge anpassen.«

»Carl«, sagte Bertha lang gezogen, »du wirst doch nicht wieder ohne Ende an dem Wagen herumfummeln, nur damit irgendwelche Details noch besser funktionieren.«

»Ja, aber …«

»Nein, nein, mein Lieber, du gehst den Wagen einfach durch und schaust, ob alles noch in Ordnung ist, und gehst dann damit auf den Zug und fährst nach München.«

»Aber …«

»Tu es, Carl, die Ausstellung wartet nicht auf dich. Wenn sie vorbei ist, ist die Chance vertan.«

»Du hast ja recht.«

»Außer den Bremsbelägen. Die solltest du auf jeden Fall anbringen lassen. Die Hartholzklötze allein sind einfach nicht griffig genug, und ohne die Lederbeschläge wären wir ganz schön in die Bredouille gekommen.«

Sie tranken wieder einen Schluck Wein und schauten zu den Sternen empor.

»Weißt du, was mir klar geworden ist auf meiner Reise?«

»Was denn?«

»Dass ich als Frau genauso imstande bin, Dinge zu tun, dass ich genauso viel erreichen kann wie ein Mann. Von ›Leider wieder ein Mädchen‹ kann gar keine Rede sein. Warum sollte ich als Frau weniger erreichen können als du als Mann? Wenn man das Ganze bei Lichte betrachtet, spricht nichts dagegen. Vielleicht sind wir Frauen körperlich nicht so stark wie ihr Männer. Dafür bringen wir die Kinder zur Welt, klagen nicht so viel …«, sie zwinkerte ihm zu, »… und haben mehr Ausdauer. Außerdem glaube ich nicht, dass wir weniger intelligent sind als ihr. Warum sollen Frauen keine Ärzte oder Ingenieure werden dürfen? Ich bin mir sicher, wir können das. Aber dafür müssen Mädchen auch weiterlernen dürfen wie die Jungen, Abitur machen und auf die Universität gehen dürfen wie die Jungen, an einer Universität lehren dürfen wie die Männer. Und warum dürfen wir Frauen eigentlich nicht wählen?«

»Gott behüte«, warf Carl halb scherzhaft, halb ernst ein.

»Und gewählt werden! Nein, wirklich«, Bertha ließ sich nicht beirren, »vielleicht gäbe es ja viel weniger Kriege, wenn wir auch etwas zu sagen hätten in der Politik, und nicht nur diese selbstherrlichen Schnurrbärte, aus denen dicke Zigarren hervorstehen, deren Rauch genauso diffus ist wie das, was aus diesen Mündern herauskommt.«

»Fehlt nur noch die Majestätsbeleidigung«, witzelte Carl.

»Kannst du haben. Dieser junge Schnösel, dieser Lackaffe kann mir gleich ganz gestohlen bleiben.«

»Pssst, Bertha, nicht so laut. Das sollte besser wirklich niemand hören.«

»Du hast recht, heute gibt es etwas zu feiern, da sollte ich mich nicht aufregen.«

Sie nippten beide wieder am Wein.

»Ich bin wirklich stolz auf dich, Bertha.«

Sie fühlte, wie er seinen Kopf auf den ihren legte, ihn dann hob und ihr einen zärtlichen Kuss auf die Stirn gab.

»Und ich bin stolz auf dich, Carl.«

Carl hob sein Glas in die Höhe.

»Prost, du Wildfang und Liebe meines Lebens!«

Sie stießen miteinander an.

»Prost, mein lieber Carl. Diese Fahrt war wirklich der Mühe wert. Auf unsere Träume, und dass es eine Selbstverständlichkeit sein möge, dass Männer und Frauen einander ebenbürtig sind und man auch danach handele.«

Sie küssten sich, sanft und zart erst, dann leidenschaftlich, und Bertha fühlte in ihrem Bauch die Schmetterlinge herumschwirren, gerade so wie damals in Maulbronn, als sie diesen Mann zum ersten Mal getroffen hatte.

NACHWORT

Der Verkaufserfolg der selbstfahrenden Wagen stellte sich dann doch erst etwas später ein als von Bertha und Carl erhofft. Immerhin ging es nach Berthas Fahrt stetig aufwärts. Rose und Eßlinger wurden es trotzdem leid, dass Carl so an seiner Idee festhielt. Schon im Mai 1890, zwei Monate nach der Geburt von Berthas und Carls jüngster Tochter Ellen, schieden Rose und Eßlinger aus der Firma aus. Stattdessen traten der Textilhändler und Exportkaufmann Friedrich von Fischer und der Kaufmann Julius Ganß, der sich als begnadeter Verkäufer erwies, in die Firma ein. Beide waren, im Gegensatz zu Rose und Eßlinger, von der Idee des selbstfahrenden Wagens begeistert.

Dies ist ein fiktiver Roman, er basiert aber auf faktischen Ereignissen und tatsächlichen Leben, an die ich mich so viel wie möglich gehalten habe.

Über Carl Benz und seine Firma wurde viel publiziert. Informationen über Bertha sind allerdings spärlich, sie kommt meist nur am Rand vor.

Der Eintrag in der Familienbibel hat ein Leben lang an Bertha genagt. Noch im hohen Alter hat sie darüber gesprochen. Der exakte Wortlaut ist heute nicht mehr zu eruieren, da die Familienbibel wohl nicht mehr existiert.

Werden im Buch konkrete Daten genannt, sind diese historisch belegbar.

Das Auf und Ab der verschiedenen Benz-Firmen und die verschiedenen Investoren entsprechen den Tatsachen, inklusive Gerichtsvollzieher.

Berthas Freundinnen Hedwig und Louise sowie alle Personen, denen Bertha auf ihrer Autofahrt begegnet, sind der schriftstellerischen Freiheit entsprungen.

Außer den beiden Jungen am Sieh-dich-für. Diese Episode ist belegt.

Die Apotheke in Wiesloch ist tatsächlich die erste Tankstelle der Welt. Der Schmied war zum Straffen der Ketten nötig und der Schuster zum Belegen der Bremsen.

Bertha gilt mit ihrer Idee daher als die Erfinderin des Bremsbelags.

Der uneigentliche Gebrauch der Hutnadel und des Strumpfbandes sind ebenfalls belegt, ebenso wie das Zurückschicken der Antriebsketten und der Erhalt der Ersatzketten wenig später.

Die Schlägerei im *Hotel Post* in Pforzheim fand wirklich statt. Die Anwesenheit Berthas geht auf das Konto des Autors.

Pforzheim ist durch die fast vollständige Zerstörung der Stadt durch die englische Luftwaffe am 23. Februar 1945 heute eine gänzlich andere als noch zu Berthas Zeiten. Die Straßenzüge aber haben sich weitgehend erhalten.

Die Ispringer Straße, in der Bertha aufwuchs, heißt heute Berliner Straße. Brötzingen, das schon lange direkt in die Pforzheimer Innenstadt übergeht, wurde 1905 eingemeindet.

Die Schlosskirche, in der Bertha und Carl geheiratet haben, steht als eines der wenigen Gebäude aus früheren Zeiten, wenigstens zu einem ansehnlichen Teil, noch immer.

Das Kloster Maulbronn, in dem sich Bertha und Carl tatsächlich zum ersten Mal bei einem Ausflug des Geselligkeitsvereins Eintracht getroffen haben, ist heute UNESCO-Kulturerbe.

In Mannheims Innenstadt werden noch immer die schachbrettartigen Straßennamen verwendet. Über den Neckar führt heute anstelle der Ketten- die Kurpfalzbrücke.

Die Adresse der ersten Wohnung und Werkstatt von Bertha und Carl T6, 11 lautet heute T6, 33. Der Wagen, mit dem

Bertha die erste Autofahrt der Welt unternahm, war der Patentwagen Nr. 3. Oftmals wird in Illustrationen, Zeichnungen und Filmen fälschlicherweise der Patentwagen Nr. 1 abgebildet. Dies mag damit zu tun haben, dass es vom Patentwagen Nr. 1 einige Nachbildungen gibt, vom Patentwagen Nr. 3 aber keine. Zudem steht der Wagen, mit dem Bertha die Fahrt unternommen hat, heute im London Science Museum und ist wahrscheinlich das einzige heute noch existierende dreirädrige Exemplar.

Der Schalthebel ermöglichte das Umschalten vom Leerlauf in den Gang. Die Geschwindigkeit wurde durch die Regulierung von Luft oder das Ankurbeln der Bremse geregelt. Der Wagen hatte keinen Rückwärtsgang.

Ligroin war eine andere, vor allem unverfängliche Bezeichnung für Waschbenzin, das die Eigenschaft hat, sich schon bei relativ niedrigen Temperaturen zu entzünden. Daher galt Waschbenzin als gefährlich.

Als die beiden Unternehmen Benz und Daimler 1926 fusionierten, waren die beiden Firmengründer, die sich im Übrigen nie gesprochen haben, bereits tot. Nicht aber Bertha.

Cäcilie Bertha Benz, geborene Ringer, geboren in Pforzheim am 3. Mai 1849, starb hochbetagt zwei Tage nach ihrem 95. Geburtstag, in Ladenburg am 5. Mai 1944.

Die wichtigsten Bücher, die ich zum Schreiben des Romans zurate gezogen habe:

Carl Benz: Lebensfahrt eines deutschen Erfinders. Die Erfindung des Automobils. Erinnerungen eines Achtzigjährigen. Von Hase & Koehler Verlag, Leipzig, 37.–44. Tausend, 1943.

Volker Keller: Alt-Mannheim vor 100 Jahren. Ein Stadtbild im Wandel. Wellhöfer Verlag, Mannheim, 2014.

Barbara Leisner: Bertha Benz. Eine starke Frau am Steuer des ersten Automobils. Katz Verlag, Gernsbach, 2014.

Mannheimer Architektur- und Bauarchiv (MAB) und Stadtarchiv Mannheim – Institut für Sozialgeschichte (ISG) unter Mitwirkung des Architekten- und Ingenieursvereins Rhein-Neckar (AIV) (Hg.): Mannheim und seine Bauten. Nachdruck der Originalausgabe von 1906 mit einer Einführung von Ulrich Nieß. Wellhöfer Verlag, Mannheim, 2014.

Winfried A. Seidel: Tatort Mannheim. Wie das Automobil entstand. Verein der Freunde des Stadtarchivs Mannheim e.V., Mannheim, 2011.

Winfried A. Seidel (Text), Petra Arnold (Fotografie): Automobilgeschichten. Die Autos aus dem Automuseum Dr. Carl Benz. Automuseum Dr. Carl Benz Ladenburg, Ladenburg, 2013.

Paul Siebertz: Karl Benz. Ein Pionier der Motorisierung. Reclam Verlag, Stuttgart, 2., neu bearbeitete Auflage 1950.

Stadtrat der Stadt Heidelberg (Hg.): Adressbuch der Stadt Heidelberg für das Jahr 1888. Verlag J. Hörning, Heidelberg, 1888, digital via: https://doi.org/10.11588/diglit.2473#0001, zuletzt aufgerufen am 20. 02.2024.

Stadt+Kreis-Sparkasse Pforzheim (Hg.): 1834–1984 Rückblenden und Kontraste aus Pforzheim. Pforzheim, 1984.

Mehr Informationen zu Bertha Benz und der Straße der Träume, zu den Hauptpersonen, Orten, dem selbstfahrenden Wagen, der Autofahrt selbst sowie weiterführende Literatur finden sich auf www.alexanderschwarz.net.

DANKESWORT

Mein herzliches Dankschön gilt

Winfried A. Seidel, dem Leiter des Automuseums Dr. Carl Benz e.V. in Ladenburg, der mit seinem großen Wissen, seinen Museumsschätzen, auch aus dem Tresor, und großzügiger Hilfe zu technischen Details und dem Leben von Bertha Benz eine Welt für mich eröffnet hat.

www.automuseum-ladenburg.de

Edgar Meyer, dem Initiator und Präsidenten der Bertha Benz Memorial Route e.V., mit dem ich einen Teil der Strecke mitfahren durfte und der mich mit weiterem Hintergrundwissen über die historische Strecke und Bertha Benz versorgt hat.

www.bertha-benz.de

Benedikt Weiler, Kurator des Mercedes-Benz Museums in Stuttgart, der mir am laufenden Motor geduldig alle Fragen beantworten konnte und mit dem ich als Passagier auf einem Nachbau des Patentwagens Nr. 1 Platz nehmen und ein Stück mitfahren und so hautnah erleben durfte, wie es sich für die allererste Autofahrerin der Welt angefühlt haben musste, unterwegs zu sein.

www.mercedes-benz.com/de/kunst-und-kultur/museum

Alle drei halten mit ihrer Begeisterung und ihrem Fachwissen das Erbe Bertha Benz' auf wundervolle Art und Weise am Leben und haben maßgeblich zum Gelingen dieses Buches beigetragen.

Sollten sich trotz allem Ungenauigkeiten oder Fehler über die technischen Begebenheiten um den selbstfahrenden Wagen in den Roman eingeschlichen haben, gehen diese gänzlich auf meine Kappe.

Der Besuch der Museen in Ladenburg und Stuttgart ist wirklich der Mühe wert. Einen Teil der Strecke zwischen den beiden Museen lässt sich auf der schönen Bertha Benz Memorial Route durch den Kraichgau zwischen Rheinebene und Odenwald bis zum Rand des Schwarzwalds genießen. Sie führt selbstredend von Mannheim nach Pforzheim – und auf anderem Wege auch wieder zurück.

Danke auch den Archivar:innen der Stadtarchive in Mannheim und Pforzheim sowie Ulrich Wellhöfer vom Wellhöfer Verlag in Mannheim für ihre Unterstützung.

Besonderer Dank gilt den Mitarbeiterinnen und Mitarbeitern des Droemer Knaur Verlags, die von Anfang an mit ihrer Begeisterung und ihrem Einsatz das Buch mitgetragen haben. Von der Verlagsleitung Natalja Schmidt, über die Veranstaltungsfee Sarah Reimer, bis hin zu allen Vertriebler:innen sowohl im Innen- als auch im Außendienst, die mich alle so offen im Verlag empfangen haben. Es macht einfach unheimlich Spaß, mit euch zu arbeiten.

Besonderer Dank gebührt meiner Redakteurin Christin Ullmann, die mit unermüdlichem Einsatz in den Text eingetaucht ist und auch zu unüblichen Arbeitszeiten daran getüftelt und im besten Sinn für den Roman mit mir gerungen hat.

Ein herzliches Dankeschön gilt auch allen Buchhändlerinnen und Buchhändlern. Ich darf landauf, landab immer mehr von euch kennenlernen. Ihr seid wirklich starke Frauen und Männer, die eine tolle Arbeit machen – und jede Leseveranstaltung zu einem Fest werden lassen. Euer Einsatz ist grandios.

Ohne Freundschaften kann man kein Buch schreiben. Ich danke darum von Herzen Ilka Heinemann, Mathias Voigt und Sabine Felber für ein wunderbares Wochenende und ihre Freundschaft, wie auch allen anderen der Hopakee-Bande und Sabine Burger, die bei anderen gemeinsamen Projekten mehr Arbeit auf sich genommen und mich damit so freizügig entlastet hat.

Mieke van Dommelen danke ich herzlich dafür, dass sie mich immer wieder mit ihren Ideen angeschubst hat und mir großzügig Zeit und Raum zum Recherchieren, Grübeln und Schreiben gönnte.

Gar nicht genug danken kann ich Matthias Kuhlemann. Du hast diesen Roman von der allerersten bis zur letzten Minute mit Herzblut nicht nur begleitet, sondern im besten Sinne auf allen möglichen Ebenen vorangetrieben, einschließlich deiner und Karins wohlfeilen Kritik, durch die ja auch immer euer Engagement und eure Verbundenheit durchschimmerten. Die Unterstützung, die ich von dir für dieses Projekt erfahren durfte, ist schlicht legendär. Vor allem aber bin ich dir dankbar für unsere ständig wachsende, so innige Freundschaft.

Gefährliche Geheimnisse & neue Allianzen: Teil 3 der historischen Serie um Schloss Liebenberg von Bestsellerautorin Hanna Caspian

HANNA CASPIAN

Schloss Liebenberg

Hinter dem goldenen Schatten

ROMAN

Brandenburg, 1908: Während Fürst Philipp zu Eulenburg verhaftet wurde und seine Familie politisch immer weiter unter Druck gerät, sucht das Dienstmädchen Adelheid nach gefälschten Beweisen gegen den Fürsten, um ihre Geldquelle nicht versiegen zu lassen. Als Kammerdiener Viktor sie eines Tages überraschend küsst, wähnt Adelheid sich im siebten Himmel – nichts ahnend, dass der Kammerdiener sie nur von dem Geheimnis ablenken wollte, das ihn seine Stelle kosten könnte. Während auf Schloss Liebenberg gefährliche Geheimnisse gelüftet und neue Allianzen geschmiedet werden, muss Adelheid sich entscheiden, wem ihre Loyalität gelten soll … denn davon wird nicht nur ihre Zukunft abhängen.

Die Saga ist in folgender Reihenfolge erschienen:

Schloss Liebenberg. Hinter dem hellen Schein
Schloss Liebenberg. Hinter dem falschen Glanz
Schloss Liebenberg. Hinter dem goldenen Schatten

KNAUR

Der Polarforscher und die Sängerin: eine legendäre Liebe vor der grandiosen Kulisse der Arktis

ANGELA LUND

Eismusik

Fridtjof Nansens größte Liebe

ROMAN

Der junge Zoologe und Polarforscher Fridtjof Nansen ist ein Draufgänger und Frauenheld, ebenso launisch wie zielstrebig. Noch größer als sein Lebenshunger ist nur sein Forscherdrang. Die emanzipierte Professorentochter Eva Sars, eine begabte Sängerin, will die Bühnen Europas mit ihrer Stimme erobern. Als Eva und Fridtjof beim Wintersport in den Bergen bei Oslo aufeinandertreffen, sehen sie ineinander den einen Menschen, der ihre Träume teilt.

Doch um die Arktis zu erforschen, wird Fridtjof seine große Liebe verlassen müssen. Und wenn Eva bei ihm bleibt, setzt sie ihren Lebenstraum von der großen Gesangskarriere aufs Spiel …

Die wahre Liebesgeschichte zwischen dem Polarforscher Fridtjof Nansen und der Sängerin Eva Sars, die so gegensätzlich wie zwei Pole sind – und doch ist ihre Liebe Legende.

DROEMER

Die Geschichte einer Frau,
die ein Imperium gründete –
und vielen Kindern Freude brachte

CHARLOTTE FEYERABEND

Caroline Märklin

Sie brachte Kinderaugen zum Leuchten, doch kämpfte um ihr eigenes Glück

ROMAN

Sie habe Glück gehabt, überhaupt noch einen Mann abzubekommen, sagen die Leute, als Caroline Hettich 1859 im Alter von 33 Jahren den Flaschner Wilhelm Märklin heiratet. In Wahrheit wird sich diese Ehe als sein Glück erweisen: Caroline ist ein charmantes Energiebündel, das mit neuen Spielzeugideen frischen Wind in seine Blechwarenverkäufe bringt. Das 19. Jahrhundert pulsiert von neuen Ansätzen im Denken und Handeln. Eisenbahnen setzen die Welt unter Dampf, und Caroline bietet als eine der ersten weiblichen Handelsreisenden der Männerwelt die Stirn. Doch eine unglückliche Liebe überschattet ihr Schicksal.

Caroline Märklin. Sie brachte Kinderaugen zum Leuchten, doch kämpfte um ihr eigenes Glück ist die ebenso anrührende wie abenteuerliche historische Roman-Biografie über die Frau, deren Mut, Charme und Abenteuerlust den Aufstieg der Firma Märklin erst möglich machte.

DROEMER